本书获得山东省一流学科山东师范大学文学院
中国语言文学学科建设经费资助

ZHONGGUO QILINGHOU
WENXUE YANJIU

中国『70后』文学研究

第一辑

张丽军＝主编

广西师范大学出版社
·桂林·

图书在版编目（CIP）数据

中国"70后"文学研究. 第一辑 / 张丽军主编. — 桂林：广西师范大学出版社，2019.8
　ISBN 978-7-5598-1759-4

Ⅰ. ①中⋯ Ⅱ. ①张⋯ Ⅲ. ①中国文学－当代文学－文学研究 Ⅳ. ①I206.7

中国版本图书馆 CIP 数据核字（2019）第 074112 号

广西师范大学出版社出版发行
（广西桂林市五里店路 9 号　邮政编码：541004）
（网址：http://www.bbtpress.com）
出版人：张艺兵
全国新华书店经销
长沙鸿发印务实业有限公司印刷
（湖南省长沙县黄花镇黄垅村黄花工业园 3 号　邮政编码：410137）
开本：720 mm × 1 020 mm　1/16
印张：20.5　　字数：300 千字
2019 年 8 月第 1 版　　2019 年 8 月第 1 次印刷
定价：65.00 元
如发现印装质量问题，影响阅读，请与出版社发行部门联系调换。

序 言
关于开展"70后"作家研究的倡议

张丽军

学者陈思和先生在《从"少年情怀"到"中年危机"——20世纪中国文学研究的一个视角》一文中追问："我们现当代文学的硕士点是20世纪80年代初期设立的,博士点的设立在20世纪80年代后期。我们的高校中文系培养了一代又一代的博士、硕士,他们都到哪里去了?他们为什么不把眼光放到他们同代人身上?"

要回答陈思和先生的追问,我们就会发现存在于中国现当代文学领域中的一个极为不良的症候,即重现代轻当代、重大师轻边缘作家、重名人轻新作家的"规则",几乎在文学研究者、期刊编辑、出版社那里,乃至在整个文化界形成了一种"无名的潜意识"。因而,对于那些研究边缘作家、新作家、无名作家的学者来说,不仅其研究成果的分量受到质疑,而且其成果能不能发表也成为问题。而事实上,现代文学的边缘作家、当代文学的无名新作家最需要研究者去发现、关注、开掘、引导、评价与定位。但是,既然文化界存在这样一种"典律",那么同样处在成长中、同样汲汲乎被关注的"70后"批评家,自然是无暇把目光放到他们同代人身上了。

据陈思和先生回忆,20世纪80年代中期,在复旦大学召开的中国当代文学讲习班上,30多岁的王安忆对她的母亲茹志鹃说:"你们老一代总是说,对我们要宽容,要你们宽容什么?我们早就存在了!""70后"作家同样如此——他们早就存在了,尽管这种存在处于重重的遮蔽之中。

在当代文坛的整体格局中,"70后"作家是一种尴尬的存在。首先是来自代际的尴尬。前有"50后""60后"作家成熟、大气的光芒,后有"80

后""90后"作家锐不可当的气势,"70后"作家恰好处于历史的夹缝之中。其次,"70后"作家受到来自外部市场的遮蔽。市场与媒体联合命名了"70后",一提起"70后"作家人们就想到卫慧、棉棉等"美女作家"及她们的"身体写作"。再次,"70后"作家既旧又新,既信又疑,"拘谨、忧郁、心事重重、瞻前顾后"(徐则臣《"70后"的写作及可能性之一》),从外部存在到内心世界都处于一种冲突状态。最后,"70后"作家在文学创作中呈现出一种不确定的审美认知,思想漂浮,难以建构深邃的审美艺术境界。

在审视"70后"作家的尴尬处境之后,我们同样要看到"70后"作家独特的乃至不可复制的审美优势与精神气质。相较于"50后""60后"作家而言,"70后"作家有着较为完整的知识体系和健全的人性认知,正日益成为文坛最坚实的创作力量。事实上,一些不同于"美女作家"的"70后"实力派作家如徐则臣、魏微、金仁顺、刘玉栋等,正逐渐被批评家与研究者重视。他们厚重、大气、沉静、娴熟的一面已经显现。在湖南卫视《零点锋云》节目中,王蒙与张悦然对话时说,"80后"作家缺少历史与生活的维度,在这一方面"70后"作家恰恰具有其独特的审美优势。"70后"作家经历了乡土中国的历史裂变与新生的阵痛,有着丰富的生活阅历和深刻的生命体验,既有传统文化的审美趣味,又有互联网时代对多元文化的包容力和审美接受力,从而具有一种多元混合的审美模式和独特的精神气质。我们有理由相信,"70后"作家必将在21世纪文坛呈现出他们独特的审美特质和精神个性。

"文学需要阐释。一代人有一代人的话语密码,需要给以理性阐释而不是媒体上的随意起哄。这是关键的问题。今天主流的作家和主流的批评家都已经是中年人,作为同代人他们之间存在着很好的沟通。而更加年轻的作家崛起于文学创作领域的时候,文学批评和文学理论显然是严重滞后了,以至于常常需要作家自己出来发表一些词不达意的话,来表达自己。"(陈思和《从"少年情怀"到"中年危机"——20世纪中国文学研究的一个视角》)一时代有一时代之文学。同样,一时代有一时代之批评家。面对21世纪在历史夹缝中尴尬存在的"70后"作家,面对21世纪喷涌而出、沉静坚实的"70后"文学,正如陈思和先生所呼吁的,作为同代人,"70后"批评家已经不能再犹豫了。

让我们一起关注同代人的文学创作,让"70后"作家与"70后"批评家一起成长吧!

目 录
CONTENTS

关于"70年代人"的对话　宗仁发　施战军　李敬泽　／1

灵魂的自我放逐与失位
　　　——我看"70后"作家群　洪治纲　／11

终止焦虑与长大成人
　　　——关于"70后"作家的笔记　宋明炜　／16

被遮蔽的"70年代人"　宗仁发　施战军　李敬泽　／26

激素催生的写作
　　　——"70年代人"小说批判　黄发有　／34

关于"70年代"　魏微　42

论"70年代后"的城市"另类"写作　倪伟　／49

近年"70年代以后"作家创作研究综述　王凤仙　刘兆柏　／67

被囚禁的欲望
　　　——谈金仁顺及"70后"作家的创作　周立民　／75

"70后"的写作及可能性之一
　　——在韩国外国语大学的演讲（节录）　徐则臣　　/89
小城镇叙事、泛意识形态写作与不及物性
　　——"70后"作家的美学思想考察　梁　鸿　　/96
可疑的"个人"
　　——"70后"作家作品阅读札记　周立民　　/113
在逃脱处落网
　　——论"70后"作家的创作　张　莉　　/133
代际视野中的"70后"作家群　洪治纲　　/146
低谷的一代
　　——关于"70后"作家的断想　陈思和　　/161
怀旧·成长·发展
　　——关于"70后"作家的乡土小说　贺仲明　　/169
未完成的审美断裂：中国"70后"作家群研究　张丽军　　/181
"70后"写作与抒情传统的再造　谢有顺　　/197
"70后"六作家论　刘　涛　　/215
"70后"的身份之谜与文学处境　孟繁华　张清华　　/235

大众文化影响的焦虑
　　——"70后"作家创作的通俗化倾向探讨　翟文铖　／242

"70后"作家的五副面孔
　　——"身体写作"、颓废、城镇叙事、先锋派、中间代　马　兵　／260

"第三代"以后历史如何延续
　　——对"70后"诗歌的粗略扫描　张清华　孟繁华　／275

"70后"作家创作与当代中国文学　张艳梅等　／283

生命困境与精神暗疾的隐喻
　　——论"70后"文学的疾病叙事　曹　霞　／310

关于"70年代人"的对话*

宗仁发　施战军　李敬泽

1997年冬，仁发、战军和我在北京香山饭店谈起"70年代人"。窗外有一棵不知名的老树，枝丫清疏。三人的交谈有时散漫，有时激烈，是一种兴奋、密谋的气氛。我们都是编辑，我们认为有种新声音已经出现，我们企图让更多的人听到这些声音。

现在，已是1998年晚秋，《作家》在这一年的7月号推出了"70年代人"专辑。这批新人喧闹地进入各种报刊的版面，引起人们的震惊、晕眩、疑惑和恼怒。在此期间，仁发把他的话寄给了战军，战军又把他和仁发的话寄给了我。经过时间和空间的漫长旅程，两个人的话都已是深思熟虑的自言自语——我们无法回到去年冬天的那个"现场"。

按照约定，我应该在仁发和战军之后加上自己的话，把话和话拼贴起来，制造出一种现场感。但我觉得他们两位已说得足够充分，我并没有多少新话可说。所以，最终形成的文本实际上是仁发和战军的对话。我宁可偷懒，当一个闲散的评注者。

——李敬泽

施战军：将"70年代人"的写作单独列为研讨的话题，肯定是一种缩略、勉强或不得已而为之的事情——这跟把文学的演变史以"19世纪""20世纪"进行划分的性质差不多。这也许又会引起史家们对于"近前文学"追踪者的不

---

* 原载《南方文坛》，1998年第6期。

屑甚至愤怒。但事实上，"史料"与"新生"的被认知都有整体上的规律。面对变来变去的文学史，当下的创作却获得更加放松的心态。作家越少顾及史家各种形而上学的筛选，越能体现创生新的历史痕迹的努力。相对于以往的作家，"70年代人"是一群"解禁的个人"，是一些捆绑不住的手脚，是彻底过滤掉了"拥护/反对"式精神遗骸的一代。

李敬泽： 战军这段话有一种辩解的味道——他肯定是想到了围绕"70年代人"的批评和非议。"70年代人"之类的提法无疑粗糙简陋，但它的好处是方便。而且如战军所说，我们也没打算将此往文学史里写。所以如果人家否定这个提法，我没意见，这批作家也不会因此蒸发掉。

但是我非常厌恶批评中的那股子道学气。有些人似乎就是因为无趣才干文学的，而且最会在无权者身上施展他们的无趣，比如不能还嘴的死人，比如尚未获得市场准入的年轻人。

宗仁发： "70年代人"是一群感性动物，他们以一种撕去修饰的真实击倒那些条分缕析的虚弱的理性。他们站在生活舞台的背后，大声喧哗，用一个又一个谁也无法抵赖的细节，戳穿所有自欺欺人的童话。

施战军： 成长的快乐、伤感、孤单、酸涩、困惑和危险，一切都切近鼻尖。在"70年代人"的嗅觉、视觉和味蕾组织上，绝对的甜与绝对的苦、绝对的香与绝对的臭、绝对的干净与绝对的肮脏、绝对的美丽与绝对的丑陋，都丧失了存在的理由。对于社会生活的观察，都写在他们冷暖自知的肌肤上。人生及其断面上的活图景，人的所遇所想，都以一种混合或过渡的形态呈现出来，都处在感性的漩涡之中。感觉的发达稠密，或曰对感觉的好奇和迷恋，在崇尚理性和引领良知的文坛医生眼里，肯定是需要开若干方疗救神经病的药了。

李敬泽： "感性"和"感觉"这两个词有所不同：感觉是即时的、片断的、混乱驳杂的；感性则是内在的丰富、澄明。在迪厅里你会感到晕眩，在商场中你会目迷五色。这不是感性而是感觉。我总以为真正好的小说终究是感性的，不是感觉的。就像同样写旧时沪上，张爱玲是感性的，新感觉派的小说现在看就没什么意思。

宗仁发： 在试图对"70年代人"进行定位时，我和几个朋友曾找出了有关他们的五个关键词：

背景：生在红旗下，长在物欲中。
风格："雅皮士"的面孔、"嬉皮士"的精神。
性爱：有经历，无感受。
立场：以享乐为原则，以个性为准绳。
作品：向世纪末逼近的集体突围表演。

从背景方面考察，这一代作家生长在社会转型的断裂代，旧有状态土崩瓦解，新的秩序却姗姗来迟。他们在悬置中失重。幼儿园中有关艰苦朴素的歌谣尚未忘掉，他们已经一不留神成了都市里的泡吧一族。从家庭中剥离出来之后，不断更换居住地点的漂泊经历使他们对生存环境日益麻木。在与歌谣挥手的同时，他们与物欲也仅仅是擦肩。低收入、高消费造就了他们贵族和流浪儿兼具的气质。他们的面孔飘忽多变，构成识别障碍。温文尔雅和放荡不羁这两种相互冲突的性情居然在他们身上获得高度的统一。

性爱在他们这一代人身上已毫无神秘性可言，大多是"例行公事""按既定方针办"。与20世纪60年代出生的那些作家的态度相比较，不难看出，"70年代人"并不愿意利用性爱做文章。在他们的作品中，性和爱都是合理的存在，融于一体也好，独立出现也好，都无所谓。20世纪60年代出生的作家善于将性爱复杂化，使之成为小说意蕴沉潜的"深水区"，他们则以一览无余的方式让性爱清澈见底。由缠绵悱恻和痛苦不堪所统治的性爱心理模式很少出现在他们笔下。

享乐不仅是他们的行为过程，而且也是他们的目的。他们的生活哲学是："简简单单的物质消费，无拘无束的精神游戏，任何时候都相信内心冲动，服从灵魂深处的燃烧，对即兴的疯狂不作抵抗，对各种欲望顶礼膜拜，尽情地交流各种生命狂喜包括性高潮的奥秘，同时对媚俗肤浅、小市民、地痞作风敬而远之。"（卫慧《像卫慧那样疯狂》）在这篇小说中，"我"和男朋友马格"常常嘴里嚼着食物，脑袋相依相偎着，不时地互相亲吻一下，感受生活的轻松自在"。"如果说对物质享受的过分追求有时让人感到空虚，那么生活中简简单单的快乐却又是无处不在的，这种轻松就是实在、自足、可取的。即使有一天它不幸膨胀成昆德拉式的不能承受之轻,那也比暮气沉沉、教条沉重的东西要棒。"这段话等于在提示我们不能从排斥享乐的理念来看待享乐。享乐也具有批判功能,享乐也是对人的一种解放。为什么社会一方面在倡导拼命地创造财富,而另一方面又要鼓励遏制生命欲求呢?对享乐说"不"是对"顺其自然"的反动。

说到这一代作家作品的表演性,并不是说他们有意编排出什么给别人观看,而是他们有什么说什么,没有预制,没有遮掩,没有粉饰。当表演明星越来越多的时候,最自然的行为反倒会成为表演,无以计数的"明星"则成为观者。

施战军："70年代人"大都在城市中出生和成长,几乎没有"革命"记忆,与他们对应的人大都是注重"统一思想"的父母们。前辈的观念往往使他们的子女在心灵和想象世界中形成一股逆反的力量。因此,"70年代人"的城市感中除了物质的意象群,还有长辈意象群。有时他们对此做一种极端的处理。比如,卫慧在《艾夏》《黑夜温柔》《爱人的房间》《水中的处女》诸篇作品中干脆让主人公的父母早亡或与其毫不相干。祖辈的形象也带着不讨人喜欢的晦暗,残留着的只是一些"昨夜的味道、昨夜的阴影"。关于小说人物,他们着力叙写和细致察揣的多是"同辈"之间的同情、相惜和纠葛、嫉妒等等。这尤其在女性作家笔下最见才情。就这方面的写作而言,周洁茹虽年龄偏小,却更显老道成熟。她的《长袖善舞》《熄灯作伴》《我们干点什么吧》是较有代表性的篇什。虽然其语言和结构方式不免讨巧,因而更受选家青睐,内里却揭示出同辈人盲目陶醉于个性飞扬的某种悲剧指向。个性无限膨胀过程中个体之间的互相磨耗和损伤,是"聪明人"世界的真相,更是其"破灭"的一个来由。

李敬泽："70年代人"的写作所体现出的根本特点是历史似乎已经终结。其小说中的父母大多是怯弱的,或者索性缺席,被放到海外去。这里没有"弑父"的冲动,因为"弑父"冲动中包含着对历史的承担。

历史终结感反映到自我意识中,便是性爱也好,生活也好,都缺乏自我的历史感。爱是现在,不具有历史价值,当然不会"缠绵悱恻,痛苦不堪"。

虽然这一切与他们的具体境遇有关,但他们恐怕很难因此而回避可能招致的严苛责难。对此我的看法是，在历史之外漂浮也许是"轻松"的，如果一个人恰好感受到了这种轻松，他或她当然有权利把它写成好的小说。但历史肯定并未终结，"轻松"有一天会"膨胀成昆德拉式的不能承受之轻"。一个人或一个小说家必须要面对它，这与"暮气沉沉、教条沉重的东西"无关。

宗仁发：这一代作家仿佛都有与其年龄不相称的沧桑感，也许是他们超负荷接收历史时代信息而又无法全面对其进行整理所致。一方面他们以"新人类"的姿态写作，无所顾忌，让人瞠目；另一方面他们又饱藏心事，将近距离的经验推向远距离，形成一种追忆。他们既有率性而为的稚气，又有世事如烟的慨叹。

施战军：感觉的碎片有时就是思想的光斑。成长中年轻生命死于非命让我们读出他们在快乐原则中也不免存在的世故与沧桑。有时这些织成他们小说的叙事支架。死，在"70年代人"的生存观念里，不是坍塌的废墟。其在卫慧的小说中体现为"有毒的宁静"。她有一搭没一搭地在小说中藏着一句答词："不是死亡，只是破灭。"（卫慧《爱人的房间》）丁天的《幼儿园》、金仁顺的《五月六日》、卫慧的《黑夜温柔》中的死，更明确了"致死"之因的可怜和偶然。这些事故或像人物"自找"，或像"他杀"，但我们都无法埋怨具体的对象。一切都像生长在"失误"之中。稀里糊涂的"失误"与明白无误的"破灭"之间，灌注着"70年代人"对权利的体察与对生命情境的印证。

如果我们非要硬性地归结出他们对生命的终极理解与其兄妹们的不同之处，那么，在我看来，洪峰、余华们是持"死亡"观的，而"70年代人"是持"破灭"观的；前者面对"死亡"写"活着"的险情，后者面对"破灭"写"成长"的可能。人生的情境影响着各自的感觉系统，呈现在作品中，正体现出其人生哲学的分野。

李敬泽："沧桑"与"破灭"，这就是"轻松"的代价，就像喝醉酒要头疼倦怠一样。坦率地说，对这种写作我抱有很大疑虑，沧桑和破灭有一种内心真实，但也是自我消解的。也就是说，如果你感到"轻松"的限度，那么就不只需要沧桑或破灭一把就行，而是要对真正的生存问题给出情调化的解决。

这就又说到了历史。当历史终结时，意义归于沉默，沧桑或破灭就成了意义的代用品。20世纪60年代西方的文化英雄们有乌托邦激情，热衷于关于历史和自我的宏伟叙事，他们为此进入一种锋刃体验。相比之下，在所谓后现代语境中做先锋很容易，有的是自我消费的欣快。

施战军：现代都市商业社会中必然的"恶之花"，造就了以毒攻毒的写作美学。

都市奇异的景象事实上已经进入"新生代"视野好久了，但都市的语言奇观却一直没有得到充分的展现。大都会上海的卫慧、棉棉等"70年代人"像它的占领者，卫慧的《像卫慧那样疯狂》《蝴蝶的尖叫》等是对这些奇异景观的一次次扫荡。与此同时，她还要以《甜蜜蜜》等来优雅地打扫战场，用以平衡那些语言的硝烟。相比之下，棉棉则更富冒险的勇气。喋喋不休的快意、神经质般的青春骄傲，形成一股带电的美感之流，并酿成自我的氛围之场。棉棉是都市万花筒壁上的一个扬声器：小说，即是我要说，除此而外，行尸走肉的动静，任其沸沸扬扬吧，反正"在矫揉造作的晚上"，人们对自己的下场一无所知。（这又是"破灭"的来由之一）"童言无忌"、胡说八道可能就是心猿意马、情在言外。棉棉以小说的方式赋予"都市"这个大名词以丰满又陡峭的形容词阐释系统。于是，都市就有了向动词转换的躁乱实质。这种"形容词"小说形成语句自身的魔幻效果，使世相与梦影繁复交错。更有意味的是，正常发育的智慧在青春形体的都市里又是清醒异常的，棉棉还要有另一副老成的模样。在大大小小的目光窥探之下，语言（意识）的开放程度与身体（性爱）的展示程度受到了来自"分寸感"的干扰。这是凡人的局限还是天使的害羞？这实在是棉棉、卫慧们冷暖自知的事情。

宗仁发：在他们的作品中，常常会有令人震撼的描写、议论奔涌而来。那是些具有颠覆力量的文字。这种文字对技巧性雕虫小技极度蔑视，对刻意制造的小说深度进行了轻而易举的瓦解。他们的作品重新恢复了定、状语的基本功能。定、状语是为主、谓语而存在的，主、谓语是枝干，定、状语是树叶。对各类语言成分绝对意义上的一视同仁，可以说是他们对陷入某种歧途的小说创作的重要修正。

棉棉的小说是"乐感小说"。她的叙述是说唱式的。由于间歇的需要，她的小说每一章节都不宜过长。这就使她的小说形成了以若干片断来连缀的结构。这种令人惊异的说唱体所能够完成的艺术使命一点也不低于过去意义上的文体。在讲一个什么样的故事和怎样讲一个故事这两个问题上，这一代作家似乎并不需要挖空心思，殚精竭虑。他们大多是信手拈来，随意为之。以往有些大师的"小说就是讲好一个故事"的经典之谈在这一代人的小说面前已失效。"话本"最原初的意义被这一代作家找寻回来："话本"即"说话的文本"，而不是讲故事的脚本。

卫慧小说的题目乍一看总会让人感觉有某种不适。比如"像卫慧那样疯狂""蝴蝶的尖叫"，似乎有些故作惊人。但读完卫慧的小说后，那种对题目的不适感则会不知不觉消失，取而代之的则是对她拥有的古典情怀的认同。卫慧的选择是不加选择，是铺天盖地的呈现。这样的呈现虽然不易收束，但那种植被的潮湿和柔软触手可及，任何可能给人带来污秽感的语言和行为在卫慧的笔下几乎都得到"负负得正"式的净化。卫慧的健康是与病菌群相安无事的健康，她用病菌军团战胜一股股病菌游击队。或许正因为如此，人们在卫慧对性交、手淫的描写中感受到的往往是洁净，而不是污秽。

李敬泽：语言是"70年代人"最基本的力量。当她们中的有些人把小说变成不同程度的"我要说"时，她们是本能地采取了精明有效的策略。实际上，"70年代人"中在很短的时间里给人留下深刻印象的恰恰是擅"说"的写作者，比如棉棉、卫慧、周洁茹。她们把个人化的同时是边缘性的语言带入文学。在20世纪60年代出生作家的作品中，少有具有丰富个人表情的语言，盛行的是书面的"普通话"。棉棉、卫慧、周洁茹是反"普通话"的。令人羡慕的是，她们只要"说"就行。

宗仁发："70年代人"是"阴盛阳衰"。目前已崭露头角的女性作家有卫慧、棉棉、周洁茹、金仁顺、戴来、朱文颖、魏微，而男性作家则寥寥无几。丁天是这个时代男性作家中的一位。尽管北京的丁天出道较早，但从出生年代上划分还是要把他拉回这一拨之中。此外还有云南的陈家桥值得一提。

丁天的小说像一个有经验的老中医在把脉一样，顺着强弱高低的脉搏查询出平常世事中那些岁月折叠处的隐秘。丁天的小说从来不会咄咄逼人，总是慢慢道来。其叙述的从容与其实际的年龄构成反差。很难说清冷静是有效的语言控制造成的还是过分的情绪压抑导致的。

陈家桥大学期间是学经济管理的，但他的小说差不多每篇都与终极性命题相关。他小说中的人物完全是符号化的，放弃了个性化。从这一点上看他的小说像是寓言小说。但若从故事方面分析，其又没有设置寓言小说的对应范畴。小说指向的是虚无之境，飘忽不定。陈家桥小说中的词汇量非常之少，其对描绘和渲染本能性采取拒绝态度。这可以说是一种"酒精小说"。从加缪、卡夫卡等作家作品中借鉴过来的"恐惧""怀疑"与本土化的"神秘""模糊"粘连在一起，过于密集的信息在词句间相互挤撞、变形，甚至会让人误认为他文理不通。

施战军：尽管"经历"或"成长"主题的客观差异性存在于"70年代以后"与"70年代以前"出生的人之间，但在小说艺术的承接和发展角度上，"70年代人"中仍有比较优异的代表，比如其中的一些女作家对张爱玲、苏青、程乃珊、王安忆式的"海派"小说进行了很好的借鉴吸收以及戏仿。我特别强调的是，其中男性作家丁天对传统的中外经典短篇小说的艺术萃取，给"70年代人"赢得了很大的声誉。至少，提起这一茬作家，不会有太多人对所有的"70年代人"嗤之以鼻。丁天的《幼儿园》等作品，在此时，证词的意义也许比小说本身的意义更重要。

"70年代人"中为数众多的女性作家以场景化、关系化的人物活动和艺术视角取胜，其中也有以书写"世道人心""世态人情"等来体现自己特色的。比如魏微，她的《从南京始发》写的是那种"在路上"的际遇和由此引发的感喟。生活的铁轨冰冷瘦硬，旅行者的目光显然比铁轨上的寒光要柔软和亲切。"没有重负"却无依无靠的一代人自有他们的"乌托邦"。魏微所设想的出路是倚在汉字的墙内，彼此取暖。金仁顺更是布满"乡愁"也更见才情的一位。她在几篇小说的收束处让成长的泪水流下来。泪是清洗剂，向煤洞一样的生命情境深窥的明眸也许需要它。生命、生存、命运这样的定义不知所藏却时时暗示着年轻的心灵——它们是"错失""冲动""无辜""忐忑不安"直至"破灭"的代言者。金仁顺以这一年龄段的人少见的耐心构织精致的故事及其背景，现世浮沉中的某种人性秩序，就这样悄悄地、自然地呈现了出来。阅读这样的作品，有一种摸索核质的美妙触觉。这一更具常性的写作态度，让我们仿佛看见，属于她的远大前程正隐隐约约铺展开去。

宗仁发：在"70年代人"中当然容易找到一些相近的特征，但是我们称其为"70后"作家绝不意味着对这些作家每一个人个别性的忽略。指称的便利将以放弃严谨周密为代价。比如，将金仁顺的小说与20世纪70年代出生的其他女作家的作品放在一起时就会显露出某种不和谐。她的小说不是经常以大都市的喧嚣为背景，或者说不是以现在进行时为主调，而是往往采用一般过去时。对早年错误的不原谅是她的清醒支撑。检视以往歧路多亡羊的可能，"后怕"的心理不能不带出一身冷汗。这是金仁顺以发表在《收获》上的《五月六日》为代表的"成长"系列小说体现出的个人化色彩。在这一系列小说中，作者的语言不追求表面的张力，而恰恰相反，总是尽可能地内敛。甚至为求在更长的时间中得到保存，她要把语言中滋润的成分挤干，让往事成为往事，把记忆放置进博物馆。此外，金仁顺以《名叫马和》为代表的另一类具有开放结构的小说正在实验之中。这类小说游移在现代与后现代经典的边缘，在承继中试图破坏，构建时又随机处理。这一条线的创作虽然羽翼尚未丰满，但毕竟显示出另一只翅膀的骨骼。

朱文颖有很好的语言天赋。不论是制造扑朔迷离的氛围，还是进行一砖一石的搭建，她都游刃有余。《浮生》的鬼魅之气体现了她对民间信仰的直觉把握。苏州这座被传统文化浸泡着的古城已难以逃脱阴气的包围，每条小巷、水沟，每块石板，每棵树木都缠绕着死魂灵。这些死魂灵不时成为街头巷尾的谈资笑料。《浮生》模糊了生与死的界限，让生与死、存在与虚无、肉体与灵魂达成沟通。《广场》是《浮生》的反方向动作，它指向另一种空间。这一空间是物质和物质的组合。稳定的毫无灵性可言的石头、水泥在给人以开阔感觉的同时，又给人幽禁心声的逼迫感。复古和创新都没什么值得乐观的，腐朽的愈加腐朽，陌生的总是陌生。对困境的敏感是朱文颖小说的诱人之处。

李敬泽：就我有限的阅读范围而言，我喜欢丁天、棉棉、周洁茹、卫慧、戴来，当然他们的作品我没有看全。最近看了赵彦的《千纸鹤》，也觉得写得好。

宗仁发：人们在谈及"70年代人"这一话题时，语气中难以克服掉戏谑的成分。这种戏谑是不经意的，是存在于潜意识中的。这种情形与从甲地乘飞机飞达乙地，人站在乙地的地面上，可甲地的氛围还未散去时瞬间的恍惚相类似。他们的到来让人猝不及防，不少人刚刚平心静气地以接受20世纪60年代出生的作家为开明和宽容,怎么这么迅速地又冒出"70年代人"来了呢?不过相对于上几个年代出生的作家,"70年代人"遭受到的拒绝和折磨是最短暂的。但是,过于顺利地抢滩成功也隐含着前行的危机。自我保持克制的程度影响着对自我重复的警觉意识。

施战军: "70年代人"给中国文坛带来的初步成果是其呈现的勇气。我们惊骇于如此有勇无谋的"行为艺术"。他们的不顾策略,增加了20世纪末叶文学呈现出的繁复性。这不是表面上的"多样化"所能解释得了的。繁复性呈现的存在,是文学健康的福音。在此基础上,我们才能保持对作品厚重、真实、震撼等理想品质的期许。

李敬泽: 谁都知道"70年代人"前景难料,"60年代人"同样前景难料。在很大程度上,这是同一批人。"70年代人"的成功是20世纪90年代取得充分合法性的一整套文学观念的最后一次狂欢。他们的优势属于他们,他们的弱点也属于我们这些"60年代人"。如果说我们有时为他们感到忧虑,那是因为我们看到了自己的弱点。

灵魂的自我放逐与失位[*]
——我看"70后"作家群

洪治纲

  我一直对"70后"作家持十分警惕的态度。这倒不是因为我总是习惯于用某种守旧的心态来打量他们的创作,从而导致审美观念上与其有许多抵牾,也绝不是由于我企图从主流意识形态角度替某种正统的文学表现形态进行排他式的辩护。作为一个在物质化现实中崛起并日趋活跃的写作群体,这群作家的确在人生选择上值得赞许。但是,从创作的总体态势上看,他们几乎一开始就表现出某种惊人的自足性与浮泛性,呈现出在现代都市生活肢解下灵魂的自我放逐状态、理性价值大面积失位情形,以及由此而自觉形成的情绪化、表象化的叙事特征。

  就我的阅读视野而言,以丁天、卫慧、周洁茹、棉棉、朱文颖、戴来、刘广雄、陈家桥等为主要代表的这一群作家,虽然以"70后"对其进行派别性的概括并不十分科学,但他们在创作上的确表现出了许多惊人的一致性。譬如:他们对共同成长的文化背景和童年记忆并不十分在意,对历史的苦难与现实的沉重也不表现出任何承担的姿态;他们沉湎于现代都市文明极端物质化的现实之中,对各种新异的、充满个性的时尚生活方式有一种天然的"亲和力";他们常常乐于以一种惊世骇俗的方式来对抗当下传统的价值秩序和市侩文化,追求极端的个性自由;他们在创作中试图全面抵制理性旨意的支配,让所有的叙

---

[*] 原载《南方文坛》,1998年第6期。

事只对自己的情绪、自己的感受说话,义无反顾地遵循着想象的最初冲动,强调对肉体与灵魂的彻底袒露。然而,在这种意识潮流的背后,我们又难以找到他们所共同恪守的某种价值观念和伦理操守,无法判断他们在创作上的审美追求。他们给我的一种强烈感受就是:在路上。他们没有明确的审美目标,没有严格的叙事规范,以浮泛的心灵状态和某些无可言说的伤痛漂游在时间的漫漫路途上。

这种创作态势使我常常不自觉地将"70后"作家与美国"垮掉的一代"联系在一起。当然,我的这种联想仅仅是一种直觉,并不是理性认知后的判断。这一代作家既没有"垮掉的一代"所处的文化背景,也不可能认同他们那种集吸毒、放荡于一体的生活方式,更不可能在作品中呈现出"垮掉的一代"所体现出的对人类生存前途的深层绝望和灵魂深处的焦灼与疼痛。也就是说,在艺术创作与人类精神的深层关联上,他们不可能达到"垮掉的一代"所触及的深度。

但他们在创作上又的确与"垮掉的一代"存在着某些精神表层上的同构性。这种同构性的最大特征就是,二者都以一种无信仰的方式表达自己对世俗生活的厌烦与不满,将笼罩在自己身上的任何带有正统伦理色彩的外套剥离掉,像金斯堡所追求的那样,企图推翻压抑自己潜意识的一切外在力量,驱除那些阻碍自我实现的羞耻感、内疚感和恐惧感,以便能在近乎梦幻的自然状态中释放出各种原始的欲望。因此,从文学的传承上,我们无法看到他们对传统精神资源的沿承,也难以找到他们带有集体性质的公共话语和人生经验。他们对叙事话语的运作并不表明其对某种叙事技术的依恋。他们甚至根本不讲究小说作为叙事艺术的内在规范,一切只针对自己,以一种极端个人化的叙事方式表达自我精神的漂浮状态。"燃烧着的一群令人恐惧和颤抖的天使,一路拍翅而来。"(凯鲁亚克《在路上》)凯鲁亚克当年的这句自我描述,也可以看成对这一群作家生命的写照。

在远离了尊严、使命、理想等基本范畴之后,面对不可控制的功利主义与技术进步,以及它们所带来的负面影响——强制性的人性异化、道德空虚以及人们在大众时尚面前的随波逐流,这群作家虽然没有放弃对自己的认识,但是,他们已不可能在更深的层面上体验到心灵失位的痛楚,更不可能在对世俗的反抗过程中获得某种人格的力量。因此，他们的写作几乎无一例外的都是面对自己——面对当下的自己或者被现实不断地驱赶着的自己。除了展示自己永远无所归依的灵魂以及在纷繁的现实中极为纷繁的情绪外，他们无法抵达更为深远的境界。纵观他们的创作，我们几乎不可能找到其小说作为虚构艺术在人物形象和故事时空上的丰繁性。他们的所有小说都只有一个人物，即与创作主体有着共同生存背景的刚刚踏入社会不久的青年——人物形象只是在性别或身份上不时地有所变换，而性格逻辑和精神状态都有着惊人的相似性；在叙事时空上，所有的话语都指陈着与创作主体紧密相连的现代大都市，区别只是都市的名字不同，人物的生活背景和生活方式均完全一致。无论是卫慧的《像卫慧一样疯狂》《艾夏》《蝴蝶的尖叫》，周洁茹的《抒情时代》《我们干点什么吧》《鱼》，还是棉棉的《啦啦啦》《每个好孩子都有糖吃》《九个目标的欲望》《白色在白色之上》，戴来的《要么进来，要么出去》，这些作品中的主人公呈现给我们的都是与作家自身差不多的人生经历和成长经验。这些人物除了在他们各自的作品中不时地重复出现外（如棉棉笔下的"我"与"赛宁"、卫慧和周洁茹笔下的"我"），其在不同作家的作品中无论是在心灵际遇方面还是在价值观念方面都没有什么本质的差别：他们对物质化的市侩文化都非常不满，又无法找到有效的反抗方式；他们沉迷于都市的奢华与刺激之中，又渴望摆脱精神上的空虚；他们只要求忠实于自己的欲望，拒绝任何道义和伦理上的责任；他们不断地寻找各种各样的精神冒险和游戏，可是又在那种恶性循环般的疯狂中感受着内心深处的焦灼与厌倦。"我们的生活哲学由此而得以体现，那就是简简单单的物质消费，无拘无束的精神游戏，任何时候都相信内心的冲动，服从灵魂深处的燃烧，对即兴的疯狂不作抵抗，对各种欲望顶礼膜拜，尽情地交流各种生命狂喜包括性高潮的奥秘，同时对媚俗肤浅、小市民、地痞作风敬而远之。"（卫慧《像卫慧一样疯狂》）这就是他们的小说共同体现出来的生存愿望。

毫无疑问，这种人物形象和叙事时空的极大雷同（不仅作品与作品之间相类似，作家自我与小说人物也存在着很大的同构关系。关于这点，请参阅《文学报》1998年9月3日"文学大众"版《文坛一道"靓丽"的风景线》一文），表明了作家们的艺术视野并不开阔，在话语的非经验性表达和对自我人生经验的超越方面都不尽如人意，也没有很好地实现小说艺术的虚构性和它应有的不可重复性。

这只是他们在形态学意义上所表现出来的共同局限。实质上，更大的危险还在于他们心灵表达上的自足性与浮泛性。他们基本上成长于社会主导价值不断变更的环境中，特别是20世纪80年代末到90年代初，正是中国向市场经济转型的时期。一方面，人文知识逐步滑向中心价值形态的边缘，实利化现实渐渐成为大众追逐的焦点；另一方面，这个时期又是他们由校园步入社会的人生转折时期，以往的人生信念和所接受的理想教育与他们所进入的现实不可避免地产生了矛盾，由此引发了他们对既有价值标准的怀疑甚至扬弃。而由于自我人生经验的匮乏，他们又没来得及确立自认为靠得牢的新的人生信念……这种现实境遇导致了他们心灵的逐渐失位，加剧了他们精神上的浮泛性。同时，他们大都生活在都市之中，多数属于独生子女。周洁茹在小说《飞》中说："我父母就生了我一个孩子，我们生下来就是太阳，热热闹闹。"他们既没有任何历史的痛苦记忆，也没有遭受过物质上的困顿。这又无疑养成了他们以自我为中心的某种自足心态。因此，他们在叙事过程中很难对其他生活给予积极的关注，也不可能将审美触角延伸到社会不同的生存层面上去。他们只是不停地讲述自己的故事，描述自己的精神历程。"我们都将永远无法离开这些关于我们的青春的碎片。"（棉棉《白色在白色之上》）但是，在这些关于他们自己的"青春碎片"的表达中，由于上述成长环境的制约，他们不可能在存在的意义上对心灵的内在伤痛做出某种发现，更不可能站在某种文明的高度上对自身生存境遇进行卓有见地的反思与批判。所以，充斥在他们作品中的，大多是对表象性的生活经验的复述，和对情绪化的生存感受的临摹，具有细节上的鲜活性但缺少内蕴上的丰厚感，感性有余而理性不足。棉棉的许多作品就不断地重复着自己那种有些神经质的感觉；卫慧的作品也都是在各种欲望的表层游走，缺乏相应的理性根基来支撑作品的内核。只有丁天似乎是个例外。他的《饲养着我们的城市》《死因不明》《反光》等作品明确地透露出创作主体对自身生存境遇的审视姿态。虽然这种审视还不够全面和深刻，但其呈现出的冷静与严肃隐含着作家对更高道义的承担愿望。

这种对心灵表达的自足性与浮泛性直接导致了他们在叙事上的凌乱无序。

其文本缺乏严谨的结构，故事情节缺少相应的内在张力，使我们很少能体味到小说形式背后常有的隐喻力量。特别是那种极度情绪化的叙事话语，由于与创作主体的情感倾向紧密地纠缠在一起，消解了必要的叙事距离，从而大大影响了他们对自己这代人痛苦心灵的审视力度，使话语不可避免地走向了平面化。

我匆匆地做出上述这番剖析，并非是想否定他们的创作在当下文坛中的意义。客观地说，相对于那些受到读者冷遇的先锋作家和那些所谓的现实派作家，他们的确在审美观念中呈现出完全不同的艺术倾向。这无疑给文坛注入了一种别样的活力。但我们必须清醒地看到，这一代作家的创作还仅仅处于一种初始阶段，他们向我们提供的还只是一些鲜嫩的感觉和对自我生存境遇的关注。无论是其生存经验的积累还是艺术经验的积累，都还有一个漫长的过程。我期待着他们能不断地实现自我超越与提升。我坚信，如果他们有一天走向成熟，他们一定会觉得，写作与人格、道义及人类的尊严永远存在着密不可分的联系。

终止焦虑与长大成人*
——关于"70后"作家的笔记

宋明炜

一

近几年陆续登上文坛的卫慧、棉棉、丁天、李岩炜、周洁茹、魏微、赵波、戴来、金仁顺、李凡等十多位年轻作家,都被划归在"70后"作家这一名目之下,以此表明一代文学新人的长成。很显然,这种较为笼统的命名方式仅标识了作家在年龄上的相对一致性。事实上,这一代作家的写作可能恰恰凸显了20世纪90年代文学的多元倾向。他们正处于一个强调个性化和个人立场的文学空间中。这使他们似乎天生就对各种"共名"和"主流"式的话语具有免疫力。在创作之初,他们大多即已在自觉追求鲜明的个人风格(其中或许难免有对前代作家有意或无意的模仿与继承,但也必然含有文学新世代的自发和独创元素)。这不仅体现为他们大多将题材限制在具体的、为自己熟悉的个体感知范围以内,更为主要的是,他们还都依持个性化的生存感受,力求形成一种与众不同的表达方式。可以说,这一代年轻作家是以各自迥然有异的风格对个体经验进行描述、反省和想象,在当前形成了某种"狂欢"式的众声喧哗的文坛景观。

这当然也就意味着很难在单纯的写作风格层面上对这一代作家给予某种统一的整体评说。但假如在年龄相对一致的条件下探寻这一代作家的主体精神,

---

* 原载《上海文学》,1999年第9期。

我以为至少有一种共通性是能够被确认的，那便是一代人的"共同经验"。必须加以强调的是，这里所说的"共同经验"不是就具体阅历而言，而是指一代人在成长过程中可能会共同受到的来自时代环境的制约，意味着一代人可能产生的共同精神趋向。它不一定会使作品打上鲜明印记，但却有可能构成作家以个体面对世界时所难以摆脱的视界。或者说，它会表现为一种作家与生俱来般的体验模式，隐藏在作家的具体经历背后，从而影响到其对现实的把握与对自我的想象。我承认，也正是这种"共同经验"及其塑造的想象关系，使同样出生于20世纪70年代的我，对同龄人的创作不能不怀有着特殊的体认和感应。在本文中我希望结合对作品的理解来阐明这种体认和感应，更期待能以此窥探这一代人写作的更大可能性。

二

现在人们通常认为，"70后"作家的一个显著特点是他们很坦然地把个体经验作为主要的写作资源，并发展了一种畅快淋漓、无所顾忌的表达方式。或者说他们想要把自我尽可能不加掩饰地投射在文本之中，并且常常使写作成为真正无拘无束的自我表白。这种倾向当然也不是所有"70后"作家的共同特点，而是较为明显地体现在卫慧、棉棉、周洁茹等几位女作家的作品里。这一方面可以看作一种可贵的纯真和锐气在当前创作中的复归，非常值得珍惜；但另一方面，当自我表达太过于顺畅、彻底和轻松时，经常也会伴随着一些简化或变形的倾向。这两方面不一定构成矛盾，甚至可能互为因果。后者也不必然构成对写作深刻性的制约和妨碍。但显而易见的是，它有时也会造成一种有些特殊的表达悖论，即你愈想彰显鲜明个性和自我的特立独行，反而愈加只能达到相反的效果。也就是说，那个被表达出来的触目可及的个体身影愈加削弱了自我的真实成分。事实上，在过于顺畅的表达过程中被简化、漠视或忽略的，往往是一些最贴近心灵深处的复杂体验。这多半会带来一种结果，即自然地拉开了表达效果与真实主体之间的距离，因而透露出了言说和内心的实际差异。这也就意味着，表达上的特立独行不一定对应于自我真正的特立独行，反倒有可能构成对这种自我想象的否定。在我的理解中，就我所谈的这几位作家而言，这种情况的发生总是与他们放弃对某些心灵感受的把握相关。其中比较明显而且具有一致性的便是他们对焦虑感的有意忽略。

我所说的焦虑感是由作家主体通过文字与世界发生关联时所遭受的障碍所致，是心灵的想象与现实境况相互磨蚀的结果。在有些情况下这正是人不放弃追求主体力量的证明。当代社会文化环境使这种感受密布于许多真诚的写作中。特别是在通常被称作"晚生代"的一些青年作家笔下，它常常会使文字带有充满痛感的钝性，使文本持续出现情节和表达的延宕，仿佛人被捆住了手脚。有时虽也会从中透出一股玩世不恭与世俗化的颓废倾向，但其骨子里并没有丝毫的松懈，那种焦虑感仍梗在那里，人与现实环境之间的对抗关系依然绷得紧紧的，甚至在这延宕中得到强化，显现出一种真实的渴望自我确立的艰难境况。这里指的主要是在一些南京作家（特别是朱文）的作品中表现出来的情形。"70后"作家整体的写作在这方面则与之有着极大的差异。

在这里我以卫慧的小说为例来加以说明。在《蝴蝶的尖叫》《爱人的房间》《神采飞扬》《硬汉不跳舞》等小说中，卫慧以一种强劲的话语方式把在都市里物化生活中的种种琐屑、零散的感受聚拢在对内心激情的表达中，从这激情里显现出颇具光彩的自我形象。

又比如周洁茹，她在目前"70后"作家中年龄最小，但文字风格却显得特别老道、冷漠，对人性的态度有时近乎刻薄，让人联想到张爱玲。这种非常明显的反讽色调无疑也可看作其彰显个性的一种表达策略。像《我们干点什么吧》《飞》《乱》《回忆做一个问题少女的时代》等小说，情节因素都淡化到了极点。作者只是散淡地描述女孩子面对生活时的厌恶之感，但却都因对反讽无所不在的运用，而能够在对庸常人生中的意义之匮乏和生存之恶的揭示中表现出鲜明的主体倾向。只是问题在于，运用得过于顺手（甚至有些圆滑）的反讽总是具有"双刃剑"的效果。比如说那种老道、冷漠的文风虽能瓦解现实的虚浮之相，同时却也消磨了由这瓦解所牵动的锐痛，在文本中过滤了一切伤感和真情，只显现出一种无所谓的、最多是自嘲式的隐痛。因而小说里尽管总是贯穿着面对生存之恶时"无能为力"和"无所作为"的虚无感，但并不相应展现出个体的焦虑。作者极好地将那种压抑的气息控制在细碎迂缓的叙述中，意在力避与绝望的直接碰撞。这样一来，文本就排除了任何对抗性内容的存在，而仅仅呈现出一种虽然毫无生气，但却令人心安的妥协和疲乏状态。如在《我们干点什么吧》中，主人公通过对无数生活琐事的描绘，暗示出改变生活是不可能的，并表明对此不得不坦然接受。（这里可以明显看出其与朱文小说的差异，后者同样表现"无所作为"的虚无感，但深刻地描绘了写作者的内心焦虑，始终着力突出对主体力量的渴望。）正是小说中那种无所顾忌的反讽式表达方式，最终导致了主人公自我意识的弱化。比如《我们干点什么吧》和《飞》的结尾都归结到一种无可奈何的情绪："我们是想干点什么的，但我们什么也干不了。我们只是坐在这里吃羊肉串，一串又一串。"或者是："我们结婚吧，我就要一支玉米，只要一支玉米。"这样的独白看起来好像自我说服，有点不甘心的味道。无论"干我们想干的事"或是"真的飞起来"，到底都变成了遥不可及的年少旧梦。

与卫慧、周洁茹相比，棉棉的小说吸引人的地方是那种更为独特的话语方式：绵绵不绝，片刻也不肯安于沉默，如摇滚一般躁动、迷狂，打破规范，并且没有中心和整体感，也没有交流性。棉棉的言说仿佛都是生成于瞬间的冲动，一连串的警醒使她精力充沛，不假思索地"说"了下去，甚至不能顾及这言说的内容，也不在乎意义的连贯性。一切都随心所欲，率性而为，也可以在任何气力不接的时候突然终止。这当然是一种特别强劲和富有个人魅力的表达方式，能毕现无遗地展露一个人的内心感受、情绪乃至个性。也可以说，作者由此才有可能在小说中实现一种真正的自我投射。然而也正因为如此，当这种表达被无节制地推向极致时，反而会显露出某种内里虚弱的征象。像她的《啦啦啦》《每个好孩子都有糖吃》《黑烟袅袅》《九个目标的欲望》《告诉我通向下一个威士忌酒吧的路》等一系列作品，都以大段零散、破碎的内心独白，凸显出了个体经验中追求反叛的强烈意志。但表达的力量却好像在向四处散逸，并且在这表达的背后闪烁的始终是一个脆弱的主体的影子。她似乎怎么用劲也聚不拢主体的精神力量，怎么努力也无法逃脱自我意识的破碎和分裂。就像她在《啦啦啦》中所自问的那样，"我们到底是为了自由而失控的，还是我们的自由本身就是一种失控？"她想要"飞到最飞的时候继续飞"，这飞的强烈冲动却已折耗了飞的力量，使她从空中坠落，在瞬间突然变得虚软无力。

很显然，以上三位年轻作家尽管写作风格各异，却都相当一致地陷入本节开头所说的那种表达的悖论之中：一种追求特立独行的表达反倒在实际上暴露了主体精神的虚弱。这也是焦虑感在文本内被冲淡、回避和消解的最终原因。在个体与现实境遇相分离或对立的紧张关系中，焦虑是一道刺眼的裂隙。只要那种个体与现实之间的紧张存在，它是无法在文字中得到消释的。如果焦虑随时可以被轻易、顺畅地消解，或完全不存在，那就只能归因于它所内含的个体与现实境遇的分离或对立并非如显示出的那样绝对，写作者从根子上就有着随时退却或投降的准备。也就是说，终止焦虑，在这里也就意味着作者并不具有一种强大的主体力量，而是可能正恰好相反。

三

如果从写作题材的角度来看，应该说绝大多数"70后"作家的作品都或明显或隐晦地包含一个"成长"的主题。因为年轻人写到个体的生活经验，其实很难不涉及对成长经验的关照，至少能比较曲折地透露出自我意识的发展过程。像李岩炜的《说完了的故事》、卫慧的《艾夏》、棉棉的《啦啦啦》，都是讲述一个同龄女孩"长大成人"的故事，其中写到了自我和现实之间的冲突，以及由此引起的伤痛与精神取向方面的变化。当这类描写牵涉作者个体的切肤经验时，显然意味着一种难得的坦率和真诚。而这些年轻的作家似乎天性中就具备这种素质。这使得他们笔下的成长故事往往更为直接地映现出其各自的心路历程与主体倾向。而就我的阅读经验来说，"70后"作家中对"成长"主题最为痴迷的要算是李岩炜和丁天了，迄今为止，他们的创作几乎全都集中在对个体成长经历的叙述方面。

先来看李岩炜的小说。与卫慧、棉棉等人不同，李岩炜并不有意追求一种特别强劲的、个性化的表达。她喜欢在冷静的内省中追述成长历程，并在字里行间隐隐透出一丝伤感，文风更偏于平实。李岩炜是"70后"作家里最早开始发表作品的作家之一，但其创作量却极少，好像只有发表在《收获》上的两个中篇小说——《走廊里的脚步声》和《说完了的故事》。前一篇描绘主人公在青春期的心理变化。由于精心设置了心理分析的结构方式，作者为迁就形式需要，反而显出一种叙述上的局促。相比之下，《说完了的故事》更具有一种质朴、自然的风格。这篇小说情节很简单，仅仅讲述了一个女孩普普通通的成长经历。她的初恋、校园生活、之后的结婚生子，全部经过都很平淡，有时还不免有些琐碎。但就在这平淡中却有一种逼真的生活气息。可能同龄人尤其能从中体味到一些熟悉的，也是难以释怀的感受。这种感受被密密地包藏在叙述里，或者说它首先就是由叙述本身呈现出来的。小说之所以取名为"说完了的故事"，在我看来，其意义就在于揭示这故事的平淡无奇，好像还没来得及展开就已经说完了。与之相应的故事内容，女孩的长大成人也是在同样的平淡无奇和不觉中完成的：她徘徊于一些朦胧的感情体验之间，像是一直在期待什么，但后来才发觉她尚未做出任何明晰的选择，便已走完了成长的历程。这篇小说最大的意义可能就在于，它以此揭示了成长中不自觉的成分，即这成长不是自我追求的实现过程，也不是经历挫折后主体精神的成熟过程。其中没有"轰轰烈烈"的渴望，也没有清醒的痛苦，而是一切都发生在浑然不觉中，是近乎无事的，有点稀里糊涂、不明不白的成长。因而在李岩炜的叙述中，成长的体验主要是一种惘然的感受，并且故事里的女孩逐渐在无意识中放弃自己的情感、意志和理想，用小说里的话来说，就是"放弃亦是潜移默化地渐渐被自己接受"。尽管成长并不像期待中的样子，却也不会产生那种"刻骨铭心的痛苦"。随着时光流逝，她变得心静如水，一无所求。可以说，《说完了的故事》展示出的成长经历更像是一个被动的过程，似乎有某种更有力的事物在主宰着女孩的感觉，自始至终都在压抑着她对生活的参与，使她的自觉成分越来越趋于弱化。

这样一种把成长等同于丧失的描述，也同样出现在丁天的小说中。与李岩炜相区别的地方是，他更加强化了这种丧失给个体带来的巨大伤痛。丁天的很多小说初读之下会让人想到王朔，可能主要是因为其创作受到《动物凶猛》的影响。那种把调侃、反讽与伤感融为一体的表达方式、追忆和自剖式的叙述结构，以及一种对青春记忆由衷的珍爱之情，都明显带有《动物凶猛》的影子。丁天较独特的地方在于他伤感的一面大于调侃和反讽，同时更为直接地把成长描述为一个不断丧失的过程。在王朔笔下，成长故事中隐含着塑造自我的因素。"顽主"式的人生态度使他能以一种相对成熟的心态来回首青春岁月。但在丁天对成长的描绘中却看不到这种心态。对他来说，青春的消逝好像意味着从此失去了自我最本质的部分，总使他有种痛惜不已、难以面对的感觉。比如，《饲养在城市的我们》写主人公如何追忆被他称为"我们"的朋友圈子。主人公感到，"回顾'我们'渐渐瓦解的成长的过程，我想我们后来的生活中肯定缺了某些东西，像是缺少勾兑的酒，致使我们的生活显得极不完美"。至于到底缺了什么，可能一下子很难说清，但主人公明确地提到了失去的"纯真"："纯真，是不是现在我的心中也没这种东西了？也许它移到了我们内心深处更深的地方，被不知不觉地小心翼翼地隐藏了起来，也许像是许多被埋进了土里的东西，慢慢被磨蚀了，腐蚀了，上锈了。"人们通常认为，失去纯真是成长中一个必然的方面，以此换来的是心理上的成熟。这种观念也相应地把成长看成个体不断发展的过程，认为它的另一端总会连接着更为确定的人生态度。这足以抵消失去纯真带来的痛苦。然而，这却不是丁天笔下的情形。在最近发表的《青春勿语》中，他写一个少年迷恋于情窦初开时欲望萌动的感觉，却在真正面临性爱之际由于一种未知的恐惧心理，主动中断了与女孩的关系。但紧接着他就明白自己已永远失去了"那最初最单纯的爱"。作品表达的是一种最私己也最痛苦的青春体验。由于性爱的提前介入，更由于对少男少女初恋的某种猥亵化理解，少年无法再保持纯真的心态，但同时他也不能认同已对他构成心灵伤害（即打破他的纯真）的成人的伪善观念。这最终使他的精神处于一种真空状态，使成长变成他生命中异常残酷的事件。小说写他后来总摆脱不了内心的自责和懊悔，特别是他反复梦到自己犯下滔天罪行。在我的理解中，这更像是隐喻少年亲手"杀死"了那个纯真的自我，并以此换来难以承受的痛苦折磨。不难看出，对于丁天而言，纯真是一经丧失就无以补偿的。并且更为关键的是，它近乎一种人的本质性的存在。有了它，才能保持主体自在的完整性，才能黏合起主体和世界之间的裂隙。哪怕这种完整性和黏合关系只是不自觉形成的，或是十分表浅的，但却都是对于自我的不证自明。因而当成长被揭示为一个失去纯真的必然过程时，显然它就不再意味着自我会由此走向成熟，而是承受了毁灭性的打击。如此一来，丁天所叙述的成长经历似乎不可避免地只能是一个主体性逐渐弱化的过程，其中看不出在失去纯真以后，究竟还有什么是值得自我依持的。成长的体验被刻画成为一种惘然的感受。这一点正与李岩炜的描述相似。

但另一方面，丁天也更突出地写出了成长中自觉的成分，写出了成长所带来的"刻骨铭心的痛苦"，以此表达出比较清醒的主体性倾向。这尤其表现为其对现实情境的一种潜在的反抗立场。也就是说，当他把"纯真"看成唯一的价值时，现实情境作为"纯真"的剿灭者，无疑正是被否定和无价值的存在。这种反抗在丁天作品中其实也只是被曲折地表达出来，并且因为背后的主体力量十分微弱而显出很浓的虚无色彩。但它却无疑是真正生成于个体最深切体验中的精神取向，代表着"70后"写作中极为难得和宝贵的因素。

总之，丁天和李岩炜都较为直接地写出了"70后"的成长经历，并且两人都一致地把成长描绘为丧失的过程，最终也未能建立起一种实在的精神取向。其作品传达出来的那种迷惘的感受是十分真切的。特别是丁天的小说，以此展露出了一种难知所终的主体的困顿之境。而在另一些"70后"作家的小说中，情况则正好相反：成长往往展现为"获得"的过程，即主人公克服了（或者原本就没有）精神上的困顿，而能逐渐达到一种明确的、能给他（或她）带来幸福感的世俗化的价值认同。只是不难看出，这种认同方式其实更像是由疲乏而生的放任行为：在迷惘之中没着没落地飘浮了太久，于是便匆忙降落在一片安全的草坪上。

这情形可能在魏微的《从南京始发》中表现得最为坦诚。当然，从严格意义上说，这并不是一篇具体描述成长经验的小说，但它却通过写一场与世俗道德相冲突的爱情逐渐破灭的经过，揭示出了主人公确定价值认同的过程。小说写一个女大学生陪伴不可能与她结婚的男友去各地旅行、谋职，希望这爱情成为自己终生的依靠和慰藉。但结果事与愿违，她由这情爱之旅中体会到的更多是世故和无奈。最终她只好放弃了这份令她心碎的情感，重新回到传统规约的恋爱方式之中："我们在相约的人群背后生活，深入城市胡同的深处，过具有小市民道德律的刻板生活。我们将在一个城市安定下来，拒绝出游和交际。"作品里她其实不止一次地表达了类似的想法，而"从南京始发"的旅行也一直伴随着她中止旅行的愿望。那种"必须拼命"且不知结果的情感显得过于沉重，主人公因而渴望能过一种平和、殷实，"阳光明媚、清澈如水"的生活。但同时"世俗社会是如此饱满，充满肉欲，让人垂涎三尺"，她的年轻的心灵无从抗拒来自内心和外界两方面的压力，只有任由"俗世的灰尘"覆盖了她的爱情。可以说主人公最终所认同的是一种世俗理性，即与其在无望中挣扎，不如早点妥协。这篇小说的真诚之处就在于它毫不掩饰地写出了主人公这一内心变化的过程。魏微是用一种伤感的笔调来融化心灵的伤痛，使它被泪水浸软，直到心底里生出了宁静与满足。

四

在匆匆考察了6位"70后"作家的创作情况之后，老实说，我也没想到自己从中体认和感应到的是他们这样一种共同的精神状况：无论是在那种追求特立独行的表达之下实际揭示出来的自我脆弱，还是在对成长体验的叙述中透露出的精神取向上的迷惘感受或世俗化倾向，都表明了这一代作家在主体力量方面的匮乏与困厄。与之相关的，是主体在对现实的反应中自主性明显弱化，对现实的认同感逐渐增强。两者的关系处于相互整合之中，而不是主体自觉疏离出来，形成独立的个体存在。这多少是有些令人吃惊的。因为假如这一代作家正处在特别是成长在一个多元化的社会文化空间里，按道理来说，他们似乎更能相应地确立一种完全的个人化立场，他们的生存体验也应更有利于其保持一种自觉的主体力量。但从目前的创作实绩来看，事实却好像并非如此。

何以会如此呢？

或许可以说在我们这一代人的共同经验中存在着某些先天不足。比如，我们在接受文化教育时，传统意识形态话语早已失势，知识分子人文精神也趋于崩溃，那些理想精神被排除在我们的感知范围之外。这就使我们在自我建构中难以真正融合进一种精神力量。再比如，随着一个物质性意义上的现代化社会日益临近，消费空间的膨胀成为我们眼前最切近的现实景况。作为看着电视广告、接受流行文化和受益于市场经济而成长起来的一代人，我们可能已经不可避免地被塑造成了消费社会的受动群体，而在不觉之中失去了实际上的主体自由，如此等等。这些方面也许都是事实，但也许都只是一些非常片面、表浅的认识，尚不能完整地揭示出我们共同经验的实质所在。对于我们这一代人的共同经验，如果仅仅从我们自身的角度来考察，我们最终还是将会遭遇更多、更大的困惑。我想比较值得去做的，是应该确认我们所处的时代到底在怎样影响着我们的生存体验，以及在此基础上又如何塑造了我们对于现实和自我的想象。也许对现实和自我关系的察知，将触动我们更为内在的体验，并从中催生出一些具有发展可能性的新向度来。

棉棉的小说《啦啦啦》中有句话给了我很深的印象："我知道有一种境界我始终无法抵达。"我感到这里面有着深切的渴望。那种境界究竟怎样？作品里没再做具体解释。在我的想象里，这应该是一种自我完全舒展的状态，其中应该蕴含着由心灵的澄明而显现出来的生机。"无法抵达"这种境界当然不是什么不可弥补的缺陷所致，只能说明这一代写作者的心灵世界中还有巨大的待填充的空白，或者用句滥俗的套话来说，即这一代人还"在路上"。他们到底还只是在走向某个未知的精神域界的途中。而这，当然也就意味着他们还需要持续不断地付出更大的努力。

1999年7月5日于上海

被遮蔽的"70年代人"*

宗仁发　施战军　李敬泽

　　1997年冬天，仁发、战军和我在北京谈论"70年代人"，交谈的成果就是《关于"70年代人"的对话》，先后发表于《南方文坛》《作家报》和《长城》。现在是2000年的4月，1997年的那次对话已是上个世纪的事情了。很多事发生了，很多事始料不及，于是就有了这次新的对话。它的主题听起来有点怪异：被遮蔽的"70年代人"。

——李敬泽

　　宗仁发：说到"70年代人"被遮蔽的问题，应该从两个角度看：一个是大众传媒的商业化炒作达到了无以复加的程度，严重扰乱了文学视听；另一个是"70年代人"的作品确实存在许多不可忽视的问题。尽管某一代作家是否称职对于文学的历史长河来说是无所谓的，尽管某一个年代出生的作家写得怎么样并不完全是他们自身的责任，但对其宽容接纳与客观评价都是必要的。

　　李敬泽：仁发所说的第一点我特别同意，就是炒作问题。但我还想追问：大众传媒为什么要炒作他们？为什么不炒别的年轻作家、别的文学现象，偏要炒这个？书商和媒体人都有高度的敏感性，他们想必是看出了什么东西，意识到了这能够激发和迎合大众趣味。事实证明他们的判断并未出错，"70年代人"果然被炒得热火朝天。

　　1997年我们曾经谈论过"70年代人"。现在我觉得我们看问题真是不准确

---

* 原载《南方文坛》，2000年第4期。

呀！我们赶不上书商。他们一眼就从某些作家、某些作品中看出并抽出了某些东西，比如全球化的文化想象，消费主义的诗学和哲学，一种"特立独行"而骨子里志得意满的"个性"姿态，等等。他们以这些为材料，包装出银光闪闪的符号，叫"另类""新新人类"什么的。他们推销的其实不是那几个作家，而是一整套"幻觉"。而在中国的都市中，正有一些人或多或少地沉浸于这种幻觉之中。我把这叫作"小布尔乔亚幻觉""小乔幻觉"。对"70年代人"中某些作家的炒作不过是整个幻觉生产和运作的一部分。

施战军：敬泽所说的"幻觉"的生产和推销很有意思。这里面包藏的是什么？我看是新型的大众生活形象与商机的暗合。它所提供的"标准像"肯定不会是面目繁多的，而是尽可能缩略的，以便于复制。

李敬泽："幻觉"就是一种意识形态，遮蔽正是由此发生的。这是多重的遮蔽。首先，对那些被炒作的作家来说，市场的粗暴指认妨碍了对他们的写作进行比较认真、客观的认识。当然，这也可能是两相情愿。其次，这是对这一代人中的其他写作者的遮蔽。现在的逻辑是，你是一个年轻的、生于20世纪70年代的作家，你就是"新新人类"，否则你就什么都不是。当然，更重要的遮蔽是对这一代人的生活、对我们共同生活的遮蔽，比如把一种"白领"世界观强加给大众。

宗仁发：是的。"70年代人"不等于媒体上经常出现的一群名字，不等于这一年代内出生的女作家，更不等于某某，不能以偏概全。

施战军：当初我们开始关注"70年代人"，在很大程度上是缘于他们新锐而尖细的声音处在被遮蔽之中。因而敬泽曾戏称这样的工作有"密谋的气氛"。如今，他们中的一部分已迅速走红文坛，更有几位在图书市场上拥有了可观的"现在时"份额。于是新的遮蔽便产生了，大致情形是：男作家似乎弱于女作家；作品散见于杂志的女作家似乎弱于出作品集的女作家；出作品集的女作家似乎弱于出长篇的女作家。这种现象是书商与媒体合谋的结果，是"好卖原则"制导的产物。文学的艺术标准被追求利润和猎奇的欲望所掩埋，癫狂状态遮蔽了正常的自然生长状态。

宗仁发：这可能就是文学与市场接轨的利弊所在：一方面，在市场的作用下，会建立起文学与读者、文学与社会的正常关系，避免文学的圈子化倾向；另一方面，市场的商业利益追求会带来超前开发、过度使用资源等干扰作家自然生长的问题。本来一些期刊接纳和扶持新作者并无很强的商业性考虑，但出版商一介入进来就不一样了。

李敬泽：问题不止于此。市场改变和塑造着读者的文学趣味和阅读习惯。书商与媒体在文学中实行"明星制"，直接把文学作品和作家的生活经验等同起来，似乎小说就是自传。这完全不讲常识，但其居然大行其道，甚至一些文学专业人士也照此分析和判断作品。

施战军：显然一些文学专业人士对媒体与市场的非文学甚至是反文学指向并未有多少警觉，抑或这种人恰恰是在扮演"捐客"，因此讲不讲常识对他们并不重要。而且，他们制造出另一套"常识"，以达到"惑众"效应。

宗仁发：所以就有了"美女作家"这样一个荒谬的媒体话题。美女和作家没关系是个简单的常识，将二者硬扯在一起就是给男权社会受众的一个噱头。即便女作家希望自己有形象魅力，那也帮不了她作品什么忙。由这个话题而起的一系列波澜像一个媒体阴谋：先刻意制造出美女和作家的虚假联系，然后再来批判这种联系。在这个过程中受害者是被命名为"美女作家"的人。20世纪70年代出生的一些作家成名方式与其作品的联系太少，而与其生活状态的联系太多。

李敬泽：这反映了小说的某些根本特性正在遭到侵蚀。首先是虚构的合法性。我们还承认不承认小说是一种虚构，一种想象？市场、公众甚至一些作家、批评家都在有意无意地破坏这一基本约定，他们似乎要说小说所写的就是"真事儿"，人物就是改名换姓的作家本人。我想这只能导致文学趣味的大幅度堕落，使小说在"真事儿"的低水平上被写作和阅读。同时，这也是对"真实"这种根本价值的粗俗贬损——艺术的"真实"被贬损为"真事儿"。所以，毫不奇怪，那些最像真事儿的小说常常令人感到虚假。

宗仁发："70年代人"中的一些女作家对现代都市中带有病态特征生活的书写，不能不说具有真实的依托。问题不在于她们所写内容的真实程度如何，而在于她们对此所持的态度。应该说，1998年前后她们的作品是有精神指向的，或者说是有某种批判立场的，并不是简单地认同或沉迷于所写的生活。尽管她们抛弃了烦琐和沉重，但描摹出了"不能承受之轻"。后来由于商业性引导，她们更多地渲染物质化、畸形、病态的生活本身。这是对文学本质的背离。

李敬泽：这也不全是因为商业性引导，也与大的社会文化背景有关。翻一翻现在的小报、杂志，就会发现，我们很难将物质化、畸形、病态的成分从这种都市生活中截然剥离出来。它是空气，是非常复杂、相互联系而又充满矛盾的无穷无尽的文化片断。它在这两三年间非常迅速地滋生开来，形成一种狂欢气氛。它本身就有一大套合法性说辞，自命"另类"实际上非常主流，比如那些都市青年男女都坚信"未来"、热爱互联网而且与国际接轨。所以，一个作家很容易意气风发，觉得自己是在表达一种方兴未艾的世界观。

还有一点，我这样说可能是不合时宜的——我觉得现在作家普遍缺乏职业态度。这造成了小说界的特有现象：作家早熟且早衰。当然，不只"70年代人"如此。年轻的作者想一夜成名，这是不可避免的人性弱点。但是，小说家这个职业无疑需要作家进行长期的、不间断的、艰苦的自我训练。为什么我们的作家垮得很快？为什么很多人到50岁就完了，连基本水平都保持不了了？不是他们脑子不灵了——他们还聪明着呢！问题在于他们根本没有进行自我训练。最近有人问我：王安忆为什么写那些短篇？我看过她的一些作品之后觉得她是在有意识地进行自我训练，从小说艺术的各个基本层面上做习题、练手艺，所以这个人十年二十年后写得都不会差。

施战军：你们说得很有道理。其实"时宜"是写作者最应该怀疑的东西。1998年前后，"70年代人"的写作的确精神指向尚在。相对于父兄辈一些代表性作家过于鲜明的精神指向，他们另辟蹊径，采取的是更符合年轻人审美取向和现实生态的路数。如今这种路数已被人们熟悉甚至俗化，作家们需要更深入地对其予以确立和展开，尤其要探索艺术方式的多种可能性。

宗仁发：是的。文学的多元格局带来标准的多重性，但是小说的一些基本规则并不会有很大改变，不能因为对这些基本规则的把握需要花费力气就以创新为由将其弃置不顾。从这个意义上说，我觉得一些年轻作家还没有很好过关。

"70年代人"的事情闹到这个地步，我认为应该在更大范围内、更深的层面上进行反省。他们的问题既是一个集体幻想问题，也是一个"合伙压制"的问题。所谓集体幻想，就是受进化论影响，人们总认为一代更比一代强，长江后浪推前浪，到了一定阶段就会冒出一批新人，他们的写作会冲击文坛的陈腐和惰性。在这样的期待下青年作家们有时是不顾实际地去硬做，否则就会让不少人觉得空落。所谓"合伙压制"则是由作家生存空间的逼仄造成的。上几代作家经历过反右、"文革"、上山下乡等历史时期，他们要把失去的一切补回来。从他们自身来说这无可厚非，但客观上自然会挤占下代人的空间，本应让下代人崭露头角的舞台大多被上几代人占据。这是生态畸形导致的问题。

施战军：一种刻意构造的生态肯定会扭曲正常的艺术生产规则。"集体幻想""合伙压制"是客观事实，不能不正视它们的存在。一旦代际冲突被惹起，肯定是下一代人处于弱势。未及稳定者在心态上七上八下，即便做出优越的表情，也赶不上"中流砥柱"们成竹在胸、胜券在握的自信。话说回来，"70年代人"的成长语境是个人化的，他们最不耐烦的大概就是彼此之间的同代关联。于是，在熟练于同代联盟（有时其潜意识会暴露在只言片语中）游戏的遮蔽力量之下，缺少同代人意识的年轻作者很容易出洋相、露把柄，被作为谈资，放大为一代作家的整体失态和"没出息"。

"合伙压制"所要实现的，大概是要抹平代与代之间在创作观、世界观上的差异，以求得下一代与上一代的一致。但这实际上不可能实现。我相信，"70年代人"在代际中的群体个性会在种种相对独立的个体艺术诉求中得到越来越稳定的显示，那时遮蔽将不再成为问题。怕就怕若干年后，他们也继承了作为中国作家一种根性留存的遮蔽传统，那时我们如果再谈他们，该用怎样的题目呢？

李敬泽：就用"尴尬人欲说尴尬事"吧。（笑）我倒觉得"合伙压制"不是什么大问题，大狗小狗各叫各的，况且作家们常常也不认为对方所在的地方应该是自己的舞台。

倒是在文学上，"一代更比一代强"的观念确实需要检讨。问题不在于真的强还是其实不强，而是在于，在这种逻辑支配下，我们的文学始终处于一种恨不能时时刻刻从头开始的状态，每一代人都有"创世"情结，一上来就要"清场"。实际上，就中国现代以来的文学和文化而言，并没有多少宏伟的建筑压着我们，一定得把它推倒。"清场"与其说是真的清掉了什么，不如说是一种空洞的姿态，是自我戏剧化。我倒觉得，应该看看地基挖到哪儿了，墙垒到哪儿了，然后设法接着盖，也就是需要一种比较正常的、富于建设性的、珍惜传统的文化精神。

当然，这其实也不仅是文学的事。昨天有个朋友来电话，说起在他那个城市中，最近老房子都拆了，街上的树全砍了，唏嘘不已。我想这就是福科所说的"文本序列"吧，城建部门和作家们是在按着同一种逻辑办事。

施战军：说到建筑，这个比喻很有意思，让人想起一些相关的民事纠纷，比如高层建筑对附近民房的遮光啦，玻璃墙反光扰民啦，等等。"高度"成了一个问题。谁先获得地盘的居住权，谁肯定就有起诉权。谁有起诉权，其实谁就有了实际上的"精神高度"。虽然"70年代人"不强调高度，但给人以"遮光""反光"的不适之感。有些人反对机械进化论，心理上却怀有恐惧，起码他们相信后来者会天然地对其形成一种物理高度上的威胁。

宗仁发："70年代人"有点"生不逢时"，在各种文学观念粉墨登场、轮番轰炸20年以后，他们的出场面临着双重疲惫。一重是模仿的疲惫。现在谁再模仿卡夫卡、马尔克斯、加缪、博尔赫斯，谁就会被喝倒彩。但在20世纪80年代，这类模仿是被人们夸赞的。连卡尔维诺、巴塞尔姆也模仿不得，前面也有人模仿过了。"70年代人"已丧失了"第一模仿权"。另一重疲惫是他们也不能紧跟与他们年龄相近的那些作家。为什么"70年代人"会阴盛阳衰？其中一个原因是女作家的直觉经验优于男性作家，而直觉经验不用模仿，所谓"身体写作"，说的也是这个意思。但这不过是权宜之计。

李敬泽：是的。在正常情况下，一个作家总是从经验开始写作，童年经验啊、"身体"啊，等等，但一个有足够专业精神的作家总会走得更远。我们现在却把"经验"当成了写作的唯一合法依据。这恰恰说明很多作家是被卡在这个瓶颈里了。

所以谈到"遮蔽"，对"70年代人"的粗暴指认也遮蔽了写作多种多样的可能性，它把其中一种包装成了煽惑人心的"时尚"、某种类似于"时代精神"的东西。

施战军：文学由此遭到了漠视。女性"70年代人"中大部分处于半遮蔽状态，甚至被粗暴地归一。像朱文颖、金仁顺、戴来、魏微等人的作品在文本质地上各有优异之处，但其差异性在大众阅读层面被暂时忽视。最受遮蔽的是"70年代人"中的男性作家：丁天的状况还好些；李修文激情洋溢的颠覆性写作与大众阅读口味有距离，很难产生"轰动效应"；陈家桥虽然作品量大，但风格怪异；其他人如刘玉栋、巴乔、李浩、夏泽奎等，或温柔敦厚，或细腻精微，在文本经营上显然更具耐心，但以怪模怪样的文学样式去实现文本冲击力显然不是他们的所长。在病态的猎奇阅读环境中他们只好等待时机。我不相信人们永远只对刺激有兴致，总会有用心来读作品的读者。

李敬泽： 我想我们现在面临着新的文化环境，这一两年它已初露端倪。事实证明，"市场"对文学的扭曲方式可能是更精致了，但骨子里也更骄横，其结果是更不可抗拒。这种情况会一直持续下去，坚持独立的、相对客观的立场是一件难事。

就"70年代人"来说，朱文颖有专业精神；戴来的气质比较强悍，其小说显现不出什么性别特征，可能不那么"女性主义"。不过"女性主义"现在差不多也是一种意识形态，有一大套规则、惯例、行话，对女性作家也构成了规范和限制。另外，我最近看到侯蓓的小说，其充满绚烂奇幻，富于张力。这个人有才情。

男性作家的写作都比较规矩，缺乏一种表面光辉。他们可能还需要一段时间。除了刚才战军提到的那几位作家，还有金瓯，我倒是愿意在他身上押宝。他有一种锐利、疏野的气质。

宗仁发： 这些忍受寂寞的作家仍处于困境中，鲜花和美酒还不会早早馈赠给他们。但我相信他们是把文学当作一种神圣的选择。这一点既证明文学的永恒魅力，也体现出他们的难能可贵。在今天若想通过文学获得功利那将是最冒险的投资，可以说是"拿青春赌明天"。我看大多数"70年代人"投入文学是在追寻生命的精神价值。尽管与文学有关的热闹不断，但这并不说明文学是当今时代的宠儿，只说明世俗社会的"看客"心理总要寻找宣泄渠道。

施战军： 文学的弱势在社会生活层面上是显而易见的，从事文学写作本身就是艰难的选择。作家们内心对自身处境都很敏感，所以这种投入还要有"顶得住"的勇气，让这种敏感所带来的体察力展现在写作中。作家同时还要练就一种粗粝的抗同化、抗异化的能力,该理会的就直面,不该理会的就若无其事。这说来容易,但"什么都想拥有"的幻想总会左右一些人的写作。这样的幻想是更可怕的自我遮蔽。

李敬泽:对每个写作者来说,写作就是反抗各种各样的遮蔽。这种反抗成功的概率本来就不高。其实"70年代人"之类的说法本身也是一种遮蔽,以群体覆盖个人。

宗仁发:说到底这是作家个性欠缺所造成的,也不光是"70年代人"的问题,曾经喊了一段时间的"60年代人"也有同样的问题。其实余华、苏童、格非都是20世纪60年代出生的作家,但他们不在"60年代人"那种说法之内,因为他们已成为公认的优秀作家。而那些被称为"60年代人"的作家还没有被更高的标准认可,只好在群体中被指称。"70年代人"也同样如此。如果说遮蔽,所有他们之前的好作家都构成对他们的遮蔽,脱颖而出的唯一办法就是用作品说话,用作品完成个性的超越。

激素催生的写作*
——"70年代人"小说批判

黄发有

20世纪70年代出生的写作者在1998年冲出地表并走向前台，成为媒体的新宠，给在沉寂中焦虑如焚的文坛带来一阵躁动。他们以集群性姿态登场，从一个侧面表明了这一代作家作为个体的稚嫩与脆弱。媒体对他们的钟爱言不由衷，是在追新逐异法则驱遣下别无选择的选择。在这种意义上，"70年代人"的亮相是一种假面狂欢，媒体的揠苗助长使他们沦为一种依附物，文学的独立空间在这种步步为营的蚕食中崩解。以创造为精髓的文学一旦涌入机械复制的轨道，其悠长的韵味便荡然无存，仿佛成了风中飞絮，空洞的残骸在殚精竭虑的粉饰中幻化成美妙的陷阱。他们的写作演绎的是一出有声有色的空城计。令人怅惘的是，他们只不过是身不由己的演员，表面上挥洒自如，实际上战战兢兢，被垂帘听政的媒体所操纵。因此，我坚持认为，"70年代人"的写作是激素催生的写作，缺乏自然生长的精神间隙，没有原汁原味的文学创造的芳香、色泽和饱满度。

黑夜以其极具魅惑性的光怪陆离的景观吸引了"70年代人"的目光。卫慧和棉棉的多数作品以黑夜为主题意象，黑夜不再仅仅是框定故事的特殊时段，其象征意蕴为作品笼罩上暧昧的氛围。奔突于其中的生命在昏昧的光线中呈露出灵魂的黑暗状态："黑暗是我的家，黑夜是我的温床。"（卫慧《黑夜温柔》）酒吧和迪厅作为一种存在空间，在昏晕的光芒和缭绕的烟雾中蒸腾起

---

*原载《广播电视大学学报（哲学社会科学版）》，2001年第2期。

颓废的、感官的体味，其间的人群陷入了尼采所言的"酒神状态的迷狂"："它对人生日常界限和规则的毁坏，其间，包含着一种恍惚的成分，个人过去所经历的一切都淹没在其中了。这样，一条忘川隔开了日常的现实和酒神的现实。可是，一旦日常的现实重新进入意识，就会令人生厌；一种弃志禁欲的心情便油然而生……由于他们的行动丝毫改变不了事物的永恒本质，他们就觉得，指望他们来重整分崩离析的世界，乃是可笑的或可耻的。"①"70年代人"正是陷入了这种尴尬，他们痛恨"日常生活就是毫无诗意的繁琐"（卫慧《像卫慧一样疯狂》）。当他们的癫狂放纵在冲决严整的规矩和解开天性中最凶猛野兽的缰绳时，拯救的梦想愈走愈远。他们在作品中总是按捺不住汹涌的倾诉欲，把叙事者的主动性剥夺得一干二净，急不可耐地自我表白："有人喜欢把青春和幸福混为一谈，那天我却把青春和失控混为一谈，我觉着我的青春是一场残酷的青春。"（棉棉《九个目标的欲望》）"对我们来说青春仅仅意味着一段虚度的光阴，是一段在路边莫名等待的岁月，一个在夜晚幻想加手淫的年代……我的全部青春就是生活在一个彻头彻尾的错误中。"（丁天《饲养在城市的我们》）他们的青春是黑色青春，但他们的文字只不过如温柔而矫情的指头在黑色的皮肤上滑动、抚摩、搔痒。因而，他们无法直刺黑夜的心脏。面对着都市庞然背影的沉重压迫，他们无法容忍自己不断向荒谬虚无下坠。于是，他们把写作视为"从生活中抽身而出来的技术"（棉棉《九个目标的欲望》）。"面对生命的荒谬，我们唯一的合理姿态就是神采飞扬。"（卫慧《神采飞扬》）这是一种如加斯东·巴什拉所言的"夜梦"状态："夜里的梦不属于我们。它不是我们的财富。夜里的梦是劫持者，最令人困惑的劫持者：它劫持我们的存在。夜，夜没有历史。夜与夜之间互不相连。"②被夜梦所囚禁的"70年代人"是失去了梦想的人，因为"做夜梦者是失去自我之影子……梦想是一种梦境依稀的活动，其中继续存在一线意识的微光。梦想的人在梦想中在场"。③老尼采阴鸷而敏锐地说："时间在黑暗中比在光明中是更沉重的负担！"④此话极为贴切地击中了我们文化语境的要害。

---

①④〔德〕尼采：《悲剧的诞生》，周国平译，生活·读书·新知三联书店1986年版。
②③〔法〕加斯东·巴什拉：《梦想的诗学》，刘自强译，生活·读书·新知三联书店1996年版。

"70年代人"的故事常常落入羁囚与奔逃的模式，即津津乐道于"在房间"和"在路上"的状态。酒吧、迪厅和卧室在他们笔下成了贬值的符号，其中的象征意蕴被掠夺性地榨干。"我也说不太清楚，房间是一种逼近人生内核的象征，与外部的世界是截然不同的对立，很多故事是在房间里发生的因此而具备另类气质，那是与逻辑和秩序无关的一种状态……现在我经常去另外的城市旅游，我再也不能长久地待在房间里，我的生活永远在路上了。"（卫慧《甜蜜蜜》）这段话在某种程度上含纳了20世纪70年代出生的写作者的审美旨趣。尽管他们的作品企图以膨胀的信息实现意义的增值，但这种表层的混乱和复义恰恰是对内在空洞的欲盖弥彰。丁天的《门》、卫慧的《爱人的房间》、金仁顺的《玻璃咖啡馆》、戴来的《要么进来，要么出去》、棉棉的《告诉我通向下一个威士忌酒吧的路》等作品在标题中就显豁地点明了要义。其他作品大多也画地为牢，跳不出封闭性的窠臼。城市化带来的空间扩张和信息化带来的资讯爆炸在改善人们生存质量的同时，也堵塞了社会交往的精神渠道，导致人们与社会隔离，以麻醉的方式将人类改塑成封闭性生存的鼹鼠。其窃夺人类最宝贵的天赋，强迫人们放弃原来的一系列生活方式。"70年代人"的批判神经似乎已经被这种幽闭所窒息，房间成了他们钝化自我的精神牢笼。于是，他们只好在"进来"与"出去"二元并置的选择中恶性循环。或此或彼的逻辑使围困感和流浪感在撕扯中不但没有相互抵消，反而相互催酵。精神的自主性就在这种强迫性重复状态中弥散殆尽。第一部"垮掉派"小说《在路上》的作者凯鲁亚克说过一句话："第一个念头总是最好的念头。"相反，将陈词滥调视为时尚的结果是话语的膨胀，思想只剩下僵硬的外壳，成为浮光掠影。这种虚假的浮华使"70年代人"的言说成为一种可怕的缄默："说出来的话语都是谎言。"传统的鲜活的语言丧失了生机，格式化的言说方式使作者自以为在思维和创造，实际上却只不过是在模仿那些自己熟视无睹的成规。

在作品中搜索父亲形象的强弱似乎已经成了当前批评家一种例行的公事。不少批评家为找到"70年代人"作品中怯弱或遁逸的父亲形象感到振奋，但这种莫名惊诧只不过是削足适履的后遗症。卫慧《艾夏》中的主人公在父性缺席的环境中成长，她的父亲"从她一下地就逃之夭夭了"，只有邮局送来的神出鬼没的汇款单维系着脆弱的父女之情，"艾夏从心底最深处憎恨着那个叫艾仲国的男人。关于她生活中的所有不幸和错乱，该让他来承担"。《黑夜温柔》中温亮和舒昕的父亲都被妻子抛弃，显得黯淡无光。棉棉《告诉我通向下一个威士忌酒吧的路》中的父亲冷漠自私，使"我失去了一个孩子对父亲所有的信任"。周洁茹《熄灯做伴》中的父亲"烦恼、怯弱、担心、怨恨"。丁天《葬》中的父亲迷信、专断，常常向亲人喷射"没来由的愤怒"。但是，"70年代人"在叙写对父亲的逃离和反抗时，同时隐藏着寻找父亲和顺从父亲的情节线索。这构成二重组合的矛盾结构。卫慧《艾夏》中的艾夏对父亲"充满了恨意和莫名其妙的期盼"，并认为"一个真正意义上的父亲能够拯救一个自小就等待父亲的女孩"。在小说中，"有人推测，少女艾夏只身流浪四方，去寻找她父亲或寻找她父亲留下的线索了"。周洁茹的《淹城故事》中有这样的反诘："怎么能够怨恨自己的父亲呢？"丁天《一种疾病》中的主人公想以退学挑战自己"一向惧怕"的父亲的权威，但父亲深谙世昧的劝解使他无奈地服从，在"死捱"中度日如年。首尾呼应的逃离与顺从形成了寻找父亲的循环结构。在棉棉的《九个目标的欲望》和《啦啦啦》中，父亲在女儿陷入绝境时总是适时出现，以宽慰抚平女儿心头的创痛。"70年代人"对父性的暧昧姿态意味深长，与其说他们是在反抗，毋宁说他们是心怀怨恨。西蒙娜·德·波伏娃说："怨恨是依赖的反面：当一个人给出了一切，他总觉得收到的回报还不足够。"[①]面对炎凉的世态和竞争日益残酷的生存状态，深重的被弃感和孤独感催生对温暖庇护的无限神往。他们对父性之怯弱的嘲讽，回旋着对可供依傍的铁肩的呼唤："我天生敏感，但不智慧；我天生反叛，但不坚强……我们的人生是虚弱的。"（棉棉《啦啦啦》）

20世纪70年代出生的人与苦难荒诞的黑色岁月擦肩而过，崇高神话的崩塌使他们轻易地放弃了对精神高度的追求，物欲的漩流使他们与现世生活一拍即合。周洁茹在《飞》中喃喃自语："我父母就生了我一个孩子，我们生下来就是太阳，热热闹闹。"在《熄灯做伴》中这种洋洋自得却又一扫而光："我们不知道什么才是像姐妹那样亲密无间地去爱别人，每个人都不相干，我们彼此都是皮肉隔离的个体，我们互相漠视，在必要的时候才互相需要和互相仇视，

---

① 〔法〕西蒙娜·德·波伏娃：《女人是什么》，王友琴等译，中国文联出版公司1988年版，第406页。

但是那样的接触也是异常短暂的。"无处栖居的空落感将安全感粉碎成尘。精神越荒芜,无可名状的欲望就膨胀得越剧烈。他们饥不择食地向躯体的空壳灌注替代物,但结果却使精神和肉体同时陷入被奴役状态。他们企图用酗酒、吸毒、性宣泄来点燃疯狂的激情,但这种对身体的自虐式鞭打事实上损毁了真正的激情,接踵而至的是沉重的挫败感。这种向束缚宣战的盲目的激烈恰恰是一种新型的桎梏,使他们自己成了自己的奴隶。棉棉在《我是个坏男人或生日快乐》中有这样的表达:"我必须做这种不去爱上却有稳定男朋友的练习。"爱欲的萎缩使灵魂成为一种布满暗缝的容器,不管如何填充,它都始终处于倾空状态。《饲养在城市的我们》的叙述者的喟叹沉积着一种刻骨铭心的哀痛:"自由了,自由到了明天以后任何一天我都没有具体的安排和打算……昨天已过去,无法改变。明天不可预知。今天没事可做。"这样的自由是一种虚假的自由,表面上它将个体从群体的重轭中解救出来,事实上它使之处于无可反抗的束缚之中。弗洛姆一针见血地指出:"如果整个个体化过程所依赖的经济、社会和政治条件不能为个人实现提供基础,而人同时又失去了那些给他以安全的联系,那么,这一脱节现象就会使自由成为一个难以承受的负担。那时,自由就会变为和怀疑相同的东西。"[1]"70年代人"的姿态与"垮掉的一代"不无形似之处,但后者的反抗掀开了当时美国社会百般掩饰的腐烂的脏腑,而前者的写作仅仅作为中国当下社会的注脚而存在。他们机械地说"不",内心却又无限痴迷现世的享受,甚至走向堕落。他们缺乏一种"走向未知"的勇气,其价值标向在撒娇和赌气的沼泽中被湮灭。"或许我对于生活对于爱情时时有一种既挑剔又妥协的矛盾立场,对于现实中各种各样的故事和人物感到厌烦透顶,却又时不时有着关于追求美和真的痴心妄想,这两种极端混在一起就组成一种叫眩晕的东西。"(卫慧《神采飞扬》)在眩晕中一切痛苦、困惑和矛盾都成为编织精神摇床的丝缕。亦此亦彼的含混逃避了选择,带来一种随风飘荡的解脱感。米兰·昆德拉说:"晕眩,就是沉醉在自己的软弱中。人意识到自己的软弱,但又不想反抗它,而是任其下去。人因自己的软弱而沉迷,希望变得更加软弱,希望在所有人面前瘫倒在大街上,希望脚踏在地上,在比地还要

---

[1] 〔美〕埃里希·弗洛姆:《对自由的恐惧》,许合平译,国际文化出版公司1988年版,第25页。

低的地方。"①深具反讽意味的是,"70年代人"逃避命运的行为反而有助于实现命运的安排。

"70年代人"的作品备受指责的是其经验的匮乏。但问题的关键在于,他们的写作又过分地依赖有限的经验,表现出"非虚构化"的自然主义倾向。沿着新写实作家和晚生代作家的写作路径,对世俗生活与生俱来的亲和使"70年代人"表现出想象力的先天贫乏,无法像巴尔扎克所说的那样,"双脚在地上行走","脑袋在腾云驾雾"。没有想象力作为点化剂,有限的经验在叙述中要么呈现为壅塞的板结状态,要么被稀释得寡淡疏离。由于情绪的失控,那些杂凑的经验无法很好地融汇在一起。经验叙事和情绪文本之间出现了相当明晰的裂缝,其间的空洞使作品的"意味"无处容身。在某种意义上,情绪的烟笼雾罩是对经验匮乏和想象贫困的掩饰。棉棉在《一个矫揉造作的晚上》中迷茫地质询:"我写不好作品是因为我总是控制不了我的激动,可我为什么总是那么激动呢?"但其失败不在于无法成功地调用克制性的叙述。这种自责折射出中国作家根深蒂固的成见,即注重再现本体世界而忽略表现象征世界,亦即坚信生活博大精深而主观世界渺小肤浅,畸重生活而畸轻想象。小说中的情绪流露并没有违反规则,作家无须刻意追求对表现对象的毕肖呈现。想象与经验绝非势不两立,关键是主体必须与客体相互契合,能够超以象外,得其环中。而在《一个矫揉造作的晚上》中主人公说道:"艺术就是东捅捅西蹭蹭添点乱才好,重要的是创作者本身得时刻保持兴高采烈的状态。"这句话或许可以视为作者的一种自我慰藉和自我开脱。

叙事的奇迹化是"70年代人"的文体策略,这种故作惊人的姿态既表露出其对自身体验充满疑虑,于是处心积虑地将它改塑得面目全非,也体现了其对大众趣味的曲意逢迎。但声色犬马的经验堆积、狂放不羁的语言喷射和顾影自怜的暴露叙述很快就使接受主体产生厌倦和逆反心理。为了增加刺激强度,"70年代人"只好在猎奇的轨道上愈走愈远。他们的故事常常脱胎于市井传言与晚报新闻,叙述套路隐隐显露出侦探小说和通俗小说的印痕。迄今为止,丁天和金仁顺是"70年代人"中感觉较为敏锐并具思想穿透力的写作者。他们

---

① 〔捷〕米兰·昆德拉:《小说的艺术》,孟湄译,生活·读书·新知三联书店1992年版,第29页。

对生存的困境和成长的荒诞性保持着一种感性的警惕和冷峻的审察。遗憾的是，丁天的《幼儿园》《数学课》《死因不明》《一种疾病》《你想穿红马甲吗？》等极具批判意味的作品大多是"听别人讲或看来的故事"。对社会资讯的过分依赖使其在叙述中显得小心翼翼，叙事者与文本之间似乎总存在一种隔膜。《阳关三叠》三复的穿插性叙述结构尽管不无新意，但寄生于武侠传奇外壳中的故事并没冲出传统的窠臼。金仁顺的《五月六日》《好日子》《玻璃咖啡馆》《鲜花盛放》和《冷气流》较好地控制了情绪的节奏，在平静的语流中缓缓绽放青春的明媚亮丽，同时层层剥笋般地揭示出阻遏成长的黑色内核，把环境的诡谲和人性的幽暗不动声色地彰显出来。但她过分偏爱陡转的效果，结尾的出人意料在带给读者震惊的同时也消解了逐渐凝集的叙述张力。

也许是深切地感受到第一人称叙事的自叙性所带来的负面效应，为了保持与叙事对象的必要距离，"70年代人"除了调用第三人称叙事外，还经常让叙事者与作者进行性别反串。如丁天《蕾》中的"我"是女性；卫慧的《硬汉不跳舞》《甜蜜蜜》和《黑夜温柔》的叙事者与主人公则是男性；金仁顺的《四封来信和一篇来稿》还采用了书信体；而周洁茹的《肉香》则在作品后面附上"一个陈旧故事的备注"作为补叙。但繁复叙事技巧的运用并不能遮掩资源枯竭所带来的苍白和焦虑。"70年代人"在崭露头角时便浮现出自我重复的迹象。丁天的《流》以《饲养在城市的我们》中的一个人物刘军为主角。二者在情节与叙述细节上的重复无可避免。赵波的《萍水相逢》和《异地之恋》叙写的都是一对邂逅的陌生男女之间发生的勾引与抗拒的故事。棉棉的《啦啦啦》《黑烟袅袅》和《每个好孩子都有糖吃》讲述的都是"我"和赛宁大同小异的故事，而且后者和《一个矫揉造作的晚上》的最末一节一字不差。她在《告诉我通向下一个威士忌酒吧的路》中真诚地袒露自己的痛苦："我把我仅有的那点故事都变成小说了，其实我向来反对女作家写真人真事，但是写作确实没有赐予我虚构生活的权利。我费尽心思在我的故事里寻找感觉，毁灭性地找，企图化腐朽为神奇。"写作在这个年代成为作家在各种压力下的艰难挣扎，但"70年代人"的首要障碍和超越目标只能是他们自己。

"70年代人"中不少为没有体制保障的自由撰稿人，这种承受着巨大压力把自己变成"一个坐在家里靠写字吃饭的人"（戴来《要么进来，要么出去》)的胆识，蕴藏着一种抗拒平庸的精神诉求。中国文学的未来或许正由这些自由的灵魂重新塑造。但文学史绝对不以年龄和姿态作为价值坐标，因为两者都是暂时的、可疑的甚至是荒唐的刻度，只有作品质量才能衡量一个时代文学和文化的兴衰浮沉。"70年代人"只有冲破诱惑和压力的围堵，才能带给21世纪的文学一种崭新的期待和惊喜。

关于"70年代"*

魏微

10年前,李师东先生提出"60年代作家群"的概念,并在《青年文学》开设专栏,重点予以推出。以出生年代划分作家,一代人的写作从此被摆到桌面上,堂而皇之地。这是第一次。

后来,"70年代"这一提法的广泛流行,也应该是极其自然的事。现在,"80年代"作家也横空出世了。长江后浪推前浪,一代又一代的作家,就这样扛着这面旧旗帜,躲在时代的阴影里,消消停停地往前走,慢慢地成长、衰老、消亡。有的就此"名垂青史"也未可知。

我不知道百年后的"文学史"(如果百年后还有文学的话),是否会留有"70年代"这个条目。我不知道这个条目该怎样被定义、被评估。这确实是个有趣的现象。

在刚刚过去的三两年里,几个在20世纪70年代出生的新女性,充分利用了这个名号,在文学界掀起了轩然大波。从来没有过的,一个文学概念成为时尚名词,妇孺皆知。它被玩得如此娴熟,一夜之间昙花怒放,倾倒众生。我们得心服口服。

一个时代就这样被粗暴地界定了。"70年代"就是酷、作秀、糜烂。几个年轻的女作家成为这个时代最初的代言人。年轻人跃跃欲试,心急如焚;年长的人摇头叹息,觉得这个时代完了,女人们竟如此不顾廉耻,世界末日怕要来了。

更多的"70年代人"被掩埋在这面旗帜底下。像所有其他年代出生的人一

---

* 原载《青年文学》,2002年第1期。

样,他们安静地生活,按部就班地成长:上学,工作,谈恋爱,结婚生子,慢慢地负起责任来。也偶有抱怨,因为辛苦、劳累,为千百年来就存在的道德感所约束着。

可是我猜,他们有时是迷茫的,一直被压抑着,难免会气喘吁吁。他们不知道是怎么回事,不知道这个时代到底发生了什么,竟变得如此出位、猖狂、无耻。人到底还是从前的人啊——被生下来,长大,有容颜和思想,需要呼吸。

现在和从前有什么不一样么?

我们都知道是一样的。在时间的长河里,有些东西是亘古不变的,千百年来早就被证明的了。20世纪70年代实在再微小不过了——所有年代都是微小的。10年,不过是时间长河里的一粒尘埃,再翻跟头,又能翻到哪儿去?

我从不相信有"大不同"的年代,哪怕它是乱世。所有年代都是相似的。就比如,我们生在这个年代,因为年富力强,又有话语权——人一旦掌握了话语权,就变得非常武断,丧失了理智——便开始胡说八道起来。我们说,是的,我们这个年代是不同的,它有理想主义色彩。或者说,我们身处乱世——如果不幸未赶上乱世,就有另一种说法:我们的时代是堕落的,物欲横流,娼妇满街。

总之,任何人都想证明,他所处的年代是迥异于别人的,有个性,才华横溢。可是这有什么意义呢?每个年代的产生都是有背景的,绝不是空穴来风。那里头的继承性,层峦叠嶂的,说起来恐怕要让人头疼。

真是让人头疼的,每每听到人们对自己时代的论证。那里头有优越感、自私、不负责任,如果不是因为无聊,大约也是因为太天真幼稚,近乎孩子气吧!

剔除了各个年代里那花里胡哨的表象,我们能看到什么呢?人的日常生活、生老病死、人情世故,还有人和人的利益关系、微妙的情感冲突……"70年代人"是个例外吗?为什么会被大张旗鼓地宣扬?怎么就被视为洪水猛兽了?只不过是因为年轻,时代握在他们的手里,在所剩不多的青春年华里,他们想跳一跳,就像虱子一样。

"70年代人"是堕落的。就因为几个狂躁的、不谙世事的女作家，整个一代人被牵连了。他们所处的整个时代，被视为颓废的、无望的、末日的时代。

这真是可怕。

如今，三五年过去了，"70年代"作家已被人忘却，所有人都厌于谈此。它就像一桩丑闻，被人说烂了、说臭了，叫人恶心。在这之后，文坛开始热炒"网络作家"，诗歌界又有骚动沸腾的"下半身"写作出现。总之，这是年轻人的世界。

而且，"70年代"作家也老了，他们中最早出生的一拨人，现已年过30。更年轻的"80年代"作家正在成长。我不知道他们会不会造就新的文坛热点——毋庸置疑，文坛是需要热点的。它就如一注兴奋剂，使得一具日趋衰竭的肉体，在短时间内变得活力四射，充满了幻想。那么，这新的热点，该如何去造就呢？打出什么名目呢？委实难以想象。出版商和小报记者要动动脑筋了。

继续说"70年代"。

虽然作为概念，"60年代"最先被提出，但"70年代"的专利权仍应归于常州人陈卫。他于1973年出生，1996年在南京创办民刊《黑蓝》，只办了两期就停刊了。

我读过此刊，很薄的小册子，印制得很精美。上面登录了名不见经传的"70年代人"的作品，以诗歌和小说为主，质量还不错。这一批作者最初的名目叫"70后"。

1996年底，《小说界》开设了一个新栏目，叫作"70年代以后"，专发小说，负责人是魏心宏先生。从此，一批新面孔开始登上文坛，并令人瞩目。我想说，这个栏目的开设在20世纪90年代后期是有意义的，也是必要的。它给当时的文坛注入了新鲜的血液。在此之前，文坛充塞着熟面孔，新人的作品很难被承认，文学看上去就要断代了。

"70年代以后"可谓横空出世，虽然它后来串味了。但是我想，这跟栏目没有关系，而应该归咎于媒体和当事人。

我是1997年看到这个栏目的。我给魏心宏写了封信，告诉他我对这个栏目的感受，并附上一篇屡遭退稿的小说。这篇小说刊登在《小说界》第4期。这是我在文坛的第一次亮相,也算是最早亮相的"70后"之一吧。

后来,南大的一位博士告诉我:"你现在被关注了,你的名字上了《文艺报》,李洁非开始评论你的小说。"我问:"是因为我发表的那篇小说吗?"他说:"这还不够吗?你得趁势多写,你很快就要出名了。"

我知道出名对我意味着什么:快感,虚荣心的满足,我的名字会不断地见诸报端,像明星一样炫目。然而,我实在很懒,即便在1998年——正是在这一年里,媒体对"70后"女作家开始狂轰滥炸。很多女作家疯狂写作,据说有人竟写脱了发。

时代是这样的热火朝天,急功近利,容不得你静下来多想。出名几乎是一夜间的事,有时都不敢相信。来得太快了,多少年的压抑一瞬间释放了。然而没有快感,只有无边的虚弱和无聊。

真是无聊的。在1998年我就感觉到写作是无聊的,成名也不过如此,它无法换来更切实的东西。一天天在电脑旁坐着,看着正午的阳光一点点地落下去,天色暗了,夜更深了。看着窗外夏天的小树林,隔了几天,树叶凋落了,冬天来了。

真是恐怖的。生命在浪费,不着边际的虚无。那段时间,我倍感压抑,不得不做深呼吸,有时也呕吐。

不断地有编辑来约稿,索要照片。媒体也跟风而上,远方的朋友给我寄来《陕西日报》,因为上面有介绍我们的文章和照片。香港《亚洲周刊》的记者也来了,采访了最当红的四位"70后"女作家,我是其中之一。而那两年,我只发表了三四篇小说。

我闻出气味有点不对了。这里头有什么东西让我开始怀疑了。我完全能够明白,那不是因为我的作品,而是人。是整个一代人,一个群体。他们开始健壮,站出来大声说话。他们需要发出自己的声音,引人注目,不惜搔首弄姿。

而与此同时,个体的区别很快显现出来了,包括他们的写作和为人姿态。我已经看到了,更大的分歧和变故还在后头。果然,媒体变得不再客气了,不断有尖锐的批评出现,也有读者感到很困惑。他们提出疑问:难道"70后"作家都是这样的吗?她们只能代表自己,凭什么遮蔽一代人?

在短短的两三年内,"70后"女作家如日中天,少数几个甚至红得发紫。

一个优秀的作家一生难以达到的荣誉高峰，她们达到了，而且超过了。但是那不是作家的荣耀，而是明星的。

确实是明星的荣耀。我们去上海参加活动，偌大的上海体育馆，数千名读者和观众。那天是星期天，被邀的还有演艺界人士、体育界明星。有很多不明真相的市民走过来看热闹，问我身边一个戴墨镜、衣着暴露、神情妖娆的"70后"女作家："你们是歌星吗？"

她神情冷淡地说："我们是作家。"

真是鱼龙混杂的一拨人，也不知怎么就弄到了一起。彼此都觉得气味不投，交流很吃力。总之，这是一场表演，整个文坛被人拿来当作剧场，上演了一出闹剧，直到另一个女作家出了本小说，名扬四海——因为被列为禁书。后来听说《糖》也被株连。上边不让宣传我们的小说集，结果我的第一本书卖得很惨。书商去南京参加书市，像做贼一样不敢露面，因为怕被退货。

谁也没想到，轰轰烈烈的"70后"美女作家是这样草草收场的。只两三年时间，昙花一现。她们中的有些人得到了莫大的实惠，成为千万富婆，可谓名利双收。然而我可惜的是她们的才华。她们都有过理想，大约也纯真过，做着文学梦一年年地长大，后来实现了。实现了，才知道一切全不是那么回事。

这其中也不知哪个环节出了问题——总之，肯定出过问题。连她们自己也来不及细想，一切随风而去。我不知道她们是否还会写作，如果不写作，又能干什么呢？年纪轻轻，还残留着一点娇颜，她们又能干什么呢？

我的同龄人，最初的盟友，至今，我对她们还抱着几乎是友善的态度。我记得第一次读《啦啦啦》时，竟很紧张。真是一个语言天才！有人把文字写到这个份上，我辈也无须写作了。后来我见到了作者，那么性情坦率的一个人，具有某种不确定的复杂性，声音沙哑，极具魅力。我后来跟一个朋友谈论道："真是担心呀！她别把才华一下子用光了。"朋友也说："她是注定要成为流星的人。"不过没什么。也许再过两年，写作于她已经不重要了，她不看重它了。这才是最好的收场。

还有《艾夏》，我也是喜欢的。1996年，这个中篇呈现在我面前时，是那样的真诚，使人闻得见青春里夏日炎炎的气息。那里头没来得及盛下物质。

说起物质，我们已经看到了，它怎样作用于这一代女作家身上，被夸张，被推到了极致。它腐蚀着她们，让她们变形、异化。有什么办法呢！这是个物质的时代。它已经存在了，成为强大的现实。我们无从拒绝，必须直面它。

有一次朱文颖跟我说："魏微，我们也得考虑一下市场了。我们的书要是好卖，能赚到钱——"她沉思了一会说："我们是不是太物欲化了？"

我想了想说："也许吧。"这应该是趋势。

这就是"70后"作家的特点么？我不知道。我只知道，每代人都是有私欲的，重物质的。这是人的本性，无可厚非。只不过程度上有深浅罢了。

我们受它左右，不自觉地陷入泥淖中，虽抗争，但最后还得妥协。这就是我们这代作家的命运么？我不知道。

"70后"女作家就这样被人遗忘了。它像一阵风，自"宝贝事件"始，渐趋式微。可是它是怎样的一阵风啊！它曾吹得人睁不开眼睛，乱了方寸！后来，较为安静的一拨人还在写作，可是已不再有人提起。

1999年，《芙蓉》杂志重塑"70后"作家，意在纠正这股邪风。更年轻的一拨新人崭露头角。自此以后，小说界、诗歌界的新人层出不穷，每年都会闹出一两件让人侧视的事来。我们惊诧，在文学已衰落的今天，民间竟有如此多的新人，在他们热烈、微妙的青春期，进行狂热或者安静的写作。

漫山遍野，到处都是。

"70后"就这样成为一代人的代名词，先是从文学界叫起，后来应用于各个行业：网络，艺术，新闻媒体……总之，这是个褒贬不一的词。它的定义还需重新被确认。尤其在文学界，如果我们向年长者介绍新人，千万别说，这是"70后"。因为他会皱眉头，变得非常不厚道，掉头而去。也有很多"70后"男作家愤愤不平，他们耻于与同龄女作家为伍。他们中的有些人甚至宣称："如果她们是'70后'，那我就不是。"

我以为这太激烈了，也似乎没有必要。无论如何，时代是无所谓对错的。只不过是几个年轻女子，为虚荣心和名利所驱动，急于想站在人尖儿上——谁不想站在人尖儿上？每个时代有每个时代的方式，而我们这个时代，恰好提供了这种轻浮的方式。她们利用了它，仅此而已。

我未尝不知，一个作家首先是品性，然后是才华。然而这两点，在某些"70后"女作家身上，似乎很难统一。她们是那样的富有争议。但是我仍想说，我可以因为才华而原谅一个人的行为，可是不能因为品性而原谅她没有才华。

是啊！一个女人当真做到无耻，那没有她办不成的事——任何时代都如此。但即便万恶如"70年代"，我们当中有很多人也难做到这一点，因为有羞耻心，因为看得更清楚。

总之，底线是有的。时代列车将继续前行，不会停下。

论"70年代后"的城市"另类"写作*

倪 伟

20世纪90年代中期，一批70年代出生的作家开始在文坛崭露头角。1996年《小说界》率先开辟"70年代以后"专栏，此后《芙蓉》《北京文学》《作家》等杂志亦纷纷推出20世纪70年代出生作家的专栏或专辑，连《收获》《钟山》《花城》《上海文学》等老牌文学杂志也接连发表了棉棉、卫慧、周洁茹、魏微等人的作品。在短短两三年时间里，"70年代后"作家群迅速成为一支引人注目的文坛新兴力量。1999年《上海宝贝》出版，由此而掀起的阵阵波澜更是使"70年代后"现象在海内外受到广泛关注。

"70年代后"作家群的浮现已是一个不争的文学事实。但正如许多评论家所指出的，用出生年代来命名一个松散的创作群体未免失之含混笼统，会忽略掉这个群体内部的差异。单就题材内容、叙述方式及语言风格而言，丁天、卫慧、棉棉、周洁茹、朱文颖、魏微、戴来、赵波等"70年代后"作家都各有特点，很难归入一类。即便是题材和风格较为接近的卫慧和棉棉，也还是有明显差异的。所以，不能因为卫慧、棉棉风头强劲就认为她们的创作路数能完全代表"70年代后"作家。[1]不过，透过表面上纷繁的差异，我们还是可以发现"70年代后"作家所共同拥有的某些东西。

---

* 原载《文学评论》，2003年第2期。
[1] 李安在《重塑"七十年代以后"》（《芙蓉》，1999年第4期）一文中认为，以一些女作家为主的"时尚女性文学"严重遮蔽了"七十年代以后"的创作。而所谓的"时尚女性文学"，其标志是"这些女作家在其写作活动的内外利用各种方式、方法达到令读者乃至公众更为关注她本人的目的"。"在所有遮蔽体肤的衣衫背后，深藏的是不择手段以任何疯狂、叫嚣和献媚的方式迅速获取名利的卑劣目的。"因此，他呼吁要重塑"七十年代以后"的形象。

身为"70年代后"作家中的一员，杨蔚然这样概括他们那一代人的共同经验："1970到1979年出生的人，'文化大革命'对于他们来说，不过是影视作品中热热闹闹的杂耍。20世纪70年代末至80年代初，是他们变得懂事和开始想些事的时候。而此刻他们周身浮泛着怎样巨大的、华丽的泡沫呢？这一时刻，商品大潮不可避免地冲击着社会的各个角落，由此'崇高''伟大'被无情地解构了。"①

这番描述显然意在强调"70年代后"对被商品淹没的世俗生活的亲近。在"崇高""伟大"等宏大叙事范畴被纷纷解构之后，"现实留给'70年代后'作家的不过是一些抓也抓不住的零星碎片，几乎没有一种社会事件、艺术样式及其价值观，在他们心灵中产生恒定或深刻的影响"。②杨蔚然的描述颇有代表性地表达了这代人对自我成长经验的某种理解。沿着这一逻辑，似乎自然就能得出这样的结论："70年代后"坚持的是一种个体性写作，叙写的是自身经验，"纯属个人却代表不了时代和社会的悲欢离合、暗疾隐患"。③于是，厌弃、躲避现实，满足于叙写纯属个人的体验，似乎成了"70年代后"醒目的胎记。令人稍感惊讶的是，这种非常肤浅、表面的观点却很有市场，无论是对"70年代后"作家的捧还是杀，几乎都从这一立论出发。

在我看来，现实与个人体验绝非彼此了无关涉。现实必定会渗透到个人体验之中，而个人体验也绝不可能是纯属个人的——哪怕是在最隐秘的个人体验之中，也必定能听到现实的遥远回声。割裂现实与个人体验之间的有机关联，只是自欺欺人而已。因此，我们不能把"70年代后"作家的个人体验与现实对立起来，并在这种臆想的对立关系中来界定其写作。当然，仅仅指出"70年代后"作家拥有某些共同的经验也还是远远不够的，我们需要进一步探讨：这些经验是否真能代表一代人的共同经验？它们是在什么样的历史条件下形成的？其与现实之间究竟有着什么样的联系？在这里，最紧要的是：这些经验是怎样获得表述的？即：是谁在表述？表述什么？又是怎样表述的？通过对这些问题的追问，我们不仅可以把握"70年代后"作家是怎么以自己的方式来理解并想

---

①②杨蔚然：《生于七十年代》，载《芙蓉》，1997年第1期。
③林舟：《别样的写作》，载《芙蓉》，1999年第4期。

象身边这个急剧变动着的社会以及世界的，而且也会发现这种认知和想象生活以及世界的方式实际上恰恰是现实条件制约下的产物。倘若说"70年代后"作家有什么共同点的话，那并不是指由其出生年代所决定的个人成长经历上的相似或雷同，而是隐藏在这些所谓的共同经验背后的那种大致相同的认知和想象生活以及世界的方式。正是这种认知和想象生活以及世界的方式使"70年代后"作家与前辈作家区别开来。

我将主要分析在"70年代后"的城市"另类"写作中反复出现的叙述主题和意象。这些叙述主题和意象大体上构成了"70年代后"作家认知和想象生活以及世界的地形图。他们所信奉的生活哲学也同样是围绕这些主题和意象编织起来的。

（一）作为景观的"身体"

在"70年代后"作家的写作风景中，"身体"无疑是最耀眼的地标。在卫慧、棉棉们那里，身体获得了前所未有的"解放"，以至于"70年代后"的侍卫们禁不住为此雀跃欢呼，并把它当作一个伟大的事件载入他们编撰的思想史簿册之中——长期以来被我们的文明所遗忘、所压抑的"身体"终于挣脱了灵魂的束缚，成为它自身的目的。更多的人则在兴奋地唾骂，仿佛是被"身体"刺痛了眼睛。这两种态度貌似针锋相对，实质上却都以笛卡儿的心身二元论为论述前提，即认为身体和精神是两分的，身体代表感性、偶然性、不确定性、错误和幻觉，而精神则代表理性、必然性、确定性和真理。在这场"身体"的闹剧中，侍卫们看到的是"解放"：在对身体（感性）的鼓吹声中，关于生命意义与幸福的传统解释统统遭到嘲笑并被肆意摧毁，身体感性以非理性的冲动、疯狂和放纵来对抗及挑战僵化、平庸、压抑、虚假、腐朽的现实。而在唾骂者的眼里，卫慧、棉棉们笔下的"身体"同样是肉欲、纯物质的，而看不到在这"身体"之上其实涂满了种种社会符号。

自尼采以降的现代社会理论已经透辟地指出，身体绝非与精神相对立的纯物质存在，它必然是在文化、认知和语言的体系中被人们认知、谈论的对象，不可能存在独立于话语之外、未被话语所"污染"、先于话语而存在的身体。

用福柯的话来说，身体植根于文化和历史之中，权力的冲突和对抗都必然会铭刻在身体之上。阅读身体也就是在阅读历史，阅读权力斑驳的印记。因此，当我们谈论身体时，必须牢记身体是在特定的社会历史中建构起来的，身体的表征总是不可避免地会与性、性别、阶级、种族以及国家认同等种种社会因素纠结在一起。简言之，身体是一个复杂的场域。所以，问题并不在于身体是否可以成为文学表现的对象，而在于身体是如何被表现的。

然而在"70年代后"作家的城市"另类"写作中，身体被有意识地漂白，与身体相关的一切意义都被仔细地剔除干净，似乎身体只应该是它自身，即原始的、纯粹的情欲之物质载体，与意义的任何关联都意味着身体的堕落。在《从南京出发》中，魏微这样评述古都南京的历史：魏晋是形式主义、物质主义和享乐主义盛行的淫靡时代，"人类从自身的束缚中跳出来，获得了解放。表现在性上，则是人们有着空前的自由、坦荡，没有志向。热情奔放的身体第一次受到关注，房中术开始盛行。大量的钱物被及时地利用、挥霍、浪费——人类进入了大天真时代"。在《一个年龄的性意识》中，魏微更是感慨，在现代社会里，原始的、纯粹的情欲已经消失，"性堕落成了一种暗示和想象"。她还乘机嘲讽林白、陈染"至今仍乐此不疲地写同性恋、手淫、自恋"。在她看来，"身体"一旦被打上女权主义的光束，就远离了纯粹。魏微强调身体的纯物质性和意义真空，似乎意在从一切既有的意义系统里脱身而出，以"漂白之身"来抗拒现存的社会价值规范对个体的编码控制。如果"存在就是身体"，是身体赋予世界以意义，[①]那么真正意义上的身体究竟是什么呢？如果身体仅仅作为肉体而存在，它又是怎样赋予世界以意义的呢？这种横陈于具体的历史、文化之外的纯粹抽象的身体是难以想象的。然而，若是回头来看"70年代后"写作，便不难发现那种被认为与意义无涉的"干净"的身体实际上一点都不抽象。身体的"抽象化"只被用来拒斥一切社会性意义，而身体对物质享乐却从来是甘之如饴的。其实这种享乐也不是纯物质性的。这个身体追求一切奢华的形式，需要用名牌服饰来包装，需要一扇能俯瞰都市繁华的窗口来进行自我展示。总之，其需要借助各种符号的力量来获得快感，而这些符号所指

[①] 葛红兵：《世纪末中国的审美处境——晚生代写作论纲（下）》，载《小说评论》，1999年第6期。

向的正是中产阶级优越、体面的生活。

在卫慧那里，身体更是一种景观。卫慧作品中的叙述者在任何时候都不会忘记告诉人们她有一具美丽的肉体，可实际上她更关注的却是对肉体的重新打造。对身体的投资是头等大事，懈怠不得：鸦片香水、CD唇膏，以及香奈儿（Chanel）、古驰（Gucci）等著名时装品牌把这具身体装扮成一朵娇艳馥郁的鲜花。这朵花是夜之精魂，只摇曳开放在酒吧、迪厅、俱乐部等香艳场所。当然，精神性投资也不可或缺：亨利·米勒、艾伦·金斯堡、狄兰·托马斯、米兰·昆德拉这些耀眼的名字与摇滚、电子音乐、大麻等一起保证这具身体有卓越不凡的品位。身体与精神达成了奇异的统一，身体将精神肉身化，使之成为点缀身体的挂件。总之，这具身体被精心镶嵌于奢华的商品之阵，它的价值可以依据所追加投资的商品总额来估算。这样的身体显然已商品化。与一切经济行为一样，对身体的投资当然也是为了获得丰厚的回报。因此，卫慧式的自恋无可厚非，那只是出于对资本的爱惜。在卫慧那里，身体的实践带有交换的性质，身体在消费商品的过程中获得增值，其交换价值明显提高了。显然，高昂的成本使这个身体不可能再委身于任何人，只有那些拥有强大购买力的顾主才能争取到消费这个身体的机会。这也就是在卫慧的作品中绝对不会出现无原则滥交的原因，身体的经济学决定了与身体相关的一切行为都出自审慎的选择，即使是疯狂，也是经过仔细盘算的策略性疯狂。

相比之下，身体在棉棉那里显得更为纯粹些。棉棉本人似乎并不热衷于名牌，她只喜欢从杂志上看名牌，把它们当作艺术品来欣赏，而不愿在名牌的包裹中失去自我。她宣称：“我喜欢穿棉棉牌衣服，从上黑到下，从里黑到外，上下里外式样简单，越简单越好……我所有的穿着全部依据这个概念……我不戴手表和任何首饰，我有足够魅力，不需要小物件。"（棉棉《我的名牌生活》）这种警惕性也表现在其作品中。《糖》里面的"我"最相信自己的身体，认定无限真理就隐藏在身体之中。"我"长达10年的"残酷青春"就是一场身体的历险。身体在寻找快乐的过程中终于发现高潮才是唯一的追求，但高潮却总是与男人的伤害相伴而来。这才是青春最残酷之处。于是"我"幻想有一天能够不靠男人而自己达到高潮。这一场"痛"而"快"的尤利西斯之旅看似包含对性别政治的颠覆，实则不然。"我"只想享受高潮中那种飞翔的感觉，在快乐中遗忘自我乃至身体本身，而无意去改写"我"与世界的关系。使身体从世界中脱离开来，不能说不具有抗拒现存秩序和规范的意义。但身体以高潮为准则被加以重构之后，便不再是碎片化的"无组织身体"。生殖器官成为身体的中心，这样的身体实际上是重构了它所逃脱的那个世界的统治法则，因此表面上的反叛在骨子里实在是一种回归。这就好比棉棉虽然拒绝名牌，却仍然忘不了要以"棉棉牌"自我标榜。宣称从世界中脱离的身体终于在视觉的盛宴中衣锦还乡。

由此可见，身体"解放"的神话是何等的虚妄！身体在聚光灯下演出了一场逃亡的闹剧。这个身体被认为是纯物质的、感性的，它是个体性的源泉和依据，是对僵化、压抑的占统治地位的社会秩序以及伦理规范的挑战和颠覆。然而，这个被仔细地打扫一空的身体却欣然跨进橱窗，成为消费社会中一道最亮丽的景观。这个身体是一件功用性物品，不再具有生产性，只是消费和被消费的物品。换言之，身体已被打上资本的印记，被彻底纳入消费社会的生产逻辑之中，成了交换的符号和砝码。所以，被"解放"了的身体实在是被作为物品（符号）而解放的。这种所谓的解放不过是把身体从一种符号系统转移到另一种符号系统之中，从一种奴役状态转为另一种奴役状态而已。

引人关注的是，在"70年代后"作家的城市"另类"写作中，被刻意展陈的从来都只是女性的身体。这种展陈又由于女性作家所惯用的第一人称叙述而造成了某种阅读幻觉，使身体具有了强烈的在场性，从而幻化出肉欲天堂的蜃景。尽管在此之前，陈染、林白等人已经给身体打上了一束追光，但在她们那里，身体是女性主体自我沉思的对象。对身体的凝视使女性主体从社会关系的场景退缩到内心的潜意识场景。在陈染、林白的世界里，身体象征着对传统性别政治的苍白而羸弱的抵抗。而在卫慧、棉棉们的世界里，身体却是盛开的"公众的玫瑰"，欲求在公众的凝视下沉醉、再沉醉，升值、再升值。身体仅仅展现为景观，而且毫无抵抗地接受了消费主义意识形态的再编码。这是卫慧、棉棉与陈染、林白的不同所在。

(二)性、欲望与色情

鲍德里亚在《消费社会》中指出:"性是消费社会'最活跃的中心',它以一种奇观的方式从多方面决定了大众传播的整个指意领域。在那里所展示的一切都回荡着性的强劲颤音。一切供以消费的东西都同时包含有性的因素。当然,与此同时,性本身也是供以消费的。"[1]需要特别指出的是,性(sexuality)不等同于性欲,性是一个社会关系场域,牵涉与性相关的一切方面,包括性行为、性道德、性伦理、性别身份的建构以及认同等。在福柯之后,人们已经普遍认识到性并不是一种自然存在,而是社会建构的产物,总是与权力紧密联系在一起。[2]性欲虽是一种生理现象,但又常常在话语中获得表述和建构,因此也不能完全与社会、历史、文化割裂开来。同样需要澄清的是欲望(desire)这个概念。德勒兹和瓜塔利认为欲望是一种非表意符号系统,透过它,无意识之流在社会领域中得以产生。欲望是一种自由流动的生理能量,它在本质上是非中心化的、片断的、流动的。正是在此意义上,欲望才被认为在本质上是一种革命性的力量。[3]鲍德里亚更进一步区分了欲望与色情(erotic)这两个概念。他认为,色情是现代消费社会中的一种一般交换尺度,"色情从来不体现于欲望中而是体现于符号中",色情化的身体是欲望交换符号的载体,它不再是幻想的场所和欲望的栖居地,在这个身体之中,占支配地位的也不再是欲望的个体结构,而恰恰是交换的社会功能。[4]

倘若把"70年代后"作家的写作放在这样一个概念地图里看,便能发现关于"70年代后"作家写作的种种批评有多么含混。许多人愤慨卫慧、棉棉们只对性津津乐道,但实际上她们感兴趣的主要是性欲而不是性;也有人把她们的写作命名为"欲望化叙述",可实际上她们所表现的多半只是色情,而不是浑

---

[1] Jean Baudrillard, The Consumer Society, Sage Publication, 1998, p143-144.
[2] 参见〔美〕杰佛瑞·威克斯:《20世纪的性理论和性观念》,宋文伟等译,江苏人民出版社2002年版,第5-21页。
[3] 参见〔美〕道格拉斯·凯尔纳、斯蒂芬·贝斯特:《后现代理论》,张志斌译,中央编译出版社1999年版,第112、113页。
[4] Jean Baudrillard, The Consumer Society, SagePublication, 1998, p133.

浊的欲望。魏微的小说《乔治和一本书》是一个有趣的文本。香港人乔治是大学校园里臭名昭著的渔色老手，他的性爱宝典是一本英文版的《生命中不能承受之轻》。每次向美丽的猎物们发动最后进攻之前，他都要先朗读这本小说中的片断，然后以小说中的男主人公托马斯的口吻命令道："脱！"这一招从来没有失手过。他在猎物们眼里看到了无限崇拜的眼光。然而不幸的是，乔治却把这本小说弄丢了。虽然那些片断他早已能倒背如流，但他却再也找不到先前的那种自信和权威，在猎物面前他变得胆怯而畏缩，终于一败涂地。魏微似乎想告诉我们：男性的权威是建立在符号力之上的，他们一旦失去这些符号的支援，也就会丧失支配女性的权力。且不管这种看法能否成立，至少在这个文本中，性爱冲动的产生及其满足都离不开符号，它们受制于符号的工具化编码规则。所以，这种冲动与其说是欲望，倒不如说是一种色情。

　　欲望是一种"流"，它抵制一切试图驯服、限制、压抑欲望并把它封闭在一个固定结构中的辖域化规划，它以解辖域化为旨归，努力冲决一切指意符号系统带来的束缚和压抑。[①]在"70年代后"作家的城市"另类"写作中当然也有解辖域化的痕迹，且在一定程度上构成了对刻板、僵硬、陈腐的性道德与性伦理的冲击。这在棉棉那里表现得似乎更为极端一些。《糖》里的"我"酗酒、吸毒，在海洛因的迷幻中坠入令人眩晕的虚无，从里到外都是空荡荡的，身体完全失去了控制，似乎无组织化了。但是"我"之所以吸食海洛因，是想通过它和赛宁约会，而根本无意以新的方式重构身体。所以，吸毒不仅未能打开被束缚、被限制的欲望，反而导致了欲望的熄灭，生命在迅速流失。身体以这种方式从社会中脱离，很难称得上是一种解辖域化。这也就决定了身体在日后必然会回归到社会之中，而且会变得比以前更为驯服。

　　在"70年代后"作家的城市"另类"写作中，解辖域化的过程通常也就是再辖域化的过程。欲望在从刻板陈腐的传统秩序和规范中获得解放之后，却又被迅速地单一化、凝固化，收束在肉欲和物质享乐的沟渠中。卫慧宣称："我们的生活哲学由此而得以体现，那就是简简单单的物质消费，无拘无束的精神

[①] 参见〔美〕道格拉斯·凯尔纳、斯蒂芬·贝斯特：《后现代理论》，张志斌译，中央编译出版社1999年版，第122、123页。

游戏，任何时候都相信内心冲动，服从灵魂深处的燃烧，对即兴的疯狂不作抵抗，对各种欲望顶礼膜拜，尽情地交流各种生命狂喜包括性高潮的奥秘，同时对媚俗肤浅、小市民、地痞作风敬而远之。"（卫慧《像卫慧那样疯狂》）然而观其写作，会发现她对内心冲动、欲望乃至性的想象实际上都极为贫乏。只要把卫慧的作品拿来与她所推崇的精神教父亨利·米勒的作品对照，便能发现两者完全不是一回事。在亨利·米勒那里，欲望是浑浊的、汹涌的，肆无忌惮，冲决一切，即使是肉欲也具有更为彻底的物质性，决不甘心受制于符号的暴政。而在卫慧那里，欲望是喧嚷的小渠流水，我们知道它从哪里来，也知道它将流向何方。首先，这欲望被对象化为奢华的商品，结果是欲望堕落为对标志着身份和品位的商品的占有欲。卫慧作品中的叙述者从来不放过任何一个机会来炫耀自己在品牌方面的渊博知识，每一件物品都被其努力纳入品牌体系内。这些幻化为符号的物品当然不仅仅是摆设和道具，它们既是欲望的酵素，又是欲望的最终归宿。凝聚着大量符号资本的众多品牌营造出一个欲望的乌托邦。这正是消费主义时代的独特景观。所以，倪可和马克在酒吧洗手间里手忙脚乱地做爱时CK内裤的惊鸿一现，也就意义非凡，套用"70年代后"理论侍卫的话来说，堪称具有"思想史的意义"。其次，欲望的萌动也是选择性的，通常是对象的身份和地位决定了欲望的生或灭。在丁鹏出现后，艾夏毫不迟疑地甩掉了健壮的王勇。烟杂店店主的独子王勇自然难以匹敌副镇长的儿子丁鹏。丁鹏这个令人羡慕的部队孩子不仅清秀有型，而且拥有王勇所望尘莫及的资源——他可以开着吉普车带艾夏四处兜风，而王勇却只能时不时地给艾夏吃颗糖。（卫慧《艾夏》）在这个故事里，欲望显然只在现存的社会等级秩序的沟渠中流淌。最后再来看性欲。倪可竭力要说服别人也说服自己相信她真正爱的是性无能的病孩子天天，德国情人马克则只是用来泄欲的工具。然而她对马克的迷恋果真是纯肉体性的吗？卫慧描绘倪可和马克的第一次做爱，竟然是普拉斯、纳粹、德语这样一些符号激发了快感，快感因而脱离了身体，滑入符号体系之中。而纳粹的意象则再清楚不过地表明：在这种符号指意性的受虐快感背后，隐藏的其实是对权力的崇拜。性欲原本最物质化，最不易被符号之流穿透，它不可名状，难以预测，就像一股汹涌的暗流，总是挟带着毁灭和破坏的力量。然而在卫慧那里，性欲却是虚张声势、色厉而内荏的。它不是从身体本身获得力量,而总是要借助符号的力量来摆阔。这样的性欲甚至都不是身体性的欲望,而恰恰是在符号系统中得以体现的色情。色情化的身体与内心的隐秘及肉欲无关,只是欲望的交换符号而已。

(三)城市与酒吧

"这是一种真正的城市感觉,它唤起了人们心中潜存的某种原始情感。物质、奢华、欲望、放荡、文明……世俗社会里可能有的虚荣,我们要在这里寻找。"(魏微《从南京出发》)这或许可以视为"70年代后"作家的城市宣言。在"70年代后"作家的城市"另类"写作中浮现的男男女女几乎都是彻头彻尾的享乐主义者,他们深信"享受物质和财富,享受身体和性,这是生命本能的快乐"(魏微《从南京出发》)。

当然,并不是每一座城市都能有幸成为被啃啮的苹果。在《从南京出发》中,"我"和晓风的石家庄之旅带来的只是失望。这座城市的简易、粗陋和荒凉令人消沉,它不能提供"我们"所要追求的"物质、奢华和艳情"。所以,"我们必须择城而居,过最明亮的生活。我们的理想国是北京、上海和南京"。北京拥有现代的繁华和古老的记忆,是文化符号和资本的巨大仓库;南京虽说美人迟暮,但六朝金粉的袅袅余脉依然散发着一股颓废的诗意;上海则是最令享乐一代魂牵梦绕的时尚之都。单从《上海宝贝》《来上海看我》《到上海去》这些小说题目,就可以想见上海在"70年代后"作家的写作中享有何等重要的地位!上海寄托着他们对生活的全部理解和想象,也是他们生活哲学最完美的物质化呈现。上海成了一个符号。

虽然现实中的上海从来都是复数的上海,但在"70年代后"作家的想象中,上海却只有繁华和艳情。朱文颖的《到上海去》里的那个苏州女子每个月都要去上海的淮海路上走走,而且必须乘火车去。火车站的繁忙热闹以及车站广播里糯软的上海话使抵达上海有了一种隆重的仪式感。有一次,她错误地选择了汽车,车子停在闸北的某条荒凉的马路上,让她觉得不像是到了上海,顿时游兴尽失。卫慧笔下有两个"上海"。一个是她求学的那所著名学府所在的城市东北角。这个"上海"毫无生气,楼房面目千篇一律,"像一艘艘沉船,像死人苍白的脸"，甚至连街道都取着一些阴冷凄切的名字。（卫慧《像卫慧那样疯狂》）这个"上海"还很脏：肮脏的墙，锈迹斑斑的棚户区，野猫和蟑螂出没的垃圾桶，恶臭腐烂的下水道，飘着破鞋、烂果、避孕套的黑色的河。（卫慧《欲望手枪》）另一个"上海"是淮海路、外滩所代表的"上海"。淮海路是性感的：灯光，树影，两旁的法式建筑，美美百货、巴黎春天、华亭伊势丹等顶级购物天堂，以及漂亮冷艳的时髦女郎，所有这一切都氤氲出一种上海特有的轻佻而不失优雅的氛围。外滩则在沧桑中透出一股神秘的异国情调，催发着倪可们的情欲。夜深时分的和平饭店（沙逊大楼）顶楼，老年爵士乐队奏出的靡靡之音若有若无地飘来，东方明珠在浦江两岸的灯火楼影中直刺云霄。这儿便是倪可钟爱的脱衣舞台。在月光下疯狂扭动、跳跃的身躯渴望着成为这座性感城市的兴奋点。（卫慧《上海宝贝》）这个"上海"是夜上海。太阳下的上海诗意尽消，钢铁的高楼、甲虫似的车辆，以及匆匆忙忙的行人，勾画出的是工业时代千篇一律的面目。只有当霓虹灯闪亮，迪厅、酒吧、俱乐部张开猩红的口腔把这座城市里最有"诗意"的夜游动物吸入肚中时，上海才是上海。夜的上海璀璨无比，"空气里每一颗粒子都是肮脏、奇迹、罪恶、梦的缩影"（卫慧《像卫慧那样疯狂》），色情的高跟鞋通宵达旦地敲击着每一块马赛克地砖，仿佛是这座城市悸动的心跳。这两个迥然不同的"上海"拼出了卫慧眼中的上海："肮脏、活力四射、势利、物欲、鲜花一样的缤纷"，这种气质是"一个十六岁漂亮妓女"的气质——"漫漫的风尘感，热切的搜寻感"。（卫慧《欲望手枪》）不用说，只有那个喷射着艳情的夜的"上海"才是卫慧们真正钟情的上海。这个"上海"让她们悠然想起张爱玲，满心欢喜地在"后殖民"的弥天大梦中重温半个多世纪前的浮华旧梦。

最能象征城市之奢华的是酒吧。在"70年代后"作家的城市"另类"写作中，酒吧是夜游的另类们喷发"诗意"的舞台，也是他们一天生活的终点。酒吧在"另类"写作中的位置是如此重要，以至被认为"是20世纪90年代晚生代写作中最富意味的文化符号"。"20世纪90年代的中国终于找到了一种存在的空间，找到了适合我们这个时代的精神症候的温床（或者说我们构筑了这样一种文化空间）：昏暗的、颓废的、感官的、动摇的、无法自持的空间，在这里人们释放感性（肢体在摇滚节奏中疯狂地独自起舞，仿佛不再受到智力的控制)、驱逐灵魂(灵魂在酒精的作用下迷醉了,睡着了)。酒吧是20世纪90年代中国最好的舞台。"①那么在这个大好舞台上表演的都是些什么人呢?卫慧告诉我们,他们是"艺术家、无业游民、时髦产业的私营业主、雅皮和朋克、过气的演艺明星、名不见经传的模特、作家、处女和妓女,还有良莠不齐的洋人"(卫慧《愈夜愈美丽》)。这些"黑发红唇或红发黑唇的时髦女人,加一打或温柔如水或冷酷如铁或愚蠢得要命的男士,在黑灯瞎火里推推搡搡,拉拉扯扯,吱吱嘎嘎。连酒吧最角落里的老鼠,浑身都洋溢着颓废、糜烂之风度"(卫慧《像卫慧那样疯狂》)。从卫慧的作品来看,那些出入酒吧的常客,男的(通常是洋人)有大把的钱及文化资本,女的则有迷人的身体。他们又都是感性的动物。这种资源互补的格局使酒吧成为一个闹哄哄的自由市场,日复一日地上演着资本与身体之间的交换。在此意义上,酒吧不过是白昼世界的延伸之地,它遵循的是同一套经济法则。酒吧也许是糜烂的,却一点都不颓废,更不会是反叛的。酒吧只提供了一种形式上的叛逆游戏,让那些在白昼世界中积聚起来的反叛心理能量通过身体这个下水道排泄出去。这种安全机制有效地巩固了现存的秩序。

  酒吧在20世纪90年代中国城市中的迅速蔓延,绝对不是由某个特定的消费群体所推动的。作为一种消费空间,酒吧的出现并不是一个孤立的现象,而是城市更新运动的一个组成部分。这一运动按照消费主义的逻辑对城市空间进行了大规模的改造。让我以上海为例。1992年市场经济改革计划启动后,上海确立了向"国际化大都市"迈进的发展目标,开始采取土地招标的形式来推动城市更新,以再造城市形象,改善投资环境。国家资本和国际资本的共同注入使上海的城市地景发生了巨大的变化,高架桥、超高层建筑拔高了城市的天际线,而地铁、购物中心、游乐场、绿地则生产出新的空间形式。在这场前所未有的大规模空间再造运动中,空间的消费功能被提到了首要地位,几乎任何场所都配备消费设施。在空间生产方面的这个新特征根本上是由资本的逻辑所决定的。在全球资本主义早已迈进消费社会的时代,消费就是第一生产力。密集的消费地带规划当然是城市更新的首务之急,淮海路、徐家汇、南京西路等地

---

①葛红兵:《世纪末中国的审美处境——晚生代写作论纲(中)》,载《小说评论》,1999年第5期。

段的打造为上海开拓出巨大的消费空间。衡山路酒吧一条街以及如今风头正健的"新天地"更是当地与国际资本携手合作的典范之作,其意义远不只是经济上的。它所营造的全球化幻景为各种权力、资本、话语、社会力量及关系在暗中进行交换、融合、重组提供了遮人耳目的幕布。①然而在"70年代后"作家的城市"另类"写作中,与城市空间以及酒吧相关的所有这一切复杂的政治、经济因素却都了无痕迹。酒吧被想象成"感性"的乌托邦,那些灌满酒精、在狂暴的音乐中旋转、跳跃的身体更是被荒谬地想象成反叛的武器。即使我们承认这种偏离现实的想象方式本身具有某种抵抗的因子,这种抵抗也只是徒具形式,就如同"蝴蝶的尖叫"终究只是纸面上的声音而已。而更具反讽性的是,当自命为叛逆者的"另类"们在酒吧里纵饮狂欢、策动他们臆想中的"颠覆"时,实际上却是完美地充当了忠实"消费者"的角色。这种"消费者"正是消费主义时代的体制赖以实现自身生产和再生产的社会细胞。

(四)反叛的亚文化?

"在某种意义上,我和我的朋友们都是用越来越夸张、越来越失控的话语制造追命夺魂的快感的一群纨绔子弟……是附在这座城市骨头上的蛆虫,但又万分性感,甜蜜地蠕动,城市的古怪的浪漫与真正的诗意正是由我们这群人创造的。"(卫慧《上海宝贝》)倪可的这段话显然表明了其对某个群体的自觉认同。这个群体"由真伪艺术家、外国人、无业游民、大小演艺明星、时髦产业的私营业主、真假另类、新青年组成。这圈子游移于公众的视线内外,若隐若现,却始终占据了城市时尚生活的绝大部分"(卫慧《上海宝贝》)。很显然,这个圈子无法以阶级、种族、性别、年龄等来划定,自然也无法提供一种稳定的身份认同,使他们聚拢在一起的仅仅是对时尚生活的迷恋和追逐。棉棉笔下的人物芜杂一些,妓女、吧女、皮条客、吸毒者、劫匪也出没于文本之中,但这些处于城市底层的边缘人多半是点缀性的人物,居于叙事核心的还是

---

① 关于上海酒吧空间生产的详细论述可参阅包亚明、王宏图、朱生坚等:《上海酒吧——空间、消费与想象》,江苏人民出版社2001年版。

既有钱又有闲的所谓另类青年。魏微、周洁茹、赵波等笔下的人物与此有所不同。比如在魏微那里出现的多半是有点书卷气但又热烈向往中产阶级体面生活的学院青年。然而,撇开表面上的差异,我们还是可以发现,"70年代后"作家笔下的男女身上流淌着的是同样的血液,那就是对物质的无限崇拜和迷恋。对他们来说,活着就是为了"享受物质和钱财,享受身体和性"。这一群人当然不只是活在纸面上,在现实生活中我们也能时时看到他们的身影。

依据传统的道德规范对这群人进行诛伐是无效的,那些道德规范本身即有待进行批判性的反思。我们需要仔细检讨的是,这群人所谓的个体化生存是否真正凸显了某些独立的价值?他们果真创造了一种反叛性的亚文化吗?亚文化作为文化,并非具有独特审美价值的文化产品,亚文化只是一种生活方式,一种指意实践。亚文化是一种抵抗的形式,在这种抵抗形式中,与现存的占统治地位的思想和价值体系相对立的种种思想和价值以生活方式的形式间接地得到了表征。亚文化又是一种消费文化,其旨意实践是通过人们对商品的特殊的消费方式进行的。正是这种独特的消费习惯使亚文化与正统的文化结构区分开来。[1]不可否认,"70年代后"的城市"另类"写作中出现的那些男女确实形成了自己的生活方式。这些人昼伏夜出,活动场所基本上限于床、浴缸、咖啡馆、酒店、迪厅、酒吧、俱乐部,主要消费品是酒精、音乐(摇滚或电子音乐)、服装以及书籍(仅限于先锋文学一类)。这种生活方式自然与"小市民"琐碎、卑微的日常生活迥然不同。那么,这些城市中最有"诗意"的夜游动物们是怎么来表达自己的经验并借此生产意义的呢?他们的指意实践是否具有反主流的意义?我们还是先从朋克说起。

卫慧、棉棉都以尊敬的口吻谈到朋克,她们显然视朋克为精神上的同路人。卫慧《蝴蝶的尖叫》里面的朱迪在叙述者"我"的眼里是一个十足的"反文化的PUNK(朋克)天使"。这个女孩穿黑色紧身衫,宽大的牛仔裤膝盖上开了个大洞,头发乱蓬蓬喷着红闪闪的颜色,一副地道的朋克打扮。但是除了打扮之外,在朱迪身上却看不到丝毫朋克的其他影子。朋克文化在20世纪70

---

[1]关于亚文化的理论论述可参阅〔法〕迪克·赫布迪齐(DickHebdige):《次文化:生活方式的意义》,台湾骆驼出版社,1997年版。

年代英国的出现有着较为复杂的政治、经济和文化背景：在经济上它是对经济萧条、日益严重的失业和贫困化的直接反映；在政治上它拒绝所谓的"英国性"，而奉行彻底的无政府主义价值观，并在音乐中和人们行为上都表现出象征性的叛国；在文化上它反对20世纪60年代的格拉姆（Glam）摇滚文化过分追求华丽生活方式又自命懂艺术、有思想的资产阶级化倾向，转而从工人阶级和黑人族群那里汲取了文化元素。朋克们穿污秽不堪的衣服。这些衣服用早已废弃的面料制成，有许多拉链，线缝也裸露在外，还常常被故意剪成碎片、染上血迹或是其他污秽的东西。染过的头发或是乱糟糟的，或是理成问号式的形状。脸也化过妆，却完全是与时尚杂志的美容建议反着来的，于是变成了难看的抽象画。总之，朋克们使用一切身体语言来展现肮脏、邋遢、破败、粗俗，以此表明他们的身体就是令人作呕的丑陋现实的缩影，是英国社会衰败和危机的表征。朋克文化非常强调与工人阶级、黑人族群及其相关意义之间的联系，强调公开交流与联系的必要性。朋克们极端的生活方式揭露了现代生活的危机，同时也对战后英国占主流地位的中产阶级的价值观造成了极大的破坏。可见朋克亚文化是与社会现实紧密联系在一起的，对占统治地位的思想和价值系统的质疑和颠覆使其表现出鲜明的政治性。[①]但在卫慧《蝴蝶的尖叫》中朱迪这个人物身上，我们完全看不到她与社会现实之间的关联，看不到她对自身生存经验的总结和反思。这样一个人当然不会有任何反叛的自觉。这个女孩只生活在自己的空洞的梦想中，她的全部生活只是为了等待梦中情人的出现，并为这个梦付出一切。在那场失败的爱情中，朱迪的一切所为都没有越出常轨。她的痴情证明了她其实还是一个乖女孩，而不是一个体制反叛者。

  朋克也许是一个稍极端的反叛例子，那么在倪可们的生活方式中我们是否能发现一种其他具有颠覆性的旨意实践呢？我们来看卫慧的《愈夜愈美丽》。清晨6点，女孩在Morning Call中醒来，因为要给远在柏林的德国情人献上每分钟12.4元人民币的爱情。然后她继续入睡，在梦中表达唯恐失去德国情人的焦虑。再醒来时已是中午。女孩把自己泡在浴缸里，在电子音乐的轰鸣中思考

[①] 关于朋克亚文化的论述可参阅〔美〕迪克·赫布迪齐（DickHebdige）：《次文化：生活方式的意义》，张儒林译，台湾骆驼出版社1997年版。

时代和人生的问题。下午,女孩走在美丽的淮海路上,在心中对这条充满浪漫情调的东方香榭丽舍赞美不已。女孩来到拜倒在自己石榴裙下的另一位崇拜者Luke(一家德国投资顾问公司的主管)的写字楼下,在路人们艳羡的目光下与Luke一起来到一家仿20世纪30年代格调的咖啡馆。在那里,Luke正式向她求爱。随后是去溜冰、拍内衣广告(一阵突如其来的对自己美丽身体的骄傲又让她放弃了这个想法)。黄昏时分,女孩在回家的路上想起了她的偶像艾伦·金斯堡。晚餐后,女孩倒在沙发上,在碟片的闪烁中昏睡过去。当她醒来时,电话铃及时地响起,把女孩拉到GROOVE的Party,纵饮狂舞。凌晨1点,女孩离开GROOVE回到家中。在镜子前,女孩轻解罗衫,为自己闪光的肌肤而着迷。电话铃响起,远在香港的Luke再次向她倾诉衷肠,女孩在他温情脉脉的声音里自慰,在高潮中飞翔。最后的镜头是:女孩站在镜子前最后看了自己一眼,暗自微笑,随手拉灭了那盏幽黄的灯。这就是一个都市"另类"一天的生活。她悠闲地享受着男人们给予的物质和宠爱,唯一的忧虑是那些男人会不会离她而去。这个女孩的一天几乎可以代表卫慧、棉棉们笔下所有尤物的生活,顶多只需再加上吸毒与做爱,以及作为点缀的书籍(先锋文学)和写作(自我治疗)。这种生活方式哪里有什么新的意义?它对消费主义的符号体系没有丝毫的抵制和破坏,而恰恰展示了消费主义意识形态为人们描画的生活美景。向消费主义的全面投降在《上海宝贝》里表现得更为充分。倪可对经济资本(名牌)、文化资本(先锋文学、摇滚等)的符号性占用,表明她完全认同消费主义意识形态。她的全部愿望就是通过各种手段来进入那个由资本所设计、安排的符号体系,成为其中最闪亮的一个符号。

　　最后再来看Party。"另类"们都是Party动物,从深夜狂舞到天明。DJ出身的棉棉更是对Party情有独钟,到处策划Party,以此为乐,还积极撰文介绍策划Party的经验。她告诉人们:若是白天开派对,最好选择有草坪的户外咖啡室;晚上则有多家上海著名的酒吧和俱乐部可供选择,而所有这些地方的酒水都是40元一杯。(棉棉《所有明天的派对》)派对的主要节目当然是跳舞。在棉棉看来,跳舞简直就是一场伟大的身体解放运动:跳舞"打开我们的身体,打开我们的想象","当音乐和身体自由地融为一体,我们就拥有了自信,那些星空、山峦、树林,那些关于纯洁的概念便重新产生"。(棉棉《只是跳舞》)

乐评家颜峻则为棉棉的跳舞观提供了很好的注解：跳舞是"酷"的展示，"而酷作为一种反叛的姿态，正在以一种去除偶像（没有舞台上的神仙歌手，只有微笑的凡人DJ）、非性化（土人才会去俱乐部灿粉子）、个人化（即使聚众前往，也尽量各自享受）、独立思想（在独立的音乐品位背后，是对环境、性别、社会等各种问题的独立判断）、回归自然（科技无非是工具，音乐让人们在恍惚中焕发原始节奏）的方式出现在我们身边"。[1]如此说来，以跳舞为主要内容的派对文化倒真是堪称今日中国之青年亚文化了。然而需要追问的是：这种亚文化（倘若算的话）的社会根基何在？它反叛的是什么？有没有创造新的意义？很显然，40元一杯的酒水早已决定了派对动物只能限于城市中有闲的白领阶层。而这个阶层恰恰是支撑起日渐壮大的消费社会的中坚力量。正是他们在引领今日中国之时尚潮流，而他们所代表的享乐主义实际上已成为我们这个时代的主流价值观。这样一个社会阶层究竟会反叛什么呢？倘若反叛只是去偶像化，个人性即独自享受音乐，独立思想体现为对音乐的独特品位，回归自然只是发现潜伏在身体中的原始节奏，那么这样的亚文化还有什么意义？它把一切深刻、严肃的现实问题从社会关系、生产关系的网络中抽离出来，把它们肤浅化、庸俗化，进而通过身体的摇摆把它们消解于无形。

总之，"70年代后"作家的城市"另类"写作虽然展现了某一群体的生活方式，但这种生活方式既非"另类"，更谈不上有何反叛性，而只是我们这个时代享乐主义价值观的一种矫揉造作的变形而已。

结　语

"70年代后"作家城市"另类"写作的出现并非偶然，而是我们这个时代社会发生结构性变动的一个副产品。20世纪90年代初以来，随着市场经济的发展，中国快速跨入了准消费社会，[2]靠刺激消费来推动生产，靠吸引国际资本

---

[1] 颜峻：《棉棉策划Party解放成都的身体》，网易http://ent.163.com/edit/021029/021029-139211.html。

[2] 消费社会的景观在东部沿海城市表现得较为充分，而广漠的内陆地区则有所不同，许多边远偏僻的地区甚至还处于贫困和匮缺之中。这是中国消费社会兴起的独特之处。

来推进现代化进程，整个社会在围绕消费重新组织生产，商品变得极度丰盛起来。商业一条街、购物中心、连锁超市野火般燃遍城市，每一座城市都在根据消费社会的要求重新构造都市空间。而大众传媒更是推波助澜，使消费主义理念迅速传播开来。所有这一切都昭示了一个新时代的降临：我们被丰盛的商品所包围，陷入五花八门的广告所制造的商品镜像的迷宫之中。

在整个庞大的消费产业中，身体占据了核心的位置，服装工业和美容产业（身体包装）、体育产业和医药保健业（身体维护）、娱乐产业（身体享受）无不借着身体而蓬蓬勃勃地发展起来。身体被打造成一件最美丽的商品，消费主义意识形态则在不遗余力地鼓动人们去认同这件超级商品，让他们通过经济的、文化的、心理的投资把自己的身体也打造成诱人的商品。与此相随的是，欲望（被收束为物质欲望）、享乐也获得了肯定，并被涂抹上"个体性""个人化"的迷彩。于是，一个狂欢的消费主义时代竟然被打扮成所谓的"个体化时代"，从而获得了"神圣"的合法性。在这套消费主义意识形态话语中，一个只听从物质欲望的冲动、把享乐视为生活目的的人，被堂皇地册封为一个坚持个体独立价值的个人主义者，他（她）的玩世不恭以及对理想、责任、正义、公平等价值原则的蔑视和嘲弄，更是被荒谬地当作反主流的另类行为而受到褒奖。这样的个体正是消费主义意识形态所召唤的"消费者"，这个被吹嘘为普遍的、理想的、完美的人之化身的"消费者"是消费社会的组织细胞。这些戴着独立个体面具的"消费者"恰恰构成了消费社会的主流，而绝非什么反叛的另类。

把"70年代后"作家的城市"另类"写作放在这个社会历史背景中来看，便不难发现它实际上是消费主义文化在文学生产中的一个变体。它对身体、欲望、"个性"的礼赞都不过是消费主义意识形态的回声。这种写作远远没有反映出当代中国急剧变化过程中社会关系微妙而复杂的裂变，也根本没有触及那些尖锐而迫切的现实问题。它所贩卖的只是一种极其空洞而乏味的生活想象。那些所谓的"70年代后"的城市"另类"写作，在消费社会的生产之镜中漫天飞舞，其实不过是消费主义时代的花哨点缀。

2003年元旦于复旦

近年"70年代以后"作家创作研究综述*

王凤仙 刘兆柏

"70年代以后"最早由南京民间刊物《黑蓝》提出；之后《小说界》在1996年第3期推出了"70年代以后"专栏；《山花》于1998年推出"70年代小说"；《作家》在第7期推出"70年代出生的女作家小说专号"；《芙蓉》在1997年第1期推出"70年代人"，在1999年第4期又推出"重塑'70年代后'"。此外，《钟山》《上海文学》《花城》《大家》等刊物也登载了这些作家的作品。不管大家对"70年代以后"的提法如何质疑，"70年代以后"这一命名已成为一个语言事实；不管大家对"70年代以后"作家如何评议，他们已成为当代文坛上不可忽视的存在。目前，媒体对他们的捧杀与棒杀之声，已渐渐偃旗息鼓。为了更全面、客观地认识这一群体及其创作，我试图将近几年批评界对这一现象的研究作一综述。

从"70年代以后"的提出、演变、发展过程来看，"70年代以后"的概念并不单纯，它实际上有"地上""地下"之分。基于"70年代以后"创作全貌的复杂性，本文把"70年代以后"作家的创作分为两种类型，对其所进行的批评也按两条线索分别加以梳理。

一

广泛见诸媒体的"70年代以后"作家主要是指卫慧、棉棉、周洁茹、朱文颖、魏微、戴来、金仁顺、赵波等人。这是绝大多数批评者的研究对象。针对

---

* 原载《许昌学院学报》，2003年第3期。

他们的批评大致有以下三种。

（一）其写作是浅俗、迎合的

陈思和认为，现代城市中的物质欲望过早摧毁了年轻人的纯真与浪漫，他们家庭、社会方面受到的第一教育就直接与追逐享乐的欲望有关。一切变得赤裸而无耻。因此，当这些女孩子用同样无耻的形式来表达她们暧昧而绝望的反叛时，我们依然可以感到享乐主义话语的巨大压力。他认为，"70后"女作家的写作可能是20世纪末中国文坛上昙花一现的事情，不仅因为强大的社会主流道德无法容忍这种异端文化的泛滥，还因为这些作家仅仅凭个体的感性经验无法将"另类"精神升华为较普遍的审美经验。[1]

宗仁发认为，"70年代"出生的一些作家成名的方式与其作品的联系太少，而与其生活状态的联系太多。"70年代人"中的一些女作家对现代都市中带有病态特征生活的书写，不能不说具有真实的依托。但问题不在于她们写作的真实程度如何，而在于她们对这种生活所持的态度。由于商业性引导，她们更多地渲染物质、畸形、病态的生活本身。这是对文学本质的背离。[2]

马春花认为，"70年代"女作家以一种集体性的狂欢和扮酷式的颓废姿态，在文坛上形成了一道奇特的风景线。对永恒和终极追求的自觉放弃，使她们转向了对当下现实生活的拥抱。他们在拥抱生活的同时，失去了主体清醒的批判意识，在作品中表现出平面化、无深度感的后现代主义书写特征。没有"承重"的写作既成就了她们，又囿她们于轻虚与浮泛之中。[3]

董丽敏认为：从写作立场上看，他们着力彰显的"新新人类"所标榜的前卫精神，其实是自欺欺人的产物；从故事模式上看，他们刻意营造的前卫爱情故事充斥着大量的商业炒作与被殖民的因素；从写作维度上看，由于时间维度设计的狭窄与审美维度设计的空洞，他们没能突破狭小的私人空间。所谓的"70年代出生的小说家群"尽管名噪一时，但其想象力与创造力相当有限，其

---

[1] 陈思和：《现代都市的"欲望"文本——对"70年代出生"女作家创作的一点思考》，载《文汇报》，2000年4月1日第12版。
[2] 宗仁发：《被遮蔽的"70年代人"》，载《南方文坛》，2000年第4期。
[3] 徐志伟：《在迂回与进入之间——90年代小说创作倾向简论》，载《小说评论》，2001年第5期。

创作轨迹只能是一次堕落的飞翔。[1]

徐志伟在分析20世纪90年代的小说创作倾向时认为，这些"新人类作家"表现的只是市井里缺乏普遍性的另类人生。她们既没有张洁、王安忆们对社会问题执着、细致的反思，也没有陈染、林白们对自我意识复杂微妙的体认，更多的只是一种流畅而浅显的迎合时尚的情绪表达。对"新奇"与"独特"的极端盲目追求，致使她们的创作最终走向了非文学的道路。可以说，在恶性的自我重复与自我膨胀中，她们的作品已经大大失去了文学上的存在价值。[2]

张屏瑾认为，"70年代后"作家中不乏讲故事、营造戏剧冲突的好手，但就虚构这种具有丰富层次的艺术手法而言，她们的小说能够达到表层虚构背后深层美感的却不多，因为所谓"身体的写作"除了在一些作品中引发对欲望和感官体验的大肆渲染之外，还会使整个叙事行为的内在动因发生潜在的改变。她们多数讲述的是都市里的言情故事，卸去语言的外衣，其内涵便与一些流行歌曲相仿——痴男怨女、世相百态层出不穷。这使她们很难超越自己已经熟悉并已获得一部分市场效果的创作模式。[3]

黄发有认为，"70年代人"的写作是媒体时代的精神激素催生出来的写作，缺乏自然生长的精神间隙，没有原汁原味的文学创造的芳香、色泽和饱满度。酒吧、迪厅和卧室在他们笔下成了贬值的符号，其中剩余的象征意蕴被掠夺性地榨干。"70年代人"的姿态与"垮掉的一代"不无形似之处，但后者的反抗掀开了美国当时社会百般掩抑的腐烂的脏腑，而前者的写作仅仅作为中国当下社会的注脚而存在。他们机械地说"不"，内心却又无限痴迷现世的享受甚至堕落。他们缺乏一种走向未知的勇气，价值标向在撒娇和赌气的沼泽中湮灭。经验化、情绪化、奇迹化的叙事策略使其文本具有根本性的审美缺陷。故作惊人的姿态既表露出其对自身体验的疑虑，处心积虑地将它改塑得面目全非，也是对大众趣味的曲意逢迎。[4]

---

[1] 马春花：《刀刃上的舞蹈——评卫慧〈上海宝贝〉兼及晚生代女作家创作》，载《小说评论》，2000年第3期。
[2] 董丽敏：《堕落的飞翔——评所谓"70年代出生的小说家群"》，载《上海社会科学院学术季刊》，2000年第4期。
[3] 张屏瑾：《70年代后："她们"的书写情景与表达方阵》，载《文艺争鸣》，2001年第3期。
[4] 黄发有：《激素催生的写作——"70年代人"小说批判》，载《广播电视大学学报（哲社版）》，2001年第2期。

（二）其写作是真实、合理的

谢有顺认为，"70年代人"写作向度的出现是意味深长的，它把前些年被谈论很多的个人化写作深化到了另一个领域：作家们不仅用自己的身体思索，更重要的是，他们拥有一个被彻底解放的身体，因此在身体的冥思之外就有了更多身体的实践。这些作家的崛起，其意义已经超出了文学的范围，因为他们所带给我们的不仅是文学方式的改变，还让我们看到一种新的生存方式如何在语言和现实中展开。他们使当代文学在繁复之中又多了一个维度，把小说从写"历史中的人"这一普遍的状况中解放出来，转而关注具体环境中的个人，并赢得了人们对这种心灵和文本的一定尊重。这些人的小说可以被看作一代人生活和写作的见证。[1]

葛红兵认为，这拨作家生活得更轻灵，他们纵情、随意、有情调，热衷于派对，对金钱有毫不矛盾的占有欲。他们活得更一致，更少矛盾、犹疑，更少表演性、姿态性。他们没什么历史碎片可以反复咀嚼，也没有历史经历可以不停地书写和回忆，因此没有严重的压抑感与疼痛感。他们已经不再有面对虚虚假假的性幻想时那种富有古典意味的浪漫精神了。20世纪60年代出生的作家是将性当作反抗压抑、反抗绝望的手段来写的。而在"70年代"作家这里，性已不再是反抗的手段，而是它本身。他们的书写更为开放、无所顾忌，指出了当下城市生活的某种另类处境，向我们展示了一种真正另类的写作。其小说在意象上有一种流动、飞翔、迷乱、慵懒而又令人战栗的美感，充满了各种各样直露的触觉意象。感性与理性相交织，蕴含着对生活的失落感、挫折感以及由此而来的饥渴感、失措感、失控感。总体上看，"70年代"作家在反映20世纪90年代末都市生活方面比较前沿，他们的有些体验是以前的作家所不可能有的。[2]

郭春林从时代与社会发展的视角进行研究，认为20世纪90年代以来文学的观念已大不同于以前，文坛的格局也随之变化，进入"众声喧哗"的时代，因而"70年代以后"的写作，很自然地成为这无主题变奏中的一个颇醒人耳目的

---

[1] 谢有顺：《奢侈的话语——"文学新人类"丛书序》，载《南方文坛》，1999年第5期。
[2] 葛红兵：《命名的尴尬——也谈"70年代生作家"》，载《南方文坛》，1998年第6期。

声音。他认为,"70年代以后"作家的写作完全基于自己的生存经验,他们更关心的是自我的生命在现代城市文明中的沉浮和苦乐。而这一点正与中国20世纪八九十年代以来第二次城市文明的发展相一致。①

李晓静认为,她们的写作是没有锁链也不带面具的,自由,真实,追求不凡的个人主义。事实上,透过一些诸如吸毒、酗酒、同居、性交等新异的情节外壳,可以体会到她们灵魂深处真实的痛苦与焦虑,可以看到她们对现实做出的某些沉重的思考,尽管这些思考还很不深刻。她们并非简单地放纵、拒绝灵魂。如果细读她们的作品,依然可以从中体味出"另类"们在20世纪90年代都市背景下生存的困窘和压抑,以及他们的痛苦挣扎、残酷青春、渴望的真爱与自由、信奉的真理与写作理念、眼中的生命与灵魂——只不过这些都是在另一个层面上展现的。②

于宏图认为,对于这一代作家而言,青春成为他们共同的写作主题,是一件顺理成章的事。他们对自身成长烦恼的叙述与前辈人意识形态色彩浓厚的青春叙述形成了鲜明的分野。他们摆脱了各种成见,还青春以其本来的面目,大胆、坦诚而富有激情地叙述了他们这一代人的青春岁月,叙述了他们的挣扎奋斗,从而为他们这一代人的青春留下了一份弥足珍贵的记录。他们在作品中倾全力表现当下的生活,似乎成功地摆脱了历史的羁绊,但在文本的纤维组织和缝隙间,人们分明又察觉到历史巨人的触角,瞥见禁欲的过去与纵欲当下的链接。③

(三)其写作是具有开拓性而又令人担忧的

洪治纲认为,从客观上说,相对于那些饱受读者冷遇的先锋作家和那些聒噪于主流意识的所谓的现实派作家,"70年代以后"的确呈现出完全不同的审美观念和艺术倾向。这无疑给文坛注入了一种别样的活力。但我们必须清醒地看到,这一代作家的创作还仅仅处于初始阶段。从创作的总体态势上看,他们

---

①郭春林:《手底乾坤——70年代以后作家及作品论》,载《文艺争鸣》,2000年第4期。
②李晓静:《70年代人看70年代作家——70年代人的一次批评行动》,载《文艺争鸣》,2001年第4期。
③王宏图:《青春物语——70年代作家散论》,载《广播电视大学学报(哲社版)》,2001年第2期。

几乎一开始就体现出某种惊人的自足性与浮泛性，呈现为现代都市生活肢解下灵魂的自我放逐状态、理性价值的大面积失位情形，以及由此而形成的情绪化、表象化的叙事话语特征。他们的写作几乎无一例外的都是面对自己，除了展示自己永远无所归依的灵魂以及在纷繁的现实中极为纷繁的情绪外，他们无法抵达更为深远的境界。[1]程悦认为："70年代以后"女作家的另类文学将更多的变数因子注入文学的整体结构中，通过对主流文学的冲击与制衡，避免了文学的单一化与停滞化；她们笔下的问题青年，新新人类压抑、困窘、焦灼的苦痛及混乱、随性的生存状况，为我们展现了城市亚文化背景下真实的一隅；她们将笔触伸向成长过程中隐秘的青春体验，及青春期这一特殊年龄段的迷失与找寻，开拓了这一文学表现的潜在空间；她们在挑战既定道德秩序、梳理男权话语中表现出了可贵的锐气与勇气。但我们也不能更多地为此种另类文学喝彩。有限个人经验的耗竭使她们陷入自我重复的尴尬之境，在亲和感的作用下，她们自觉或不自觉的相互模仿意识带来题材、叙事方式的雷同。感性话语的极度膨胀将理性挤到暗角。虽然作品中可能有对生与死、灵与肉、人与社会关系的困惑、探询，但这种形而上的思考因未能和谐有机地与作品相融而显得牵强乏力。写作呈现出明显的表层化、平面化与感官化倾向：灵肉冲突缺乏激烈冲撞的力度，人物形象单薄纤弱、浮夸矫饰、自恋自炫的成分削减了作品的质量，标新立异下掩饰的是内里的贫弱。如果没有更开阔的表现视野、更高的精神维度，另类文学的前景实在令人担忧。[2]

二

李安、林舟等人认为，以几个明星般的人物来定义"70年代以后"文学，遮蔽了写作的真相和在同一时空下还存在着的别样的写作，使对"70年代以

---

[1] 洪治纲：《70年代人灵魂的自我放逐与失位——我看70年代出生的作家群》，载《南方文坛》，1998年第6期。
[2] 程悦：《"恶之花"，在城市下腹部盛开——从卫慧、棉棉作品看90年代末都市另类文学》，载《作品与争鸣》，2001年第10期。

后"文学的呈现显得严重失实。"70年代以后"的写作现实远非如此时尚而单调。为此，他们呼吁重塑"70年代以后"。

地下的、被遮蔽的"70年代以后"以阿美、侯蓓、尹丽川、楚尘、刘瑜、童月、陈卫、李红旗、顾耀峰等人为代表。林舟称他们的写作是一种别样的写作，认为这样的写作不是画地为牢地接受同一个标准尺度的度量，或者共享同一种安全又舒适却绝对平庸的写作方式。他们无所拘束地展示自我与世界的关系，叽叽喳喳地诉说世界呈现出的样子，仿佛刚刚睁开眼睛观看他们身处的情境。丰富性是其自然的生长状态，驳杂的精神景观和多样的实验探索显现出其郁勃的生机与活力。他们的目光专注于并没有随着时间的前进而得到健康生长、反而日益萎缩与衰朽的人的精神状况。更重要的是，他们在与时代同欢共舞的时刻，注意到人的灵魂从各种社会机器每日构造着的巨大神话中出走和受难的种种情形。这些小说以正视现实为立足点和出发点，而不是漠视现实，更不是顺应现实，由此开始接近人的真实处境。这在很大程度上成就了这些小说的理想品格。这样的写作，在文学空前萎缩（那是灵魂的萎缩）与空前膨胀（那是话语的膨胀）的当下，重新展示了文学的健康向度：文学是导引灵魂的事业。[①]

齐红认为，这一代人的写作中有一种特立独行的特质：他们不再有顶礼膜拜的偶像，似乎比前辈们更冷静地顿悟了写作的个人化含义，不再追随或模仿某一位或某一类作家的写作，并因此而确立了其自身在写作领域的个性化风格。同时，在这一代作家不同语言方式和故事结构的背后，有一些共同的特质。这特质不是指向某种写作特点，而是指向写作者对现实的态度，即这个群体中的每位作家都对周遭的生存境遇表现出强烈的兴趣。他们用文字触摸并表达着个人眼中的现实，极少有人为的拼凑。一方面，这样的写作姿态使得一种"个人化的现实"成为他们作品的内核。每个人笔下都有一种属于个体的生活环境和生存现实，使人在不同的作家那里能够领略到生活五彩缤纷的图景和四处蔓延的多种可能性。另一方面，这也使得这一代的作家们，尤其是女性作家们在最大程度上与20世纪60年代出生的女性作家们区别开来。他们不再像陈

[①] 林舟：《别样的写作》，载《芙蓉》，1999年第4期。

染、林白们那样沉浸于内心世界之中，做着焦虑不安的痛苦挣扎。这种现实态度和写作立场来源于他们生命观的某种变化。在这一代人身上，生命的全部支撑来自自我，而不是自我之外的某种理念。他们和他们的写作都向我们提示着这样一个事实，那就是20世纪70年代出生的作家绝不仅仅像人们想象的那样浮躁、幼稚、感性而夸张。他们有个人思考和表达问题的方式。这种思考和表达可能算不上深刻，但却有一种理性精神在其中流动。这使他们的作品拥有了某种坚硬的质地，而不是媚俗和哗众取宠。[1]

---

[1] 齐红：《现实：触摸与表达——关于"70后"的写作》，载《芙蓉》，2000年第6期。

被囚禁的欲望[*]
——谈金仁顺及"70后"作家的创作

周立民

一

好的中短篇小说就像人的肢体，是要有关节的。关节既是小说的叙述视角，又是情节发展的焦点，还是思想感情的凝结点。它在小说中是个形实实虚的东西，如道家所言之气，可感却不可见，许多经络都汇聚在这个点上。因为有它的存在，整个作品才灵动起来。同时，它也是作品中牵一发而动全身、关系全篇成败的致命穴位。这么说可能显得有些神秘兮兮的，那么还是落实到金仁顺的具体作品中来谈吧。金仁顺小说中比较明显的一个关节就是她在叙述中所把握的度，即对叙述的刻意控制。在金仁顺的笔下，无论是故事的发展，还是情感的表达，几乎从未被推向极致，而常常是在叙述的顺利推进中戛然而止，在人们的期待中突然转换。小说呈现在读者面前的不是万物花开，而是蓓蕾待放，带给人微妙的期待和想象。在她的新作《爱情诗》[①]中，安次和赵莲的情感像诗一样纯洁，令人充满遐想。略显俗套的故事让金仁顺讲述得一唱三叹。这并非由于情节的错综复杂和紧张跌宕，而是得益于作者有效的调度。作

---

[*] 原载《当代作家评论》，2004年第5期。

[①] 《爱情诗》发表于《收获》2004年第1期。本文涉及的金仁顺的其他作品出处如下：《月光啊月光》，载《作家》，1998年第7期；《盘瑟俚》，载《作家》，2000年第7期；《芬芳》，载《作家》，2001年第9期；《水边的阿狄丽娅》，载《作家》，2002年第2期；《人说海边好风光》，载《作家》，2002年第10期；《城春草木深》，载《长城》，2003年第6期；《未曾谋面的爱情》，载《作家》，2004年第2期。

者的笔一直在读者对二人关系的世俗期待和他们的实际发展之间游移。小说对两个人的身份设置就别有意味：一个是成功人士，年轻潇洒；另一个则是酒店的服务员，生有几分姿色，颇为惹人怜爱。这即便套不上中国古代才子佳人的情节模式，至少也是西方灰姑娘故事的开场。所有的故事似乎都在读者的预料之中。可是金仁顺没有顺流而下，却是拧着走。她卖了一个关子，抛开了人们可以想象的俗套，这是一层。而另一层呢，几乎在作品三分之二的篇幅中。作者又在不断地暗示：事情要这样发展了！甚至是不能不这样发展了！但实际上故事并没有像她暗示的那样发展下去。这样，一种非常微妙的效果便被她成功制造出来：两位主人公是"有缘人"，却并没有发生什么故事。从第一次见面安次背爱情诗开始，两个人的关系就处在一种非常难以跨越的距离中。并不是他们没有机会，而是作者根本不给他们机会。比如赵莲半夜求救，在紧急时刻能够想到安次，除了她可能根本没有别的朋友之外，还基于对安次的一种基本信任，事情本身也表明他们的关系有迅速发展的可能。见了面赵莲还不住地向他倾诉衷肠，但是当两人在酒店里同宿一室的时候，他们并没有趁热打铁发生什么越轨之事。从安次的角度看，他是不想打破自己"英雄救美"的高大英雄形象。赵莲作为一个弱者向他求救恰恰是她遭到了性威胁和侵犯，他不想重演这个故事让对方看低自己。从另一方看，赵莲虽对安次非常信任并抱有好感，（后来她的表述证明了这一点）但少女的矜持使她并不想"惹是生非"。虽然在作品的最后，和所有的故事一样，两个人的关系满足了读者的期待，但作者显然并不想强调这个结果。作品的微妙之处恰恰在于你来我往间半真半假的语言挑逗，尤其是那句"郊区的小树林"——就是那位老板将赵莲夜半拉过去并威胁要跟她发生关系的地方——无不清晰显示出彼此的渴望和越界的快感。可是双方不断的暗示和挑逗却没能化作行动的勇气，他们谁都不肯前进一步。安次的话说得也很明白："你千万别把我当正人君子。我既不是正人君子，也不想当正人君子。"在一个欲望并非罪恶的时代中，安次内心的期待似乎是自然而然的。但作者就是不让他张扬地表现出来，总是以杏花春雨般、可意会而不可言传的朦胧感把一个萌动少年的现代渴望处得有着清风明月般的古典意境。这个小说从故事上看十分简单，但那些潜伏在语言背后的节制及不越雷池一步的分寸感给小说蒙上了一层面纱，使其中很多内容变得若隐若现，令人联想无穷。就在他们两个人终于如愿以偿走到一起的时候，作者在结尾处又制造了一个关节，那就是讲到了第一次见面时安次背诗的事情——两个人对这一情境的记忆和理解相差如此之远。"你不懂诗。"这是安次对赵莲说的话。是的，他们的记忆是对接不上的，安次明明在追念一段逝去的时光和爱情。这种错位使两个人的情感变得非常复杂，在幸福的表面潜藏着几分隐忧。安次觉得心"空落落的"，但赵莲的回答却是："就你懂？"所有的事情皆由这三个字变得无比简单。好了，小说在此结束了，是花好月圆吗？不是。是无缘无分吗？显然也不是。就在这样的一种微妙氛围中，金仁顺搅动起很多东西，却又让它们无声无息地落了下来。

在一篇题为《半开之美》（2004年3月19日《文汇报·笔会》）的随笔中，金仁顺反复言说这个"度"。她说："花看半开，酒喝微醺。""在进退之间，凝眸，或者转身，那种美丽，就像歌里唱的，'没有喝过的人不会懂'。"这是她对自己小说美学最好的阐释。习惯于演绎前朝旧事的她一定也熟悉李清照的名句："和羞走，倚门回首，却把青梅嗅。"（李清照《点绛唇》）这是中国的古典境界。它强调适度、和谐、有余味，也是孔子所说的"乐而不淫，哀而不伤"的中和之美。在金仁顺的作品中，再沉重的苦难，最终都能找到它的缓解方式。人物不是走向大团圆，而是由纷繁的世界中退出来，先前活跃的心灵麻木了，退到自己的一个角落里默默地疗伤。在金仁顺的作品中，很难找到像鲁迅的"女吊"那样具有浓烈复仇色彩的人物形象，也看不到《铸剑》中那样惊心动魄的场面。金仁顺作品里有刚劲也有苍凉，但作品中间所扬起的情感最终都如同音乐的旋律，终章时都消融在平和里。例如在《人说海边好风光》中，那一趟旅行对于罗晶来说无疑是一场感情的地震。一向觉得可以信任的丈夫居然会有那么多的秘密，而丈夫的情人杜新颖一路上和自己又俨然好友。旅行结束，下了飞机她还那么大方地抢先去与丈夫拥抱。对此罗晶也本能地感到非常不舒服，因为她注意到了："她（杜新颖）的胸部像两只枪口紧紧地顶着他。"那么她跟丈夫将如何开始新的生活呢？作者什么也没有写，只留下一片空白。小说在夫妻二人平静的对话中结束。丈夫问妻子昨晚为什么不在房间，妻子搞了一个小幽默，暗示了丈夫的情人在与别人约会。"沉默片刻后，李江波淡淡地笑了。"一笑了之，所有的沉重、痛苦、不满、愤懑、失望让金仁顺大笔一挥全部化解。这种"微醺"的境界甚至让人感受到人性的麻木和冷漠。人生本不该如此，生命怎么就这么枯槁？《未曾谋面的爱情》中那位真伊小姐，身不由己地做了一件小事，被认为是辱没门风，母亲自杀，父亲颓废不堪，她在十几岁的年纪就不得不离开家门入了伎籍。想象中她会有多少苦难和沉重的记忆要背负！但她就仿佛脱离了苦海，以至一次遇到了以前经常打骂她的父亲的正室时，居然能轻松地说"好久不见了""你的身体还好吧"。被骂"贱人"后，她居然"报以微笑"。似乎没有什么值得在乎的，人物在这样的平静中显出一种疲惫的心态。这是其经历力不从心的伤痛和绝望之后游戏人生的无所谓态度。穿过苦难，躲避苦难，不用再去承担，好了，好了，似乎一切都解决了。这是金仁顺惯用的叙事立场。她深知文字的微妙，以朴素的内敛确立自己的风格，让情感冰藏在平静的叙述中。其不动声色的描述在小说中随处可见："我的母亲香夫人，从事古老的职业，靠出卖自己维持生活。这是一个引人注目的职业，有风险，也有意料之外的收获。"叙述者谈论的是她的母亲，却直呼"香夫人"；"从事古老的职业，靠出卖自己维持生活"，又把人们道德上所鄙视的"职业"中性化了。叙述者仿佛在讲述一件与自己无关的事情。这样就拉开了叙述者与被叙述者的距离，使得作者对叙述的控制显得游刃有余。

二

　　谈到度，一定会涉及一个界限——有界限才会有过度和适度之分。小说创作中的诸多微妙难以道破。但我们不难发现，金仁顺常常跨来越去的边界，就是这个时代中最感性的部分——情感和欲望。金仁顺的小说将人性中对自由和欲望的渴望展露无遗。但这个欲望却又未曾一往无前地冲到现实的层面中来，它们是被囚禁的欲望——道德、规范、尊严等捆着它，容不得它张扬恣肆。这就构成了文本中一种内在的对立，形成欲望与欲望被压抑之间的强大张力。它笼罩在金仁顺的小说之上，与光怪陆离的当代社会图景一起引发一种莫名其妙的焦躁情绪，散布在金仁顺的文字间。

　　情感和欲望是与人的身体器官联系在一起的。它们的苏醒，首先要求的是人的独立。长期以来，古老的中国一直在通过各种方式消融着个体，压抑个性和感性，不断地确立集体权威和理性的至高无上。"存天理，灭人欲"在这个社会一路凯歌。而当商品经济的合法地位被确立后，这个古老的格言几乎被人们不由自主地颠倒成"存人欲，灭天理"了。不论欲的诱惑，还是情的困惑，皆是由于个体与外界的关系而产生和存在的。陈思和先生就曾分析社会转型与金仁顺这一代"70年代出生"作家的思想关系："评论界把'70年代出生'看作一种文化上的界定，大约是包含了这样一个事实：在她们生长的年代里，中国社会的主流意识正发生一个由极端压抑人的本能欲望的政治乌托邦理想逐步过渡到人的欲望被释放、追逐，并在商品经济的发展中被渲染成为全民族追求象征的过程。这种变化起先是隐藏在经济政策开放、建设现代化大都市、与国际接轨等一系列的现代化的话语系统中悄然生长，最终则成为这一切目标的根本动机和最终目的。"[1]情感放逐和欲望的燃烧，在他们的创作中以一种夸张的形式起到了对旧有的道德伦理、政治权威的破坏作用。它冲破了诸多社会禁忌，复苏了人性本身，是具有革命性的。犹如郭沫若所言"五四"时期郁达夫的创作一样，"他那大胆的自我暴露，对于深藏在千年万年的背甲里面的士大夫的虚伪，完全是一种暴风雨式的闪击，把一些假道学、假才子们震惊得至于狂怒了。"[2]在金仁顺笔下，也充满了那些神圣、永恒的东西被撬动起来的诸种场景。但仔细品味，我们能够看出金仁顺一代与郁达夫一代实际上有着很大的差别：后者更多是从社会性着眼；而前者更在乎个人的身体、情感。金仁顺笔下的很多人物都是忠贞爱情的敌人，是情感背叛者的密友，而婚姻则犹如烈日下的雪人脆弱不堪。丈夫背叛妻子，父亲逃避家庭责任，这样的故事被反复书写着，甚至成了不少小说人物的成长背景。世界的确变了，不存在天经地义，以往羞于出口的事情，现在却为人们津津乐道。在《月光啊月光》中，"我的前任男友神采飞扬，身上只穿着一件内裤，在我面前来回走动着手舞足蹈地演说起来：'我知道你和台长关系暧昧，对此我能理解，更能谅解，我们生在一个好时代，可以随心所欲，为所欲为（他自以为幽默地对我挤了两下眼睛）。

---

[1] 陈思和：《现代都市社会的"欲望"文本》，《谈虎谈兔》，广西师范大学出版社2001年版，第220页。
[2] 郭沫若：《郁达夫论》，载《人物杂志》，1946年第3期。

人与人之间的关系越来越变得具有科学性,即:只有三角的,才是稳定的。鉴于现在你和台长关系微妙(他知道台长另外还有多个情人),我愿意助你一臂之力,在我们三个人中间形成一个三角形的稳定格局。'"这是一个赤裸裸的宣言,它宣告了爱情的死亡,并可以容忍一种新的情感关系。这种关系没有尊严,没有禁忌,"随心所欲,为所欲为",只求暂时的欲望满足,而且还有互惠互利的原则垫底。爱是自私的,爱是两个人的心灵契约,这样的爱情法则,以及为爱决斗的神话都无影无踪了。一个男人不但容忍,而且在积极组建一种"三角关系"!在《人说海边好风光》中,一次偶然的旅行让妻子发现了一向勤于事业、热爱家庭的丈夫居然背着自己在偷情。对于这种背叛,妻子不再是一哭二闹三上吊了,也不再要求丈夫以"爱"和"不爱"来回答。她最多自己也去背叛一次,作为报复而换得心理平衡。大家似乎都虚弱不堪,浑身无力,既没有力量去爱,也没有力量不爱,代替爱的是"无奈"二字。这种无奈的前提是人们早已认同了忠贞和永恒这类东西的不存在。

　　但我不想夸大这种"革命性",甚至想说许多革命任务在金仁顺前一代作家的手中已近完成,"70后"作家已经浑然不觉地在享受革命成果了。这种为人的权利和尊严而斗争的"革命"发生在20世纪80年代。而那时,"70后"还处于从小学到高中的求学阶段,在社会逐渐开放和人性解放的大背景下,一个成长的少年根本感受不到外在的紧张和压力——他们的前一代和几代人已经替他们遮风挡雨了。"70后"就是那些勇士们奋斗的直接受益者,他们感受的是禁忌越来越少的自由,是被无微不至地翼护着的心灵自由。等到20世纪90年代,这群少年走出学堂,直接面对社会的时候,20世纪80年代的语境已经让人非常陌生,也就是说那些捆绑着那个年代勇士们的所有绳索都不见了,或者已经转化为另外一种隐形物了。关于个人的很多事情真的可以"随心所欲,为所欲为"了。"70后"难以想象世上还有荆棘丛生的路,他们见到的是流线型的高速公路、灯红酒绿的夜总会,是物质的剩余、情感的泛滥,而不再于密室中读禁书,或在广场上宣言。在现在的广场上,只要付得起摊位费,什么产品都可以推销,谁都可以宣言;现在不要说爱,连"性"都已经泛滥到让人感到麻木的地步了。正像金仁顺在一篇文章中表述的那样,"'幸福'这个词像空气一样充满着我们的生活,过分轻易、过分频繁地被提及使得幸福日渐变得随意平凡，最终它会失去所有的意义变成名词本身……"[1]所以，对于"70后"作家来说，他们对情感和欲望的放诞，与其说是挑战禁忌，争得人的权利，还不如说是展示和渲染某种身体的快感。当然，不能否认，在这个过程中，还有一种青春式的反叛，但他们没有明确的目标。他们只是带着无所谓的口气反问：我这样做了，又能怎样？谁对他们都不能怎么样。尽管对他们的批判之声不绝于耳，可是社会已经不是20世纪80年代了，他们不必承受现实压力——关键也在这里，现在人们已经不会因为这种行为而遭受到实际的打击，他们的举动反而因"前卫"成为一种时尚。大多数人可能不敢像他们那样去做，但对此又心存渴望。这种另类性、前卫性、先锋性成为"70后"作家的精神旗帜。尽管许多人早已看到这是苍白、虚无的旗帜，但年轻人的热情怎么好打击？再加上各种商业的黑手正需要这群"酷毙了"的傻小子以情调、格调和个性的假象去纵容"70后"欲望的放诞，因而，他们的青春另类写作便大行其道，由此促进了物质消费不说，还制造了一派人见人爱的繁华景象。

　　金仁顺的创作当然是沿着"70后"作家的写作轨迹展开的。这只要看看她为自己的故事所设置的场景和营造的气氛就明白了。但与其他作家所不同的是，她并未随意放任欲望，而是产生了深深的疑问：当爱已成为往事，那么欲望是不是就像旗帜迎风招展呢？欲望抚慰了孤寂的内心，缓解了精神的焦虑，也对各种压抑人性的社会条款提出了挑战，从而也成为"70后"作家创作中不可或缺的真正主角。但也就是从这个路口，金仁顺开始与她的同时代作家分道扬镳了。在她的作品中，内心的欲望不是无度的放诞，相反是小心的收敛，是暗示与怀疑。她不像其他人那样那么渲染各种欲望给人带来的身体快感和内心满足，相反，对此倒是充满忧虑，发出了不少叹息。这从她笔下的男性形象上就可见一斑。我们在她小说中看到的往往是那种卑琐、不敢负责、道貌岸然的"小男人"，而难得看到几个伟丈夫。他们对情感的背叛既无罪恶感，也不曾有过反省，在理所应当的内心基点上，还要遮住自己内心的暗角，装扮出一副"高大形象"。《冷气流》中的李小心讲着情意绵绵的话，与多个女人纠缠不清。他的那种轻佻，让人觉得"无赖"这样的称呼非他莫属。在与一个女人做

---

[1] 金仁顺：《想象中的那一个世界离我们到底有多远》，载《作家》，1998年第7期。

爱的时候，他居然大模大样地谈论与自己有关的一个女学生怀孕的事情。"李小心的目光懒洋洋的，没有一丝一毫的惭愧。""万依品味着李小心的话，他的忧郁表情中隐约着快乐的情绪。在女人的事情上，李小心喜欢制造一点玄虚，以证明自己的重要。"更令人无法容忍的是，他连自己情人的傻子妹妹都不放过。发现真相后，喝得酩酊大醉的万依倒在地上，李小心对另一个不知内情的女人说："喝太多的酒对身体没好处。"李小心把万依放到一把椅子上，然后说："我们得赶紧去登记处了，让侍应照顾你的同学吧。"多么镇定自如啊！这种男人让人看不到一丝勇武之气。他们对情感的随意、不负责任以及那些拿不到阳光下的龌龊，无不照出了其灵魂的矮小。

在西方，从弗洛伊德到弗洛姆再到马尔库塞，他们在肯定了人的本能欲望需求和寻求快乐的人性原则之外，都强调一种超越性的需要，如从本我到超我、从性欲到爱欲的升华等等。不能说金仁顺没有这样的文学追求，但我感觉到她更多的是茫然无措。在一个欲望化的社会里，"本我"的生活已被自动认同为最合乎人性的，个人及个人的身体享受有着至高无上的豁免权任何对欲望放诞的谴责都有可能背上"压抑人性"的罪名。但当欲望毫无阻碍地挥洒，在内心和肉体的满足过后，新一代人突然找不到目标了，他们感到了某种失落。没有压力，没有挑战，他们获得了什么？连他们自己也深深怀疑了。金仁顺没有将这种怀疑继续向前推进。在她的作品里，没有快乐的尖叫，她给欲望加了一道项圈。在表述上，她最得心应手的手法就是把故事放到遥远的历史中，把光怪陆离的现代场景换成略微发黄的过去。或许时间的距离更有助于增强她对微妙人性的认识。反正当欲望遭到阻碍，但同时又摆脱不开的时候，文本中的紧张感就出现了。金仁顺咪之再三，写了很多仍然不肯罢手的就是这些。这里面确有太多微妙的意味可供人解读。

在《伎》中，那位"春香小姐"内心中充满着被爱的渴望，对那些不合世俗的人生充满了向往，而对那种夫荣妻贵、养尊处优的生活一点也提不起兴趣。小说的最后一句话无意中泄露了天机："我和李梦龙的结婚大典耗资巨大，排场直追皇室，是李朝最著名的婚典之一。在花团锦簇之中，香夫人笑容妩媚，而我的心里异常凄凉。我知道，作为当朝贞洁烈女的模范，我永远地失去了过香夫人那种幸福生活的机会。"她的幸福生活就是做一个像她母亲"香夫人"那样的风尘女子：能够跟无数的男人在一起，能够让自己被压抑的欲望尽情释放。所以，当她接待了第一个男人之后，就雄心勃勃地对母亲说："我很感激你养育了我这么多年，从今天开始，请您休息吧，我要用你养育我的方式，来养育您。""我已经是个真正的女人了。"但香夫人则毫不犹豫地回击："那只是皮毛，离生活的真谛还远着呢。""尝试新生活"的少女愿望无法在现实中伸展，她却一步步走上了母亲所安排的道路。一个风尘中的母亲不容许女儿重复自己的道路。这里面有母亲对女儿的良苦用心，也有很多无法向女儿说清楚的人生辛酸。但对于一个刚刚掀开世界一角的少女来说，母亲和社会规范合谋给她设计的道路，无疑是压在她头上的一块巨石。春香可以过上正常人的生活了，但她自己则觉得人生一片空白，心底那些说不出的真实愿望永远没有机会去实现，人性在蜷缩着。很难评判，是放纵更恶，还是压抑更善。

人性在规范与放逐中来回受伤。在《高丽往事》中，显宗国王更钟情那种来自民间的音乐和女子，这让他感受到一种野气和生命的鲜活。可是，当玉林王后的名号加在世兰身上时，"显宗国王再也没有在夜里召过世兰，在她觉得一切都完美无缺的时候，显宗国王整夜欢爱的热情像浮云一样，从世兰王后年轻的天空中飘远了。"喜新厌旧本来是皇宫中常见的故事，而这个故事还能饶有趣味地讲下去，不在于宫廷的险恶、女人们的争宠，而恰恰是世兰的故事在鹏妃身上又重演了一遍。由备受宠爱到被异常冷落，她们成为王后的那一天也是国王不再爱她们之日。厌倦了，老了，这都是借口，真正的罪魁祸首是微妙的人性。当"王后"成为一种身份、地位和象征时，人便被置换了。那种本能的生命力都被囚在文明的牢笼中，规规矩矩的。"端庄像一张撕不下去的面具粘在了她（世兰王后）的脸上。"显宗国王从世兰王后身上能感受到《阿里郎》那样的清新脱俗吗？问题是成为王后又恰恰是每个女人梦寐以求的目标，那是国王爱她、尊贵她的证明啊！这究竟是谁的罪过，人到底应该怎样？《城春草木深》中的那位金意安公子，游游荡荡，下棋玩乐，与其哥哥前途无量的功名生涯恰成对照。但他并不想得到哥哥的那些东西，甚至觉得哥哥像《红楼梦》里贾宝玉说的"俗物"。他更渴望一种自由、随心所欲的生活，但问题是他不由自主地被逼到个人愿望的反面了。这种妥协和屈服，并非单以外力的强大就能解释清楚，人性中本来就有另外一种力量。

不论是有意还是无意，借着对欲望的叙述，金仁顺已经展现了人性的某种丰富性。在人性的微妙摇摆中，作者的究诘又向前推进了一步。她在问：人性是什么？是冷还是暖？人性是可以理性控制的，还是不可控制的？她的笔仍然游动在感性的空间里，游动在人性的微妙之处，在言与不言之间，写出了人性的棱棱角角。《水边的阿狄丽娅》是个带有传奇色彩的故事。但恰如张爱玲《传奇》的那句题词，"在传奇里面寻找普通人，在普通人里寻找传奇"，这传奇不过是平常的极端化或夸张化，而不是它的对立面或反面。很多东西不是由外在植入的，而是就潜藏在人性中，如同大地中的草籽，虽然还在沉睡，但并不等于它不会破土而出，不过是在等待适合它的春风和阳光罢了。在这篇小说里，曾有两次"不相信"：一次是陈明亮不相信还有朗朗这样的人；还有一次是朗朗偶然认识的男朋友，不相信"看上去比早晨的露珠儿还纯洁剔透的女孩子，怎么会干这个"。"不相信"其实是我们对人性的无法把握。对比那么强烈的特征集中在一个人的身上，谁能看透人有多么复杂！《玻璃咖啡馆》则展示了人性发展的旅程，几个不懂世事的少女，从远处看到咖啡馆中的一个女人，看到她与男人的交往，看到她与众不同的打扮，便一步步猜度。她们按照从这个社会所得到的印象，认为这个女人不是一个正经人，甚至是"鸡"之类的。这几个有着叛逆性格的少女，要去"练练"这个不正经的女人。很难说是出于游戏的心理，还是"看不惯"，她们在大街上将这个女人狠狠地撞倒了。结果这个女人是个孕妇。"行人们墙一样高高低低地围拢了过来，将四个女子围在中间。三个穿着旱冰鞋的女生和女人一样，被眼前这朵意外开放并显然失去了控制、正变得越来越大的红花弄得有些不知所措了，她们的脸上慢慢地流失了所有的血色。"这时候，这个女人正经不正经已经变得不重要了，重要的是这几个孩子何以对这个素不相识的女人有这样的行为。我觉得这正是人本性的无意暴露。在善良、纯洁的少女骨子里怎么也藏着丑恶的因子？这个发现可能有些让人不舒服，但我们无法回避这样的事实。

如果这样来看待金仁顺笔下的欲望的话，我们会发现它的空间是十分广阔的，并不像另外一些"70后"作家那样只是局限在性的欲望上。性只是欲望的一个方面，其他还有物质占有的欲望、权力的欲望、展示的欲望、获得注意的欲望，甚至游戏的欲望等。它们复杂地交织在一起，构成一幅人世图画。

三

在欲望放诞的门槛前，金仁顺停住了脚步。但在另一扇门前，她却和其他"70后"作家一样走了进去，那就是冷漠的游戏人生的态度。世间万物无不在游戏中，找不到可以确定的东西。时代在变化，光怪陆离，无法把握。这是形成此种态度的外在因素。更重要的原因是其内心有着不确定感和茫然感，但他们又没有因此去叩问生命的终极意义。他们转过身扎进现实的海洋中，要求得一个实在的东西。对物质的迷恋、欲望的释放，至少是他们可以感觉到的，个人享受至少证明了世界和"我"的存在及其联系。当然，这种认知可以说是自私自利的。但事情并非这么简单，我们更应当关心它的形成根源。拥有个人的一切，便拥有了全世界，或者说全世界都阳光灿烂了，这就是"70后"的信仰。这注定了他们对"我"的关注要大于对世界的关注，或者说，"我"不是作为世界的一个部分，而是作为整个世界被人们爱护有加。

以前我一直反对以年代来对作家进行划分，因为每个人和作品都是独特的。现在我觉得也不尽然，因为独特中也可能存在着共性，特别是一代人有一代人共同的精神背景和思想渊源，并且这也会被不经意地反映到创作中去。"不以为然"常常是金仁顺作品中人物的一种生活态度，不论是对情感的忠诚，还是对道德禁忌的恪守似乎都不如逞一时之快、达到自己的目的更重要。《芬芳》中写到的那位做传销的女孩，她可以无比自然地把周围的人诱进自己的圈套中。当所有的人对人性的限度大吃一惊时，她自己却浑然不觉。从她的逻辑来说，一切都是合情合理的。这个"理"和"情"是从极端个人立场出发的。但这不能完全怪她，而是社会的价值体系在崩溃，一切都在转换中，甚至连一个人人心悦诚服的伦理标准都找不到。在一段时间内，我们都乐观地看待这种现象，因为它打破了原来的评价标准，被看作开放、自由的多元社会的重要标志。从理论上讲，它是成立的。但随着时间的推移，这种看法的浅陋性便显露出来了。我认为在20世纪90年代的后期，对于"70后"作家来说，问题不在于价值的多元，而是价值的缺失。多元，那说明还是有价值，但缺失则是找不到价值，或者是没有自己的价值，价值可以像时尚一样轮换、调转。更可怕的是，他们会反问：这又有什么关系？所以，我不知道跟"70后"谈立场是不是很可笑，我只看到过有人发出的警告："拒绝与70年代生人交朋友。"而陈村老前辈则以非常善意的口气这样说："他们的青春期被无限地延长了，大家都在回避、逃避责任，最好就处在一种不必负责的状态中……"①这是自由和所谓特立独行的姿态带给他们的财富，而这个财富的实质则是他们不知道自己拥有什么和应该拥有什么。在斑驳错杂的观念面前，在空旷无垠的原野中间，面前有无数条路任由他们选择，可这时方向成了难题。但外人的担心却是多余的，痛苦对他们来说最多是个高雅的概念。有人会塞给他们一切，各种时尚潮流都会从"70后"心间流过，他们的身上被涂满了各种各样的色彩。最关键的是他们还在得意洋洋地炫耀：这是我的选择，我是独一无二的。他们的心是平面的，能够停放各种各样的东西。平面造就了缺乏深度的一代人，但他们的自我感觉却无比良好，因为这正是他们的大好年华——"世界是我们的"。他们自然可以洋洋得意地展示一切，用不着去考虑未来。多元，在一定程度上变成没有立场；游戏是一种令人兴奋、充满激情的舞蹈。但当世上没有不可游戏之物时，他们则暴露出人性中的一种冷漠，一种"无心"的冷漠。他们以无所谓的态度，以让灵魂放假的身体来游戏，就像《玻璃咖啡馆》中那群游戏的少年。游戏是没有禁忌的，没有不可游戏的。而游戏又被认为是不可谴责的"天性"使然，是轻松人生态度的体现。但这里面的虚妄是不言而喻的，更重要的是它已经将生命的诸多价值完全解构了。问题在于：是不是所有的东西都可以被轻松地抛开？这种抛开在多大程度上是逃避和自我麻痹？所以当"80后"虎视眈眈或花枝招展地向我们走来的时候，"70后"不要再沉迷在自我想象中了，是到了自我反思的时候了。

我说不清冷静、节制的叙述与上述的冷漠有多大关联，但我似乎看到金仁顺以超然的目光看着她笔下人物的悲欢离合。笔尖一动，生杀在握，作者连眉毛都没有动一下，因为那都是"他们"的事情，不是"我"的事情。作品中的人物是"他们"。"他们"是"我"创作的，但与"我"并没有多少关系。那么"我"真的就是一个广阔无边的世界吗？读金仁顺的小说总觉得其中还有没

---

① 庞小培：《我们生于七十年代》，中国档案出版社2001年版，封底。

有拆除的墙，使其格局显得很逼仄。金仁顺的中和、微醺和适度给她的创作带来了负面影响。总有一定的边界限定着，作品就缺少冲破有形规则跨到广阔无形的力量。你不能说金仁顺的作品缺乏震撼力和想象力，但它有时显得温文尔雅、中规中矩，让人总觉得有太多的东西不曾爆发出来。例如，她的小说《未曾谋面的爱情》开场就是一桩离奇的事情：少年迷恋真伊小姐，死去之后棺材到了小姐家的门前就抬不动了，直到真伊出来将自己的内衣扔到棺材上了却了死者的心愿，棺材才可以抬起来。这是一个不坏的开场，但金仁顺却冷静地将它控制在一定的"度"之内，永远也放不开。那个少年的鬼魂终于满足了。在金仁顺的笔下就没有厉鬼，所有的传奇都可以化解为平淡，所有的冲突都因平淡而被消融。不能不说这使小说丧失了一种上升的机会。现代小说的很大魅力在于其不断向写作难度挑战，而消解难度的写作，常常会使作品流于平庸。在如今这个机械复制的时代中，中和与平衡最容易被淹没在一片喧嚣中，而且为大规模生产创造便利。艺术任何时候都需要极致，极致才是不可以被复制的。所以说内敛也是一把双刃剑，它多少影响了金仁顺小说的气度和格局，给人以狭小和局促的感觉。金仁顺的小说戏剧性足，情节变换多，但气魄小了点。寻根究源，我认为在于"冷漠"二字的消极影响。写作者把自己置于客观的位置，虽然因此而被赞扬为"真实"，但创作不是精确的再现，而是要用自己的情感和思想与对象融合。最近我再一次翻读胡风对于现实主义的论述。我知道，不论是这个人还是他探讨的话题似乎早已过时，但在胡风偏激、晦涩的表述中，却可以看到很多我们至今仍未解决好的问题。比如，他曾批评过创作中的客观主义，反对那种冷静的客观。他认为："这样一来，诗人或艺术家就成了没有一点人性的存在，人间的'妍丑悲欢'，在他的'巨眼'里面不过是可以'同供玩赏'的刍狗。那么，把'万物皆自得'的万物推衍到现实的人生，诗人或艺术家不但不必参加为民族解放、人类幸福的战斗，不必为理想而生活、而献身，而且也不应该感同身受地经验万人的也就是时代的烦恼、痛苦、愤怒、希望和喜欢。"[①]"客观主义是从对于现实的局部性和表面性的屈服，或漂浮在那上面而来的，因而使现实虚伪化了，也就是在另一种形式上歪曲了

[①] 胡风：《关于抽骨留皮的文学论》，《胡风全集》第3卷，湖北人民出版社1999年版，第27页。

现实。"①他不断地强调："在诗的创造过程上，客观事物只有通过主观精神的燃烧才能够使杂质成灰，使精英更亮，而凝成浑然的艺术生命。"②以这样的标准评价金仁顺的创作，可能会失之苛刻，但我对金仁顺的期待却是真诚的。她作品中更多是静穆的山水和树木，却缺少岩浆的灼热——那种可以烧毁这个世界的温度。我不是说要声嘶力竭地去写作才有温度。看一看鲁迅的《铸剑》就不难明白，冰的心中是可以藏着烈焰的。而所谓境界的狭窄或开阔，也不在于文字所表现的内容或时间跨度有多么广阔，而更多体现为文字的内在空间，即那种蕴藏着强大的情感冲击力的空间。从文字中，我们不仅能看到表达的技巧，而且还能读出作者真诚而自由的灵魂。它透过文字与无数读者的心相碰撞、相感应，冲破了作品的空间，也产生了真正的震撼力。"70后"作家的许多作品总让人觉得有种"打不开"的小气，我认为这并非因为他们文字技巧不熟练，人生经验不丰富。这些写作中的障碍，通过努力都可以跨越，而难以跨越的是他们将写作仅仅看作写作，是他们的胸怀和关注的世界太狭小。过分地迷恋自我，却在自我里找不到超越性的世界——那种以"我"的弱躯去承担整个人类命运及痛苦的境界。因此，相比那些失去自我的作家，虽然他们的作品中多了感性、灵性、甚至人性，但如果没有更肥沃的土地依存，仅凭这些，其所能展现的最多是自我满足的"个性"。他们还有一个危险，那就是成为"自我"的工具、"个性"的工具之危险。同时，商品经济中符合人性的因素又更可能与他们的个性媾和，把他们变成商业的工具。我还记得金仁顺写的《盘瑟俚》。盘瑟俚艺人的演唱催人泪下，让人良久沉浸其中。这是任何小说家都梦寐以求的境界。一个人的文字只有跟她的生命一起去经风历雨，才会走到更远的地方。所以，我可能更保守一点，我认为创作需要境界，而其最高的境界是作者与笔下的文字共同去经历另外一种人生。

2004年4月14—23日改定于复旦大学

---

① 胡风：《论现实主义的路》，《胡风全集》第3卷，湖北人民出版社1999年版，第501页。
② 胡风：《关于题材，关于"技巧"，关于接受遗产》，《胡风全集》第3卷，湖北人民出版社1999年版，第79页。

"70后"的写作及可能性之一*
——在韩国外国语大学的演讲（节录）

徐则臣

一、尴尬与优势："70后"暧昧的可塑期

我们已经习惯于按年代对作家进行划分，20世纪50年代出生的作家、60年代出生的作家、70年代出生的作家和80年代出生的作家，在当下的文学语境里被表述为"50后"作家、"60后"作家、"70后"作家、"80后"作家。人人都说这种表述不科学，因为文学的质量不以古今来论，作家也从不以年龄大小论优劣，将其放在一把年龄的大伞下讨论容易抹杀作家和作品的独特性。但人人都在这样说，因为方便。现姑且用之。

与"50后"和"60后"作家相比，"70后"作家现在面目还比较模糊。一是因为，"70后"作家只在这一两年才真正进入评论视野，相关研究还不是很充分。二是因为，这一年龄段的作家正处在成长和上升期，其创作还不定型，风格多变，涉及的题材也比较广泛，写作的稳定性还有待进一步形成。他们自身的成长尚需要经过时间的淘洗，对他们及其作品盖棺论定亦需假以时日。但可以肯定的是，在中国当下文坛，"70后"作家已经成为一支越发强劲的生力军，屡屡带给我们惊喜。我生于1978年，又在文学杂志当编辑，接触的也主要是"60后"和"70后"的青年作家，尤以"70后"作家居多。他们以创作中短

---

* 原载《山花》，2009年第5期。

篇小说为主，已经成为文学杂志最可靠的作者群。因为对自身及他们的人与作品比较熟悉，我对相关问题的思考也就相对较多。

在我看来，"70后"作家正处在一个暧昧的"可塑期"。

所谓处于"可塑期"，就是指他们尚未定型。这也是所有青年作家面临的共同问题：今天这样，没准明天就那样了。今天还写得起劲，一腔热情，明天他们可能就把笔扔掉干别的了，因为这个时代可供选择的事业很多，诱惑也很多。他们的文学趣味和野心也时刻在变。据我所知，有些颇具才华的年轻作家刚出道时信誓旦旦，说自己对文学有深重抱负。但不出一两年，他们便放弃纯文学理想，改投市场门下，开始降低文学底线，怎么赚钱怎么写。还有一些作家，心无定所，擅长跟风，文坛上流行什么就写什么，如同打游击战，打一枪换一个地方，换一个地方打一枪，最终人心浮躁，笔也写坏了。

所以，对这一拨年轻作家而言，最重要的或许还不是才华，而是能否沉静踏实，勤奋精进，认认真真写好每一篇小说。

"尴尬的70后作家"这个说法这几年被提得好像越来越多，且大部分来自媒体。众多媒体进行阶段性文学GDP计算的时候，总会哀其不幸怒其不争，顺手就把"尴尬"的帽子扣到"70后"作家的头上。究其原因，在于"70后"作家这些年一直是被忽视的群体。

当批评界和媒体还在盯着"60后"作家时，"80后"作家突如其来，迅速形成耀眼的文化和出版现象，让批评界和媒体不得不大幅度地转移目光。"70后"作家被直接跳过。过了一段时间，当大家回过神来时才发现，我们文坛的代际传承是从"60后"作家直接到了"80后"作家。"70后"作家在哪儿呢？这在很长时间里成为圈内的重要话题，随之而来的是对"70后"作家的批判。大意是，其之所以被忽略，根本原因在于"70后"作家没写出像样的东西。这个批评貌似庄严公允，但仔细推敲，好像味道也不正。这是因为：在文学质量上，它是拿"60后"的文学标准来要求"70后"；而在市场效应上，它又是拿"80后"的尺寸来度量"70后"。这一双重标准，放谁身上也扛不住。"70后"作家在这个混乱的逻辑里当然显得乏善可陈。但是，如果我们统一一下标准，就会发现：尽管在市场上"70后"没能分得一杯羹，但其作品质量，应该远在"80后"之上。个别作家即使放在"60后"的序列里也并不逊色。而这个被忽视的身份，恰恰可能是"70后"的优势。这个我们过会儿再说。

我想说的是，在我看来，"70后"作家真正的"尴尬"是，我们是缺少"历史"和"故事"的一代人。

20世纪90年代中后期成名的一拨"60后"作家被批评家冠以"晚生代"之名。他们生在60年代都已经是"晚生"的"迟到者"了，"70后"作家更是迟至晚矣。1970年出生的作家，"文革"结束时才6岁，刚刚开始有记忆；而1976年以后出生的作家，根本连"文革"的边都没沾上，20世纪80年代的"先锋文学思潮"他们又没能赶上。"70后"作家平白错过了两个重大的历史和文学事件。我们从小要做好孩子，念了差不多20年的书，然后一头扎进文学里。所以，和"60后"作家相比，"70后"作家是没有"故事"和"历史"的一代人。"60后"作家还有革命的废墟，还有灵魂的阴影，还有一个可以策动精神反叛的"80年代"，所以他们与生俱来就有颠覆和反叛的目标和冲动。"70后"作家只能远远地看，啥都没有。感不能同于身受，他们血液中缺少这样的基因。而成长于中国改革开放环境里的"80后"作家，从小就熏染在肯德基、麦当劳、变形金刚和各种外来的价值观念中，他们的世界观和人生观里已经有了全球化和地球村的影子。他们放松、从容的自我世界与整个世界几乎可以画上等号。所以，他们对这个时代和生活习以为常，没有疑问。他们肆无忌惮、出入自由，价值观里崇高的成分较前辈们更少。除了自我，一切都稀松平常。他们可以真诚坦率地表达对商业时代及名利的认同。这也是他们比上几代作家更擅长与市场打交道的原因。

"70后"作家拘谨、忧郁、心事重重、瞻前顾后，既不能像"80后"作家那样放旷洒脱，放弃对主流价值的认同和追求，又不愿放弃对"60后"作家的"故事"和"历史"的遥望。他们希望自己也能不信，也能怀疑，也能颠覆和解构——而这种不信和怀疑在"60后"作家那里恰恰意味着另一种信，这种颠覆和解构在"60后"作家那里意味着另一种意义上的建构。也就是说，"70后"作家在骨子里头还是希望自己像"60后"作家那样有所本，有所信仰，有所坚持和依傍。而这恰恰是他们与生俱来的缺失。所以，"70后"作家的焦虑在于，他们既不能像"80后"作家那样无所焦虑，又不能像"60后"作家那样深度焦虑。"70后"作家的焦虑在于他们的焦虑太过肤浅。这是他们更要命的尴尬。

照我的理解，"70后"作家在精神上更接近"60后"作家。这由他们的写作实践及其作品里所表现出的气质可以得到证实。他们与"80后"作家之间，似乎代沟更为深远。二者在文学气质上也相去甚远。

但是，对文学而言，所有的尴尬和劣势必将成为优势，只要它们是作家最基本也是最独特的困境。困境即是挑战，也是文学得以拓展和进步的动力。但前提是作家必须深入理解和把握这个困境，然后想方设法解决它。

"70后"作家夹在"60后"和"80后"作家之间犹豫彷徨，整体上处于无主状态，岔道很多。这种东张西望的焦虑正是产生好东西的必要条件。作家必须沉静思考，同时四处出击，然后才会有无限的可能性。文学要的就是这个无限可能性。精神层面的问题越大，文学的可能性就越大。所以，对"70后"的一批作家，我一直抱着乐观的期待。只要沉得住气，一切都有可能，因为文学是慢的。

二、民族与世界："70后"创作的可能性之一

在中国，很多年里都有一种极具真理性的说法：越是民族的，越是世界的。意思是文学越充分地发扬本民族的传统和特色，形成独特的文学景观，就越有可能成为世界文学。这话的意思好比是说，一个人越是土著，就越具备全球化的可能，因为你的土著特色在全球化中不可或缺。从文学的角度看，这的确很有道理——文学在本质上就是求异存同。以色列有以色列的文学，美国有美国的文学，韩国有韩国的文学，中国有中国的文学，各有自己的而不是别国的文学，这样才能形成真正有意义的世界文学。

对我们的青年作家来说，首要的问题是解决如何看待民族性的问题。尽管"60后"中的一批作家秉持普遍性和超越性的文学理念，但一个不争的事实是，很多作家都已经意识到要从中国古典文学传统中汲取营养，再做一次寻根之旅。"小说已死"的说法一直流布到今天，已经百年。的确，文学的可能性被一点点穷尽，写作在今天成了一项艰难而危险的职业。我们已经很难再在全球化、平面化的时代里玩出什么新花样。文学锦囊里的所有秘密路人皆知，你

用的我知道，我玩的你也清楚。文学的全球化意味着趋同，趋同则意味着死亡。如是，文学的出路在哪里？从哪里来就该到哪里去，出路在来路中——恺撒的归恺撒，上帝的归上帝。"70后"作家绝大多数是科班出身，对20世纪80年代的先锋文学遗产继承甚多。而先锋的遗产又都是从西方继承过来的。如果他们认祖归宗，那一定得跑到外国去，见到的是一帮姓福克纳、加缪、马尔克斯、卡夫卡的先辈。事实上我们的祖宗姓屈叫屈原，姓李叫李白，姓曹叫曹雪芹，姓周叫周树人。

如果福克纳、卡夫卡他们是我们的牛奶和面包，那李白和曹雪芹应该就是我们的血液和基因了。何为体，何为用，一目了然。然而真正的问题在于，我们应该从李白和曹雪芹那里寻回什么。是遣词造句的方式，还是标点符号的用法？当然都得学，这些外在的东西是民族性的保障。但更根本的，是找回并审视5000年来单单属于我们这个民族的文化心理积淀、文化认同和看待世界的方式，找出它们造就的我们之所以是我们的合理之处与不合理之处。作家应健全自身的表达方式，以便将个体对世界的独特认知完整、充分地表达出来。要让世界看到，这是一个从《诗经》和《离骚》那里走出来的、别具一格的世界人。

这对青年作家来说要求过高——起码我在阅读、写作和思考中，觉得实现这点难度相当大。绝大多数青年作家是喝"狼奶"长大的，对中国的古典文学缺少系统的阅读和理解。形式上的东西也许好学，但好学的东西从来都不是最重要的。那些真正需要领会的东西实在太过抽象，因而领会其真义将是漫长的过程。我之所以提出这个问题，只是提个醒，给自己也给写作的同行。真正的中国式写作是无法回避这一点的。好在青年作家来日方长，学而时习之，终会有所得。

民族性问题还有一个层面，那就是如何通过文学作品解决中国问题。1998年的诺贝尔文学奖得主若泽·萨拉马戈说："我的每一本书都试图回答一个问题，澄清一个疑问，理清一种想法，表明我是如何在这个世界存立的，是如何理解这个世界的，抑或我是如何对这个世界感到不解的。"中国当代社会是青年作家的基本生活场域，中国问题，即当代社会与人的关系问题，也必然是作家面临的重要问题。当代作家的一个重要任务是通过文学作品理解中国问题，表达他们独特的、有价值的见解。

比如城市化问题。中国是个巨大的农业国。当土地在今天已经不再成为农民的命根子和摇钱树，当城市化的列车地动山摇地驶过整个中国，当人们面对土地的丧失和高楼大厦的崛起而萌生深度焦虑，当人们身处都市、穿梭在巨大的玻璃城里，环保问题、心理认同问题、原乡问题一起涌来，人和这个世界的关系究竟发生了何种前所未有的变化？这是需要敏感的青年作家及时审视和思考的问题。

"60后"和"70后"作家大部分都是生长在乡村，逐步走到城市，然后生活在这里的。中国近些年的城市化进程其实也是作家自身的城市化进程，其对城市的考量同样也是对自己的考量。但从目前的文学现状看，似乎真正将注意力长久深入地放在这个问题上的作家还很少。"50后"作家多年来致力于对乡土中国的书写，因为他们大多扎根乡土。即使他们现在生活在城市中，乡土记忆和经验依然占据了他们整个文学思维空间。而"60后"和"70后"作家则是少小时接触了乡土中国，成长的过程则是远离乡土实现城市化的过程。他们和城市化的问题可以拉出一个有效的审美距离。至于"80后"作家，他们绝大多数生长在城市中，对乡土中国缺少切肤的体验和理解。因此，我认为城市化进程中人与世界的关系，尤其是其中的心理认同和身份认同问题，当是年轻一辈作家非常重要的写作主题。

提出这个问题，也是因为我觉得它与当前整个世界文学的部分走势存在某种同构关系。如果排除所谓的意识形态因素，从最近十年来的诺贝尔文学奖的授奖情况看，当前世界一流作家集体致力开掘的文学主题是对整个世界西方化进程的探讨，即探讨这一不可否认的进程带来的文化、身份和心理认同等问题。这些作家大多身处两种文明的夹缝中，既进退维谷又左右逢源，以"他者"的视角，通过一种文明审视另外一种文明，成为所谓的"无国界作家""国际化作家"。我认为这不只是一种时髦和潮流，而是全球化发展到今天的必然结果。地球成为一个村落，世界变得平面、透明和趋同。在趋同中如何看待自身的特性，如何坚守和完善自己，理应成为人们最为关注的问题。

有鉴于此，我认为留守本土的作家，比如"70后"作家，即使缺少必要的全球化经验和视野，如果其深入中国当代社会，同样可以处理这样的问题。只是，我们要将此类问题本土化为对中国的城市化进程中农业文明和城市现代文明的辨析，即探讨乡土中国向城市中国过渡中如影随形的诸多问题。

在这个意义上，民族和世界应该能够实现有效的接轨。当然这也只是我的一己之见。我的希望是，我们的作家都能更好地打开自己的视野，写出更多、更好的，既是民族的又是世界的好作品。

小城镇叙事、泛意识形态写作与不及物性*
——"70后"作家的美学思想考察

梁 鸿

"70后"作家在当代文学景观中留下的第一个身影虽然鲜明,却并不那么光彩。卫慧、棉棉的"欲望化写作"、另类的个人行为及其恶俗的文学炒作方式,几乎成为消费文学与都市"恶之花"的代表。而她们流星式的文学生涯似乎也印证了她们的文学观所存在的问题。这些都为"70后"作家的出场留下了阴影。但不管文学史如何评价"身体写作",棉棉和卫慧的小说的确具有一种无法被忽略的异质性和代表新的可能性的美学因子。然而在喧哗登场之后的十年中,逐渐步入中年的"70后"作家却集体沉默。他们中活跃在文坛上的大部分作家,还没有哪一个作家如前辈作家莫言、贾平凹或李洱、毕飞宇那样,能够以个人修辞建构起属于自我的精神风格。或许,他们身上具备的新的特质与倾向并未被挑剔的批评家和文学史家感知,因此他们的作品总会被忽略与误读。但是,毫无疑问,这与作家自身主体性的模糊、文学观的偏差和世界观的局限有很大关系。而作为一种文学现象与文化问题,"70后"作家的创作与20世纪90年代中国社会的多层次分化,殖民文化、消费文化的兴起,以及当代文学发展趋向之间复杂的纠缠关系也值得探究。

---

* 原载《山花》,2009年第7期。

身体写作与新都市意象

从整体上考察"70后"作家,一定不能绕过卫慧、棉棉及20世纪90年代中后期其他红透文坛半边天的"美女作家"。关于她们,批评界已经说了很多。笔者并不准备在这篇文章中对其详细论述,而是把分析重点放在之后更为普遍化、常态化的"70后"作家身上。但是,后者与她们之间又有着谱系学上的联系。这也使得对二者之间一些本质上的关系与相互影响进行简要梳理很有必要。

关于卫慧、棉棉"身体写作"的场域,最典型的就是陈思和先生的一个判断:"在她们生长的年代里,中国社会的主流意识正发生一个由极端压抑人的本能欲望的政治乌托邦理想,逐步过渡到人的欲望被释放、追逐,并在商品经济的发展中被渲染成为全民族追求象征的过程……""这些'问题孩子'所面临的生存环境,正是这十多年来致富阶层形成过程中无法回避的精神空白与欲望泛滥所造成的。"[1] "致富阶层形成过程"也就是新都市的形成过程。这一新都市被模糊了其新型意识形态性的存在,而成为个人、金钱与新的自由的象征地,以其张扬、感性、时尚的现代性滋生着新的生活方式与精神追求。卫慧、棉棉无疑是最早触摸到新都市脉搏的作家。她们的成长、自我塑造、生活方式及其存在的问题是都市的雏形与缩影,与都市的内在形象是同构的,是资本化与中产化时代来临的预告。身体的躁动与不安正是都市的躁动与不安,都市以身体伪装自己,并悍然出场。它不是理性的产物。正如新感觉派笔下的旧上海一样,它以直接的生理刺激为特征,是高速度的、令人眩晕的,让人厌恶,同时又具有强大的诱惑力。

但是,作家本人并不认同这一归结,他们更强调"身体写作"所具有的个人性与美学意义。当有人说棉棉是"欲望化写作"或"都市写作"时,棉棉非常气愤地回答道:"我想这'身体性'指的不是欲望和感官,而是指一种离身体最近的、透明的、用感性把握理性的方式。"[2] "用感性把握理性",可以

---

[1] 陈思和:《现代都市社会的"欲望"文本——以卫慧、棉棉的创作为例》,载《小说界》,2000年3期。
[2] 《棉棉访谈:写作的"身体性"不是欲望》,载《光明日报》,2000年5月10日。

说这是新的美学宣言，它不仅意味着语言风格的变化，更是书写领域、书写方式及文学价值起点的变化。棉棉的《糖》以身体的乌托邦为我们塑造了一个挣扎在爱与痛之间的问题少年形象。让人震惊的不是作品中主人公无法抵制的毒瘾与欲望，而是那有着无穷疼痛的身体。它那么单薄瘦弱，那么渴望爱与抚摸，人物的精神与生理是如此紧密相连。这是之前的中国小说所没有的。除了卫慧、棉棉、周洁茹的创作之外，尹丽川、丁天、冯唐等人的创作都是典型的用"感性把握理性"。尹丽川以尖锐、略带点思辨的诗歌或小说叙事把青春的身体躁动与成长之间的关系给刻画出来；冯唐的《十八岁给我一个姑娘》《万物生长》，陈家桥的《南京爱情》等则有一种喧嚣的、性感的、混乱的美感与叙事的张力。他们的文字往往能激起一种越轨的特殊快感。他们对人性禁地、文明暧昧处的深入探索与大胆书写的确为我们提供了新的思维空间。

回顾20世纪90年代以来的文学，可以说，由卫慧、棉棉所引起的身体写作思潮是最有力量、最容易引起思辨的文学事件与文化事件。这些小说蕴含着一种深刻的不安。这种不安既来自个人心灵的焦躁与紧张，也来自现代社会给其带来的挤压与诱惑。它是一种病症的征兆，揭示了这个时代的内在情绪，有着很强的文学隐喻性。传统的道德体系无法装置后殖民语境下新的欲望，无法回答新都市生活方式中所产生的千奇百怪的种种问题。"身体"以其本体形象进入文学，进入新都市生活，成为一种政治学，以具有冲击力的美学形象揭开了沉默于中国文化深层的肉体，同时也以其与新型消费文化极其暧昧的关系而进入都市生活的内部逻辑。它含有青春文学的特点，却比青春的边界更大。在某种意义上，它为当代文学开拓了新的叙事空间。每个时代都会有这样的开路先锋存在，虽然历史、文学在发展中也许会最终抛弃它。

当然，这是就纯粹意义而言。棉棉的宣言及身体写作或许具有这样的革命性和美学超越性，但只是一种可能。当这一形式与主流意识形态、消费主义、"后殖民"背景及新的传播方式纠缠在一起时，其意义就显得芜杂，并且常常改变原有的方向。从"身体写作"实际发展的脉络来看，从卫慧、棉棉到周洁茹、金仁顺们，再到21世纪初轰动一时的木子美的性爱创作，具有复杂意义的身体已经被简化为肉体，欲望被描述为性，自由与个性成了滥交的保护伞。"欲望化写作"取代了"身体写作"，成为当代文学中最富暴力色彩的写作美学。"广阔的文学身体学缩减成了文学欲望学和肉体乌托邦。"[1]当"深刻的不安"变为某一阶层炫耀与消费的资本,它所具有的潜在的启蒙意义、革命性也会被消费社会所吸收。"身体写作"这种意义值缩小的倾向表达了"70后"作家摆脱道德、秩序、历史束缚,强化自我存在的强烈愿望。但也恰恰因为如此,"身体"开始变得苍白。当所有的反叛、颤动、黑暗及丰饶都变为理所当然,并且作者沾沾自喜地予以展示,它的先锋性、启发性也即丧失。因为缺失了思辨与矛盾,也就没有了探索与追问的可能。

卫慧、棉棉的身体写作,木子美等人的性爱书写,以及之后网上过于低俗的性描写的泛滥,三者之间是在什么意义上具有关联性?对此需进行深入的探究。否则,"身体写作"将永远被这一堕落的"果实"压抑,并且无法翻身。从这个意义上讲,身体写作的被否定对20世纪80年代以来的女性主义叙事是一次沉重的打击。身体革命是20世纪后期最重要的革命,而女性主义书写是其非常重要的一个支脉。从王安忆的"三恋",到陈染、林白的身体叙事,女性在不断寻找进入历史语境的途径。卫慧、棉棉从身体本体学的角度重新阐释了欲望的存在及其与社会现实、文明之间的关系。这可能会是新的探索的开始。但是,当这些被过分放大并且以另一种形象出现时,其对女性历史存在来说已经失去了意义。从个人化叙事,到下半身、欲望化写作,再到"性爱日记",身体叙事一步步远离了意义与女性存在,变成了庸俗社会学的符号象征。

小城镇叙事

与卫慧、棉棉笔下那流光溢彩、金属味极浓的都市意象和强烈的感性特征不同的是,稍后的"70后"作家,如戴来、鲁敏、金仁顺、张楚、乔叶、葛水平、田耳、徐则臣、李浩等人所书写的大多是小城景象与小城人生。那种尖锐、富于冲击力的文学质感也变为温柔敦厚、平和冲淡。即使偶有逸出,也只是无伤大雅的点缀。这不能不说是一个极富意味的文学现象。这一现象并不是因作家回避名声败坏的"身体写作"而产生,而是由作家生存场域、写作场

---

[1] 谢有顺:《文学身体学》,载《花城》,2001年第6期。

域与美学体验的特点所决定的。这些作品有一种小城镇意味和小城镇美学特征。笔者认为，到目前为止，这一美学风格才是中国20世纪70年代出生作家的常态与基本样态。这样的说法会产生某些疏漏。但依此，却能够说明一些深层的问题。

随着20世纪80年代以后中国经济制度的变化，社会的组织结构也在发生渐变。小城镇逐渐崛起、壮大，并发挥重要作用。所谓的乡村城市化，其实是乡村城镇化。这样的内陆小城和小镇，普通、庸常、相对封闭，不是乡村，但又存留着乡土社会的某些特征。譬如在生活方式、道德观念方面，其仍然是一个泛化的乡村形态。同时，它与大都市又有着本质的区别。卫慧、棉棉们所感受到的纸醉金迷和强烈的消费欲望，在小城镇中还只是以某种暗示的方式呈现出来，对小城生活与小城人的心灵并不具有强大的震撼力。正是处于这一历史时期的小城镇与城镇生活哺育了新一代作家。当前活跃在文坛上的"70后"作家们大多出生在中国内陆的小城镇。在平静的成长过程中，他们所看到的就是房屋前面的那条小巷，那条通过学校的街道、小河和散落在历史角落中的各个普通的家庭和各种普通的人生。而感知外部世界的媒介最多也不过是喇叭裤、迪斯科、三毛、琼瑶。可以这么说，当20世纪80年代的知识分子在如醉如痴地学习、吸收西方思想并借以批判中国社会现实时，还只是少年的"70后"作家则如醉如痴地阅读来自港台的琼瑶、三毛、金庸，并沉湎于一种自我营造的感伤和对传奇的向往之中。

对于"历史""社会"这两大名词，"70后"是通过学习而得来的。它们是书本上的知识和家人的闲谈。哪怕是中国当代史中并不遥远的事件，在他们那里，也只类似于传奇，与他们童年、少年的生活与情感都无关。与此同时，中国的教育体制也初步完善，"70后"在系统的教育中完成自己的学业，没有任何节外生枝。他们被大历史遗忘，也由于属于最后一代多子女家庭而被父母遗忘。他们循规蹈矩，是父母的乖孩子。由于寂寞，他们敏感于自我心灵的触动，忧郁、内向，自我玩味的能力特别强。因此，"70后"作家难以产生如"50后"作家那样的土地意识与大地情怀，也没有"60后"作家与历史之间尖锐而深远的冲突与知识分子情怀。他们无法触及现代社会与历史最为核心的精神部分，也无法感受到并拥有大地的那种厚重与深沉。他们"生活在别处"。

能够自动成为他们写作资源的只是朴素、普通、平淡的小城镇的日常生活，以及面目模糊的、乏味的、很难进入历史话语系统的那一部分人的存在。

"请设想有这么一座城市，它在中国，它在此时，它不是一座辉煌的大城，它是中国上千个平庸的中小城市中的一座，由于不大，还不曾狂热地超出自己，所以它比较真实——'真实'的意思是它没有那种梦幻色彩，它和它的过去还保持着联系，比如对历史、乡村的记忆；它是灰色的、暗淡的、沉闷的，所以它总是被外面的世界所吸引或惊吓。——这个城市是戴来的，是她写出来的城市。"[1]与上海、北京等一些大型的、现代的城市相比，"这个城市"或许用"小城"来称谓更为恰当。小城，没有大都市的庞大与冰冷，生活在其中的人有一种家园之感，因此有爱与宽容，对其中的变化也多以"世道人心"来衡量。而它的破败本身也为叙事和回忆增加了温馨的成分。戴来的大部分小说如《亮了一下》《别敲门，我不在》等都有小城的意象。虽然小说中多是失败的人物与人生，有点残酷的意味，但却与小城的乏味、平淡相一致。魏微为《大老郑的女人》《尖叫》加了一个"小城系列"的副题，其对小城的移风易俗、道德秩序都有极为准确的把握。张楚的小说如《大象》《刹那记》等大多书写镇上的小人物如何艰难生存并最终相濡以沫，除了对社会不公平做委婉的讽刺外，还蕴含着对传统道德观的致敬。徐则臣通过一个敏感、内向的少年塑造"花街"上的人生。鲁敏在《思无邪》《纸醉》中会说"我们东坝"怎样怎样，因为在鲁敏那里，作为小镇的东坝像家一样，她对那里的一草一木都熟悉，有情感。东坝，是作者心中的社会形象和生命形象。

对小城镇的日常生活与人性进行想象与建构，成为"70后"作家鲜明的美学特征。在缓慢、略有些黏稠的语言流动中，作品中的人物似乎生活在某个亲切而又朴素的小城中，无奈而又惯常地与家人、友人、爱人重复着一天天的生活。作家在字里行间透露着对家庭、亲情的看重。在这里，人性是克制的、日常的。小说情节的设置也非常节制，一切都点到为止，没有声嘶力竭，没有奇怪而肤浅的巧合，没有宏观的政治隐喻，只有时间在慢慢流动。生活呈现出简单而复杂的形态，一切都耐人寻味。最终，故事在辛酸、感动、谅解和宽容的

---

[1] 李敬泽：《短论戴来》，载《山花》，2003年10期。

温暖中结束。有论者评论张楚的作品:"他的书写特点在于他作为叙述人的耐心,他会不厌其烦地书写日常中的细部生活,直到它们闪现出我们平素不易察觉的亮度。"①正因为如此,"70后"作家练就了卓越的对细部事物的表达能力与叙事能力。这对他们来说是一种天然的力量,因为他们生活的历史语境就是琐碎的、日常的。他们对人性、生活的微妙之处领会得格外深刻,对个人生活内在情感与内在情绪的体味有极强的表达能力。这些往往成为小说的闪光点,作家也特别重视自己的这一能力。

他们的叙述对象多是普通的、无特征的小城人,不具备现实主义文学中的那种典型性格或现代主义的符号化性格,是毫无特殊之处的小人物(也不是《公务员之死》中的那类被压迫与剥削吓坏了神经的底层人物)。他们的生活不好不坏,人物性格有弱点也有优点。即使是一个完全没有优点的人,也能获得作者的谅解。在这里,一切都是节制而中庸的。与"60后"作家如李洱、朱文笔下日常生活的符号化、荒诞化与概念化不同,他们书写的日常生活是真正的日常:柴米油盐、吃喝拉撒,家庭在困顿或纷争中分分合合,少不了谈情说爱,而必然的外遇总是在委委屈屈中自行消失或平稳实现。在这其中,人生的某些趣味、人性的某些幽微之处被阐发出来。通常的情况是,传统的人生观、道德观占了上风,日常生活里有着朴素的温暖与辛酸。对于这样的小城生活与小城情感,"70后"作家是将其作为一种温暖的存在与细致的人生体味来写的。他们的作品中充满着真实的温暖与疼痛。

自现代以来,小城镇成为文学作品中非常重要的地理空间和叙事起点。师陀的《果园城记》、萧红的《呼兰河传》、鲁迅的《祝福》都有明确的小城镇意象。小城(或小镇),既是主人公生活的具体场域,有独特的地域、风俗、人情,同时,也体现了整个民族现实的文化风貌与生命状态,有明确的整体性和隐喻性。《果园城记》中的"果园城"形象与"城主"魁爷的地位、性格及历史命运是同位的,后者是前者隐喻的存在。当代以来,文学中的地理空间多集中在"乡村"或"都市"的两极。作家对处于"过渡"位置的小城镇及其在中国生活中的重要性却没有充分的认识,很少以它为小说的内部场域。就中国

---

① 张莉:《沉默的新锐》,载《信息时报》,2008年11月30日。

的社会结构而言,"小城镇"最富于历史性,其介于传统与现代、乡村与都市、坚守与抛弃之间,是一个"中间物",也是中国目前各种复杂矛盾的最基本载体。"70后"作家的创作可以说弥补了当代文学中小城镇经验的缺失。魏微在《异乡》中以沉思式的叙述书写了一个无家可归的"打工女孩"的故事,既展示了城市中社会新阶层的情感及生存状态,同时也把"吉安小城"的失落与保守细微又准确地刻画了出来。《大老郑的女人》"写一个小城20世纪80年代以来的风习演变,写时代的讯息一点儿一点儿具体落实到这个古城的日常生活中,写这个过程中的人情世故、人心冷暖。人事和背景是不分前后主次的,你可以说小说的主角是大老郑和他的女人,也可以说是'我们',更可以说是这个小城。从这个小城,你会想到沈从文笔下的湘西、萧红笔下的呼兰河……"[1]

但是,颇为遗憾的是,"70后"作家对"小城镇"的历史存在与本质并没有深刻的理解,其作品较少大的历史叙述,没有整体的意象,与地理、历史、文化无关,只与个人的存在,具体的情感、事件相关。人物漂浮在时代表层,是孤零零的形象,没有背景和空间。"历史"全面隐退,保留在文本中的只是"'现在进行时'的非历史性的成长"。[2]魏微对短篇小说的把握较好,但是长篇小说却很少能够有大的隐喻。《一个人的微湖闸》开头对微湖闸的叙述、对水利大院人情的洞透,都似乎预示着一个大作品的出现,遗憾的是,作者很快就陷入了对人物命运及性格书写的迷恋中。"微湖闸"真的成为"一个人"的微湖闸,因为此时的微湖闸只存在于作者个人的经验和回忆中,没有溢出与延伸,所有的意义都被限制在个人的时间与空间维度之内。另一方面,在小城背景被虚化的同时,一些具有恒久意味的东西呈现了出来,如人性、情感等。它们似乎与"小城"无关,与历史、环境无关。"小城镇"所造就的人生与人性成为无背景的纯粹之人性,它超越时代背景与具体的历史存在,由此而具有了普遍性。这里面有一个概念上的置换,也是"70后"作家有意识的美学追求

---

[1] 张新颖:《小说精神的源点·生活世界·现代汉语创作传统——林建法编〈2003中国最佳短篇小说〉序》,载《当代作家评论》,2004年第2期。
[2] 参见李敬泽:《穿越沉默——关于"七十年代人"》,载《当代作家评论》,1998年第4期。

所形成的特殊意味。

"唯美""温暖"与泛意识形态化的写作

一个值得注意的现象是,"70后"作家普遍表现出对"唯美""温暖"美学风格的热爱。而在这背后,是作家"退隐"精神的外现和文本传奇化的倾向。作家过早地表现出一种淡定的态度,对自己的审美观、世界观确定无疑,所书写的世界内部虽也有小紧张、小冲突、小疼痛,但最终都归为平淡、超然。作家几乎将文本的安详与平静状态营造到了暮色苍然的地步——将明未明的黎明,将暗未暗的黄昏,一切都平和、宽广,极富包容力和理解力。

我想以安妮宝贝的创作倾向为例子来谈谈这一问题。安妮宝贝的唯美、哲思具有较为明确的"读物"风格,走的是大众与通俗的路子。之所以把安妮宝贝作为一个个案来分析,是因为,魏微等一批优秀的"70后"作家作品中包含着"读物化"的倾向性,和安妮宝贝的作品在不同层面上有着同质性,而作家并没有意识到这一点。

毫无疑问,安妮宝贝的作品,如她的《莲花》《素年锦时》等小说,非常优美、文雅、纯净、细腻,兼带对生命内部的思索和追寻,如一条河在缓缓流动,让人沉浮其中,如同做了一场略使人感伤的春梦,也涤荡着人的灵魂。安妮宝贝展示给人的形象干净、纯洁,有着棉质的柔软、舒服,但绝不是田地里的那种粗糙的棉,而是经过高科技加工的,细致、优雅、艺术品式的棉。这种文字对读者有相当大的诱惑力,给忙碌的都市白领们提供了渴望中的传奇、安静与高尚。还有作家那模糊但却神秘、纯洁的脸,无一不为文本增加了魅力。在一般意义上,这种写作本身并无可厚非,它能够得到大多数人的共鸣。因为即使最激进的知识分子,在现代的日常生活中,也被围困在平庸而乏味的海洋中,寻找一点轻松、一种纯美几乎成为一种物质性需求。而对于"70后"作家的整体生存处境来说,这种孤独而带有美感的追寻,这种略带颓废的自我放逐,是对自身历史位置非常恰切的隐喻。"安妮在诸般差异中耐心发掘三人殊途同归的隐秘轨迹,或许是想代言一代人的处境。在现代或后现代城市生活中波折重重,兴致耗尽,终于决定折返,自甘放逐于边缘,我想这肯定只是一代人中的极小一部分，他们在荒凉、诡异、静美、似乎外在于历史的极地风物中得到人生的教训，最终降卑，顺服于神意的崇高和威严。"①

　　作为同样出生于20世纪70年代的人，作为少年时代迷恋过金庸、琼瑶、三毛的人，笔者也喜欢安妮宝贝的文字，从中可以感受到共同的文学启蒙背景。纯美的爱情、高尚的心灵、忧郁俊美的男女主人公、撒哈拉沙漠式的传奇爱情与传奇人生，还有金庸的武侠世界，贯穿"70后"的整个少年时代。但是，即使沉浸在其意境中的时候，笔者也有一种不对头的感觉：这种写作方式与精神立场是否是真正的文学所应有的？是否能够产生真正的启发与思想？产生这种感觉并不仅仅是所谓"严肃文学"的立场在作怪。安妮宝贝的书写是一种典型的可技术复制时代的书写，不是指其文字的可复制性，而是情感的可复制性。她以某种独特的方式把这种情感展览出来，抒发出来。这里面的个人经验虽然也是发自肺腑和灵魂深处的，但却是与这个时代某种最大众化的需求相一致的。作者非常巧妙地加入了时尚元素，纯棉、旅行、唯美、孤独，这些代表新一代小资生活与精神的元素融在一起，形成了新小资文本，是都市乏味日常生活中的一个白日梦。读者抱有一种消费心态，是在消费层面获得温暖，是一种享受、消费，而并非思考。从安妮宝贝的《彼岸花》、李修文的《滴泪痣》、金仁顺的《春香》等小说中可以看出流行文化对作家的深刻影响。这一流行文化并不是指消费主义、物质化或狂欢化等社会思潮，而是指作家对日常情感的体验方式和书写方式。表面华丽而实质空虚，情绪至上，感伤至上，几乎可以说是当年琼瑶和三毛小说的升级版，只不过其情节设置、叙事结构更为复杂些，多了些当代时尚所需要的小噱头。

　　我担心的还有作者的那种淡定。这么年轻，就如此淡定、从容，总是让人质疑。消费、娱乐、市民意识对创作的内在影响并没有被作家意识到。相反，作家认为自己是自由的、纯粹的。魏微、朱文颖、张楚、金仁顺、李师江等人的作品都有这一精神趋向：唯美，安静，淡然，有轻微的、合时宜的沧桑、颓

---

① 郜元宝：《向坚持"严肃文学"的朋友介绍安妮宝贝——由〈莲花〉说开去》，载《当代作家评论》，2006年第2期。

废与放弃。①魏微的《一个人的微湖闸》纯净到了极致,就像水墨画一样,随意泅染,浑然天成,有一种沉着的明丽和让人向往的优雅的沧桑感。金仁顺的作品可分为两类。一类是写小资群体的情感生活。这也是"70后"女作家重要的写作内容,像朱文颖、戴来等都是这类小说的写作高手,如《爱情进行曲》《冬天》都属于这类作品。另一类是历史传奇,如《城春草木深》《春香》等。两类都堪称精美的小资读物。但是,无论是爱情或婚姻的疼痛、伤害,还是女性黑暗而又近乎优美的宫廷生活和妓女生活,最后都归于平淡,几方皆大欢喜,体现出作者温情的理解,或欲说还休的节制。"在金仁顺的笔下就没有厉鬼,所有的传奇都可以化解为平淡,所有的冲突都因冷淡而消融。不能不说这使小说丧失了一种向上爬升的机会。"②李师江的《福寿春》也是一样。在最能显示生之痛苦时,作者选择了逃避,以古典式的带有传奇色彩的"退守"山林完成了人物精神的轮回。正是在这个意义上,有评论家认为"70后"作家"未老先衰"。"'衰老'实际上是个噱头。我是要提醒他们不能衰老,要保持积极的状态,和这个时代发生关系和对话,不要用隐士的方式来对待这样一个狂欢的时代。当所有人都疯掉了,隐士是没有用的,反倒是医生有用。我不是要用这样一句话来否定'70后'作家,而是对他们有期待。"③

"70后"作家对"温暖"叙事也有偏好。其实,在某种意义上,"70后"作家不同于其他时代作家的一个主要方面就是其对温暖的感受力及强大的书写能力。"50后"作家所写的大多是苦难,偶尔闪现的一点温情不足以覆盖作品整体的寒冷。"60后"作家笔下的日常生活更是充满虚无、怀疑,人性冷漠,生活虚伪。那种属于普通人的普通人生的温暖尤为稀缺,刀刃所过之处,冷气袭人。"70后"作家的作品却常常贯穿着一种绵远的温暖,那种家庭式的、传统的、朴素的温暖。鲁敏的《思无邪》《纸醉》叙述的是"田园诗"般的小镇

---

① 鲁迅文学奖为魏微《大老郑的女儿》所写的颁奖词是这样的:"小说对复杂而又与传统道德交叉冲突的社会现实怀着善意的宽容和人道的理解,同时不无困惑。作品因此有了一种似乎与作者实际年龄难以相符的成熟与练达,有一种洞察人性的沧桑之感。"中国作协评奖办公室:《第三届鲁迅文学奖获奖作品丛书·短篇小说卷》,华文出版社2005年版。
② 周立民:《被囚禁的欲望——谈金仁顺及七十年代出生作家》,载《当代作家评论》,2004年5期。
③ 张柠:《"未老先衰"与"果园定律"》,载《新世纪周刊》,2007年第27期。

生活，有爱和温暖流动，传达出乡村生活最朴素的情感与包容力。它高贵、纯粹，又非常自然，没有城市文明的夸耀与修饰。这正是我们民族文化中最有魅力的一部分。而她的《镜中姐妹》《笑贫记》《墙上的父亲》则对普通人的艰难人生和人性弱点给以宽容与理解。鲁敏的语言功底很好，文字干净，有着南方特有的秀丽与清雅。近两年声名渐起的乔叶也是温暖写作的高手。其中篇小说《最慢的是活着》以孙女的口吻讲述了两代女人的故事。纯朴、实在的乡村背景，生动、充满趣味的人物对话，再加上乔叶式的抒情风格，使得小说既有脉脉的温情与岁月流逝的恒久意味，同时也蕴含着生命内在的沉重与轻盈。

　　但是，就目前而言，鲁敏、金仁顺、葛水平、乔叶等人的作品已经有程式化与模式化的倾向：开始是对日常生活的艰难与曲折予以温暖、安静、感伤的呈现，最后是某种令人心酸而美好的结尾，或是对生命的感悟与情感的升华。如果是情感题材的话，作品里则多是男女之间微妙的小游戏，最后以类似古典式的退守为结局。这种温暖的写作风格与主流意识形态及市场之间是一种微妙的游移与妥协的关系，前文所述的小城镇意识所具有的那种克制与中庸也是此一妥协的外现。20世纪90年代以来的中国社会并不是文学性的，而是经济性的。作家既要面对自我历史存在的尴尬，同时也要应付日益市场化的文学生态环境。而后者已经成为写作的基本要素参与到作家的构思之中。优美、流畅的文风，安静、温暖的情感，再加点反抗的小佐料，有激荡与冲动，但只是限于内心，不违背道德和人情。这样的作品容易获得读者的认可，同时也不会冒犯主流意识形态话语，市场、读者、专家都能从中找到可说的东西，通俗标准、严肃标准都可适用。就这一点而言，"70后"作家的确是世故的。

　　"70后"作家对宏大话语天然的不敏感性及其消费主义文化的生存氛围导致了其作品历史形象和精神倾向的暧昧与复杂。20世纪五六十年代出生作家与主流话语或体制之间有非常明显的不和谐与紧张关系，作家总想撕裂或反抗些什么；"70后"作家及更年轻的作家则只张扬自己的观念和生活态度，并认为这才是真正的人生、真正的文学。作者非常简单化地理解文学与政治、社会之间的关系。像安妮宝贝的唯美、淡然其实是一种泛政治化的姿态，其以对政治疏离来表示某种反抗。但实际上，这种疏离不是有意识的理性行为，而是作者自然的人生态度。这使得作家所谓的轻盈、独立、个人性无意间充当了主流意识形态的同谋，强化了时代的"自由"与"安静"氛围。从某种意义上讲，他们是尚未发育健全的中产阶级，或可称为新型的市民阶层的代言人。而这种所谓优雅、温暖的叙事其实是新阶层自我形象的雏形，是在世俗主义与泛意识形态时代的合谋下而产生的泛意识形态写作。作品所传达的是一种平庸又貌似优雅的情感，是为自我的放弃、庸常所做的伪装，应该说是一种温良的中产阶级立场，或者说被精包装的市民立场。这一妥协、退守与新写实小说的精神立场有某种相似的地方。所不同的是，新写实小说家是清醒而又痛苦地看着生活变成了丑陋的"一地鸡毛"，而"70后"作家则用"温暖"的手法与世界观把它重新建构起来。对于当代文学整个精神倾向来说，这一"向上"的努力阻止了20世纪90年代以来文学精神不断"向下"的趋势，但一切又显得过于美轮美奂。

寻找及物点

今天的"70后"作家，最年轻的也已经30岁。青春一去不复返。中年写作已经开始，他们必须面对社会和历史，必须面对人性的不可知处。与此同时，作家也必须选择自己进入历史的方式，即寻找属于自我的精神立场与修辞风格。但是，一旦进入历史层面与社会现实层面，这批作家的局限性也就显现了出来。"唯美"的文字、"温暖"的情感与细腻的细节构造能力统统不起作用，它们无法支撑起作家所要面对的复杂的社会现实与历史存在。在作品与现实之间仿佛隔着一层厚厚的、透明的墙。就要到达对面，就在对面，但作品与之有着无法逾越的距离，找不到及物点。

姑且不提卫慧、棉棉笔下的上海、身体故事与现实之间的关系，就前面所提到的小城镇日常生活而言，大部分作家其实只是在一个简单的现实层面，即在与自己生活经历或生命感受相关的那一小片天地进行书写。小说仅限于对一个家庭内部的描述与体味，作家有意或无意地去除掉人物与社会发生关系的那一层面，很少打开叙事空间，进入历史层面。小说与中国现阶段的城镇生活关系并不十分密切，很难形成某种整体的象征性和历史性。而就女作家热衷于书写的小资群体的情感生活题材而言，无论是在语言风格，还是在揭示情感方面,她们的作品都颇多雷同。例如,朱文颖、金仁顺、戴来的此类小说彼此几乎无法区分。男性作家如张楚、李浩小说中的城镇"小人物"的生活更具现实性,但小说却因为结构布局的过于普通与文字的稀疏而被淹没在众多的写作之中。作家对有关社会、历史、政治话题的过于淡漠给文本留下无法遮掩的空白。

虽然作家不愿意承认,但一种犹豫始终隐现在"70后"作家的修辞与叙事中,即由于个人生活经历的简单与思考的偏向,对时代、历史、现实这样大的主题,作家并不敢轻易去碰触,即使努力去写,也多呈现出魏微所言的"一旦思绪触及所谓的时代背景,就会变得很茫然"的情况。对于乡村的整体状态、都市的内在结构、"小城镇"在20世纪90年代以来中国文化空间中的位置与重要性,乃至中国社会生活的整体形态及其所处的阶段,作者并没有理性的思考。因此,作家面对现实时会不自觉采取前面所提到的"规避"态度。李师江的长篇小说《福寿春》对乡村生活细节的刻画相当到位,对几个主要的人物形象与乡村存在状态的叙述也基本到位。如果沿着这样的写作思维往宽阔之处走,这会是一部很独到的新型乡土小说。可惜的是,人物的最终退隐,以及接下来作者关于"静虚"的意境描述及对其显示出的精神认同,使得一部优秀之作变为传奇小说和通俗小说。人物的现实象征性都被强行停止,作者对现实生活的追问、对卑微人生与人性的展示与深刻探讨转为了一种景观和浮泛在历史长河表层的传奇志。

在这一方面,徐则臣是其中较少能深刻传达现实的作家。他的中篇小说《西夏》《三人行》《跑步经过中关村》等以在城市漂泊的群体为起点,书写城市与乡村之间复杂的存在关系,对人物的定位较为准确。最难得的是,徐则臣的小说内部有一种空间的张力。城市打工者并不是漂浮在城市上空的模糊形象,而是以自己的方式深深嵌入城市空间并成为城市的内部结构之一。徐则臣抓住了这一群体的姿态并描述出来,也就准确地呈现了其历史位置。这是城市的黑暗之流,徐则臣以同样深厚、复杂的生活景观使我们看到了这一空间的疼痛与无法忽略的历史存在。他的小说是对20世纪90年代以来中国社会结构移动过程中新的生存形态与情感形态的深刻揭示。湖南作家田耳在《一个人张灯结彩》中,对小人物形象刻画得也较为深入,无论是对哑女、警察,还是对杀人犯的叙述都蕴含着某种复杂的情感,能够隐喻整个社会中小人物的存在状态与历史位置。但当读到他的《掰月亮砸人》时,却感觉作者过快进入了纯文学的圈套,小说难懂而且生涩,甚至有些让人不知所云。

思想的简单化与个体精神立场的不确定性使得大部分"70后"作家的作品显得过于单薄。例如,魏微的小说确实具有别样的温婉与纯净,对民间生活的自在、常态与内在的闪光之处有非常独到的书写,由此也形成了作家独特的美学风格。但作者似乎被困于一种个人情怀之中,无法把思维转向更为复杂的现实层面。"其中的种种人事大多又只是漂浮在'时代'的表面,氤氲或散发着怀旧般的'时代'气息,作家所采取的只是一种简单的回望。这种简单回望的精神姿态不仅无法反映出时代的真实,更是不能对时代做出应有的批判性思考。"①并且,在许多时候,作家虽然对现实持一种基本的批判态度,但这种态度整体是感性的、模糊的。作者没有对具体的事件、时代流行的思想,尤其是自己所书写的事物做出相对深入的考察或思考。这也是"70后"作家中的作品整体比较清浅的原因之一。一旦作家宣称此写作是"个人生活",就仿佛找到了其写作与社会、历史疏离的保护伞。这其实是自20世纪80年代以来"纯文学"观念所带来的一种误解。因为"个人生活",包括身体、欲望、情感从来都是在与历史传统、时代偏见的博弈中显示出其存在意义的。身体的政治学也不只是欲望的觉醒或自我张扬,而是在自我的文化约束、道德成规与个体要求的挣扎中展示其力量。

"70后"作家与"现实""当下"之间并没有形成真正的对应关系。这并不是说作家一定要书写"现实",一定要在文本中强硬地塞进个人立场,或直白地书写"底层""都市""文革"等真实主题。其实,对于一位作家而言,他甚至都不应该有过于确定的政治立场。问题的关键是他的作品能否对"当下"产生启发,小说内部的空间是否被打开,能否有更为独到的道路与情感方式供读者进入并体验。"70后"作家的普遍倾向是放弃对社会的探索。作家不是以思辨的方式开辟新的文学空间,而是以某种文学化的姿态放弃了对社会的

---

① 何言宏:《重建我们的精神立场——简单的写作或魏微小说的问题与可能》,载《山花》,2009年第1期。

深入探索。长篇小说的创作最集中地呈现出这些问题。

还有一个致命的问题就是,"70后"作家还没有形成真正的个人标识。作家尚未找到合适的话语方式来证明自己的存在,还没有足够深厚的知识体系、足够强大的修辞风格和足够深刻宽广的精神立场形成有自我属性的作品。翻阅国内主要著名文学期刊如《人民文学》《收获》《十月》等就会发现,"70后"作家已经是主要的创作力量,尤其是在中短篇小说的创作方面。这批作家的中短篇都相当不错,许多也能称得上精品,但是其风格、故事情节与结构布局却惊人地雷同。一本期刊阅读下来,读者基本上是感到模糊一团,很少几篇能够给你全新的感觉,并不是因为作家们对语言的运用不够精致,或叙事能力不够老道,恰恰相反,"70后"作家的语言能力普遍较强,驾驭语言的能力和起承转合的能力是最为扎实的。但是,读者即使是刚刚读完,马上闭上眼睛默想他们的作品,也很难再回想起其中的人物、故事,更无法寻找其属于个人的精神内核。"50后"作家如莫言、李锐、贾平凹等都有自己独特的风格。莫言的语言汪洋恣肆、阔大无边;贾平凹的文白相间、阴柔浑然。"60后"作家如李洱的"百科全书式"叙事、朱文的"愤怒"、韩东的"冷静"、毕飞宇的"简练",各自都有鲜明的修辞。这种修辞特征其实是作家的身份证,它依靠的并不仅仅是文字的功夫,还有作家对世界的思考方式。而在这方面的欠缺正是"70后"作家文体风格存在局限性的原因。魏微是这批作家中少有的具有文体感的作家。她的小说与时间之间有某种美学上的同构,气息浑然,有时空的流动感,但过于单一,容纳力不够。李修文的中短篇小说《不恰当的关系》《闲花落》有一种杂糅风格,喋喋不休中不忘进行故事的推进,出其不意的情节进展总给小说带来意外的穿透力,但还嫌做作。徐则臣则由于对所写对象的深入把握使小说结构性比较强,但又太过中正。大部分作家都还处在一种将破未破的状态,没有形成有效的个人风格。

总体来讲,"70后"作家身上有一种含混与暧昧特征。那种不可名状的温暖、细致与锐利的气质,包含着某种内向的少年情态,敏感多情又暴烈冲动,安静耐心又渴望突破。在面对社会与历史时,他们处于一种奇怪的"游离"状态。如果一定要为"70后"作家找一条出路的话,这种"游离"状态和"中间"状态可能成为"70后"作家的及物点。从自我的生活出发,做当代生活的一个旁观者、漫游者、观察者，漫游大地，如波德莱尔笔下黎明时分在城市废墟上的"拾垃圾者"，捡拾生活的"碎片"，凝视庞大的历史缓缓坍塌的过程，倾听大地深处传来的最细微的声音。但"旁观"不是淡然，不是对某种精神的放弃，而是一种姿态，一种修辞，一种对历史、人性和生活发言的角度与方法。这需要作家有意识地进行精神培养，需要其甄别写作题材与自我的思想起点，需要其具备广泛的知识并在文学观上做出重大改变。当然，如何让现实、历史进入自我的情感层面并成为一种修辞与美学，如何让青春、爱情、生活变得更为深刻、宽阔和多义，是任何一位真正的作家都必须思考的问题。

可疑的"个人"*
——"70后"作家作品阅读札记

周立民

一、换来的不过是一朵虚无的云

偶然读到一首"70后"诗人所写的诗：

> 你伸出手去，你以为你抓住了一切
> 其实，你用一生的时光
> 换来的不过是一朵虚无的云
> 跌下云端的时候
> 苦难与悲伤才刚刚开始
> 但我还是想拉住每一位匆匆的过客
> 轻声地问一问
> 还有没有更高的路通往天庭[①]

或许二者完全没有关系，但我却突然由此联想到"70后"作家在当今的处境：曾经有雄心勃勃的理想，也可能认为自己抓住了一切，但实际上却被无情地抛弃，即便这样，那颗寻找通往天庭之路的心仍然不死……是啊，这一切不过是十多年的事情。十多年前，他们是令人充满期待的文学新生力量。有的人

---

* 原载《山花》，2009年第17期。
① 王国平：《一朵虚无的云》节选，刘春编《70后诗歌档案》，中国海洋大学出版社2008年版，第300页。

甚至这样断言:"文学不可能永远停留在托尔斯泰的时代。""我敢说他们都是十分杰出而且将来必定都是很有出息的好作家。"①而"70后"作家更是豪气干云霄:"你们不给我们位置,我们坐自己的位置;你们不给我们历史,我们写自己的历史。"②10年过后,他们似乎功成名就,其作品遍布于中国所有纯文学期刊,他们成为当代文坛创作中最为活跃的主体,但他们自身的锐气却大减,人们对他们的失望感也与日俱增。势利的商人们在榨干"美女作家"的一点血汗后,忙着炒作"80后"作家去了,再也没有心思去理"70后"作家了。

"70后"作家更为尴尬之处在于,他们如同一块夹心饼干,不是那么纯粹。尽管"60后"作家曾咋咋呼呼搞"断裂",但真正的断裂可能产生自"80后"作家。"70后"作家不是遗老,而是遗少,他们受过传统的文学教育和审美培养,骨子里有着传统的因子,却时时趋新想抓住几根新时代的毫毛。他们的文学观念和审美趣味一面受到经典文学的无形影响,一面受到大众文化、消费文化的冲击。魏微曾经列举过她成长过程中读过的一些书:"1987年前后,我少有的知识来源是《读者文摘》这一类的流行杂志、我父亲书橱里的几本人物传记、'五四'时代的新诗选。偶尔,不知从什么地方也会看到《钟鼓楼》《夜与昼》等小说,我一遍遍地阅读,惯于举一反三。"③"上课时读《射雕英雄传》。""到了1987年,我高一,开始读琼瑶和三毛……我当时喜欢三毛,以为她写的是文学,我希望有一天能做成她那样的作家……对琼瑶的小说也迷得不行,一本接一本地看,哭得一塌糊涂。"在她通往文学的路上出现过哪些书呢?"那时(指1994年——引者)我只读很少的文学作品,《红楼梦》《围城》以及张爱玲的小说……完全因为喜欢,才翻来覆去地读,有点类似文学的教科书。外国古典文学如托尔斯泰、巴尔扎克的小说也读,但是趣味相左,简直难以卒读。"而她对现代文学则"完全是心领神会的"。读完卡夫卡

---

①魏心宏:《我看"70年代以后"作家》,载《山花》,2002年第4期。
②安石榴:《外遇》,1999年5月深圳出版,第4期编后语。转引自陈代云:《"70后"何以成立?》,刘春编《70后诗歌档案》,中国海洋大学出版社2008年版,第373页。
③魏微:《〈读者文摘〉的气味》,《我的年代》,百花文艺出版社2005年1月版,第18页。

的《判决》后，她"久久说不出话来，只是惊讶"；《百年孤独》几乎让她不忍心读完。[1]这是一份十分混杂的阅读书单，完全不同于"50后"文学精英们的阅读。它随着20世纪80年代后期和90年代前期中国社会的不断开放和转型而不断增加内容。在"70后"作家的成长中，精英文化和大众文化是在冲突中逐渐共融的。在魏微的心中，要写作就得去读世界名著，哪怕她不喜欢读。[2]在当时的标准中，《射雕英雄传》也是拿不到课桌上面的，也就是说传统的文学标准和审美意识依旧有着重要影响力。而对于"80后"作家而言，精英文化早已与大众文化媾和。二者不存在冲突，甚至早已消灭了界限，《射雕英雄传》业已成为经典。所以，在他们心中传统的文学标准早已无效，传统意义上的文学标准对他们没有太大的约束力，不论卡夫卡、金庸、张爱玲、村上春树，还是《哈利·波特》《达·芬奇密码》，在他们看来，这些作家或作品之间没有本质的区别。这也决定了他们与"70后"作家的显著区别。他们可以一头扎进消费文化的大海中，如鱼得水。而"70后"作家既跃跃欲试又有着放不下身段的矜持，身在岸上，既不可能也不甘心与大众文化言欢。再说面对20世纪五六十年代出生的文学大佬，随着年龄的增长其自身的焦虑也日益加剧。他们无法逃避消费文化巨浪的裹挟。在"70后"作家中，盛可以、魏微、金仁顺、张学东等等一大批作家都有上佳的中短篇小说问世，其艺术成就甚至丝毫不逊色于他们的前代，但他们无法用心经营体现着艺术追求的短篇小说，不能不妥协，去写既可以为市场所接受又似乎可以实现自己艺术追求的长篇。这种妥协实际上显示了消费文化的入侵，哪怕你很自觉地抵抗它，也摆脱不了，如同这一代作家摆脱不了在夹缝中生存的文化宿命一样。

于是，在我要谈论"70后"作家时，也面临着这样的尴尬：谁是"70后"作家的代表？他们的代表性作品又是什么？这是一个最基本的问题，却令我思量已久。是卫慧、棉棉那些"美女作家"？还是徐则臣、鲁敏、乔叶这些后起

---

[1] 魏微：《通往文学之路》，《我的年代》，百花文艺出版社2005年版，第19—29页。
[2] "从1994年开始，我计划系统地读一些书，借以补血充气。我父亲去新华书店买来许多外国名著，大多是古典作品：《珍妮姑娘》，《汤姆叔叔的小屋》……然而看了也就看了，没留下太深印象。"见魏微：《通往文学之路》，《我的年代》，百花文艺出版社2005年版，第25页。

之秀？或许，不能被代表不能被概括，正好是他们的个性和特点，这是现状。但问题是文学靠的是以作品来说话。他们令人耳熟能详的作品又是什么？未必举不出来，但把这些作品与《大淖纪事》《红高粱》《九月寓言》《长恨歌》《日光流年》等作品放在一起比较时未免让"70后"作家有些英雄气短。我不想劈头盖脸去做那些无谓的指责，作为同龄人，我甚至感觉他们生不逢时。这是一个需要并制造文化明星的时代。所以，《大红灯笼高高挂》替换了小说《妻妾成群》，也造就了苏童世俗的名声。而印数也可以造就连抄袭都可以理直气壮的"80后"作家！（而且还有粉丝声援）或者再问一句：难道《废都》就是贾平凹最好的一部作品？但不管怎样，它给贾平凹带来了极大的知名度。而这些幸运似乎都不偏爱"70后"作家。关键是，他们想做一个孤绝者去经营自己艺术世界的外部环境也不存在了。从个人内心而言，恐怕大多数人当年的青春激情也不在了。他们是一些现实主义者，少有人用海子那种方式去解决内心的困惑。他们所做的选择只能是认同现实，可偏偏现实并不爱他们。他们折腾来折腾去似乎只能是一个陪练。或者他们认为自己抓住了一切，正在为一点点小名声和经营不错的文学小日子而志满意得，然而极有可能"换来的不过是一朵虚无的云"。至少"你们不给我们位置，我们坐自己的位置；你们不给我们历史，我们写自己的历史"这样的豪言壮语已经不能轻易出口。

二、那些风花雪月的事

在谈到"70后"作家的时候，人们都充分注意到了他们文化性格的模糊性，多种性格在他们身上冲突。这是夹缝中一代人的特点。很多"70后"作家概括自己的时候明显带着申辩的味道，因为他们充分地感觉到自己的被误解或被简化。这种对于社会命名的拒绝和社会难以准确对其定位说明了什么？文化性格模糊说明其没有性格，还是他们还找不到自我或者缺乏主流价值标准？我不敢武断地下这个结论。

我看到过有人宣布"拒绝卫慧"："卫慧代表的是'70后'里边很失落的一群，没有太美丽的希望，所以只好寻找刺激与颓废。哪个时代都会有这样的人群。但现在有一些人在用一种幸灾乐祸的心情说'70后'就是那样的，这是偷换概念，也是以偏概全……""拒绝卫慧，只是拒绝卫慧作为'70后'的代言人，有这样的代表我们实在羞于见人。"①而另外一位论者则感到无可奈何："'70后'现在正处于一个最有潜力，但也最有压力的时期，事业上、家庭中莫不如此。而偏偏这一代人身上从小就铭刻着由时代造成的矛盾烙印：开放与保守的矛盾，进取与稳重的矛盾，传统观念与时尚潮流的矛盾，良知与现实的矛盾……这许许多多的矛盾，让我们在面临选择时难以决断，承受压力时无所适从。"②沙蕙则从另外一面解读这种矛盾："'70后'被命名为夹缝中的一代，过渡的一代，分裂的一代，边缘的一代，自相矛盾、不知所措的一代，浑浑噩噩、没有主见因而也没什么前途的一代。""其实被偏见说成是劣势的特征恰恰是'70后'的优势：横跨两个时空非但没有使他们边缘化，反而使他们融会贯通；身处时代巨大变革的潮流非但没有使他们保守，反而使他们更懂得随机应变；年少时拥有过的理想和情怀的失落非但没有使他们不知所措，反而使他们更懂得珍惜和坚守。从不越界和底线清晰使他们时时刻刻都透露出超越年龄的成熟与大度。"她也列举了这种双重性格之间的冲突："开拓精神与传统意识，外向和自闭，现实主义和乐观主义，争强好胜和低调内省，思维跳跃和循序渐进、按部就班并存在他们身上。'70后'的好孩子们就这样长大成人，他们表现出来的乖巧、顺从和善解人意的性格特质掩盖了他们敏感、锐利、丰富和深刻的内心世界。"③——用语言概括一个代层中的那么多人，的确有些力不从心，所以，女作家金仁顺则提请人们注意"70后"的差异："一些评论家把一些类似于'酷'、'时尚'、'尖叫'、'冷漠'等词汇冠之于'70年代后出生'作家的身上，他们似乎忽略了在所有这些表面的深处，潜伏着的是硬核儿般的孤独感。即便在同类人当中，我们也很难找到共同感兴趣的话题。我们所能做的，就是安于眼前的孤独，并且力图从孤独当中突围出一条道路。"④她说的是事实，"70后"最重要的成长年代是20世纪80年代

---

① 庞小培：《我们生于70年代》，中国档案出版社2001年版，第24、26页。
② 谈鲲：《七零人三部曲》，经济日报出版社2007年版，自序。
③ 沙蕙：《七十年代生人成长史》，中国青年出版社2008年版，第31、34页。
④ 金仁顺：《之所以是我们》，林建法、徐连源主编《中国当代作家面面观——寻找文学的灵魂》，春风文艺出版社2003年版，第461页。

末以后，这正是大一统的社会意识和文化意识裂变的时期。共同话语正在被消解，这种没有相互通约的话题存在于相互之间。而对于个体来讲，一个人身上又混杂着多种文化的斑驳色彩，自身都很难做到协调一致。

这样矛盾和模糊的文化性格是强化了"70后"作家作品的特色，还是削弱了他们的特色？众声喧哗，主流价值四分五裂，这样开放的文化环境曾经造就了一批个性鲜明的"五四"人，其能否同样让"70后"作家纵横驰骋？有一个问题始终盘旋在我的阅读感觉中，那就是强调个人、自我的"70后"作家，其作品如同他们的文化性格一样模糊不清，常常充斥雷同的场景、雷同的人物和感觉，为什么充满矛盾的文化性格不能造就丰富多元、个性鲜明的文学呢？人们对"70后"作家恨铁不成钢。10年前，"70后"作家陈家桥曾说："什么叫'70年代以后'？其实其仅仅是指20世纪70年代生的这批人，及他们所创造的新的文学方式。"[①]但事实可能并非如此，我们没有看到什么"新的文学方式"，"70后"作家有可能是30多年来中国文学中最为保守和缺乏探索意识的一代。这姑且不论，想一想莫言、张炜、王安忆等作家，你会把他们的作品混淆吗？但同质化问题对于"70后"作家来说怎么会来得那么普遍呢？甚至"60后"作家也不能幸免。他们不是最为标榜个人性的一代吗？为什么恰恰在这上面却没有了个人性呢？

在宏大叙事之外，强调个人叙事是当代文学带有革命性的主张，也是近30年文学演进中的主导观念。"70后"作家受惠于此，并曾将这种观念演绎到极端。在中国的传统中，纳入王朝教化体系的文学历来是经国之大业、不朽之盛事，抒情言志即便不是代圣贤立言，也是需要强大的文化伦理作为依据和支撑的。在这种传统中，进行纯粹的自我表达显然不现实——这种表达只能是不登大雅之堂的"余事"。传统文人达则兼济天下，穷则独善其身，无论是身在庙堂还是在江湖都受一种强大的伦理规范制约着，即使放浪形骸，也要三省吾身。人的真正独立和个性的解放，是从晚清、"五四"的一股股思想解放浪潮中逐步得以实现的，尽管这个解放也是有着国家现代化和民族独立的背景在里

---

① 陈家桥：《什么叫七十年代以后》，《七十年代以后小说选》，上海文艺出版社2000年版，第719页。

面——因为国家实现现代化需要现代国民，迫切需要独立的人和有思想的个体。但是文学作品中的这个"个人"，要么是不彻底的（如鲁迅的早期小说，在强大的个人特征下，还不忘遵奉时代前驱的"将令"），要么在以后的岁月中，不断改造乃至消融自我（丁玲的创作典型地体现了"个人"在中国20世纪大半个世纪文学历程中的艰难经历）。丁玲是接受过"五四"思潮的影响、倔强地要保存鲜明个人意识的作家。在1928年发表的《莎菲女士的日记》中，主人公莎菲是有着强烈个人意识的新女性。她丝毫不掩饰自己的想法、要求和欲望，小说中跳动的是莎菲这样的内心独白："唉！无论他的思想怎样坏，他使我如此癫狂地动情，是曾有过而无疑，那我为什么不承认我是爱上了他咧？并且，我敢断定，假使他能把我紧紧地拥抱着，让我吻遍他全身，然后他把我丢下海去，丢下火去，我都会快乐地闭着眼等待那可以永久保藏我那爱情的死的来到。"[1]写于1940年的《我在霞村的时候》《在医院中》，便有了微妙的变化。小说中保持着鲜明的个人印记，却又不得不接受外在的规范。更为严重的是，作者的个人化表达得到的不是表扬和鼓励，而是批评和打击。到1948年出版《太阳照在桑干河上》时，丁玲已经很娴熟地接受规训了，但是仍然在一些人物和细部的处理上顽强地保留着一些个人特点。而这些个人特点在小说出版后常常被当作没有改造好的小资产阶级情调和意识受到批判。"个人"以及与之相关的一切在很长一段时间内没有生存空间，甚至是令人羞耻的；"集体"被强调到无以复加的地步，以至于路翎在小说中微妙地表现一点志愿军感情问题都会大受批判，宗璞《红豆》中那种无比"正确"的爱情也不被容许。关于人性、人情的讨论只能以被批判而告终。这种情况随着新时期思想解放的步伐在逐渐改善。但这种对人性的认可，还是在宏大叙事的框架中进行的，个人常常肩负着某种社会使命而进入文学作品中。直到20世纪80年代后期，特别是新写实小说以后，个人才从宏大叙事中解脱出来，还原为具有七情六欲的个体，也逐渐抛弃他所承担的公共内容。这个解脱或转向应当说是具有革命意义的。它拓宽了文学的表现空间，让文学更贴近人的心灵。对于宏大叙事的解构也是对统一的意识形态的解构，它让文学可以面对人的复杂性，从而也增加了文学

---

[1] 丁玲：《莎菲女士的日记》，《丁玲全集》第3卷，河北人民出版社2000年版，第71页。

自身的丰富性。

　　思想文化上的这种变化不是水上浮萍，它与整个社会的转型密切相关。特别是计划经济向商品经济的转型，打破了原有的单一文化形态，迅速改变着人们的生活观念。当具备了一定的经济条件之后，随着主流意识形态的引导，个人和个人生活自然而然地就成为人们关注的中心。从时装到家庭装修，从肥皂剧到休闲读物，从面孔单一的报纸副刊到被纷纷推出的花样繁多的周末版，种种转变都体现出消费文化引导下人们对世俗生活的推崇。文学界的此种反应表现为休闲散文、随笔的一时风行。除了小女人散文之外，被重新"发掘"出来的作家也颇值得一思。周作人、林语堂、丰子恺、梁实秋、张爱玲等人写风花雪月的文字大受欢迎。记得有一本收录这些人文章的《悠闲生活絮语》曾大为流行。从这个书名也可以看出人们向往一种风轻云淡的"悠闲生活"。该书的编者说："家事国事天下事，工资奖金房子儿子以及孔雀东南飞再漂洋过海，真所谓，忙个不清场。人们似乎开始忘却词典里还有一个叫'忙里偷闲'的词……一个人如果不会忙里偷闲，如果不会咀嚼与品味人生的艺术，那么，他的生活就会显得粗糙而缺乏弹性。""我之所以编选这本书，纯粹是因为该书中这些闲情逸致的文字能让我愉快，能让我暂时地脱离喧嚣的尘世。看惯了那些大江东去、金戈铁马的时代篇章，忽然一接触这些潇潇洒洒、灵气飞扬的消闲佳作，简直觉得到了另外一个世界，新鲜极了……你把一张竹躺椅放在阳光下，再把慵懒的身子安置在竹躺椅内，旁边有一杯茶，有一根古香古色的水烟袋，而你的手中又有一本或谈琴棋书画、或写散步聊天之类的什么书，试想那画面、那境界是何等的禅又何等的仙啊！"[①]这种情调、这样的文字所提倡的都是典型的20世纪90年代的流行观念。它大大影响了在这种文化氛围中成长的"70后"作家们，个人的趣味、情调、品位等是他们津津乐道的东西。反正，那些风花雪月的事要比金戈铁马更让人心动、向往。有这样的文化基调垫底，"70后"作家会迅速续上陈染、林白等女性写作或被称作私人写作的流风，而且把它们推向另一高度。卫慧、棉棉等人不但放弃了个人的社会使命，而且开始将"个人"导向个人的身体、欲望，以夸张的姿态开始书写新人类的另类生

[①] 彭国梁：《悠闲生活絮语》，湖南文艺出版社1991年版，第451页。

活。我认为这种书写并非如它的批评者所认为的那样是堕落或无聊的。相反，其在关照当代人的精神世界上仍然有着非常积极的意义。问题是在商业包装和消费主义涌动下，它被无限放大、复制且极具姿态性，由此造成了它的短命。我常常在想："70后"作家是不是丧失了一个更新文学或在艺术上改朝换代的机会？因为，卫慧、棉棉等人的作品虽然剑走偏锋，却不时触及一代人的精神焦虑和内心的无所傍依，也抓住了消费社会的某些精神特征。但她们之后，"70后"作家只能成为被动的追随者。当先锋文学式微而消费文化飞扬跋扈的时候，聪明的作家们不失时机地调转了自己的方向：赤膊上阵者下海经商、搞肥皂剧；羞羞答答者，从"个人"出发，为读者提供日常生活的庸常故事。"70后"作家一无资源二无本钱，却正走向安分守己地履行自己人生角色的守成者，似乎顺手牵羊就可以写下各种当代生活，也就这样充当了日常生活书写中的盲从者。书写日常生活，还原个人情境，是文学创作中天经地义的事情，但问题或许就出在这上面。"个人"这个本来是挽救找不到自我的中国文学危机的字眼，有时候却会如一把双刃剑，砍向别人也伤及自身：会不会"个人"障目，不见他人，甚至不见世界？甚至会不会"个人"障目，不见自我？

三、也许人根本就没有"自我"

卫慧、棉棉等人的写作显然是承继了20世纪90年代"个人化写作"的衣钵。有人回忆："90年代许多作家都说自己是个人化写作，都说只代表自己。"[①]"个人化写作"的观念甚至成为新生代小说家写作的理论出发点。从一个普泛的意义上讲，任何写作行为都通过个体来完成，都具有相当的个人性。但个人化写作显然不是就此意义而言的，它是强大的宏大叙事压制下的一种反抗，也是宏大叙事崩溃时人们欣喜的选择。它也在一定程度上契合了新时期以来中国当代文学发展的节奏，以及四面楚歌中"纯文学"这一概念的要求，所以在创作和批评中自然而然地迅速获得了话语权。因此，即便是在当年

---

① 王晓明语，转引自吕永林：《何谓1990年代的"个人化写作"》，载《上海文学》，2008年第8期。该文对于"个人化写作"这一概念的起源、发展等有着细致的梳理和认真的反思，可以参考。

曾经有过对他们提醒的声音，人们也不会太在意。尤其是对于心高气傲的新生代作家们，这些提醒恐怕连耳边风都不是。张钧就曾经在他的文章中辨析过"私人性写作"和"个人化写作"的区别，并认为"个人化写作首先应该具有某种创造性和虚构性"，而且他更强调"以个人的感受方式、个人的精神立场、个人的价值观念去关照文化、时代、社会和历史等等这些'非个人'的因素"的"广义的个人化写作"。①尤其值得注意的是，他认为个人写作与宏大叙事并不矛盾。他引用莫罗亚评价普鲁斯特的话强调什么是"真正意义上的文学写作"："就像伟大的哲学家用一个思想概括全部思想一样，伟大的小说家通过一个人的一生和一些最普通的事物，使所有人的一生涌现在他笔下。"而差不多同时，宋明炜则直接对方兴未艾的"70后"作家的创作做出了提醒。他认为"70后"作家的一个鲜明特点是，"他们很坦然地把个体经验作为主要的写作资源，并发展了一种畅快淋漓、无所顾忌的表达方式"。"这一方面可以看作一种可贵的纯真和锐气在当前创作中的复归，非常值得珍惜和尽心持有。但另一方面，当自我表达太过于顺畅、彻底和轻松时，经常也会伴随着一些简化或变形的倾向。""即当你愈想要显明个性和自我的特立独行，反而就愈加只能达到相反的效果……"他感受到的是这一代作家"在主体力量方面的匮乏与困厄"。②难得当年他们就有如此锐利的眼光，我相信今天更有理由来反思这一阶段的创作。可能对具体作品指手画脚已没有意义，重要的是对他们的创作观念于其创作所产生的影响和牵制做出反思。

在很多创作者的观念中，这样的逻辑链条是天经地义的：创作必须具有个人性，而个人体验和个人生活是具有独立意义的，书写个人体验和个人生活就是书写人类经验和关注世界，因为每个人都是世界之一分子。不能用是与非来判断这一逻辑的合理性，但可以从相反的方向提出另外的疑问：是否所有的个人体验都可以进入创作并产生意义？创作所要求的个人性、独特性与个体体验的个别性可以等同吗？或者说，个人经验具有写作上的合法性，但它不是天然

---

① 张钧：《新生代：个人化写作的双重自觉》，陈思和、杨扬主编《90年代批评文选》，汉语大词典出版社2001年版，第337页。
② 宋明炜：《终止焦虑与长大成人——关于70年代出生作家的笔记》，陈思和、杨扬主编《90年代批评文选》，汉语大词典出版社，第307、317页。

就具有审美上的合理性，并能够保证作品构成的合理性。这样的反问不是没有理由的。对于卫慧、棉棉等人而言，信奉个人经验的自足性可能导致她们书写的另类生活形成一种不再具有另类性的主导话语；而对于后起的"70后"作家而言，在理直气壮地对平庸生活的复制中，不加淘洗的"个人化"让他们失去了自由飞翔的可能。

说个人经验不具备自足性，那是因为不论在现实生活中，还是文学世界里，"个人"都不是孤立的。一部好的文学作品更是应该尽可能地打开个人世界的各种通道，无论是面向心灵的，还是面向现实的。个人性不是体现在个人生活的私密程度上，而是体现在对人的灵魂的探索深度和表现力度上。王安忆曾向一些主张"故事是在一个过于干净的环境进行，干净到孤立"的小说家发出疑问："如果你不能把你的生计问题合理地向我解释清楚，你的所有的精神的追求，无论是落后的也好，现代的也好，都不能说服我，我无法相信你告诉我的。"①"生计问题"和小说的可信度问题，都是小说世界正常运转的基本条件，当然重要，但我认为她同时在提醒我们：个人，或者作品中描述的个人世界可以任意地或者孤立地存在吗？略萨说："当一部小说给我们的印象是它已经自给自足、已经从真正的现实里解放出来、自身已经包含存在所需要的一切的时候，那它竟已经拥有了最大的说服力。"②在这里，他强调作家要"从真正的现实里解放出来"，进行虚构和创造，更要求作家能够建立起一个"自给自足""自身已经包含存在所需要的一切"的世界。也就是说，作品仅仅有个人生活、个人的内心描述很难完全建立起这个世界。这里所说的"一切"，需要作家为人物搭建多少活动空间和内心平台啊！而"70后"作家过于迷信个人可能建立起来的自足世界，也可能是在个人观念下培养出的一种自恋。加上创作者个人经验、阅历的有限，结果出现在他们笔下的常常是一个狭小世界中孤立的、封闭的个人，但孤立不代表着独立，个人未必有个人性。

无可否认，卫慧、棉棉等作家在世纪之交的一批创作是反映"新人类"另

---

① 王安忆：《小说的当下处境》，载《大家》，2005年第6期。
② 〔秘〕马里奥·巴尔加斯·略萨：《给青年小说家的信》，赵德明译，上海译文出版社2004年版，第29页。

类生活的重要文本。它们为当代文学增加了一抹鬼魅的色彩。就人物内心的撕裂程度、文字的锐利风格，还有其对新人类精神状态的把握程度而言，这些作品至今读来仍然具有冲击力。这种发自生命本身的尖叫是后来文质彬彬或四平八稳的创作者所不具备的。棉棉小说中的人物曾这样说：

> 我们都找不到自己了。也许人根本就没有"自我"。你不觉得吗？其实我们自己心里最清楚，我们可以是这个人，我们也可以是那个人。我们总是在变。不是吗？我现在是很容易害怕的。昨晚我看着窗外，我突然不认识眼前的一切：我怎么会在这里呢？我支撑着自己，努力地不让自己破碎。①

在卫慧的作品中曾经传达出这样的无力感、放弃感：

> 我害怕这种尖锐的矛盾。介于个人与整个社会之间的对抗总是有点歇斯底里的。如果这个世界样样不合你的心意，那么你的存在就是个错误，你的生活就是个悲剧。觉得自己年轻并充满敌意就可以改变生活（哪怕是一丁点儿的沫子），那是个地地道道的蠢梦。人改变不了什么东西，甚至改变不了自己。人只能做一件事——打开灵魂的窗户。是的，打开窗户，接受生活的所有馈赠，接受痛苦接受欺骗接受欲望接受毁灭。人唯一的创造只是在于面对命运的态度，是哭哭啼啼还是心花怒放。②

我认为小说中的人物和这些概括都精辟地写出了一代人的精神状态：找不到自我，无法把握现实，心灵破碎却又撑着，放松，任其"自然"……在棉棉的《糖》中，我看到了这种恍惚；在卫慧的中短篇小说中，我感受到了生命的尖叫。哪怕遭人诟病的《上海宝贝》也有着后来作家无法可比的尖锐。这部小

---

① 棉棉：《每个好孩子都有糖吃》，《你的黑夜，我的白天》，珠海出版社2009年版，第133页。
② 卫慧：《像卫慧那样疯狂》，《水中的处女》，花山文艺出版社2000年版，第163页。

说的人物塑造得并不成功，非常符号化，但我觉得作者对世纪之交上海这座城市的描绘却十分精彩，是可以接着《长恨歌》读下来的另外一种上海叙事。正因为这些，我一直对卫慧、棉棉充满着期待，期待她们能够打开自我，写出更好的作品。直到《我的禅》出版，我才发现这是我的一厢情愿。或许，正像卫慧笔下的那些青年女作家一样，这样的创作本来就是她们用以疗伤、宣泄的方式，是生命本能的转化。如果是这样，它们只能以那样的状态存在，并且是不可复制和延续的。

　　成也萧何，败也萧何。卫慧等人最为重要的特性也是瓦解她们创作的蚁穴。我们不难看到，卫慧、棉棉笔下的人物大多都有着自闭症。《上海宝贝》中的"天天"就是如此："他在父亲死后曾一度患上失语症，然后在高一就退了学。现在他已在少年孤独中成长为一名虚无主义者。对外面世界本能的抗拒使他有一半的时间在床上度过。他在床上看书，看影碟，抽烟，思考生与死、灵与肉的问题，打声讯电话，玩电脑游戏或者睡觉，剩下来的时间用来画画，陪我散步、吃饭、购物、逛书店和音像店，坐咖啡馆，去银行，需要钱的时候去邮局用漂亮的蓝色信封给妈妈寄信。"[1]无独有偶，棉棉的《糖》中"我"和"赛宁"这对恋人与天天过着差不多的生活，也有着类似的精神状态："我和赛宁有很多相似之处，比如我们都有另一个世界，一个各自发呆的世界。所以我们尊重彼此的发呆。比如我们都有哮喘病，我们都曾受人歧视，我们都没有什么大理想，不关心别人的生活，自卑而敏感，不相信报纸，害怕失败，但拒绝诱惑会让我们焦虑。我们有表演欲，想成为艺术家，我们花着别人给我们的钱，害怕有一天这种日子被改变。我们不愿走进社会，也不知道该怎样走进社会。我们总是说反正我们还年轻。"[2]我有时候都怀疑这是不是作者玩的一个简单的花招，把主人公封闭在自己的个人世界中，与社会相对隔绝，这样写起小说来难度要小得多，甚至可以随心所欲地去驱遣主人公，进而把作者心中的积郁都发泄出来。不是吗？你看看他们都生存无忧，没有工作，都有人供养着，唯一的几项"社会活动"好像就是吃饭、约会、泡酒吧，除了消费就是发泄，都是为了满足个人欲望。这种幸福的无所事事大约只有在想象中才有吧？

---

[1] 卫慧：《上海宝贝》，春风文艺出版社1999年版，第4页。
[2] 棉棉：《糖》（新版），珠海出版社2009年版，第43、44页。

在这样狭小的现实空间里，主人公的心理也没有复杂到哪里去："他灰暗、孤僻、冰冷、怕光、性冷淡、食欲不振。"①小说中所叙述的身体欲望，也不过是单一的需求、发泄，对于安全感的需求。主人公通过欲望的释放来消弭焦虑和紧张，在满足中不满足……这样整个小说就形成了一种封闭的空间，如同那经常出现在他们笔下的酒吧，总是有一种迷乱的气氛，需要酒精的刺激，是一个非理性的地方。在那里主人公总会与什么人邂逅并立即发生接下来的故事。在《上海宝贝》中，"我"与天天就是这样结识的：绿蒂咖啡馆，顾长英俊的男孩子……我们相互注意，"直到有一天他递上一张纸片，上面写着'我爱你'，还有他的名字和住址"。②在同一部小说中，我与马克晚饭后去一家酒吧。"这是一家以40多种马丁尼酒和遍地的沙发、分支烛台、艳情的落地垂幔、绝对催眠音乐著称的小酒馆"。主人都是有品位、有情调的，在那里邂逅熟悉的人，男女间互相调情，有漂亮女人的笑声……"总而言之，这其实是个非常危险的温柔乡，一个人想暂时丢失一些自我的时候就会坐车来这儿。"③这样的场景曾经出现在多少作品中？人物仅仅活动在这样无比公共化的场景中如何体现他的个人性？更为可怕的是，这样的场景、情调还是可以复制的，可以成为一种写作规则去规范或影响其他的创作。似乎所有的"新人类"过的都是这样的生活，都需要酒吧、红酒、摇滚乐、西方碟片来陪衬或塑造。我不想用现实生活中究竟多少人过着这样的生活，是否存在这样的生活来评判作品。那是社会学家的事情。文学关乎具体的人，但却不是孤立的人，陀思妥耶夫斯基曾说过这样的话："以完全的写实主义在人身上发现人，这主要是俄国的特点。在这个意义上，我当然具有人民性。""人们称我为心理学家，不对，我只是最高意义上的现实主义者，即刻画人的心灵深处的全部奥秘。"④"在人身上发现人"，我的理解是在具体的人身上发现普遍的人性，写出更为深层的人的灵魂。这一点似乎可以为个体化写作提供辩护，因为好多作家常挂在口上

---

① 棉棉：《糖》，珠海出版社2009年版，第76页。
② 卫慧：《上海宝贝》，春风文艺出版社1999年版，第2页。
③ 卫慧：《上海宝贝》，春风文艺出版社1999年版，第96、97页。
④〔俄〕陀思妥耶夫斯基：《记事簿摘录》，《陀思妥耶夫斯基论艺术》，冯增义、徐振亚译，上海书店出版社2009年版，第317页。

的就是写人性，结果其反而被所谓的人性圈住了。人性不是那几个抽象的名词，它是具体的，是与社会、文化等密切相关的。所以下一句，陀思妥耶夫斯基强调的是他作品中的"人民性"——对俄罗斯民众深层精神的刻画。更有意思的是，陀思妥耶夫斯基强调，他是"刻画人的心灵深处的全部奥秘"。这一点一定又颇合一些人的胃口。但他一再强调自己是"现实主义者"。为什么？因为心灵世界不是封闭的，个人不是孤立的，只有打开了它才能更好地表现世界、表现人。从这一点而言，吕永林对于个人化写作的反思是点到了穴位：不能将"个人之个人化"在文学领域中绝对化、神圣化。①

在这样的"个人化"中，我还看到了非常不个人化的阴影，那就是消费主义文化对卫慧、棉棉等人创作的无形引导，或者二者间的相互利用。卫慧、棉棉的创作一定程度上迎合了人们对另类生活的某种期待和想象，使人们在紧张的现实关系中获得松弛和发泄。充斥在作品中的各种品牌、时尚细节（特别是卫慧的作品，似乎有意渲染这些），作为一种时尚的符号也与社会转型中人们的消费关注有关。总之，这样的小说迎合了大众想象，制造了新的迷局，让悬浮在空中的个人在酒精的麻醉下去完成庸常生活中人们少有的行为。文本成为一种窗口，即展示时尚和极端个人生活的窗口，满足了一部分读者的窥私需求，却降低了文学自身的力量。

四、在日常生活中迷失个人

或许大家早就注意到了，我一直将卫慧、棉棉的创作与"70后"作家"后来的"创作区分开来讨论。这当然是有理由的。这"后来的"主要是指部分"70后"作家在2000年以后的创作。我想说的是"70后"作家的创作在后来是有变化的，他们不是沿着卫慧和棉棉的路子走下去，他们当前的创作已经与10年前相去甚远。如果说卫慧、棉棉的创作仅有狭小的活动空间，从中几乎看不到正常人的日常生活的话，"70后"作家后来的创作简直是陷入日常生活的泥潭中而不能自拔。诚然，从表现的生活广度来讲，他们早就打开了卫慧、棉棉

---

① 参见吕永林：《何谓1990年代的"个人化写作"》，载《上海文学》，2008年第8期。

封闭的个人世界,他们的笔触伸到当代生活的各个领域和各个阶层。但平铺直叙的日常生活,流水账似的一点一滴、小情小欢,与一个人的博客内容又有什么区别?北岛曾经批评过诗歌中的"日常",认为如果把握不好,其会"成为中产阶级的饭后甜点,是种大脑游戏,和心灵无关"。"因为没有什么好写的,大家开始讲故事……那甚至也不是故事,只是些日常琐事,絮絮叨叨,跟北京街头老大妈聊天没什么区别。"①应当承认,小说与诗有着本质的不同。小说是一种世俗的艺术,家长里短、日常琐事正是它的物质材料。问题是如果这些故事被叙述得"跟北京街头老大妈聊天没什么区别",那么请问:聪明的小说家,大家何必再劳烦你一个字一个字地写一遍?难道你认定大家都有恋纸癖?文学在这个泥沼中划桨奋进甚至都不是报纸社会新闻的对手。

先锋文学之后,中国当代文学陷入了简单的日常叙事中,不论在语言上还是叙述上,不断地降低文学的探索性。等进入21世纪,在消费文化的诱导下,或者是为了适应消费文化的传播需要,其又拿出一个"故事"作幌子,好像以前的文学中都没有故事。于是乎"讲一个好的故事"几乎成为小说的整个艺术追求。但事实上,他们的文本中常常有故事而没有"讲"。缺少这个"讲",故事也就沦为对日常生活行为的一种转述。"70后"作家当然没有能力制造这样的文学潮流,但他们却是其最忠实和盲目的追随者。再加上他们本身就缺乏丰富的历史经验和人生阅历,所以其作品更多的是叙述童年的记忆和对现实的感慨。这样,小说中一遍遍演绎的都是那种乏味的日常生活、人际交往和一点点流行的文化观念。可以说,卫慧、棉棉作品中的那点青春锐气,在成熟的"70后"作家中完全不见踪影。整个"70后"作家当下的创作是毫无探索性可言的。它标明了这代人充分的循规蹈矩。

这种探索性归根结底不是体现在技术上,而是精神上的。陷入对日常生活复制的"70后"作家清楚地显示了他们对现实的妥协。他们被现实生活的表面状况所收购,被这个时代所迷惑,被消费文化所赎买,连一声尖叫都没有,最多发出一声软绵绵的叹息。这是最让人恼火的地方。一个作家认同了现

---

① 北岛:《中文是我唯一的行李》,转引自刘项:《安石榴:从石榴村出发》,刘春编《70后诗歌档案》,中国海洋大学出版社2008年版,第12页。

实、向现实妥协后,他的作品中最差的是体现那种志满意得,最好的是那种虚伪的说教。而其中的批判性、紧张的对峙感都没有,文学也就可以懒洋洋地"抚慰"人们的心灵了。有心人不妨对比一下徐则臣的《病孩子》与余华的《在细雨中呼喊》,看一看文本背后的紧张和对峙是怎么在"70后"作家作品中被消解的。在《作家》杂志"70年代新锐作家短篇专辑"中,我读到了映川的《惑》。小说写了机关干部王必功在40岁生日那一天的日常生活和其进入中年的困惑。应当说对于人物的行为和心理,作者拿捏得都很到位。这也是"70后"作家普遍的特点,他们在叙述上都有很好的基础和训练。问题在于小说应如何处理其与现实的关系、如何在日常生活的叙述中探索新的文学表达方式。小说写了这个中年人在家庭中、单位中,与朋友、家人、下属等等的关系,以及他的困惑。尽管小说有着个人的叙述风格和自己的故事,但故事情节几乎可以说都是有生活阅历的人可以感受到和预知的。比如主人公与年轻漂亮的女下属之间若有若无的微妙情感,大概不用多写,每个阅读者都会代替作者制造出几个情境。为什么?你可以说生活中就是这样的,这真是现实主义,但我敢说绝对不是陀思妥耶夫斯基说的"最高意义上的现实主义"。小说中有一个细节,就是在这个中年人生日这天,家里没有人记得这是他的生日,包括他的母亲。"他以为这世上起码有一个人能记住今天是他的生日,现在看来是没有指望了。连生养他的亲娘都不记得了,还指望谁啊!要放在往年也没什么,他过了太多个自己也不放在心上的生日。可今天意义非同寻常啊!他跨越的是一座大山,一座分水岭……40岁了,他容易吗?!"[1]这种感觉很真切,于是有了他想放纵一下、主动约了女下属吃饭的事情,有了他对与自己同年同日生的同学的怀想,及对他们不同人生轨迹的对比。到晚上回家,他试图再次提醒家人注意他的生日,但再次被忽略……一切都合乎逻辑,都有前因后果,都无比正确、正常。问题是这样一个事件为什么或有什么必要变成一篇小说?这个问题可能问得不讲道理,但懂得小说的人应当清楚,不是所有鸡零狗碎都可以进入小说,不是所有日常生活中存在的东西都可以这样正常地进入小说。

非常巧合的是,在朱文的笔下也曾经有过一个主人公生日被家人忘记了的

———

[1] 映川:《惑》,载《作家》,2009年第7期。

细节——这出现在他的小说《人民到底需不需要桑拿》中。那是下岗的王夏林52岁的生日，他自己提醒大家：今天是我的生日。家人置若罔闻。他把挂历翻得呼啦呼啦响，妻子还在睡大觉。直到他挂着眼泪跟妻子说起，妻子的反应是如此淡漠："你这个人我看是越过越小啦，过回去啦！说一声就是了，谁还记得这个！"接下来的情节夸张、幽默——妻子半夜给他做了方便面，气势汹汹地命令他："就是硬咽都要给我咽下去！"一天晚上，他发现自己身体不好，心脏可能有病，于是决定要加强锻炼。散步中他看到一颗带着肥油的猪心，想到了单位的精简，后来还是病倒了。终于恢复后，在一次散步中，他发现城市中突然冒出很多桑拿。相比大众浴池，相对高档的消费引起了他忧国忧民的情怀：难道一座城市需要这么多桑拿？于是他拿起一张地图，风里来雨里去，统计清楚全市所有桑拿的位置、价格等等，决定"把它当作一位有着27年党龄的党员献给党的一份微不足道的生日礼物"。[①]这是无比真切的日常生活描述，但故事的路径却被不断引向荒诞。没有人去追究这种事情发生的概率，但作家的这种反讽、夸张却在更高意义上写出了一个被社会抛弃的人的精神孤独和无奈中的自我挣扎。更为重要的是，这个时候，我们应当领悟日常生活与艺术本身需要作家填补的沟壑和跨越的距离。

  放弃探索，去复制普遍性的日常生活，是无能的表现。这种表现不但反映在"70后"作家当代题材的创作中，还体现在他们的一些忆旧文字中。"70后"作家这几年开始梳理自己的成长史，从散文到小说津津乐道的只是日常生活中的小悲欢，或者说还没等到头发白了就开始絮絮叨叨讲北京街头老大妈所讲的故事了。周洁茹最新的长篇《那里到这里》恐怕是这方面的代表性作品。从小说中我看不到更多的成长反思和精神梳理，收获的就是一堆堆零碎的故事。它们可能对作家本身很重要，但我们的日常生活中这样的事情是不是太多了？文学难道要成为日常生活垃圾的收集筒吗？我还读到过很多"70后"作家的创作谈、忆旧文字，那种志满意得、"越来越好"的腔调实在难以体现出自省精神。我们只看到一地鸡毛，套用王蒙的话讲，他们是在"躲避精神"！

[①] 朱文：《人民到底需不需要桑拿》，《达马的语气》，上海人民出版社2006年版，第246-267页。

五、精神不断地从较高的部分滑向较低的部分

两个多月来，我不间断地阅读着"70后"作家的新文旧作，有一个最根本的问题反复在我脑海中出现：人们为什么需要文学？或者说文学在这个时代中有什么作用？这好像是一个不该问的愚蠢问题。它太功利了。文学能这样来计算作用吗？但我想就算是功利也罢，实际上我们终究无法不去追究文学存在的动力和根本原因是什么。同为"70后"，我似乎很不愿意说这样的话，但又不得不说。大部分"70后"作家的作品让我看到了文学无法在当代存在的理由。从娱乐功能上讲，"80后"的写作要优于"70后"作家；从对社会历史的认识功能上讲，"50后"作家的创作要优上一等。传播知识，谁会找文学？纾解心灵，当代社会的心灵鸡汤多着呢！文学所擅长和独有的对人类心灵的关照、对精神的提升功能恰恰在"70后"作家中很少能够看到。在一个可疑的"个人"观念主导下，"70后"作家在作品中没有能够建立起自己的精神世界。他们怀疑一切旧有的东西，又无法提供新的力量，陷入对日常生活的叙述中，让人看到的是缺乏精神支撑的、没有灵魂的文字。这应当不是我一个人的感受。李修文在几年前就感慨："优秀的文本几乎已经消失，人们已经找不到多少圆满而具有精神向度的作品来谈论，多数评论家也只是谈一些作者的生活方式便草草了事。新人老于世故，放弃自己对这个世界最真切、最痛楚的体验，直到最后像学会唱流行歌曲一样学会写作，在今天着实司空见惯了。"[1]

"70后"作家的作品让人感觉总差一点气，总缺少一种东西。我常想：缺少的是什么呢？我没有理由怀疑我们这代人的能力，但是通过其作品很明显地能够看出其境界的高下。我很喜欢用"境界"来谈论作家自我提升和飞跃的程度。这似乎很玄妙，但也不玄妙。在他们的作品中，我确实很少能够感受到形而上的东西。文学需要为精神造氧、输血，但他们的作品恰恰在拉着我们远离精神，去认同现实，与现实妥协。

---

[1] 李修文：《楼上的官人们都醉了》，林建法、徐连源主编《中国当代作家面面观——寻找文学的魂灵》，春风文艺出版社2003年版，第500页。

康定斯基认为:"能够继续发展的艺术同样具有其时代精神之根。然而,它不但是后者的回声和镜子,而且还具有催人醒悟和预示未来的力量,能够在很长的时间里,具有深刻的活动能力。"①"催人醒悟和预示未来的力量"在很多人看来恰恰是他们嗤之以鼻的宏大叙述所承担的文学功能,仿佛个人化的写作早就对此不负责任。其实作家就是这样画地为牢地把自己囚禁了,甚至成为康定斯基批评的那种人。康定斯基批评道:"当艺术没有任何一个杰出的代表人物,经过加工的食粮发生匮乏的时候,这样的时代就是精神生活方面衰颓的时代。精神不断地从较高的部分滑向较低的部分,整个三角形就凝止不动了。它像是在做向后、向下的运动。碰上这样的时代,人的失聪就会给表面的成就以特别的例外的意义。他们只关心物质利益,正如伟大的成就喜欢服务于而且仅仅服务于肉体的技术进步。纯粹的精神力量顶多是被人忽视,再不就是根本不为人所察。"②聪明而现实的"70后"作家是否也发觉了这一点,于是就躲避精神或者拒绝精神?如果是这样,我想在文学史上,"70后"作家终究会享受一项荣誉,那就是他们是"传统意义上的文学"的终结者。

---

① 〔俄〕康定斯基:《艺术中的精神》,李政文等译,云南人民出版社1999年版,第11页。
② 同上,第13、14页。

在逃脱处落网*
——论"70后"作家的创作

张莉

"一代作家遇到了问题"

  我讨论的"70后"作家指的是出生于20世纪70年代的那批人。他们既包括当年的魏微、金仁顺、戴来、朱文颖、周洁茹、李修文等,也包括21世纪以来为诸人所识的鲁敏、徐则臣、乔叶、盛可以、冯唐、张楚、黄咏梅等。在诸多文学报刊上,同行们都总结了"70后"作家共同的创作特征:历史背景的模糊化,热衷书写日常生活,泛意识形态化,以及青春期被延长,等等。这几乎成为共识。共识意味着其后的讨论变得越来越困难重重。一方面,作为批评行业的从业者,我很认同诸多批评界同行对"70后"作家的批评与质疑;但另一方面,我也愿意坦率承认,我认同这些同龄人作品中的诸多审美倾向。我阅读他们的作品时,是投入的、有同感的——这种认同感让作为读者的我感受到巨大的安慰和作为文学读者的美好。当然,这样的感受也使我警惕:是什么使"70后"作家们的写作追求如此相似?又是什么使作为阅读者的我潜在地认同他们的审美趋向和价值判断?

  "70后"作家创作遇到的困境也是新时期文学30多年来发展的一个瓶颈:从先锋写作、新历史主义到新写实主义、晚生代(新生代)写作,中国文学已经被剥除文学的"社会功能"和"思想特质",正面临沦为"自己的园地"的

---

*原载《扬子江评论》,2010年第1期。

危险。"70后"作家参与建构了中国当代文学近十年来的创作景观。如果我们知道，20世纪90年代以来，中国文学一直在强调"祛魅"，即消除文化的神圣感、庄严感，使之世俗化、现实化、个人化，那么我们就应该明白，"70后"作家整体创作倾向于描摹日常生活、对人性不吝礼赞以及越来越喜欢讨论个人书写趣味则应该被视作一个新文学时代到来的必然结果。

想当年，以魏微、戴来、金仁顺等作家为代表的"70后"女作家曾给予我们陌生的新鲜感。她们沿着"60后"作家逃离政治意识形态的写作轨迹前行。而十多年后，在个人化写作泛滥的今天，她们以及和她们一起成长起来的一批同龄作家，并没有开辟出另一条路，给予我们强有力的冲击。相反，在成为当代中国文坛中坚力量的路上，他们固守的创作姿态不期然落入了以金钱为主导的新意识形态牢笼里："个人化"的写作姿态和方式，正是一个金钱社会所乐于接纳并推崇的。

也许个人叙事与个人化的趋向只是外在表征，内在的变化是作家与社会现实的和解，是"我已不再与世界争辩"，是作家潜在地只把写作视为与我们所处的公共社会无关的个人行为。可是，文学写作真的可能"躲进小楼成一统"吗？正如李修文所说，一代作家遇到了问题，这个问题困扰的不仅仅是写作，甚至是我们的全部生存。我们的个人是否与社会无关？我们的个人化写作是否仅仅与个人有关？我们的写作是个人的还是公共的？我们该如何理解个人与社会的关系？如何理解文学写作的个人化与公共性？也许，我们应该重新认识与理解作家写作的个人性与公共性，应该认识到个人写作的公共特质和公共责任。

美好日常生活的建构与"合时宜"的书写

"70后"作家以他们近十年来的创作建构了一种与日常叙述有关的美学。这自有其文学史意义。在先前的新写实主义文本中，日常生活的光环与美好被消解得七零八落。在这个意义上，魏微、戴来、徐则臣、鲁敏、田耳、张楚、李浩、海飞、黄咏梅等人对日常生活的叙述有其特定的意义。比如魏微的《大老郑的女人》，其讲述的故事是那么美好。大老郑是来自福建的房客，他和弟弟们借住在"我"家的小院里,勤劳地工作忙碌。没有名字的女人使得大老郑的生活变得温暖、充满生活气息。这是"岁月中的爱情"。但真相也随之浮出水面:女人在乡下有丈夫,有孩子。她,非良非娼。大老郑和女人最终从小院搬走,消失不见。复杂的、难以名状、无从界说的男女情感以一种模糊的、半透明的光环般模样呈现在我们的脑海中。这些情感与经历无法用道德与非道德、合法与不合法、对与错来评判。情感永远不会存在严格的二分法,也无法如数理公式一样清晰明朗。魏微用这种平淡的诗意记录着时间,以及时间里发生过的正大、庄严的情感,以一种舒缓、平和的叙述语调还原了平凡人情感的神性。

比如,徐则臣的《跑步穿过中关村》。小说主人公敦煌的职业对我们而言既熟悉又陌生。熟悉是因为我们在北京的天桥上总能看到他们的身影。陌生是因为你不知道他们的生活如何:他们有家吗?他们被警察追赶时想到的是什么?对我们来说,那完全是另一个世界。借用当代文坛最火的说法,可以说敦煌是不折不扣的"底层"代表。但是,你在敦煌身上绝对闻不到那股子熟悉的气息:怜悯、自我怜悯、对贫困生活的展列和对社会的诅咒。你也看不到这群人身上想当然的拉斯蒂涅式的向社会恶狠狠索取的劲头。在敦煌身上,你看到的是一个人,一个内心充满渴望的、有血性的、有温情的男青年。他没学会混不吝,还没完全学会"黑心"。你不由自主地去理解他,而以前你是不会也不屑于去理解的。但当你理解他时,你会发现,不管他是卖过假证还是碟片,其实他都不是我们想象中的社会治安的"不安定因素"("坏人")。当你和他站在一起看世界时,那些城市人以及高耸入云的高楼大厦都变了模样,至少不是我们通常认识到的模样。

比如,鲁敏的《离歌》。几乎所有的研究者和读者都提到了这部小说的美好。主人公是两个老人。三爷在河那边,是在人去世之后为他们扎纸人的人,有着扎纸的好手艺。彭老人73岁了,在河这边。去三爷那边的桥塌了,彭老人惦念着要修桥。三爷看尽人间的生死,为死去的人送最后一程。小说中还有一个孩子,一个胖大婶,很多人——他们活过,但死了。三爷见到他们活着,也见到他们的死。彭老人惦记着自己的死,要三爷在他死后扎个水烟壶,把软布鞋给他带上,还要带上一把庄稼。最后,彭老人为他讲了自己当年的她……彭老人离世了，三爷按着他生前的愿望一一照办。小说的结尾写道："水在夜色中黑亮黑亮，那样澄明，像是通到无边的深处。"小说写的是死亡，写的是活着的人如何死，如何面对死。我们所有的人就这样死死生生。小说重新讲述了人在死亡面前的从容、淡定，以及尊严。《离歌》以重述"离去之歌"的方式，完成了一种向中国式生活与中国式死亡哲学的致敬。

温暖的、显示人性光辉的创作还体现在张楚的《大象》、乔叶的《最慢的是活着》、田耳的《一个人张灯结彩》、海飞的《像老子一样生活》、哲贵的《安慰》、朱山坡的《陪夜的女人》等作品中。在这些作品中，作家以描摹美好生活并使之发出光泽的方式显示了他们对于日常叙事的钟爱，也显示了他们与新写实主义写作的巨大不同。笔者认为，在重温生活之美和人性之美方面，"70后"作家做出了他们的贡献。

在对生活与对人性的理解方面，"70后"作家显示了他们与"60后"作家以及"80后"作家的不同。与其后的"80后"作家相比，"70后"作家温柔敦厚，对生活充满着温情，即使面对令人齿寒的黑暗，也愿意为那"新坟"添上一个花环。他们对人性与生活永远有着同情的理解。他们对人间亲情还有着最后的眷恋，没有陷入金钱世界的冰冷之中。每当我阅读这些同龄人的作品时，总会有温暖与认同感伴随——他们在尽最大可能表达一代人之于生活与人性的认识。在一个人情日益淡漠的时代里，这样温暖的、美好的书写自有其宝贵的一面。与"60后"作家笔下那黑暗的、令人无法呼吸的暴力和黑暗人性书写不同，"70后"作家笔下的人性有着其特有的复杂意味。"60后"作家普遍喜欢一种"向下"的文学，他们尖锐而咄咄逼人；"70后"作家则富有宽容度和弹性，他们与社会和世界的关系是和解的。

"70后"作家普遍喜欢搁置历史背景。他们书写自己的少年时代，几乎都使用了一种提纯的方式讲述那个被爱、亲情以及成长的叛逆所充斥的岁月，比如冯唐的《万物生长》《十八岁给我一个姑娘》和路内的《少年巴比伦》《伴随她的旅程》。他们中的不少人如此喜欢耽溺于少年时光，用那么大的精力在少年时代的故乡建立起自己想象中的乌托邦，例如徐则臣的"花街"系列、鲁敏的"东坝"系列。他们本能地以少年往事对抗着日益稀薄的当下人情事理，也以往日的美好来映照他们之于当下的不满。在某种程度上，这样的叙事不是宏大叙事，是对现实有所疏离的。但是，是不是正是这种对历史背景的简化处理、对当下生活的刻意回避，使他们的少年往事系列反而显示了写作的日益单薄？"历史"全面隐退，保留在文本中的只是"'现在进行时'的非历史性的成长"。①

日常生活书写固然使我们感受到日常的美好与光泽，但是，这不约而同的审美趋向事实上也遮蔽了我们对身处其中的现实世界的重新认识——对日常生活的反复讲述和对个人感受的无限留恋，使文学与现实世界的关系发生了深刻的变化。

"从古代到先锋派的探索，文学都努力再现某种事物。再现什么？再现真实。但真实并不是可再现的。正是因为人们企图不间断地用词来再现真实，于是就有了一个文学史。"②这是1977年罗兰·巴特在法兰西学院主持文学符号学讲座时说的。正如有的论者所言，日常生活叙事都是对现实的一种描绘和发现，同时也是对现实的一种重写和改造。它在某种程度上改变着现实的面貌，也赋予了现实新的形态，或者说使世界呈现为新的现实。

在日常叙事中，作家其实也是在不知不觉间建构另一种现实，即温暖的、甜美的生活幻象。有时候你不得不怀疑：这样的文学是否有某种生活甜点的味道？热衷于对细节的刻画和对日常生活反复描写的趋向和风尚值得警惕。在《王安忆的精神局限》中，何言宏指出的王安忆创作中存在的问题几乎具有普遍性："在根本上，我们却很难对王安忆小说中的哪一个具体的细节留下深刻的印象。不管是人物、日常事象，还是日常经验，抑或是日常景观，王安忆所提供的大量细节至今没有震撼过我们，并为我们深刻记忆。这无疑是王安忆日常生活写作最大的遗憾，也说明了她的写作存在的问题。"③不得不说，如果把上文中王安忆的名字换成"70后"作家，批评依然是成立的。而这样的写作也意味着"将一个作家的艺术责任与社会责任割裂开来，'封闭'于所谓的

---

① 参见李敬泽：《穿越沉默——关于"七十年代人"》，载《当代作家评论》，1998年第4期。
② 转引自旷新年：《写在当代文学边上》，上海教育出版社2005年版，第91页。
③ 何言宏：《王安忆的精神局限》，载《钟山》，2007年第6期。

'象牙塔'中制作一些虽然精美但却没有力量、没有承担、没有关怀的'文学精品'"。①

文学写作的个人化与公共性

应该重新追溯"70后"作家初入文坛时的历史背景。只有认识到了来路，才能更清醒地思索其归处。

"70后"作家最初为人所识，始于20世纪90年代中期。虽然当时他们中的很多人未曾进入文坛，但是，他们的阅读谱系和文学观念已从那时开始建构。没有一个人可以超越他所在的时代——整个"70后"都成长于两种意识形态的巨大断裂处：中国社会开始由高度集中的计划经济体制向市场经济体制转型。正是在此时期，"70后"作家在他们的少年时代开始告别计划经济社会，慢慢适应那个欢呼市场经济到来的时代——他们在一个巨大裂缝中形成自己的世界观。就精神立场而言，他们常常可能是进退两难。

也是在这一时期，出现了文学的"去社会化"热潮。新生代（晚生代）小说家集体突显，王朔作品开始流行，新写实主义小说也开始被追捧。这是一次隐性的、习焉不察的革命，带给当时正在成长的新一代青年诸多与前辈不同的文学观、世界观与价值观。新时期以来的文学观念始终具有精英意识、批判精神。可是，面对突然而至的另一种价值体系，站在历史潮头的那个书写者的自我主体开始崩溃，作家身上具有社会意义的一面开始逐渐被卸载。与民族、国家、政治等范畴有关的写作观念开始向虚无主义、反讽、解构以及嘲笑一切的姿态勇敢迈进。罩在个人头上的一系列神圣光环——启蒙、精英、民族国家、历史等都开始被消解，"个人"的意义似乎变得纯粹与物质。

在《南方都市报》举行的"三十年来之中国文学的启示"论坛上，批评家李敬泽以在场者的身份颇为深刻地提出了自己对当代小说的看法。在他看来，现在的一些小说创作不过是像木头一样的写实而已，既无自己的见解又无自己

---

① 何言宏：《王安忆的精神局限》，载《钟山》，2007年6期。

的独特表达方式，令人厌烦。在他看来，中国小说有两个志向的沦丧。一是对时代的复杂性缺乏认识。"包括一些成熟作家，他们的作品对当下竟没有问题可以提出，小说思想贫乏，作家对于世界独特意义的思考没有了，小说家和群众打成一片，他们的思想太像庸人。"二是小说家的艺术志向在丧失。"对表达和意识的探索，比20世纪80年代大大倒退。回首往事，似乎80年代被遗忘得一干二净，从未来过一样。我们现在很多作者对世界既无见解，也无自己独特的表达方式，给人的基本印象就是'老实得像木头一样的写实'，再加上'一个半吊子愤怒小文人'和'前农民'意识。"[1]李敬泽的看法犀利而具有启发性，令人不得不深思。

  2000年，在关于"70后"作家创作的对话中，施战军对这一代人"合时宜"的写作姿态提出了质疑。"时宜"是写作者最应该怀疑的东西。1998年前后，"70后"的写作的确精神指向尚在。相对于父兄辈一些代表性作家过于鲜明的精神指向，他们另辟蹊径，采取的是更符合年轻人审美取向和现实生态的路数。如今这种路数已被人们熟悉甚至俗化，作家需要更深入地确立和展开新的写作方式，尤其是探索艺术方式的多种可能性。[2]

  这样的批评之声在今日之语境下依然适用。在当下，对日常的反复书写和对日常美学的反复讴歌正在不断地吞蚀着这世界本来应该存在的异质声音——共同的生活场景、共同的美学理念、共同的生活感受、共同的以个人写作为名的经验重叠，使当代文学进入了异常同质化的怪圈里。被视为理应是文坛最具新生异质力量的"70后"，却是一群这么"乖"的孩子，没有越轨的企图，没有冒犯的野心，没有超越可能性的尝试。

  这种"合时宜"的写作姿态或许会获得暂时的掌声和叫好声。但是，文学创作中的合时宜应该让人警惕，因为它可能伤害我们的创造力、疼痛感以及"为抽屉写作"的勇气。当一代作家对生活和世界只有同一种感受和看法，被生活本身牵制着，没有愤怒，没有伤怀，一切仿佛应该就是如此，当作家不再有独立见解，当他们对于写作技巧的探索开始停滞不前，当他们都满足于讲一

---

[1] 赵明宇：《〈人民文学〉主编：有些小说像木头》，载《信报》，2009年4月15日。
[2] 宗仁发、李敬泽、施战军：《被遮蔽的"70年代人"》，载《南方文坛》，2000年第4期。

个好的故事、讲一个赚人眼泪的故事时，恐怕便是我们坐下来反思的时候了。如何理解日常生活？如何理解个人书写？如何理解个人与社会的关系？这些问题都摆在了我们的面前，我们无法回避。

该如何理解写作的个人化？该如何理解日常书写？该如何理解写作本身？回答这些问题应该从现代文学的发生说起。一个文学史常识是，现代文学的意义是发现了作为社会存在的人和作为社会存在的文学。中国现代文学强调知识分子的公共责任，以及文学的思想性。这也意味着现代写作者与古代写作者的不同之处就在于其不仅要做蝴蝶，还要做牛虻。这是现代文学与"礼拜六"类的通俗文学的本质不同。

20世纪80年代的中国文学是中国现代文学发展史上的一个黄金时期。那期间涌现出许多的文本实验。这种实验一直延续到了90年代初的个人化写作。"60后"作家们愤怒地向体制提出了反抗，尤以韩东、朱文为最。朱文通过《我爱美元》《人民需要不需要桑拿》等作品，以一位反抗所有现有价值观的年轻人形象出现在文坛上，在个人主义的书写及卸载文学作品中过于沉重的社会意义方面起到了先锋作用。他们写身体，对各种性行为都带有夸张的满不在乎，而这样的满不在乎恰也表明了体制之于他们身体的烙印。其写作虽然是"个人化"的，但其实也是具有政治性与思想性的。它触摸到了整个时代最隐秘的脉搏跳动，影响着一代人对人与社会的重新认识。它是将个人生活放诸社会去理解与认识的，具有深刻的公共意识。

与20世纪80年代的文学写作相比，当代文学写作的个人化倾向并没有改变，但语境已然不同。

如果说"60后"作家以个人主义的姿态成功使中国文学逃脱了一种严重受制于僵化意识形态的生存状况，"70后"作家的个人姿态便显得暧昧不清，因为在他们的创作语境里，"个人"与自我并没有先前新生代作家所面对的场域。当年我们的个人化面对的是僵化的意识形态，今天我们面对的是金钱意识形态。从那一张意识形态的大网成功逃出的作家们，不期然落进了这一张网——无边无际的金钱意识形态的网。这张网鼓励我们每个人成为消费的个体、互无关系的个体，它钝化、平庸化我们的触觉与感受力，影响我们对世界复杂性的认识，影响我们对世界深度与广度的认识。这样的文学正是无所不在的金钱意识形态所欢迎的。这个意识形态鼓励我们成为消费自由的个人,并用一种安逸生活的目标来潜移默化地腐蚀我们作为个人的那部分公共意识。那么,当我们在书写中迷恋物质生活,强调作为物质个人的那部分自由和安逸时,是不是有可能忽略或遗忘了对精神性的追求?而这种忽略和遗忘是不是已然如这个金钱意识形态所愿,逐渐成为它的一部分?

文学写作是一个人社会行为的一部分。无论今天我们怎样强调个人性,一个事实是,写作已经成为人们面对社会的态度和理解世界的方法。就像我们无法揪着头发使自己轻松地脱离地球一样,我们的写作也无法离开中国的历史与现实——我们的文字,的确总会传达并注解着我们与现实世界所发生的种种关系。因而,我们搁置现实和搁置历史,也许并不意味着我们只是不想提到,而意味着我们逃避,拒绝承担,放弃与世界的争辩。而这便是我们"去社会化"和"去公共意识"的结果。这是我们面对世界的态度——我们的书写,不期然构成了生活中无所不在的新的经济意识形态的一部分。

当代文学逐渐卸载社会意义的过程,也是知识分子在公众领域逐步消失的过程。20世纪90年代初以来,像鲁迅那样的有机知识分子在这个社会中完全消失,批评家和学者都退守到了校园。更多的读书人不再重视自己的社会性和公共性——这也意味着,当我检讨当代文学创作的平庸性时,也包含了我作为"70后"批评从业者的自我批评——无论是作家还是批评家,都很少有人意识到自己的知识分子性质。而这样的身份意识,在出生于20世纪50年代、活跃在80年代语境中的作家、批评家那里却是存在的。今天看来,那种关注社会的写作姿态,那种强烈的现实感以及渴望与时代和社会对话的写作方式可能正是新一代作家所需要学习和传承的。"时时维持着警觉状态,永远不让似是而非的事物或约定俗成的观念带着走。"这是萨义德在《知识分子论》中所阐释的观点。在中国的文学语境里,其依然适用。

作家是知识分子中的一员。对知识分子身份意识的自我消解,以及对个人写作行为应具有的公共意识理解得不充分,正是导致今天中国文学创作整体平庸化、工具化、虚弱化以及去社会意义化的原因所在。把这些全部指认为"70后"作家的问题并不公平,事实上这是整个中国文学普遍存在的问题。当然,我的意思也并不是说,在当下张扬"个人"一定会导致个人与公共生活的脱节，或者一定会使我们陷入原子化和动物化的境地。但是，当整个社会只关注作为物质存在的个人而忽略人精神上的不健全时，作为写作者，是否应对此有所思考：自己的写作对表象有没有穿透力和理解力？

从渐渐进入中年的那些"60后"作家的作品（余华的《许三观卖血记》、毕飞宇的《平原》、苏童的《河岸》、陈希我的《大势》）中你会发现，那批当年为我们提供了那么多先锋经验的"60后"作家依然在试图直面惨烈的、永远不应该被忘记的历史，他们依然在不断地反省历史，尽管这些作品有些可能并不那么令人满意。但是，在如何整体性地关注历史与社会方面，他们显然有更多的思考——这些人，正走在成为一位具有社会意识的作家的路上。

"70后"中有一批人，也在尽力寻找文学与艺术在一个社会中应该有的那部分"社会意义"和"公共意识"，例如"70后"民谣歌手周云蓬。别指望从他的歌词与音乐中获得某种抚慰或麻醉催眠的功效——他的歌声中包含着痛楚中的温柔、尖锐中的体恤以及内化在血液中的对现实的深切关怀。比如，那首《中国孩子》，让你无法不联想，不愤怒，不得不无言、沉默、感喟——他正尽力使他的歌声远离麻醉剂，使歌声入世。而在关于汶川地震的浩如烟海的诗歌中，朵渔的《今夜，写诗是轻浮的……》则显示了一位诗人在喧嚣狂热的情形之下所应有的清醒与冷静。贾樟柯的电影《小武》《站台》之所以优秀，就在于其提供了有别于张艺谋、陈凯歌以及整个时代文化的异质声音和想象。文学作品无论怎样隐晦，都有着作家对世界和社会的价值判断。显然，以上提到的这些同龄人，在面对巨大无边的现实时，并没有轻易忽略自己的公共身份，没有放弃自己的发言权。

什么样的文学，什么样的路

"可是近30年来，这个'多数'的农民，在中国这么一大片土地上，活得如何卑屈，死得如何悲惨，有一个人能注意到没有？除了笼统地承认他们的贫和愚，是一种普遍现象。可是这现象从何而起？由谁负责？是否有人能够详详细细地解释？……对于这个多数的重新认识与说明，在当前就是一个切要问题。一个作家一支笔若能忠于土地，忠于人，忠于个人对这两者的真实感印，这支笔如何使用，自不待理论家来指点，也会有以自见的。若不缺少这点对土地、人民的忠诚与爱，这个人尽管毫无政治信仰，所有作品也必然有助于将来真正民主政治的实现。"①

沈从文以一种坚定的姿态强调了作家应负的社会责任，他的这段文字60多年后读来依然令人感慨。在20世纪80年代整个重写文学史的过程中，沈从文一直被视作"自由主义者"，远离所谓的强调社会性的宏大叙事——事实上，沈从文并不是一个"去社会化"和"去公共性"的小说家，即使是在写杰出作品《边城》时，他依然有着对现实的真切认识。"我并不即此而止，还预备给他们一种对照的机会，将在另外一个作品里，来提到20年来的内战，使一些首当其冲的农民，性格灵魂被大力所压，失去了原来的质朴、勤俭、和平、正直的型范以后，成了一个什么样子的新东西。他们受横征暴敛以及鸦片烟的毒害，变成了如何穷困与懒惰！我将把这个民族为历史所带走向一个不可知的命运中前进时，一些小人物在变动中的忧患，与由于营养不足所产生的'活下去'以及'怎样活下去'的观念和欲望，来做朴素的叙述。"②

已经有作家开始意识到极端"个人化写作"的危害性。李修文反省说，一代作家可能陷入了对"个人"的崇拜与迷信。"我们热衷于在具体的文本里创造'个人'，却忽略了在写作之外塑造一个更强大的自身。说到底，我们没有脆弱，没有恐惧，没有一反到底的坚硬，所以，只能陷入无边无际的焦虑。"③徐则臣则思考如何通过文学作品解决中国问题。在其所做的演讲《"70后"的写作及可能性之一》中，他提到1998年的诺贝尔文学奖得主若泽·萨拉马戈的话："我的每一本书都试图回答一个问题，澄清一个疑问，理清一种想法，表明我是如何在这个世界存立的，是如何理解这个世界的，抑或我是如何对这个世界感到不解的。"在徐则臣看来，"中国当代社会是青年作家的基本生活场域和根本的精神处境。中国问题，也就是当代社会与人的关系

---

① 沈从文：《七色魇·题记》，载《自由论坛》周刊，1944年11月。转引自解志熙：《考文叙事录——中国现代文学文献校读论丛》，中华书局2009年版，第212、213页。
② 沈从文：《边城·题记》，《沈从文全集》，北岳文艺出版社2002年版，第59页。
③ 李修文：《鲜花与囚笼——是"70后"，也是"新生代"》，载《山花》，2009年第3期。

问题，也必然是作家所面临的重要问题。他们的任务是，如何通过文学作品理解和表达他们独特的有价值的见解。"①

"70后"作家的文学生存环境也是造成今天这样同质化写作的潜在诱因。"在2008年的时候，你把文摘、月报、选刊翻个遍，翻完了你会感到他们的趣味和判断基本一致而且一以贯之。某些作家是必选的，某些作品是必选的，而你完全知道他们和它们为什么正好就被选出来，几乎没有意外。"②这种对异质文学的排斥，事实上也是造成成千上万人只写一种类型、具有相似美学风格小说的动因所在。这便是2009年第1期《读书》上张承志的《选择什么文学即选择什么前途》一文令人难忘的原因。在那篇文章中，张承志讲述了日本猖狂官僚石原慎太郎的文学背景。1956年，石原慎太郎的作品《太阳的季节》获得了日本的最高文学奖——芥川奖。当年的评奖意味着对一种生活态度和文学价值的肯定。半个世纪后，面对成为东京都知事的石原慎太郎，日本知识分子开始重新思考那次文学评奖以及对某种文学价值的肯定。鉴于此，张承志想到了中国的文学与社会。他说："'良风美俗'之被破坏，在中国正如摧枯拉朽……不用说，蔓延的劣质文艺更是大受青睐。"③因此，张承志对那位有所省思的日本评委的话记忆深刻："一个民族如何选择文学，就会如何选择前途。"④

如果说张承志从一个社会接纳、宽容，乃至纵容某类文字的角度表达了忧虑的话，那么1944年沈从文则从写作者角度表达了作家对写作"去社会化"的担忧。沈从文认为关注社会与民生是作家之"良心"："一个有良心的作家，更不能不提出这个问题：关心老百姓决不能再是一句空话，任何高尚的政治理论和政治设计，若不能奠基于对这个多数沉默者的重新认识，以及对于他们的真爱，都不免成为空泛，只能延长这个民族的苦难，增加这个民族的堕落。这种新的情感的产生，显然不是单凭现代政治标榜的主义所能见功，实有待于重新找寻办法。在这种情形下，我们自会觉得，一个文学作家所应负的责任，远

---

① 徐则臣：《70后的写作及可能性之一》，载《山花》，2009年第3期。
② 李敬泽：《"短篇衰微"之另一解》，《2008年短篇小说》，春风文艺出版社2009年版，序。
③ 张承志：《选择什么文学即选择什么前途》，载《读书》，2009年第1期。
④ 同上。

比目前一般政治理论所要求作家的责任还更艰巨。"①

  作为现代社会中的一分子，缺少公共意识的个人生活是被损害的与不健全的；作为写作者，缺少公共意识的个人写作也是匮乏的和没有力量的。优秀的作品应该给黑夜中孤独的个人以精神意义上的还乡，或者让我们感到作为个体的自己与作为社会的存在之间的血肉关联。我的意思是，真正的个人化写作与公共特征不可剥离。它们是互为你我、彼此包容的。

---

①沈从文：《七色魇·题记》，载《自由论坛》周刊，1944年11月。转引自解志熙：《考文叙事录——中国现代文学文献校读论丛》，中华书局2009年版，第212、213页。

代际视野中的"70后"作家群*

洪治纲

自20世纪90年代以来,中国社会开始进入一个代际分化日趋明显、代际冲突不断加剧的时代。"以高度发达的生产力和科学技术为动力、以信息化和全球化为润滑剂的现代社会,变迁是非常急遽的,以致现代社会的发展具有'时空压缩'的特点,各种样态的文化模式、道德观念、生活方式等被浓缩在同一时空并在同一平台上相互激荡。"[1]由此,便形成了一种突出的社会现象,即"每一代人所处的文化、生活方式和社会基础结构都与上一代不同,而且差异程度一代比一代大"。[2]尽管这种代际差异和冲突还不至于对社会历史的进程产生本质性的规约,但是,它对民族文化的内在传承与价值观念的演变却产生了不可忽略的影响。这一点在近些年来的文学创作中体现得尤为明显。为此,很多学者都开始自觉采用"50后""60后""70后"和"80后"等代际概念,试图从不同年代的文化特征出发,对当代作家的代际差异及其审美选择进行比较研究。

值得注意的是,在对这种代际群体的文学研究中,"70后"作家群却是"尴尬的一代",被无奈地夹在两个显赫的代际群体之间。"'60后'有地位、有资历和成就,'80后'有读者、有商业价值,而'70后'的商业价值,

---

* 原载《文学评论》,2011年第4期。
[1] 廖小平:《伦理的代际之维》,人民出版社2004年版,第5、6页。
[2] 〔美〕兹比格涅夫·布热津斯基:《大失控与大混乱》,潘嘉玢、刘瑞祥译,中国社会科学出版社1995年版,第218页。

目前来说是最低的。"①连"70后"代表作家徐则臣也认为,"70后"是被忽视的群体:"当批评界和媒体的注意力还在'60后'作家那里时,'80后'作家成为耀眼的文化和出版现象吸引了批评界和媒体的目光,'70后'被一略而过。"②确实,从批评界的关注程度来说,"70后"作家似乎是"沉默的在场者"。但作为代际传承中的一个重要群体,他们的创作不仅有效地展示了自身独特的、异质性的审美体验,传达了重建日常生活诗学的艺术理想,也在顽强的艺术突围中体现了良好的叙事潜能,并为当代文学的发展提供了特殊的审美经验。

一

　　在中国当代文坛上,"70后"作家是一个日显活跃且美学风格多元的写作群体。其中既有像徐则臣、金仁顺、魏微、乔叶、鲁敏、张楚、于晓威、滕肖澜、刘玉栋、黄咏梅、王棵等在审美趣味上具有传承意味的作家,也有像戴来、盛可以、李修文、李师江、冯唐、朱文颖、李红旗、路内、安妮宝贝等专注于日常生活极致性表达的作家,还有像李浩、陈家桥、田耳、朱山坡、东君、孔亚雷、李约热等对叙事形式充满探索热情的作家。但是,从代际群体的共性特征上看,他们既不像"50后""60后"作家那样专注于叩问沉重而深邃的历史,热衷于追踪幽深而繁复的人性,也不像"80后"作家那样紧密拥抱文化消费市场,热心于各种商业化的文学写作,而是更多地服膺于创作主体的自我感受与艺术直觉,不刻意追求作品内部的意义建构,也不崇尚纵横捭阖的宏大叙事,只是对各种边缘性的平凡生活保持着异常敏捷的艺术感知力。

　　"70后"作家的这一共性特质,从本质上说,既充分体现了日常生活审美化的艺术格调,也彰显了个体自由的内心冲动与文化伦理。从创作一开始,"70后"作家就自觉游离了"50后""60后"作家所推崇的精英意识,有意回

---

① 兴安:《怀疑主义者、"孤独者"与尴尬一代——从代际关系考察当今文学发生的异同》,载《文艺报》,2010年2月5日。
② 徐则臣:《"70后"作家的尴尬与优势》,载《文学报》,2009年7月2日。

避了"启蒙者"的角色担当，努力将自身还原为社会现实中的普通一员，以平常之心建构自己的诗学空间。对于他们来说，直面"此在"的现实生活，尤其是面向非主流的边缘化日常生活，不仅是作家对巨变时代的一种认识需求，也是创作主体的一种自由选择。因为这一代人以自己特有的青春和成长，见证了中国社会从20世纪80年代以来的历史巨变，也深刻地体会了生活本身的急速变化对人的生存观念的强力规约。尽管他们中也曾出现了类似卫慧、棉棉等极端的"身体写作"者，但从整体上看，这一代作家中的绝大多数人，都在努力寻找自身写作与现实生活之间的秘密通道，立足于鲜活而又平凡的"小我"，展示庸常的个体在面对纷繁的现实秩序时所感受到的种种人生况味。

在这种直面现实生活的叙事中，"70后"作家常常以罕见的叙事耐心，极力凸显人们在物欲冲荡下的生存形态。在他们的笔下，强悍的现实、无序的情感、鲜活的欲望，总是以各种难以回避的方式，与一个个卑微的个体紧密地纠缠在一起，形成了种种错位、分裂乃至荒诞的生存景象。如徐则臣的"'京漂'系列"就是通过描绘漂泊于京城的各种人群，展示了底层民众在理想与现实、快乐与疼痛之间的左冲右突。像《啊，北京》里的边红旗、《三人行》里的厨师小号、《天上人间》里的子午，他们虽然个个激情高涨，甚至心怀写诗的冲动，但在严峻的生计面前，都不得不忍受着四处漂泊的尴尬。《跑步穿过中关村》里的敦煌、旷山和夏小容等人，一方面坚守"一定要在北京活出个人样来"的朴素信念，另一方面又只能靠办假证件、卖盗版碟为生，甚至每天在交通密集的中关村选择最原始的跑步方式送货。在这种乐此不疲的奔跑中，他们固然显示出生命的执着与坚韧，但更多的还是对命运错位的无奈。《居延》里的少女居延，为了寻找丢失的情人而只身来到茫茫的京城，在唐妥、支晓红和老郭等人的关照下，由焦灼而迷惘、而独立、而清醒。表面上看，她是在寻找自己所爱的人，寻找生活的信心，而实质上，她是在寻找曾经失去的自我，寻找心灵的安顿。

魏微的《乡村、穷亲戚和爱情》《暧昧》《大老郑的女人》《化妆》《情感一种》《异乡》《姊妹》等，都是以情感的错位或亲情的变故为基点，倾力展现日常伦理与自然人性之间的分裂和错位。《家道》以父亲受贿入狱作为基点，倾力叙述了一对母女因此所遭受的社会道德压力和生存压力。这种压力，就像巨大无边的阴影笼罩在她们的生活中,使得这对母女犹如堂吉诃德大战风车那样四处奔走。《大老郑的女人》和《姊妹》都讲述了某种错位的情感生活。这种情感说不上高尚,也不见得龌龊。它出于人物的真实欲求,却又必须承受日常伦理的拷问,由此导致男女主人公不得不在世俗的目光中艰难地寻求精神上的依傍。鲁敏的《离歌》《逝者的恩泽》《风月剪》,朱山坡的《陪夜的女人》《鸟失踪》,刘玉栋的《幸福的一天》等,也都是让人物置身特殊的生存境遇之中,并赋予他们各种独特的抗争方式,试图消解现实的无奈或无望,同时也彰显了底层社会中宽厚的伦理情怀。

乔叶的《良宵》《解决》《取暖》《像天堂在放小小的焰火》等,均将一些平凡人物置于各种世俗生活的尴尬情境中,以此拓展他们内心的牵扯和冲突,进而凸显种种温暖的人性及其对人生的重要支撑。尤其是《最慢的是活着》,以祖孙两代人之间的隐秘交流,呈现了中国传统女性精神深处的繁富与超然。尖锐的代际冲突,使二妞与祖母的关系长期处于紧张之中。但是,当二妞经历了婚姻和初为人母的体验之后,她终于一步步走进了年迈的祖母内心深处,并对祖母由恨而爱,由爱而亲昵,由亲昵而理解。田耳的《一个人张灯结彩》通过一个警匪故事的框架,将民警老黄、哑巴小于、钢渣和皮绊之间的关系紧密地糅合在一种市民伦理之中。在那里,既有善与恶、法与情的冲撞,又有狡黠与宽厚、刁蛮与体恤的纠缠,可是善良而豁达的老黄,却以特有的伦理智慧将这些尴尬一一化解。而在《寻找采芹》中,田耳则展示了一个极度物质化社会中的交换游戏。无论是廖老板还是李叔生,甚至包括采芹自己,都只是将女人视为一种性或青春的润滑剂,一种利益交换的基本筹码。颇具意味的是,作为被侮辱者与被损害者,采芹不仅毫无反抗,反而在利益得失上对两个出卖她的男人进行心理权衡。这种彻底失去尊严感的生存境遇,表明这个时代的伦理常情已被褫夺殆尽。

值得注意的是,这种尴尬而颇具反讽意味的现实表达,在这一代作家的笔下显得十分突出。如张楚的《夜是怎样黑下来的》,就将两代人之间的欲望与伦理对抗演绎得一波三折、意味深长。老辛对自己儿子的女友张茜之所以由挑剔发展到愤怒,甚至要不惜一切代价拆散他们,并不是张茜有多少过错,而是老辛面对张茜时有着特殊的惶恐。这种惶恐意味深长,既源于家长权威遭到了动摇，又来自隐秘欲望的诱惑。李浩的《失败之书》以及戴来的《恍惚》《缓冲》《对面有人》《别敲我的门，我不在》《亮了一下》《白眼》等作品，讲述的都是一些脆弱、卑微、随波逐流而又胸无大志的"边缘人"。他们虽然也不乏血性、尊严、真诚和机智，但都没有深厚的文化素养，没有显赫的社会地位，没有厚实的经济基础。他们仿佛是一群社会的"零余人"，要么逃离一切现存的伦理秩序独身而居，要么在自我折腾的同时忍受着生活的折腾，就像《白眼》里的秦朗那样，虽对别人的白眼异常恼怒，但又无计可施。从某种意义上说，作家也正是通过这些人物的特殊感受和体验，展示了我们这个物质霸权时代的伦理秩序和价值观念对普通人的制约。

在表现这种生存的尴尬与错位时，盛可以常常将人物推到各种道德伦理或人格尊严的临界点上，让他们在极度屈辱或无奈之中辗转盘旋、左冲右突，在无助中寻找救赎，在无望中寻找希望。如她的《手术》《青桔子》《无爱一身轻》《袈裟扣》《道德颂》等，都将人物尤其是奔走在都市底层的青年女性置于纷乱而吊诡的生存环境中，凸显了欲望现实对个体生存的粗暴侵犯。其中最具代表性的就是长篇小说《水乳》和《北妹》。前者以20世纪90年代中期深圳的都市生活为背景，通过主人公左依娜在一个个男人之间的冲撞，展示了一场场极为复杂而又惨烈的灵肉之战。无论是左依娜、前进还是庄严，都被现实欲望弄得千疮百孔。尤其左依娜，她由于缺乏性感的身体资本而焦虑不已，甚至脆弱不堪。而后者中的钱小红虽然拥有傲人的身体资本，但是面对无处不在的诱惑和陷阱，同样举步维艰。这也表明，身体资本已成为现代女性生存困境的核心因素。

路内的《少年巴比伦》《四十乌鸦鏖战记》《阿弟，你慢慢跑》等小说，则以狂欢性的叙事语调，展示了"70后"一代躁动不安的青春与成长、叛逆与任性。他们无论是在工厂还是学校，无论是对于恋爱还是工作，都渴望特立独行、自由无束。为此，面对各种荒诞的现实，他们常常以更为荒诞的方式进行解构。李红旗的《捏了一把汗》《妻子们为什么如此忧伤》，李师江的《吴茂盛在北京的日子》，冯唐的《万物生长》，以及李修文的《不恰当的关系》等，或者通过两性之间的撕扯，或者借助人物的无望奔波，在一种黑色幽默的语境中，揭示出物欲时代的婚姻、友情已与心灵渐行渐远，仅服膺于个体的感官欲求这一现实。滕肖澜的《美丽的日子》《倾国倾城》《你来我往》等，表面上看都是叙述小市民对生活的工于心计，而实质上也同样折射了现代人生存的乖张、荒谬和平民选择的无奈。贺绍俊曾说过："荒诞感可以说是时代留给70年代出生作家的印记。'80后'是没有荒诞感的，他们更多的是一种游戏精神，一种不屑的态度。"[①]的确，随着创作主体对生活认识的不断深入，"70后"作家也越发清晰地看到，纷乱的现实之中总是隐含了各种人生的尴尬和命运的错位。像陈家桥的《铜》《猫扑脸》，田耳的《牛人》，黄咏梅的《单双》，孔亚雷的《小而温暖的死》等，都体现了他们对这种现实境遇的深度体察。

当然，"70后"作家也会自觉关注自身的成长记忆。但对于成长的书写，他们通常以自身的主体情感为主线，并融入了大量的个人记忆和经验。如徐则臣的《水边书》《南方和枪》《伞兵与卖油郎》，魏微的《拐弯的夏天》《姐姐》，刘玉栋的《给马兰姑姑押车》等，都是如此。而像金仁顺、朱文颖和安妮宝贝等，则常常将小说中的主人公明确定位成与作家年龄相仿、性别一致、趣味相投的角色，使叙事呈现出创作主体强烈的个人意识，甚至洋溢着某种"小资情调"。如金仁顺的《水边的阿狄丽雅》《爱情诗》《酒醉的探戈》《去远方》《彼此》《云雀》等，都是以男女之间的暧昧情感为主线，于禁忌森严的伦理背后，凸显现代青年女性对真爱的寻找和守望。朱文颖的《高跟鞋》《戴女士与蓝》《金丝雀》《哑》《繁华》都有一位年轻的知识女性穿行于潮湿而阴郁的都市之中，为浮华的物质或迷离的情感而奔走，并洋溢着某种古典的、唯美的甚至是略显病态的气质，饱含都市欲望的气息，又时刻期待着梦幻般的诗意。

无论是对尴尬命运的体恤性表达，还是对荒诞生存的反讽式书写，抑或对个人化情感经验的精确临摹，"70后"作家在直面日常生活时，都没有回避生存的无奈与伤痛。只不过，他们所展示的这些尴尬和疼痛，更多源自个人意愿与现实之间的无法协调。他们既不像"50后"作家那样拥有某种深远的历史意

[①] 贺绍俊：《"七十年代出生"作家的两次崛起及其宿命》，载《山花》，2008年第8期。

识，也没有"60后"作家所具备的强劲的理性思考，更不同于"80后"作家对时尚、"穿越"和玄幻等反日常生活叙事的迷恋。因此，从代际差异上看，他们的创作更加强调自我在当下现实中的生存感受，"性爱也好，生活也好，都缺乏自我的历史感"。①也许，正是因为他们过于回避对生活和人性进行形而上的哲思，削减了批评家对这一代作家创作的阐释欲望，才导致他们成为当代文坛中"沉默的在场者"。

二

从日常生活出发，展示现代社会里那些卑微却鲜活的生命形态，传达创作主体对这个速变时代的感受和认识，是"70后"作家最为显著的审美追求。为了重构这一日常生活的诗学空间，他们在叙事上自觉选择了一些别有意味的审美策略，即突出各种丰饶的细节，注重各种微妙的体验，强调人物内心的盘旋，全力展现那些被庸常经验所遮蔽的、极为丰盈的生命情态。诚如有人所言，"他们对人情物理有细致入微的体察，对当今的都市生活有娴熟的描写，对当代人于滚滚红尘中的情感世界有入木三分的揭示，他们表现出超越前辈的对生活细节与日常化的忠诚，我们每天的日子在他们的笔下活色生香。"②

应该说，"70后"作家的这种叙事策略，一方面是为了实现他们所要达到的审美目标，另一方面也彰显了小说特有的艺术本质。叔本华就说过："小说家的任务不是讲述那些伟大事件，而是使一些微不足道的小事变得趣味盎然。"③"70后"作家似乎天生就迷恋于各种生活"小事"。他们感兴趣的，常常是"生活中那些细微、微小的事物，像房屋、街道、楼顶上的鸽子、炒菜时的油烟味、下午的阳光"，因为"我们每个人，每时每刻都处在'日常'中，就是说，处在这些琐碎的、微小的事物中，吃饭、穿衣、睡觉，这些都

---

① 宗仁发、施战军、李敬泽：《关于"七十年代人"的对话》，载《南方文坛》，1998年第6期。
② 汪政、晓华：《鲁敏论——兼说70年代作家群》，载《山花》，2009年第11期。
③ [德]叔本华：《叔本华论说文集》，范进等译，商务印书馆1999年版，第358页。

是日常小事，引申不出什么意义来，但同时它又是大事儿，是天大的事儿，是我们的本能"。[1]因此，他们总是偏爱那些看似琐碎的生活细节，并努力将它们叙述得"趣味盎然"。盛可以的《缺乏经验的世界》就非常精确地把握住了成熟女人的欲望心理及其被理性包裹的矜持，让她面对一位近在咫尺而又遥不可及的阳光男孩，慢慢地撕开自我隐秘而又无法言说的生存之痛——看似生猛、坦率，实则虚弱、无奈，布满了无爱的苍凉与伤痛。魏微的《姊妹》则以极为舒缓的语调，叙述了三叔婚姻中两位"三娘"之间的漫长纠葛。虽然这些纠葛事关名分、声誉和尊严，但两位"三娘"之间并没有多少你死我活的外在冲突，一切无奈与伤痛，都淹没在种种日常的琐事之中。尤其是当三叔去世之后，两位"三娘"还经常以各种特殊的方式，传达对彼此的宽慰与谅解，由此也呈现出生命的坚韧与宽广。

戴来、冯唐、李师江、路内和李红旗的创作虽然在叙事话语上充满了某种调侃和诙谐的意味，但在具体的细节处理上，他们同样注重那些微妙的感性生存体验，反复捕捉并延展人物在特定情境下的内心变化。戴来的小说就非常善于捕捉男人内心的脆弱，然后将它置于尖锐的现实情境中，让人物辗转思虑，最后接受无奈的现实。譬如《对面有人》中的安天，在发现自己的隐秘生活竟被女友刘末搬上网站之后，虽然内心充满了耻辱感，但在刘末的花言巧语以及金钱的引诱之下，他又很快找到了自我平衡的支点。于是，他不仅原谅了刘末的背叛行为，还与刘末达成了交易，自愿将自己的私密生活继续搬上网站。《突然》中的缪水根、《亮了一下》中的洛扬、《开始是因为无聊》中的刘科、《恍惚》中的周密、《缓冲》中的卞通等，面对尴尬的婚姻或妻子的背叛，也都是如此。戴来曾经说道："那些看似强壮的雄性动物在我的理解、观察、琢磨和想象中，其实很疲倦、很脆弱，像孩子一样需要更多的关照和鼓励。"[2]因此，当他们遭遇无法克服的生活障碍时，戴来总是让他们自己去寻找使内心得以平衡的台阶。冯唐的《十八岁给我一个姑娘》《万物生长》，李师江的《比爱情更假》，李红旗的《妻子们为什么如此忧伤》等，都着眼于

---

[1] 魏微：《日常经验：我们这代人写作的意义》，载《文艺争鸣》，2010年第12期。
[2] 戴来：《别敲我的门，我不在》，百花文艺出版社2001年版，第280页。

青年男女之间的性，通过这种生命本能的特殊体验，打开人物缭乱而虚浮的精神世界，揭示物欲化的现实对现代人爱之能力的戕害。路内的《少年巴比伦》《阿弟，你慢慢跑》等小说，常常以缭乱而无序的青春成长作为背景，倾心于叙述青春的躁动、叛逆、迷惘与转型期社会伦理之间的共振关系……这些叙事表面上看有些随意、凌乱，甚至不乏碎片化的审美特征，缺乏理性的精心控制，但是它们却异常鲜活地呈现出生机勃勃的、感性化的日常生命情状。

在这种叙事策略的驱动下，"70后"作家在处理人物关系时，常常着眼于模糊而暧昧的状态，追求一种剪不断、理还乱的审美效果。他们不太喜欢过于复杂的人事纠葛，但他们却能够凭借自己良好的艺术感知力，轻而易举地深入到各种日常生活的缝隙之中，发现许多令人困惑而又纠缠不清的精神意绪，并对这些微妙的人生意绪进行饶有意味的扩张——我以为，这种扩张能力正是一个作家叙事潜能的重要体现，可以直接映现作家对生命内在质感的有效把握，使小说在逼向生命存在的真实过程中，成功地建立起自身的叙事根基。像徐则臣的《跑步穿过中关村》就非常巧妙地将"跑步"穿插在沉重的现实与轻盈的理想之间，让人物以"跑步"消解生活的无奈，并通过"跑步"折射内心的理想。朱文颖的《花窗里的余娜》叙述了两家三代人的关系，但两家之间的正面交流并不多，更多的只是"我家"对余家的观察、猜想和议论。作者正是通过对这种若即若离关系的反复演绎，颇有意味地展示了一代代市民的复杂心绪，有嫉妒也有自足，有向往也有好奇，有平衡也有失落，但终究还是"晃了一晃，就过去了"。孔亚雷的《小而温暖的死》也是通过对一种若即若离关系的叙述，缓缓地呈现出现代都市"零余者"的生存意绪——这类"零余者"拒绝进入竞争的社会，排斥欲望化的存在方式，坚守内心的自由，最后却只能蜗居于斗室之内。东君的《拳师之死》《子虚先生在乌有乡》更是迷恋于营构一种古朴、典雅而又略带几分诡秘的氛围，通过清幽而压抑的环境铺展，衬托人物之间难以言说的微妙关系。

在对这种人物关系的精妙处理方面，金仁顺是最为突出的一位代表。她的很多短篇，如《秘密》《爱情诗》《秋千椅》《彼此》《云雀》《爱情诗》等，都将男女之间的情爱安置在日常生活的隐秘部位，在解除现实伦理的约束状态中，反复演绎两性之间的情感和欲望、伪装与伤痛。金仁顺并不探究爱与欲的对抗，她的叙事理想就是通过两性之间的碰撞与勾连，打开人物彼此被日常伦理封裹的内心世界，让它们在幽暗的空间里闪耀独有的人性光泽。这种人性光泽，汇聚了真切的对爱、自由、诗性的遐想，也渗透了欲望本能、背叛和生命的隐痛。它是一种生命的真实存在，却又被现实秩序封存在表象深处。于晓威的《让你猜猜我是谁》《在淮海路怎样横穿街道》《L形转弯》以及李修文的《不恰当的关系》等，也是以男女之间的情感关系为主线，但作者同样没有直接引爆人物的外在冲突，而是以人物内心之间的扯扯拽拽，来呈现现代人在情感沟通上的困境。应该说，"50后""60后"作家也非常注重这种人物关系的营构，尤其是王安忆、毕飞宇、苏童等，但他们更强调这种关系所包含的伦理基质，也更加自觉地突出人物关系背后的社会历史重负。像《骄傲的皮匠》《玉米》《茨菰》等，在这方面都非常典型。而"70后"作家则不太在意这种关系背后的现实意义，他们乐于表达的，只是这种不断纠葛的关系所折射出来的微妙而又丰盈的生命情态。它隐藏在日常生活的底部，又是日常生活的重要组成部分。

与此同时，在叙事形式的开拓性实验上，"70后"作家也保持着相当的热情。像李浩、陈家桥、田耳、朱山坡、李约热、权聆等，在这方面都有不凡的表现。譬如李浩的小说，既有寓言体（《闪亮的瓦片》《等待莫根斯坦恩的遗产》），又有讽喻体（《飞过上空的天使》），还有札记体（《告密者札记》）。①陈家桥极力推崇哲学化的玄想，他笔下的人物通常都是一些抽象的符号（如沉默者、无眉者、N、表情严肃者、中年人之类），人物的命运常常滑入各种荒谬或错位之境，但他总是以极为虔诚的叙事话语，探讨人类存在的困境。例如：《南京》中的暗杀者，愈是靠近暗杀对象，离成功的目标就愈加遥远；《兄弟》中兄弟俩四处寻找失踪的黄琴，不料黄琴却在悠闲地为花草浇水；《现代人》中小朱跳楼自杀，仅仅是为了"给大家提个醒，一个真正的输家在输光了一切之后，他也就赢了"。田耳则带着特有的灵性智慧和艺术自信力，不断地打量着这个世界的角角落落。从《衣钵》到《郑子善供单》，从

---

① 崔庆蕾、吴义勤：《探险与冒险——李浩小说论》，载《山花》，2009年第3期。

《一个人张灯结彩》到《坐轮椅的男人》，从《父亲的来信》到《在场》，我们很难找到一种相对稳定的叙事风格，也很少看到一种相对明晰的叙事惯性。朱山坡的《鸟失踪》《陪夜的女人》，李约热的《青牛》《问魂》等，都善于动用"以轻击重"的叙述手段，传达现实生存背后的困厄与无奈。尽管这些叙事探索不如余华、格非等"60后"作家那样强劲而有力，有些甚至还比较生硬，但也可以体现出这一代作家在叙事形式上的自觉。而这种叙事的自觉，在"80后"作家的创作中，我们却很难看到——他们更热衷于架空、悬疑等类型的叙事方式。

必须承认，过度强调生活细节、强调感性生存的叙事策略，也存在着明显的局限性。尤其是在长篇叙事中，作家有限的结构能力和对叙事的掌控能力便暴露出来。因此，"70后"作家在长篇小说创作上总是显得相对薄弱。像戴来的《练习生活练习爱》《对面有人》，盛可以的《水乳》《道德颂》，魏微的《流年》，朱文颖的《高跟鞋》，徐则臣的《水边书》，李修文的《滴泪痣》，李师江的《福禄寿》等，都只是一些意蕴单薄的"小长篇"。它们主要靠故事本身的新奇、细腻来吸引人，无论人物性格还是叙事结构都比较简单，意蕴也显得单薄，既无法达到"50后"作家笔下那种气蕴饱满、纵横捭阖的宏大气象，也无法呈现"60后"作家笔下那种精致幽深、形式之中深含意味的艺术特质。

三

李修文曾坦率地说："写作，即不背叛自己的经历、气质乃至阅读，不背叛感动我的体验，我的小说态度不背叛我的生活状态。""我的创作平行于生活。"[1]这种"创作与生活合二为一"的写作追求，其实体现了"70后"作家普遍尊崇的一种美学原则。在他们那里，正如徐则臣所说的，"小说没那么复杂，也没那么高深，只要你盯紧这个世界和你自己，然后真诚而不是虚伪

---

[1] 李修文：《写作和我：几个关键词》，载《小说评论》，2009年第2期。

地、纯粹而不是功利地、艺术而不是懈怠地表达出来，我以为，就是好的小说。"①"有时候你不得不承认，生活比小说更像小说。"②所以，这一代作家的创作，极为明确地体现了创作主体对日常生活的高度依恋和青睐。他们的叙事一旦进入日常生活内部，便显得放达而率性，活泛而轻灵。从某种程度上说，他们是在自觉地建构一种日常生活的诗学空间。

我之所以做出这样的判断，首先在于我们对"生活的意义"已逐渐有了更为完整的理解。众所周知，在很长一段历史时期内，我们都是在集体化的意义系统中来认识生活的，并形成了一种"大生活"观——它的意义是在社会共识性的精神立场上，突出大众生活对集体意志和社会伦理的重要作用；而个体的日常生活和感性生命体验，则一直处于被排斥的地位，生活的价值常常被理解为社会的主导性价值。诚如张未民所说，"20世纪80年代及其以前岁月的革命、启蒙、政治和生产、建设，曾经是人们所理解的'火热的生活''真正的生活'，它们曾是生活的全部"。③应该说，这种生活观虽然有些片面，但它呈现了特定历史时期的社会伦理和文化观念。也正因为如此，在这种特殊文化语境中成长起来的"50后""60后"作家，都非常自觉地传承了文学的载道观念，在表现日常生活的同时，努力赋予生活以社会或历史的反思意义，并让个体的生活承载更为丰厚的历史文化内涵。

但是，真正完整的人类生活，应该既包括这种共识性的"大生活"，也包括个人化、碎片化甚至是非理性的"小生活"。20世纪90年代以来的社会转型在很大程度上使人们重新确立了对这种"小生活"的认识，并使人们明确地意识到，以前那种特定情境下被简化了的"大生活"，已不能够涵盖今天生活的全部。"物质因素、身体因素、欲望因素、技术因素等凸显于生活中，大大扩容、鼓涨了生活的体积。尤其在精神性和物质性之间，那些经济机制、网络媒介、城市空间、生态背景等，都以一种中介性的，似乎更倾向于物质基础的有力方式，重组二者之间的密切关系。"④而"70后"作家的成长，恰好处在这

---

① 徐则臣：《回到最基本、最朴素的小说立场》，载《当代文坛》，2007年第6期。
② 戴来：《竟然是这样》，载《南方文坛》，2002年第2期。
③④ 张未民：《回家的路 生活的心——新世纪中国文艺学美学的"生活论转向"》，载《文艺争鸣》，2010年第11期。

个历史节点上。他们的童年记忆基本上是以"文革"结束为起点的。"他们对于当年的生活只有模糊迷离的记忆。而他们成长的青春期,却处于改革开放之后价值和文化都相当不稳定的阶段。'方生未死',他们充满了诸多过渡性的气质和表征。教育和文化的过渡性,各种思潮和文化经验的剧烈冲击,都对他们构成了诸多的挑战。"[1]因此,与"50后""60后"作家们不断叩问沉重而深邃的历史、追踪宏大而繁复的现实有所不同,他们从一开始写作就没有太多的集体意识,也没有沉重的历史记忆,而是直面个体的日常生活,试图从边缘化、个人化的"小生活"起步,重构日常生活的诗学价值。

其次,"70后"作家的这种审美追求也隐含了日常生活诗学重建的复杂性和必要性。从历史上看,中国文学从来就不缺少对个人化日常生活的表达。从《诗经》里的"国风"到很多明清小说,都浸润在日常性的"小生活"之中。只不过到了20世纪初期,在启蒙与救亡的双重使命感召下,日常生活背后的重大意义或"有目的性"才逐渐为作家着重关切。在20世纪90年代初期,随着"新写实小说"的兴起,这一情形有所改变。但在随后的"人文精神大讨论"中,日常生活写作再一次受到质疑,并迅速走向衰微。在21世纪,"70后"作家开始以集体性的叙事姿态,重返个体日常生活的审美空间。虽不是什么变革性的艺术探索,但它在重塑人类"完整生活"的过程中,不仅确立了人的身心存在的统一性,也确立了人与物之间的统一性,传达了"对日常生活的诗学肯定"就是"对人性与生命的自觉肯定"这一哲学思想。

当然,日常生活的诗学建构也是一项复杂的工程。表面上看,日常生活主要是指"那些人们司空见惯、反反复复出现的行为,那些游客熙攘、摩肩接踵的旅途,那些人口稠密的空间,它们实际上构成了一天又一天"。[2]但是,如果从理性层面上来认真思考,我们就会发现:"日常生活中的日常状态可能视经验为避难所。它既可以使人困惑不解,又可以使人欢欣雀跃;既可以让人喜出望外,又可以使人沮丧不堪。""在现代性中,日常变成了一个动态的过程的背景:使不熟悉的事物变得熟悉了;逐渐对习俗的溃决习以为常;努力抗

---

[1] 张颐武:《"70后"和"80后":文化的代际差异》,载《大视野》,2007年第12期。
[2] 〔英〕本·海默尔:《日常生活与文化理论导论》,王志宏译,商务印书馆2008年版,第4、5页。

争以把新事物整合进来；调整以适应不同的生活方式。日常就是这个过程或成功或挫败的足迹。它目睹了最具有革命精神的创新如何堕入鄙俗不堪的境地。"①也就是说，作为人类"此在"的证明，日常生活尤其是那些个人化的"小生活"，恰恰映现了每个活着的人的生命形态，也彰显了人与社会、自然之间的本质状态。重建日常生活的诗学空间，就是要全面认识生活本身的多样性和动态性，在"习以为常"之中发现并感受那些"陌生"的成分给庸常个体的生存带来的影响，包括肯定"精神对物质的依附性和一体性"②，从而以更加包容的姿态去关注曾被我们过去所忽略的物质、身体、技术等，使社会的整体性与生活的整体性统一起来。

　　这一点在今天尤显重要，因为如今的日常生活已远远超出了柴米油盐之类的简单事象，呈现出巨大的扩容状态和吞吐能力。这种情形主要体现在两个方面。一是现代科技的高速发展虽然极大地提高了人们日常生活的质量，改变了人们的生存方式，但也使人们变成机器的仆役，甚至成为技术的附属品。人的进化和异化同时并存，并且势均力敌。这使得每个人的生存状态多多少少都会产生一些难以言说的分裂。二是消费主义文化全面兴起，正在以大众化、快捷化、时尚化和影像化的方式，满足着人类日益膨胀的感官欲求。就像费瑟斯通所说，"遵循享乐主义，追逐眼前的快感，培养自我表现的生活方式，发展自恋和自私的人格类型，这一切，都是消费文化所强调的内容"。③无论我们进行怎样的评判，作为一种现代性的后果，它们已真真切切地融入我们的日常生活之中，并构成了我们对"时代"的理解。所以，"70后"的代表性作家魏微曾由衷地说道："我喜欢'时代'这个词，也喜欢自己身处其中，就像一个观众，或是一个跑龙套演员，单是一旁看着，也自惊心动魄。在某种程度上，我正在经历的生活——看到或听到的——确实像一部小说，它里头的悲欢，那一波三折，那出人意料的一转弯，简直超出凡人想象。而我们的小说则更像'生

---

① 〔英〕本·海默尔：《日常生活与文化理论导论》，王志宏译，商务印书馆2008年版，第5页。
② 张未民：《回家的路　生活的心——新世纪中国文艺学美学的"生活论转向"》，载《文艺争鸣》，2010年第11期。
③ 〔英〕迈克·费瑟斯通：《消费文化与后现代主义》，刘精明译，译林出版社2000年版，第165页。

活',乏味、寡淡,有如日常。"[1]就文学而言,有效地表现这种生活对个体生命的影响,展示现代人活着的真实性和完整性,无疑是必要的。因此,"70后"作家的这种审美追求,虽然只是一种"小叙事",虽然还没有构筑起一套完整的诗学谱系,但是在重构人的生活的完整性上,在重建身与心、人与物的统一性上,却有着独特的意义。

---

[1]魏微:《"我们的生活是一场骇人的现实"》,载《小说评论》,2007年第6期。

低谷的一代*
——关于"70后"作家的断想

陈思和

何锐先生嘱咐我写一点关于"70后"作家的文字。坦率地说,我写不出来。断断续续地凝聚了一些想法,仔细想想,仿佛又不是那么回事,于是自我推翻。为此,我也断断续续地读了一些"70后"作家的作品——其实我对这些作品并不陌生——在主编《上海文学》杂志的时候,有不少"70后"作家是我的主要作者。我对他们的作品也不是没有话可以说。按照文艺评论的范式,分析一个文本总是能够说出一些道理的。但这些道理并不是我心中特别想说的话,似乎说了也没有什么意思。所以,我一直以忙为理由久久地拖着。但是何锐先生是个固执的人。他认定一件事要谁做,恐怕是谁也推辞不掉的。何况他的一再催稿自有理由。据说,他要编这个有关"70后"作家的专辑,与和我的一次聊天有关。

记得那是几年前的事情。我因偶然的机会去贵州,来去匆匆只有一天的时间,到了那里唯一想见见的就是何锐先生。于是接待方到处去找他。终于在我做一场公开演讲的时候(演讲结束后我就要去机场),他出现了,默默地坐在第一排听讲。演讲结束后,在他亲自送我去机场的途中,寒暄之后我们就我演讲中提到的一个话题展开了讨论:如何评价"70后"作家的整体创作?这个话题对何锐先生来说不是新的话题,而是他一向关注的,并在他主编的《山花》

---

*原载《当代作家评论》,2011年第6期。

杂志里曾经体现出关注于此的新锐风格。不久我读到了何锐主编的《新世纪文学突围丛书》中的《把脉70后》一书——这是关于"70后"作家的评论专辑。这应该是何锐的第一个行动。现在他要进一步把这个课题推动下去，自然是顺理成章的。

然而，这仍然是一个困难重重的课题。记得在20世纪90年代的时候，曾经有《钟山》《作家》《山花》《大家》等刊物联袂发起联网四重奏，推出一批新生代作家。新生代，当时也叫晚生代，好像也没有人有意识地将"70后"纳入其中。在当时的理解中，使用这一称谓主要是为了使其区别于20世纪80年代主流的文学创作，显示一种在文学生成体制与文学审美观念上一种新信息的萌芽。已故的张钧先生当年曾承担了一个国家课题，对新生代作家作了整体的研究。他生前完成了一部与新生代作家对话的访谈录，访谈对象主要是20世纪60年代出生的一批新锐作家，包括韩东、朱文、毕飞宇、鲁羊、鬼子、东西、李洱、刁斗等。那时，"70后"作家正在慢慢崛起，大多数名字在读者那里还是陌生的。其中张钧与韩东的一段对话，在今天读来颇有意味："这一代作家（指新生代作家——引者注）他们有某种共同点，这种共同点同以往所有的写作都是不一样的，或者说他们真正找到了文学之所以为文学的一些根本性的东西。这一点我认为是中国文学走到了世纪末真正找到了它的叙述支点，也是你刚才所说的与以往的写作划开了不同的写作空间。这种不同写作空间的出现，也许就为下一个世纪中国文学的发展奠定了某种最基本的东西。"但是，张钧自己也觉得这么说太乐观了。他又不无忧虑地说出了他的担心："这一代作家随着他们在文坛上逐渐地占有一席之地，也出现了某种分化的趋向。有的人守不住自己了，他们很想挤进秩序里去，在那里占据一个很重要的位置。这样一来，这一代作家经过艰苦的努力所建立起来的某种独特的精神品格和价值立场，就有可能付诸东流。"[1]

事实证明，真正有文学理想的作家是很少数的。中国实行改革开放后，市场经济使固若金汤的传统秩序有所松动，他们利用这一时机，希望打开一个新

---

[1] 张钧：《小说的立场——新生代作家访谈录》，广西师范大学出版社2002年版，第22、23页。

的、在未来有生长可能的文学空间。为了这样一个目标，这些作家毅然从体制内走出来，以独立写作于社会中求生存。①但是在不久以后建立的新的体制运作下，这一理想被全然粉碎。更重要的是，在大众狂欢的娱乐与语言暴力的泛滥背后，首先受到孤立的是知识分子清醒的批判声音。

而经历了20世纪80年代的集体挫败、90年代的自我消解以后，原先有强大战斗力的知识分子的传统力量被严重削弱。在市场经济背景下大众狂欢式的新文化面前，知识分子失去了批判能力和热情，不由自主地摇摆在体制与民间的两维之间，挣扎着寻求一种自由表达的出路。而且他们还必须有大智慧和坚定不移的目标才能勉为其难地去实践这种表达方式。而当代最优秀的作家基本上都以这样的方式实现自己的表达。他们游走在体制与市场之间，在仰仗体制庇护的同时，也利用了市场，在民间这一空间里寻到了创作的自由限度，尽可能地发挥了艺术的想象和批判的功能。这是中国作家经过近30年的艰难摸索后走出来的、具有中国特色的创作道路。其代表性的作家基本上都是在20世纪50年代或者60年代初出生、在80年代"寻根文学"以后崛起的。他们的创作已经成为21世纪以来具有标志性的文学成果。而在20世纪90年代急于与体制划清界限、追求新的文学理想的新生代作家，却在市场经济的大潮裹挟之下走上了偏锋。他们中除了少数作家依然坚持着自己的文学理想以外，大多数人像当年易卜生笔下的娜拉那样勇敢出走，结果又像鲁迅所描绘的出走后的娜拉那样，要么回家，要么堕落。这是一个严酷的现实，我们必须面对。因为只有在这个大背景下我们才能讨论"70后"作家的某些特征。

如果要讨论"70后"作家在21世纪创作中的整体性特征，还必须追溯到20世纪90年代末的一个事件，那就是两个"70后"作家——棉棉和卫慧的创作受到"围剿"的事件。当年这两位作家从自己的切身经验出发（尽管是那样不同）来表达她们对市场经济大潮下现代都市生活方式的感受。她们从各自不同

---

① 如汪政在《小说的立场——新生代作家访谈录》一书序言中举例说："一个极端的例证是，朱文、韩东、吴晨骏、李冯、西飏等一开始都是体制中人，吃的是计划经济的饭，可是后来都相继辞去了公职，成了依靠自己的写作来生活的自由撰稿人。他们声称自己才是真正的'职业作家'。"见张钧：《小说的立场——新生代作家访谈录》，广西师范大学出版社2002年版，第3页。

的角度抓住了"欲望"这个市场经济与生俱来的血肉躯体，虽嫌幼稚却不失准确地表达了上一代人为攫取财富而留下的道德上的罪恶阴影，以及新一代人在接受这样的"遗产"时所产生的精神痛苦和报复心理。小说中的主人公企图用自我放纵与自戕行为来建立他们这一代人新的行为方式和生活态度。我们也可以说，这是新一代作家表达新的反叛意愿的方式。她们渲染了欲望的力量，以及欲望与罪恶、痛苦紧密联系在一起的现象。

我们不妨比较一下"50后""60后"和"70后"三代作家的成长环境——当然，作家是个体的，这种用"代"来衡量和归纳作家特点的方式总是蹩脚的，因为它不可能涵盖每一个作家的具体性。但既然本题目讨论的是"70后"作家的整体性创作精神，在这里暂且就用这样的宏观方式对当前这一重要的创作群体做一个扫描，提供一种批评的思路。我们考量某一作家群体创作与时代的关系时，不妨看两个时间段——作家出生的时间和进入写作的时间。两者之间大约相差20年。"50后"作家出生于20世纪50年代。那是一个万象更新的年代，公民的主体创造性被充分调动起来，他们对未来充满乐观的期待。经济在复苏，人们的身体散发着健康的魅力，多子妈妈光荣。这带给这代人优越的先天条件。虽然后来遇到了大饥荒和大动乱，但外部环境并不足以压抑这代人青春里满溢的生命力。他们大多数都经历过上山下乡运动，获得了某种与原来生活经验不一样的民间启示；还有人由农村民间生活直接进入高校，在拨乱反正的时代氛围中感受先进文化的召唤。总之，无论是从20世纪70年代还是从80年代开始写作，①时代都给了他们一种正面的激励。他们后天也是顺达的。这一代人在创作生涯中几乎没有受到任何压抑。如果说"伤痕文学"让他们进入体制，而从"寻根文学"开始，他们则在民间寻找到了立足点。进入20世纪90年代以后，他们顺利转向民间立场，重新调整了创作的美学理想。他们几乎都在体制内生存，但他们立足于民间的创作空间，探索时代批判精神的表

---

① 本文所说的写作始于70年代的作家，不是指"文革"中的潜在写作者，如北岛、芒克、多多等，而是指公开写作的知青写作者，如梁晓声、张抗抗、孙颙等。他们当时的写作是顺从那个时代的主流意识形态的，从写作生态而言他们仍然是获得了正面的激励。而潜在写作者中的最出色者，进入写作时的环境依然是压力重重，形势恶劣。他们中的少数人在20世纪80年代后开创的独立写作精神，多少与后来的韩东、朱文等新生代的写作理想有关联，也可以说他们是先驱者。

达方式与途径。这种有利的外部环境使他们的创作日臻精湛完美。他们在21世纪前十年中形成了自己独特的艺术风格。相比之下，"60后"作家与"70后"作家就没有这样的先天条件和后天环境。在20世纪60年代，大饥荒和大动乱交替出现。生育已经不再受到鼓励。这一代作家的先天条件是恶劣的。但是，他们进入写作的时间却是一个极好的时代。20世纪80年代思想领域在正本清源，扫除了多年的教条主义的阴霾，人性获得了初步的解放，全民族又一次回到了快意舒畅的时期，乐观主义又重新构成时代的主旋律。但是他们也从高扬的主旋律里感受到，真正的命运交响曲复杂而艰难。这激发他们反思自身与时代的关系。他们很容易再前进一步，带着乐观主义的精神迈向市场经济。这就是新生代作家最初的创作背景和创作动力。但是他们过于乐观，低估了中国传统力量在当下社会改革中的腐蚀作用，同时也看轻了市场经济本身含有的戕害文学艺术的因素。这就导致了他们在20世纪90年代以后又不得不返回体制。

接下来我们来分析"70后"一代。与20世纪60年代相比，他们出生时的环境还谈不上过甚恶劣与危险。但是他们成长于一个极为沉闷的年代。他们的父母经过大饥荒与大动乱，意气消沉，万事阑珊，毫无意志冲动和精神动力，唯信仰平安是福。健康的身体已被耗损，生育的意志被束缚于计划政策，过度的纵欲成为犯罪。生命诞生于世，没有欢笑，反倒偷偷摸摸像见不得人似的。从出生环境来看，这一代人精神上有着某种先天的不足。再看他们开始写作时的社会环境。在20世纪90年代，在他们还没有弄清楚何为人文精神、何为自由思想、何为人格独立、何为知识分子传统时，金钱万能的观念已过早地侵蚀他们的精神世界。作为写作者，他们无法像前代作家那样有序地返回民间世界，寻找理想的写作空间，也没有勇气完全脱离体制成为独立的自由撰稿人。但是他们多少沾有一点20世纪80年代的精神遗风，大是大非还是分得清楚，只是自由飞翔的翅膀已经受伤，不可能高高飞翔。所以，这一代作家会主动去适应体制，以求获得体制的资源。21世纪的第一个十年本来应该是他们自由发展的关键期，但是环境的压迫又来了：经济的压力直逼他们的现实生活。急功近利的现实主义就自然而然地成为他们的主要写作形态。纵观"70后"作家的创作，可以看到，作家的眼睛基本上都紧紧盯着现实生活的细节，描述的是消磨意志的日常琐事和无所作为的人物命运。这样的故事讲述多了，展示的仅仅是生活中波澜不兴的死水一潭，或者某些角落中一些人生不逢时的际遇。但是，对21世纪中国经济的迅猛发展，以及在这一发展过程中社会所呈现出来的潜龙腾跃、鱼龙混杂、壮观而混乱的景观，对经济刺激下人性发生的变异、人类欲望恶魔般的自我膨胀与人类惊心动魄的自我堕落，对人文精神在危机中的涅槃重生，他们没有切身感受和自觉意识，因此也不可能有触及灵魂的表达。

我这样描述文学与时代、环境以及人的气质的关系，可能不科学也不全面。任何宏观的扫描总是不包括最优秀的少数天才。但是从这里我们不仅可以看到，时代对文学的巨大塑造力量首先是通过对具体的个人——作家的影响来完成的，而且也可以理解，为什么这十年来"70后"作家在批评界、读者群体及网络媒体那里得到的关注不及"50后"与"60后"作家，甚至也不及比他们更为年轻新锐的"80后"作家。如果我们对"80后"作家出生和进入写作时的时代环境做一个类似的分析，就可以对不同代群作家的性格差异有所掌握。这种差异的产生不仅仅与市场经济以及媒体运作有关系。如果把"50后"作家在21世纪的创作看作传统精英写作的一座高峰，继而把"80后"作家的新锐写作看作网络时代时尚写作的高峰，那么，"70后"作家在两者之间就形成了一个低谷。我这里并没有从文学创作的质量上划分高峰和低谷的意思，而是说，就代际文学的整体生态环境以及被关注程度而言，"70后"作家的写作确实遇到了一个低谷，许多优秀作品没有被充分关注，许多有利机会没有被充分利用，他们成了被遮蔽的一代。

这就是我的踌躇之因。其实我并不愿意直接地说出"低谷"这个词，但我还是想说，低谷自有低谷的风景。在两个高峰的压力之下，逼仄处河流湍急奔腾，古木巍然参天，"70后"作家不是不可能有所成就。假如"70后"作家真正感知到生命的奔腾方向，其创作还是有提升空间的。但这并非轻而易举的事情，因为"70后"作家所缺少的不是技术层面上的能力，也不是学识修养方面的储备。正如我上面所分析的，对"70后"作家构成束缚和限制的，主要是时代环境对其人格发展投下的阴影。这导致了他们的创作缺乏大激情和大胸怀，缺乏真正的先锋精神。我曾经指出过，20世纪文学史的发展轨迹呈现为先锋文学与常态文学的互相交替。五四新文学运动本身是一场先锋运动，它的特征就是青春情怀的勃发。而每一阶段文学发展的核心力量都是青春的先锋性。其推动了常态文学的缓慢发展。但是到了20世纪90年代，青春文学的先锋性颓然丧失。新生代的断裂运动和棉棉、卫慧等"70后"作家掀起的都市欲望写作被遏制。这迫使以后的文学发展回归常态运作。大部分"70后"作家都是这一回归的实行者，他们基本上是遵循着生活发展进行常态写作，而把先锋性转让给了以另一种异端面貌出现的"80后"网络写作。

张钧在描述新生代的写作时说，他要关注的是新生代作家写作中形成的某种共同点，即"同以往所有的写作都不一样的，或者说他们真正找到的文学之所以为文学的一些根本性的东西"。[1]从一般的写作特征来看，每一代文学都会有它自身的特征。但如果从文学史发展的角度来考量某一种文学，我们就不仅要关注其是否提供了某种不同于前人的新因素，还要看这些新的因素与文学本体是接近了，还是更遥远了。从这个标尺出发，我们可以高度评价韩东、朱文他们所代表的新生代写作所做出的探索和实验。同样，我们也能够依据这样的标尺来考量作为一个群体的"70后"作家创作的价值。因此，在主编《上海文学》杂志时，我更关注经济还不甚发达的西北和其他边远地区的"70后"作家。很显然，这些地区的作家还没有那么敏感地感受到经济力量给文学带来的致命诱惑（也可以说是一种压力）。那些地区的文学代际分界还不那么明显，那里的文学创作可能会出现某些先锋因素。我从张学东、王新军等人的创作中读到一种清新的创作风格。我曾希望他们的创作能给文坛带来一种硬朗强劲的先锋力量。

几年前，我在一篇论文里指出过文学代际更替的意义："文学的生命与个人的生命毕竟是不一样的，文学不是依靠个别作家而是依靠一代代作家的生命连接来延续繁衍的。在世界文学史上，有的民族国家，其文学史如同一部民族精神史，代代相传，层层衔接。比如法国文学——从伏尔泰到萨特，比如俄罗斯文学——从普希金到索尔仁尼琴，我们从中都可以看到文学的生命如璀璨的明珠代代相传。这是民族精神强旺的体现。有的民族国家，其文学在某个机遇中突然爆发灿烂光华，一时间名家辈出，但却犹如流星划过，过后就恢复了

---

[1] 张钧：《小说的立场——新生代作家访谈录》，广西师范大学出版社2002年版，第22页。

冷寂和沉默，默默无闻。我想追问的是：21世纪中国文学的未来走向会是怎样的？是中年期的文学进一步创造出新的奇迹，老而弥坚呢，还是会有更新的一代文学出现，焕发出更年轻的气息，抑或是会在不久的将来，文学又重新回到死气沉沉、默默无闻的荒凉世界？"[1]

这个问题今天依然盘旋在我脑中，我再次提出，并与作为一个群体的"70后"作家共勉。

2011年8月14日写于海上鱼焦了斋

---

[1] 陈思和：《从"少年情怀"到"中年危机"——二十世纪中国文学研究的一个视角》，《萍水文字》，上海文艺出版社2011年版，第107页。

怀旧·成长·发展*
——关于"70后"作家的乡土小说

贺仲明

与前几代作家比较起来,出生于20世纪70年代的这代作家(俗称"70后"作家,以下沿用此简称)对乡村的书写大大地减少了。在他们的创作中,以城市和自我生活为背景的明显更多。不过,一代人有一代人的眼光,"70后"作家的乡土小说创作数量虽然不多,却也呈现出独特的个性。这种特性既体现在这一代作家个性化的叙述视野、叙述方式和叙事态度上,也体现在他们独立的思想和审美取向上,并曲折地折射出曾经的生活和历程对他们的影响。无论从创作本身来看,还是从乡土小说发展历史来看,它们的意义都不可忽略,值得进行认真而深入的探究。

一、怀旧

阅读"70后"作家的乡土小说,感受最深的是其具有强烈的怀旧色彩。这一特点表现在以下几个方面。

首先,小说多取材于乡村往事,并且叙事的落脚点多在对乡村伦理的怀恋上。虽然即使是出生于1970年的作家,今天也才不过40岁出头,他们于20世纪90年代末或21世纪初开始创作时不过30岁左右,还远远不到怀旧的年龄,但是,他们在描画乡土世界时更多地将笔墨集中于20世纪80年代之前

---

* 原载《暨南学报(哲学社会科学版)》,2013年第1期。

（也就是乡村变革之前）的乡村，而较少对现实乡村进行直接描画。

比如：刘玉栋的几乎所有乡土小说都执着于乡村回忆，其代表作品有《我们分到了土地》《给马兰姑姑押车》；鲁敏的"东坝系列"大多以对故乡生活的回忆为背景；魏微虽然写作范围要广一些，但其重要作品《大老郑的女人》《流年》等也是关注乡村往事的；徐则臣的作品分为"京漂"和"花街"两个系列，后者的内容都是对乡村往事的追忆；等等。女作家魏微曾经表达过自己较多地追忆往事的原因："我想记述的是那些沉淀在时间深处的日常生活，它们是那样生动活泼，它们具有某种强大的真实性……它们曾经和生命共浮沉。生命消亡了，它们脱离了出来，附身于新的生命，重新开始。"[1]显然，魏微所表达的不只是她个人的想法，而是他们那一代许多作家的共同心态。

与怀旧题材相一致，"70后"作家书写的昔日乡村生活主要不在物质层面上，而在伦理层面上，传达出的不是当时的现实状况，而是他们对往昔乡村伦理世界的怀恋和温情感受。例如，刘玉栋的乡土小说集《我们分到了土地》，整体上都是回忆式书写，充满了对往昔乡村世界的眷恋以及对乡村美好情感的追忆。同样，徐则臣的《花街》等作品，以充满诗意的笔法书写花街上的妓女生活，乃至乱伦之恋，赋予了它们以美好的爱情色彩，体现了对其理解的态度。他的《最后一个猎人》《失声》等作品，更是充分展现了乡村的仁厚道德，表现出对乡村传统伦理的赞美之情。[2]魏微在《流年》《大老郑的女人》《乡村、穷亲戚和爱情》等作品中，也以自己的方式展现了独特的乡村理想和乡村道德，对人物的生活选择寄予同情和理解。其中，《流年》是一首充满着爱和温情的乡村怀旧赞歌，作品中的故乡是充溢着梦想的世外桃源。在《乡村、穷亲戚和爱情》中，陈平子是乡村守望者，他固守传统生活方式，抗拒生活的变迁。虽然那个城市女孩的所谓爱情本质上是虚幻和短暂的，或者说，它只是满足乡村回忆者的一个遥远的梦想而已，但叙述者显然在他身上寄托着对传统生活方式的某些留恋。鲁敏的"东坝系列"作品，也基本上是以温情和怀

---

[1] 魏微：《流年》，花山文艺出版社2002年版。
[2] 翟文铖：《70后一代如何表述乡土——关于徐则臣的"故乡"系列小说》，载《南方文坛》，2012年5月。

恋为叙述基调，通过众多普通百姓的日常情感生活，"表达出以美德为标志、以宽厚为底色、以和谐为主调的人间至善。善，是这些小说要共同表达的核心主题"。①

其次，体现在作家在书写现实世界和追忆乡村往事时情感上体现出强烈的反差。"70后"乡土作家当然不只是写过去，他们也会触及现实乡村生活。只是在书写现实时，他们普遍表现出强烈的拒绝和批判态度，与他们的回忆类作品的叙述态度形成强烈对比。批判和怀恋态度差异的背后，隐藏的显然是作家对传统乡村文化"怀旧"的基本态度。

作家们的现实书写主要采用两种方式。一种方式是直接叙述现实乡村世界。"70后"作家直面现实的作品很少，李师江的《福寿春》、张学东的《妙音山》、畀愚的《田园诗》是其中不多的几部。这些作品，几乎无一例外都对乡村现实持激烈批判态度。如李师江的《福寿春》展现了现实乡村伦理的剧烈变化：父亲保持传统的伦理态度，拥有对土地的热爱之情；儿子则完全不一样，对土地和乡村生活充满拒绝和仇恨。叙述者的立场明确地站在父亲一边。而且，作品还借人物之口来批判现实："如今人变得厉害了，一个个烂了心肝，大胃口，恨不得把天咬下来吃。"（《福寿春》，2007年人民文学出版社出版，第267页。）《妙音山》也一样，它以虚构的方式写出了一个村庄人们生活的苦难，目的在于揭示社会现实的病相，表达出对现实乡村世界的强烈批判。作品所写的表面上看似乎是天灾，实质上则是人祸——一种物质利益刺激下人性私欲的膨胀，一种社会病态的毁灭性发展。《田园诗》则是一篇具有强烈反讽色彩的作品。作者通过描写一个青年农民在城市文化诱惑下堕落的过程，表达了对现实乡村的忧虑和否定情感以及对"远逝的田园"的追忆和怀恋。（作者为作品所写的创作谈就题为"远逝的田园"）

另一种方式则是"游子还乡"的叙述方式。这类作品侧重叙述者自身感受的表达，很少有对现实生活的直接描摹，但所蕴含的叙述态度却都是对现实乡村的批判。徐则臣的《还乡记》写的是远离故乡的"我"的一次回乡之旅。在叙述者看来，农村世界已经完全"礼崩乐坏"，成了堕落和罪恶的渊薮。畀愚

---

① 阎晶明：《在"故乡"的画布上描摹"善"》，载《小说评论》，2008年5月。

的《田园诗》与之颇为类似。它对乡村现实面貌的描述更直接也更富象征色彩："乡村就像养老院一样沐浴在阳光下，熠熠生辉却再也不是那些河滨与绿野。河流大多已经干涸，绿野到处沾着尘土，远远看去就像一个个斑秃的脑袋，有种说不出来的怪异。而风中漫卷的也不再是泥土与稻草的气息，却是那些褪色残破的薄膜包装袋。"[1]

无论是直接叙述现实的作品，还是"游子还乡"式的作品，在批判现实之余，叙述者都经常会将现实乡村与往昔乡村生活进行比照，传达出对往昔乡村的怀恋之情。《福寿春》《田园诗》都有类似场景。最典型的则是李浩的《如归旅店》。它将梦想和追忆明确放置在昔日的乡村世界，直接对乡村现实表示拒绝和否定："我有着自己的固执，我一想起家乡首先想到的是那棵老槐树，然后是我们家的老房子，如归旅店。""我想的家乡只有那么小的一点儿，仿佛在我们家的房子之外，离这棵老槐树略远一点的地方便不再是家乡。"

再次，作品在叙述情感上体现出强烈的感伤和抒情色彩，叙述方式上有着明显的诗化特征。"70后"作家的乡土小说在艺术表现上颇多共同特点。一是具有强烈的感伤和抒情气息。这最典型地体现在他们的回忆类作品上。这些作品大都采用第一人称的儿童或少年视角叙述，在强烈的追忆性叙述中融入了很强的怀旧情绪。对个人青春的怀恋和对往事的感伤融为一体，沉静中有淡淡的感伤，由此形成了细腻委婉的抒情风格。现实类作品同样具有较强的情绪化色彩，只是表现方式不一样，人物激烈的现实批判背后是内在精神上的感伤和迷惘。这些作品不满现实、批判现实，但又都弥漫着无路可走的迷惘。怀旧不过是这种迷惘情绪的表现方式之一。李浩的《如归旅店》典型地充满着强烈的迷茫、怅惘和自我怀疑气息。徐则臣、刘玉栋、魏微的作品也都具有类似的艺术特点。二是采用诗化的叙述方式。这一特点主要体现在回忆类作品中。叙述者以儿童的眼光来打量乡村的习俗风情，赋予作品个人情感色彩的同时，也习惯性地采用细腻的诗化叙述方式，将个人的成长感受与乡村童话般的美丽融合在一起，构成了与现实具有一定距离的诗意化特征。徐则臣的"花街系列"、鲁敏的"东坝系列"、刘玉栋的《我们分到了土地》以及魏微的《流年》等作

---

[1] 昇愚：《远逝的田园》，载《中篇小说选刊》，2009年3月。

品，所描绘的乡村世界都呈现出类似的特征。

厨川白村曾经说过："一个人疲倦于都市生活后，不由对幼少年时的田园风光或纯朴的生活，兴起怀念和向往之情。这是属于一种'思乡病'。"①从这个方面说，"70后"作家耽于怀旧的艺术，既可以视为作为乡村游子的乡土作家的一种精神共性，又与他们独特的生活经验有密切关系。

首先，这与中国乡土作家的身份和创作传统有关。由于农村的生活和文化环境等原因，中国的乡土小说作家中很少有真正的农民。他们一般都有过或长或短的乡村经历，然后离开了乡村，再开始乡村书写。20世纪20年代的乡土书写被鲁迅概括为"侨寓文学"。因为乡土作家虽然离开了乡村，但他们的心灵与乡村始终有着难以割断的联系，其乡村书写也自然折射出这种情感关系。无论是站在现代文明立场上对乡村进行批判的批判者，书写现实生活的写实者，甚或借乡村文化批判现代文明的文化守望者，都不同程度地有着挥之不去的对乡村的眷恋以及对乡村的美好想象（即使像鲁迅这样致力于批判乡村国民性、开创了阿Q文学典型的作家，也曾经营造出《故乡》这样的诗化世界）。宁静自然的乡村文明，永远带给远离故乡的游子最大的心灵慰藉，始终是他们的精神回归之地。怀乡，始终是中国乡土文学一个重要的母题。

其次，这与近年来中国乡村社会的巨大变化有关。20世纪80年代之前的中国乡村世界尽管经历了复杂的政治变革和政权更替，也有不同程度的贫富差距，但乡村的文化形态基本上没有大的变化，乡村伦理也始终以稳定的温馨面貌存在。这使那些离开乡村的游子在提起笔来描画乡村时困难不是太大。他们记忆中所熟悉的生产劳作方式、生活风习与现实没有什么大的差别，他们完全可以沿着记忆来想象和书写现实中的乡村生活。但是，这种情况在20世纪80年代后有了改变。土地承包责任制开始缓慢地改变（或者说恢复）乡村的土地拥有形式和生产劳作方式，与之相伴的是乡村逐渐脱离了贫穷，与城市生活的距离一步步缩小。现代生活方式开始逐渐影响并最终极大地改变了乡村社会。特别是在20世纪90年代后，市场经济的推行使大批农民离开乡村进入城市打工，城市生活观念直接而强烈地冲击着乡村社会。乡村传统伦理迅速坍塌。在短短

---

① 〔日〕厨川白村：《西洋近代文艺思潮》，陈晓南译，志文出版社1985年版。

的几年间内，乡村的文化传统与整体面貌有了实质性的变化。

在这种情况下，20世纪90年代后的乡土小说普遍升起浓郁的怀旧情绪。这可以看作面临被毁灭命运的乡村文化的一种自然反应。因为在一定程度上，乡土小说作家可以被看作乡土文化的某种代言者和守望者。"70后"作家乡土小说怀旧色彩的背后自然也蕴含着这种时代变迁的因素。然而，独特的经历使"70后"作家与乡村之间有着复杂的关系，也决定了他们的创作具有自己的显著特征。

与前辈作家相比，"70后"作家不再拥有深刻而牢固的传统乡村记忆。对于他们来说，乡村记忆是不稳定的、模糊的，因为他们的成长过程刚好是乡村发生巨大变化的过程。也可以说，他们直接而清晰地感受到了乡村的变化，他们就身处变化之中。他们最初的乡村记忆是20世纪70年代和80年代的乡村，那是传统的、还没有很大变化的乡村（至少在伦理文化方面）。但是，他们长大后重新回到乡村时，面临的已经是另一种乡村，是与他们记忆中的完全不一样的乡村。它或许已经开始变得繁华，但肯定不再有传统的伦理景象，不再拥有传统生活方式下的缓慢、宁静和温情。这样的乡村都是作家不熟悉、不习惯的。于是，作家的乡村记忆成了与现实脱节的、不完整的碎片，他们的童年或少年记忆与成年后的现实乡村形成了尖锐而巨大的反差。这决定了他们心灵中的乡村世界不可能是完整和稳定的。乡村的变迁，记忆的不稳定，既使乡村文化对他们的影响不是那么深刻，也使他们在书写乡村时不可能那么轻车熟路地进入乡村世界，而只能对乡村现实生活简单地做出描画。

于是，他们只能选择回忆，只能寻找他们记忆中的乡村世界。而在他们的记忆中，最深刻的，以及与现实反差最大的，无疑是乡村的伦理世界。他们敏锐地感受着乡村的伦理变化，为之触动，于是便很自然地将笔墨集中于此。关于这一点，李骏虎的表述很有代表性："这几年，可能正是一次又一次的回乡让我魂魄有动。我对乡土的传统情怀越来越珍重了，那来自苏北平原的贫瘠、圆通、谦卑、悲悯，那么弱小又那么宽大，如影随形，让我无法摆脱……"[①] "每次回乡，一踩上乡村的土地就感觉到非常踏实。从村口步行回家，走在村巷里

---

① 鲁敏：《我是东坝的孩子》，载《文艺报》，2007年11月15日。

与晒太阳的老汉、抱娃娃的妇女简单打个招呼，就能给我一种力量，心里特别温暖。为什么我要把乡村写得那么有诗意、那么美好？是因为在我的心里，乡村就是一个精神归宿。"①

二、成长

"70后"作家独特的乡村生活记忆不仅赋予他们创作题材上的独特性，也使他们的创作主题具有显著的特征——将乡村主题与成长主题相融合，因为他们的成长伴随着乡村的变迁，他们的乡村记忆中自然会刻印着他们的成长经历、情感历程和生命体验。而且，因为从青年时期开始创作，他们文学发展的过程也是一种心灵和思想成长的过程，其中伴随着视野的不断拓展、思想的不断深化。在这一过程中，他们对乡村生活的认识也进一步加深，他们的乡村写作是他们成长和发展的一部分。正是这些方面，赋予了"70后"作家乡村书写无可替代的独特性。具体地说，这种书写的独特性主要体现在下面三个方面。

首先，它提供了独特的审视乡村的方式。

这典型地体现在书写城乡对立的主题方面。乡村和城市之间长期以来形成了复杂的政治、经济和文化关系。在乡土小说中，二者大多呈现为对立的关系。特别是近年来乡村社会面临颓圮之际，城乡文化的对立使作家在书写城市和乡村时态度更为不同。"70后"乡土作家并没有完全背离这一模式，他们的作品也多有对乡村伦理的怀恋和追忆，但是他们还是以自己的方式赋予了它一些新的内涵。

也许是源于他们与乡村文化的关系不是那么紧密，他们能够更清晰地意识到传统的不完美，认识到过去是不可能真正回去的。所以，他们会经常陷入迷茫和矛盾之中，不可能像贾平凹等前辈作家那样沉溺于对传统的追怀之中不能自拔。他们在城乡文化之间也没有那么截然的非此即彼的选择。他们的小说怀恋往昔的乡村伦理，但不是无条件地眷顾和赞美乡村，其中也有对乡村阴暗面

---

①赵兴红：《精神向度决定作品高度》，载《文艺报》，2012年8月10日。

的揭示。同样，他们虽然不接受乡村现实伦理的颓败，但也没有简单地否定整个城市文化。他们既努力地融入城市，与现实进行和解，也有对城市文化的某些认同和追求。他们没有很深的乡村牵系，也就免除了被乡村文化束缚、成为乡村文化殉葬者的可能性。

正因为这样，"70后"作家对乡村文化的态度不是单向度而是复杂多元的。他们既建构，同时也解构。李骏虎的《前面就是麦季》描写了农村姑娘秀娟蕴藏着爱的内心世界以及她淡然对待身边一切困扰的人生态度，以此建构乡村的诗意和美好。李浩的《乡村诗人札记》，通过少年的视角写作为乡村教师的父亲，表达了对父亲那一代人的批判态度，揭示了他们严肃外表背后的平庸和无能，以此对传统乡村文化予以解构。魏微的《异乡》则表达了人们在乡村与城市文化之间的两难处境。女主人公因为感觉自己难以融入城市，于是在怀乡之情的感召下回到故乡，试图找到心灵慰藉，但是她最终发现，自己也已经不适应乡村。对恋乡之情的怀疑和拒绝，已经蕴含着更深的理性，显示了其回到城市的新的可能性。

其次，它提供了另一种表达乡村的方式。

和前辈作家相比较，"70后"乡土作家更少文化的沉重感。因此，他们普遍选择以更个人化的方式来看待和书写乡村。在他们的笔下，少了对大的政治和文化的追问，却多了对个人经验的追忆，多了对乡村情趣的描述，有更多纯粹的审美意味。比如徐则臣的《弃婴》《奔马》，魏微的《流年》，刘玉栋的《给马兰姑姑押车》等作品，就都撇开了文化意识形态话语，完全立足于个体生活经历，通过个体的生命感受和情趣来展现生活的丰富色彩。

这种个人化的书写自然会提供一种理解事物的独特角度和方式。比如，刘玉栋的《我们分到了土地》写的是20世纪80年代初的土地责任制，但其侧重点与一般的政治化书写完全不同——它是将乡村改革放在个人感受下来叙述的。在作品中那个不谙世事的少年眼中，改革所分配的土地并没有给他和他的家人带来应有的欢欣和喜悦，而是带来了死亡和悲痛。小说凝结着个人生命的重要印记。再如，魏微的《大老郑的女人》以少年怀旧的眼光，叙述了一个特殊的卖春妇女的生活和情态，既折射出时代伦理的变迁，也充满着成长小说特有的矛盾感。相较同类题材的传统写法，这种书写更富个人性，态度更含混，却也更富生活的质感和本真色彩。

再次,"70后"作家乡村表达的特点还体现在叙述情感上。

情感本质上是个人的,但在强大的意识形态主题下,它也容易成为意识形态的附属品被其影响甚至左右。"70后"作家较少有意识形态表达的愿望,其情感表现也更自然。相较前几代作家,"70后"作家在情感表现上更坦率、更单纯、更少顾虑和遮掩。他们的怀乡之情融合着自己的童年和少年岁月,他们的乡村书写也寄托着自己的人生感悟。因此,他们的作品中有感伤,有痛楚,有迷惘,有幻灭,但很少有虚假和造作,很少有为了某种政治或文化目的去伪饰自己、去伪饰的成分。所以,我们在"70后"乡土小说中感受到的情感也许会局促一些,但却更真切细致。我们从中更能够体会到作家的心灵和生命气息,感受到一种真实情感的流动。

三、发展

当然,总体上来说,"70后"作家的乡土小说创作成就还不够高,缺陷也比较明显。笔者认为,当前"70后"作家的乡土小说创作主要存在着以下几方面的不足。

首先,最明显的是缺乏具有较大思想建构的作品。也许是因为缺乏深刻而丰富的乡村经验,"70后"乡土作家似乎普遍没有形成独立而稳定的文化思想,更没有将这种思想贯注到他们的乡土小说创作中。大多数作家的创作还停留在他们往日乡村记忆的表层上,缺乏对个人生活和感情的升华。因此,他们的作品虽然具有突出的优点,如真挚的感情、强烈的个人成长色彩,以及别样的乡村认知方式,但也仅此而已。它们缺乏整体的文化高度,没有形成系统的思想,也没有更深远的关注,同时缺乏深厚的历史感。在这些作品中,我们看不到对时代精神的揭示,也看不到个人之外的大沉痛,感受不到大的历史内容和对历史的深层思考。从作家层面看,"70后"作家普遍没有形成自己稳定而成熟的创作风格,有显著个性思想的大作家更不多见。这一缺点直接影响到他们对创作体裁的选择。"70后"作家的乡土小说创作多局限于中短篇小说,很少有内容和思想含量丰富的长篇小说。这自然也对他们的成就有所影响。

其次，缺乏在乡土小说这一领域耕耘的持续性。总览"70后"作家的乡土小说创作，其数量已经严重偏少，并且发展趋势是越来越少。越来越多的作家正离开乡土生活题材，转到城市题材上。这当然与现实环境有关。随着乡村社会的衰败，越来越多的农民离开乡村，作家与乡村的关系也越来越疏远。"70后"作家也一样。这种状况有现实背景，但从乡土小说发展来说却绝对意味着一种损失。作为一个正处于转型期的乡土国家，中国在乡村这块土地上所发生的事情太多太多，很值得作家们记取和书写。对于"70后"作家来说，这种放弃既意味着某种失职，也意味着机会的失去。

"70后"作家还年轻，他们的创作路途还很长，他们的发展在一定程度上代表着乡土小说的未来。笔者认为，对于"70后"乡土小说作家来说，最重要的是，他们应在乡土小说这一领域坚持下去。如前所述，在这么一个剧烈转型的时代，乡土小说创作是有丰富价值的。而且，"70后"作家在乡村经验方面虽然有所匮乏，但毕竟有自己的记忆和真实感受。相较比他们更年轻的"80后""90后"作家，他们的乡村经验算很丰富了。他们若能真正赋予乡村书写以自己独特的经验和个性，从中挖掘出更丰富的内涵，相信其能够为乡土小说历史书写上自己浓墨重彩的一笔。要做到这一点，需要作家坚守对乡土的责任，保持对文学的真正热爱，因为在商业化的时代，写乡村是很难赢得市场的。乡土小说作家稍有懈怠，将很快被市场、欲望等多种力量裹挟，成为乡村梦想的背叛者。

当然，这中间还存在着一个如何写的问题，即作家如何对待自己的乡村记忆、如何对既有的创作进行超越和升华的问题。对此，有些批评家已做出针砭，认为"70后"作家迫切需要深化自己与乡村的关系，不断增加自己的乡村生活积累。但我的看法不大一样。我认为，"70后"作家将自己的创作建立在回忆基础上是有一定必然性的。社会的发展使他们已经不可能拥有以往前辈作家那么丰富的乡村经验，他们也不可能拥有那么深厚的乡村感情及与乡村的文化联系——如前所述，这种情况对他们的写作既有利也有弊。而且，在现有情况下，要求作家深入生活、直面现实，确实有些强人所难，也有赶鸭子上架之嫌。"70后"作家不可能也没有必要再循着前人的路径去写乡村。他们有自己的特点，应该发挥自己的长处，克服自己的不足。有青年学者对魏微的评述很有道理，对这一代人的创作发展也有启迪意义："中国传统乡土在这一代人的知识文化结构体系中的意义和价值，其实一直是被悬置的。这是因为一方面我们无法获得像前辈作家那样和乡土之间的血肉亲情，无法在身心两个方面与传统发生实质性的联系……同时另一方面，深植于农业文化转型中的'我'，无疑又时时置身于乡土贫穷、凋敝和丑陋的现状中。"[1]

当然，对乡村的怀旧式书写并不一定就是局限。直面现实是一种乡土文学，书写记忆也是一种乡土文学。二者都可以写得很好，关键在于如何书写。文学史上并不乏以怀旧为主题的作家。沈从文、福克纳是这样的作家，普鲁斯特更是这样的作家。他们赋予自己的记忆以精神高度，从而抵达了文学的本质。

所以，"70后"作家最需要的，也许是对自己的记忆世界进行有效的超越，而不是局限于此，满足于此，不能将写作停留在个人记忆上。这种超越大致可以从两个方面来实现。其一，将自己的乡村记忆往细致和宽广两方面拓展，既渗透以更丰厚的个人生命感受，又使之与现实的乡土社会变迁相关联。这正如有哲学家所分析的，"怀旧不仅是个人的焦虑，而且也是一种公众的担心。它揭示出现代性的种种矛盾，带有一种更大的政治意义"[2]。作家可以在怀旧中寄托更真切的个人生命感受，也能够传达出更鲜活的时代色彩，使这种记忆书写既充满个人生命的印记，也成为时代和更广大民众（尤其是农民）命运的某种写照，融个人心灵史与时代精神嬗变史为一体。其二，赋予怀旧以更丰富的哲学内涵和理性深度。怀旧，不仅是"怀乡"，更应该是"思家"，是对文化的反思和在哲学上的深入。换言之，作家的怀旧记忆深连着乡土文化，因此，它很自然地会与更宽泛的文化命运相关联。作家应该在这种对文化命运变迁的书写中，让个人的记忆得到文化的提升，使写作进入文化反思的更高层面。有学者对"怀旧"有过这样的阐释："与平庸的、凡俗的、琐碎的现实生活相比，它带有浓烈的诗意化倾向；与真实发生的、面面俱到的现实生活相

---

[1] 简艾：《魏微的小说创作——一个时代的早熟者》，载《文艺报》，2011年9月26日。
[2] 〔美〕斯维特兰娜·博伊姆：《怀旧的未来》，杨德友译，译林出版社2010年版。

比，它又经过了主体的选择和过滤，带有虚构和创造的意味。"[1]怀旧不只是回望过去，它完全可以瞩望未来，可以成为参与现实和未来的重要方式。

  这两个方面虽然还是以怀旧为中心，但是却完全可能使作品拥有更博大深邃的空间，能够在怀旧世界中容纳更丰富的思想和精神内涵，可以使作家在不失去自己独特创作个性的同时，更有效地超越和发展自己。如果能够做到这一点，"70后"作家的乡土书写在文学史上也许会有更重要的意义：既能够呈现其独特的文学审美价值，也提供对这个时代崭新的思考。那也许会是乡土小说一次新的发展，甚至飞跃。

---

[1] 赵静蓉：《怀旧：永恒的文化乡愁》，商务印书馆2009年版。

未完成的审美断裂：中国"70后"作家群研究*

张丽军

百年来，中国文学以一种断裂式的现代性审美姿态，与时代风云激荡，涌现出了一批批优秀作家和一部部经典文学作品，以深具审美性的文化力量汇入乡土中国百年现代化的历史进程之中。新时期以来，"伤痕文学"的出现开启了新的"人的文学"时代；20世纪80年代中期先锋文学的形式试验，创造了"文学形式本体论"和"纯文学"的时代，出现了余华、苏童、格非等名家。可谓一时代有一时代之文学，一时代有一时代之文学巨匠。然而，在1990年到2010年这20年间，这种文学发展的断裂式审美姿态和作家代际成长模式受到了阻滞。在21世纪，还没有具有明显断裂效应的、标志着新一代美学理念和艺术风格的作家及作品崛起于文坛。

纵观21世纪中国文坛，当代文学研究和批评的热点依然集中于贾平凹、张炜、莫言、王安忆、毕飞宇、迟子建、苏童、余华、格非等"50后""60后"作家及其作品之上。与此同时，在文化消费主义思潮中，媒体和出版市场热衷于炒作"80后"作家。作为文坛中坚力量的"70后"作家，就这样在历史的夹缝中被淹没于"大家""新人"的文学阴影和新媒体喧嚣炒作的声浪之中，成为被遮蔽的尴尬存在。不仅如此，在数量不多的"70后"文学批评与研究中，也存在一种很明显的倾向性、选择性研究，甚至出现了对"70后"文学的种种批评性乃至否定性的解读。例如：有论者认为"70后"文学是"激素催生的写

---

* 原载《中国现代文学研究丛刊》，2013年第2期。此文是2011年度中国作家协会重点作品扶持项目"70后作家群创作研究"的阶段性成果。

作"，缺乏自然生长的精神间隙，没有原汁原味的文学创造的芳香、色泽和饱满度"的"假面狂欢"；[①]还有论者认为他们的创作是没有根基和实处存在的"一朵虚无的云"；等等。[②]因此，对"70后"作家的文化背景、精神气质、创作风格和审美局限进行整体性、立体化、全景观的研究分析，就显得极为迫切和必要。这不仅关系到"70后"作家这一代写作者的文学创作，而且关系到21世纪中国文学的未来命运。

一、"70后"作家既"断"又"续"的冲突性成长背景

百年来，在断裂式思维模式之下，中国文化经历了一次次不同文化板块相互冲突的"地震"。在五四新文化运动中，传统文化遭到彻底的质疑与批判。而到了"文革"时期，"破四旧"运动又使中国传统文化受到了极大的破坏。20世纪90年代文化消费主义的兴起，则使中国传统文化及民俗再次受到全面的冲击，文化处于严重的"沙化"状态。[③]因此，就传统文化的底蕴来说，出生于20世纪70年代的作家与五四时期的文学作家是无法相比的。受到私塾教育和传统文化熏陶成长起来的现代作家，往往不仅有着深厚的传统诗词艺术底蕴，而且擅长书法、音律、美术。例如：鲁迅除文学创作之外还通过摹写古碑来修习书法，也精通木刻与美术；刘半农、沈尹默等还分别是语言和书法大师；郭沫若在文学、历史、考古等诸多领域卓有成就。然而，出生于20世纪70年代的大多数人从小就没有得到书法、古文、音韵等方面的训练，他们已经处于与传统文化基本隔绝的状态，失掉了传统文化之根。

"50后""60后"作家经历了一次次社会运动，特别是"文革"这场民族劫难，在其生命成长中留下了剧烈、惨痛的苦难记忆，形成了难以磨灭的生命情结。这些记忆和情结构成其文学创作的思想主题和持久的创作动力。"50后"作家张炜的《古船》《九月寓言》，莫言的《红高粱》，陈忠实的《白鹿

[①] 黄发有：《激素催生的写作——"七十年代人"小说批判》，载《广播电视大学学报（哲学社会科学版）》，2001年第2期。
[②] 周立民：《可疑的"个人"——七十年代出生作家作品阅读札记》，载《山花》，2009年第17期。
[③] 张炜：《精神的背景——消费时代的写作和出版》，载《上海文学》，2005年第2期。

原》，赵德发的《君子梦》，贾平凹的《秦腔》《古炉》无不书写了民族的心灵史和精神史，呈现了百年来的历史巨变与时代风云。亲历过"文革""上山下乡运动"的"60后"作家，有着书写大历史的创作冲动和文学责任感。余华的《活着》《许三观卖血记》，毕飞宇的《青衣》，李锐的《旧址》，格非的《人面桃花》，苏童的《河岸》等作品书写出民族的历史及个体的心灵苦难与不安的精神骚动，呈现出历史复杂和吊诡的一面，无不有着宏大历史叙事的格局和气魄。"70后"一代人有的赶上了"文革"的尾巴，但"文革"没有进入其生命记忆之中。让他们记忆深刻的是十一届三中全会。十一届三中全会不仅是一个新时代的开始，也是众多"70后"作家生命记忆的"历史起点"之一。毫无疑问，"70后"作家的成长完全不同于现代作家，也不同于"50后""60后"作家。他们是在一个较为稳定、持续的时期里，在"校园"这样一个不同于"革命"时代的"后革命"时代空间中"安静"长大的。与这个"后革命"时代空间相吻合的不再是"革命""民族""生产""阶级斗争"等大词，而是"楼上楼下、电灯电话"这样的现代化物质启蒙，是"好好学习、天天向上"等对"乖孩子"的训导词。中学教室里课桌下掩藏的是金庸、古龙的武侠小说和琼瑶千篇一律的、不食人间烟火的、使人感动了一把又一把的爱情传奇。"70后"大学时代受到的是《同桌的你》《糊涂的爱》等流行歌曲懵懵懂懂的情感启蒙。这就是"70后"一代人成长的精神背景，没有枪林弹雨，没有轰轰烈烈，没有荒诞。"70后"没有悲剧，没有逆反。他们安宁、平淡、庸常、世俗。"70后"是"后革命"时期的一代"乖孩子"。但是，这绝不意味着"70后"就没有痛苦、悲哀和反抗。

但是，看似安宁无事的和平时代，实则暗流涌动。从新时期到21世纪，中国开启了改革开放，开始了持续30多年的社会主义建设新时期，政治、经济、文化等各个方面都焕发了生机。特别是20世纪90年代市场经济开启以来，当代中国进入了前所未有的经济繁荣期。与此同时，GDP崇拜、金钱拜物教、文化消费主义等"新意识形态"弥漫于社会的内在肌理之中；[①]贫富分化的社会生态、文化伦理生态和中国大地的自然生态都呈现深深的危机。这种繁荣与腐

---

① 王晓明：《九十年代与"新意识形态"》，载《天涯》，2000年第6期。

败、理想与荒诞、善良与谎言的现实冲突，对于从小就生活在单纯的校园空间、天天受"乖孩子"训导长大的"70后"来说，无疑意味着一次被迫的、无奈的精神断裂，使其形成一种内在的精神危机，心灵无法获得真正的安宁与皈依感。正如宗仁发所言，"这一代作家生长在社会转型的断裂处，旧有状态的土崩瓦解，新的秩序却姗姗来迟。他们在悬置中失重"。①

在新时期的一个个文学浪潮中，一些作家被淘汰了，一些作家如贾平凹、莫言、张炜、铁凝、王安忆、迟子建、苏童、格非等不断有新作推出，成为30年来文坛的常青树，由此形成了一个不同于以往的超稳定文坛格局。超稳定的文坛客观上造成了作家群体代际更替的延宕。面对这一文学困境，"80后"作家另辟蹊径，彻底放弃了传统作家从期刊发表到出版作品的漫长、严苛的成长道路，而是在新的市场经济和文化消费主义思潮之下，与出版商、传媒（包括网络媒介）合作，直接走向文学终端市场，被包装打造为文学界的"明星"。可见，"70后"作家既没有续上传统文化，又在持续、稳定的新时期受到了极大的冲击；既没有赶上"战争""革命"的大历史时代，又落伍于新的文化消费主义时代。"70后"作家可谓既"断"又"续"、既新又旧、既开放又保守地处于历史、文化和社会夹缝中的一个尴尬群体。

二、"70后"作家的两种出场模式与书写方式

面对历史、文化、社会和代际冲突等因素给自身带来的压抑与遮蔽，"70后"作家开始了自身的艺术突围之旅。返观20世纪90年代以来"70后"作家近20年的文学创作历程，我们会惊讶地发现，"70后"作家群有着两种迥然不同的文学出场方式：一种是高声喧哗、遵从本能冲动的，意图消解意识形态却被新意识形态俘获命运，如"美女写作"；另一种是默默探索、自在明净的，把

---

① 宗仁发、施战军、李敬泽：《关于"七十年代人"的对话》，载《南方文坛》，1998年第6期。

对历史、文化、人性的思考与个体生命体验相结合，如"纯文学写作"。

（一）"70后"作家的第一种出场方式："美女作家"的喧哗出场

"70后"的说法，最早出现在1996年陈卫创办的民刊《黑蓝》上；1996年，《小说界》第3期开设了"70年代以后"栏目；1998年7月，《作家》推出了"70年代出生的女作家小说专号"，以专辑方式刊发了卫慧、棉棉、周洁茹、朱文颖、金仁顺、戴来、魏微7位作家的作品，并以十分感性的方式创造了"美女作家"的概念。此后，一些文学刊物纷纷参与了这场文学造星运动。《钟山》《上海文学》《花城》《大家》等刊物刊载了"70后"作家的作品。但是，在文坛产生了巨大冲击力、具有标志性意味的是上海"美女作家"卫慧的《上海宝贝》的发表。

卫慧在小说中写道："想象自己有朝一日如绚烂的烟花噼里啪啦升起在城市上空。"[1]《上海宝贝》塑造了一个"看不到未来"、视未来为"一个陷阱"的"70后"都市生存群体。小说向我们展示了主人公的生存状态："工业时代的文明使我们年轻的身体感染了点点锈斑。身体生锈了，精神也没有得救。"[2]显然，作为"计划生育"政策大规模实施下较早出生的独生子女群体，生活在都市里面的"70后"对"孤独"有着不同于上一个时代的更深切的体验和精神感受。他们既有着因没有兄弟姐妹而产生的生存孤独，也有着来自物质极大丰富却无人可分享的成长孤独，更有着因国家、社会、群体联系的松散而寻觅不到自身位置与价值的意义孤独。[3]

在文化消费主义的大众狂欢下，从卫慧、棉棉到九丹、木子美，这种"美女写作""下半身写作"看似在挣扎、反抗，却"不过是消费主义时代的花哨的点缀"，[4]不经意间越来越陷入媒体、出版商和消费意识形态的牢笼之中，呈现出诡异的面容。"写作"本身和"美女"与否、"下半身"与否是无关

---

[1] 卫慧：《上海宝贝》，春风文艺出版社1999年版，第1页。
[2] 同上，第8页。
[3] 张丽军：《"蝴蝶尖叫"与"老僧入定"》，载《山东文学》，2012年第9期。
[4] 倪伟：《论"七十年代后"的城市"另类"写作》，载《文学评论》，2003年第2期。

的，对"美女"和"下半身"这些商业性概念的过多炒作在很大程度上违背了文学审美原则，对作家和作品构成了一种精神性的内伤，其结局可想而知。"像泡沫一样迅速升腾的，也只能像泡沫一样碎裂。"①

（二）"70后"作家的第二种出场方式："纯文学写作者"的沉静出场

"美女写作""下半身写作"极大地扭曲和遮蔽了"70后"作家的整体形象。有鉴于此，《芙蓉》杂志在1997年第1期推出"70年代人"后，于1999年第4期又推出"重塑70年代后"。无独有偶，当初"70年代出生的女作家小说专号"的策划者，《作家》杂志的主编宗仁发、施战军、李敬泽，也意识到了这个问题，以对话的方式发表了《被遮蔽的"70年代人"》一文。施战军在文中谈到"被遮蔽的'70年代人'"，指出："男作家似乎弱于女作家，作品散见于杂志的女作家似乎弱于出作品集的女作家，出作品集的女作家似乎弱于出长篇的女作家。"②《芙蓉》杂志和李敬泽、施战军的感受是很敏锐的。他们以对文学和文坛负责任的态度，对被媒体和大众所误读的"70后"作家进行去蔽化阐释，力图重塑"70后"作家。

相较于"美女作家"高声喧哗的出场方式，"70后"男作家和部分"70后"女作家，如魏微、鲁敏、傅秀莹、滕肖澜等，则沉静得多。一些作家近乎沉默。陈家卫、刘玉栋、张学东、李骏虎、李浩、范玮等一些"70后"男作家，在卫慧、棉棉爆得大名之前的20世纪90年代中期就已经开始文学创作了。稍晚开始创作的"70后"作家徐则臣、东紫、常芳、艾玛等人在创作上同样是淡然、自在、从容、明静的。他们与较早开始创作的作家一起，坚守着20世纪80年代以来文坛所倡导的纯文学写作。应该说，当代"70后"作家的纯文学作品与上一代人的审美艺术风格大大不同，体现了他们在"先锋文学"终结之后所进行的多样化审美探索。在"70后"作家的写作中，涌现出了"新乡土文学""进城文学""新政治写作""底层叙事""后先锋叙事"等文学新思

---

① 杨莉：《碎裂的升腾："70年代后"作家的文学姿态》，郑州大学硕士学位论文，2005年度，第50页。
② 宗仁发、施战军、李敬泽：《被遮蔽的"70年代人"》，载《南方文坛》，2000年第4期。

潮,极大地深化和拓展了纯文学的内涵和外延。

在21世纪,宗仁发所指出的"70后"作家的创作格局已经发生了根本性变化:"70后"男作家群体集体崛起;"70后"女作家群体得到更新;从都市欲望写作、美女写作到新乡土小说、城市底层写作,审美思潮发生了重要转变。"70后"作家以一种群体性的写作力量,以锐不可当之势涌现出来。①

三、多元艺术风格的确立:"70后"作家中短篇小说创作的成熟

"70后"作家首次出场所发出的"蝴蝶的尖叫"几乎盖过了其他写作所有的光影和声音,给"70后"作家群体带来了一个"美女写作"的噱头和"下半身写作"的恶名,②形成了一层来自"70后"文学群体内部的遮蔽阴影。③正如海德格尔所言,哪里有遮蔽,突围的力量就在哪里诞生。21世纪以来,"70后"作家经历了十多年的期刊投稿磨砺,在中短篇小说创作方面已经走向成熟,成为国内中短篇小说创作的主力军。这一时期涌现出了陈家卫、金仁顺、魏微、刘玉栋、李骏虎、张学东、徐则臣、盛可以、东紫、朱文颖、鲁敏、滕肖澜、常芳、范玮、艾玛等众多优秀作家。他们的创作呈现出五彩缤纷的多元艺术风格。除了这种传统类型的作家之外,网络作家也已经成为多元化的"70后"作家群中不可小觑的创作力量。"在网络文学形成、发展和壮大的十年间,随处可见'70后'的身影。因网络而成名的作家,80%都是'70后'。他们当中的第一代有安妮宝贝、宁财神、李寻欢、邢育森、慕容雪村、今何在、江南、燕垒生、雷立刚;第二代有水晶珠链、俞白眉、蔡骏、萧鼎、酒徒、金子、小雨康桥;第三代有阿越、天下霸唱、烟雨江南、月关、雪夜冰河、晴川等。"④

---

① 张丽军:《"蝴蝶尖叫"与"老僧入定"》,载《山东文学》,2012年第9期。
② 齐红:《蝴蝶的尖叫——"70后"女作家写作的历史意味》,载《南方文坛》,2009年第1期。
③ 李敬泽曾谈到"70后"所面临的多重遮蔽,参见宗仁发、施战军、李敬泽:《被遮蔽的"70年代人"》,载《南方文坛》,2000年第4期。
④ 马季:《70后:看云的孩子长大了,一切才开始》,载《中华读书报》,2009年12月2日。

金仁顺和魏微是曾与卫慧"同台演出"的"美女作家"。但显然，金仁顺、魏微与卫慧的写作有着极大不同。金仁顺早期的小说《名叫马和》《月光啊月光》《听音辨位》《一篇来稿和四封来信》是形式非常别致、具有魔幻先锋性的小说。她的《五月六日》《松树镇》《恰同学少年》是触及矿难等现实生活的成长小说，有着一种叙述的节制、冷静和残酷，异于卫慧的"下半身写作"。金仁顺近年来的创作主题和创作风格在悄然发生着变化，呈现出一种较为浓郁的女性主义色彩。《人说海边好风光》《爱情冷气流》《彼此》通过对原始性爱本能的展示，思考了性、爱与存在的关系。金仁顺提出了一个"坚贞"的观点，她认为心的坚贞比身体的坚贞更为重要，现在的人可以"身体醒着，心睡了"，可以身心分离。"从她的作品中，可以听到她的大声疾呼，呼吁身心一起醒着，引起人们的思考。"[①]

魏微的文学创作同样有着很强的女性主义色彩，其小说叙述空间有着很鲜明的小城镇特色。如果说金仁顺像一个魔法师一样不断变幻着叙述的场景、气息和味道，并时有出其不意的情节，魏微则像一个不肯长大的淳朴女孩一样向我们展示心灵的纯净，以及这一纯净心灵与世界相遇时的复杂况味。"我害怕谈婚论嫁。只有我自己知道，我害怕的其实是长大成人，慢慢负起责任来，开始过庸常的生活……1994年，我送单身的女友们走上婚姻的殿堂，我伤感之极，也因此而沉静，变得无所惧怕。我决定把它们写下来。"[②]《到远方去》呈现了魏微小城镇叙事的一个很重要的特征：小说人物有一颗不安分的心，与庸俗现实不合拍，与之处于内在的紧张关系之中。"他是个好公民，生活作风严谨，没有婚外情，也不常有桃色事件。那个自己，他活得那样认真，他的世界富有逻辑，有板有眼……他让他放心；可是那个自己，他不快乐。"（魏微《到远方去》）《到远方去》中的"他"在温驯的表象之下，内心世界里叛逆的暗流越来越激荡汹涌，以至决堤而出。《异乡》中的许子慧像一个灰姑娘一样实现了某种逃离，从吉安小城来到大都市，三年来始终坚持内心的纯洁，四

[①] 张丽军、刘青等：《令人惊艳的"半开之美"——70后作家金仁顺小说研讨》，载《绥化学院学报》，2010年第6期。
[②] 魏微，雪冬：《魏微：我的文学路》，载《朔方》，2005年第3期。

处打拼，劳碌奔波，甚至不回家过春节。后耐不住思乡之情，许子慧决定回故乡，却发现故乡竟成了"异乡"。小说人物与现实的紧张关系在《大老郑的女人》和《姊妹》中得到了缓解。魏微在叙写爱情、婚姻中的爱欲情仇时，渐次深入人物的复杂内心世界，传达出其对人性、欲望、伦理的深刻认知，以及尝试达成人与世界、自我、他者和解的文学追求。

　　刘玉栋的小说创作同样开始于20世纪90年代中期，其作品有着明净沉郁的抒情性艺术特色。通过刘玉栋的早期作品，我们看到了一个在乡土与城市、写实与虚构、先锋与抒情等不同叙事题材和风格中四面出击、多方尝试的青年作家。在乡村文化母体中成长起来的作家刘玉栋，有着一种天然的、诗意的浪漫气质，对乡村、大地和挣扎于大地上的农民存有深切的悲悯情怀。发表于1998年的《我们分到了土地》是他创作获得突破的标志性作品，也是呈现他浓郁沉静抒情风格的代表性作品。《我们分到了土地》写"爷爷"对新分到的土地满怀期待，希望借小孩子的手气抓到好地，结果却事与愿违，抓到的是一些"地头子"。作家以"爷爷"大哭后坐在地边死去的方式呈现他激烈的内心冲突。这是"一种侧面的、坍塌式的激烈"，传达出了作者独特的、有节制的审美理念，恰好与小说文本的沉郁诗意相契合。刘玉栋的乡村题材小说《远亲不如近邻》《葬马头》《火色马》《早春图》《给马兰姑姑押车》都是深受读者欢迎、具有浓郁诗意、温暖与疼痛交织而生的乡土文学作品。发表于21世纪的《幸福的一天》展现了作者对时代的新思考。菜贩马全冬天黎明时刻开着突突响的车进城贩菜，半路翻车而死。小说用马全冬做梦的方式来呈现其内心对城市幸福生活的向往与想象，令人无比心酸，唏嘘不已。创作起步较晚些的"70后"作家常芳的小说同样具有一种抒情审美气质。其《告诉我哪儿是北》《拐弯就到》《太阳，太阳》等作品充满温暖的人性关怀，以新颖别致的比喻显现出21世纪底层写作走向日常生活和人性深处的新趋向。

　　2002年开始发表小说的徐则臣，近几年来日益引人瞩目。在进行了一段时间带有某种魔幻先锋色彩的"花街系列"系列书写之后，他开始了《啊，北京》《西夏》《三人行》《跑步穿过中关村》等专注于"京漂"底层形象建构的小说创作，在文坛受到极大关注。《啊，北京》中的主角名叫边红旗，是一位从苏北小镇来北京闯荡的、以做假证为生的民间诗人。小说向我们呈现了一种孩子从小就被教唱《我爱北京天安门》的教育语境所孕育的异乡人对北京的政治崇拜意识。与边红旗鼓胀的诗歌意识不同,他宁静贤惠的、在小镇以指导孩子画天安门为职业的妻子来到北京,看到现实版的天安门突然哭了:"怎么没有我想象中的高大?"①现实中的北京不仅对异乡人呈现了它本来的面目,而且显现出较为残酷的一面。两手空空、身无长物的边红旗感受到了在北京的生存压力,最终无奈地走向了最初美好愿望的反面:不仅成为造假证的违法职业者,而且出现了婚外恋。小说的结尾是边红旗失手被捕,情人没有出现,妻子把他赎出来带他回到了苏北小镇——边红旗原初的、也是最终的归宿。可以说,《啊,北京》展现了徐则臣小说叙述中经常出现的主题:进城农民在城市和乡村之间的心灵漂泊和艰难抉择。这也恰恰是"70后"创作的小说中讲述者和被讲述者共同面临的精神困扰。徐则臣以第一人称的亲历者叙述身份为我们建构了当代城市底层漂泊者的群体形象。不同于徐则臣的北京底层叙述,"70后"女作家盛可以为我们建构了广州打工妹的底层形象,二者形成了对"京漂"和"北妹"这一北一南当代城市底层形象的文学书写。

宁夏的"70后"作家张学东也是在2002年开始发表文学作品,继而迅速走向文坛的。在批评家汪政看来,张学东是一个"将短篇作为经典的文学样式"的作家。②张学东的短篇小说一个极为突出的特征就是"及物",即小说通过对某一物的详尽描写,触及"物"的灵魂。例如,通过对"火枪"的细致描述,作者展现出枪的主人"眼睛里有股幽幽的铁蓝色火焰",直指人物内心世界的幽秘情感:"汪铜的骨子里从此有了一种叫作骄傲的东西,或者叫作信心。汪铜明白了一个道理,关键是看你有没有胆量。"③《喷雾器》讲的是"最常见的那种空气压缩式农用喷雾器"。羊角村的贱生因为给生产队打药中毒被用土法救下来,于是近乎百毒莫侵,成为劳模,但也留下不能生育的后遗症。《剃了头过年》则把描述的重点放在过年剃头的习俗上。父亲给五个孩子

---

① 徐则臣:《鸭子是怎样飞上天的》,作家出版社2006年版,第60页。
② 张学东:《应酬:张学东短篇小说名家点评·序》,河南文艺出版社2010年版,第1页。
③ 同上,第4页。

剃头整整忙了一天。"奶奶挨个摸了我们每个人的小平头。奶奶笑吟吟地说："穷穷富富剃了头好过年啊！啥时候都是这个老理啊！'"①可是这个年确实不一般，大年三十父亲被揪到场部剃了个阴阳头。结尾母亲通过扫父亲、孩子身上的尘土和发出笑声，来扫除晦气，迎接新年的到来。陈思和评论道："从短篇小说艺术结构的角度来探讨作品——精致的篇幅如何包容较大的社会历史容量，我认为这是张学东短篇小说艺术的主要特点，也是他的艺术创作最成功的地方。"②

四、未完成的审美断裂："70后"作家长篇小说创作的成功与局限

"70后"作家尽管已经确立了各自较为成熟的艺术风格，但是与文学大家仍然有着较大距离。在"70后"作家的创作中，较少有在国内产生较大影响的长篇小说，这不能不说是目前"70后"作家创作的瓶颈和最大的难点、焦点所在。从作家的成长规律来看，从中短篇小说创作逐步成熟到尝试创作长篇小说要经历一个较为艰难的过程。创作长篇小说不仅仅体现为作家所写文字量的增长，而且意味着作家对艺术结构、逻辑理念和历史容量的重新认知和反复考问。全面厘清自我与世界、历史和现实的复杂关联，是作家化蛹为蝶，实现艺术质变的前提。金仁顺的《春香传》、魏微的《拐弯的夏天》、徐则臣的《水边书》、刘玉栋的《年日如草》、李骏虎的《母系氏家》、张学东的《妙音鸟》、常芳的《桃花流水》、盛可以的《水乳》、葛亮的《朱雀》等长篇小说，无不展现了"70后"作家的"蝶变"过程。

从中短篇小说到长篇小说创作，是一个作家不断进行自我定位和生命探寻的过程。金仁顺从早期的某种先锋性、魔幻性叙事开始向更内在、真切的女性主义叙事转变，而转变的关键把手和内在精神理念核心就是对自我"朝族身份"的追寻与确立。在金仁顺的《爱情走过夏日的街》中，暴力、血腥、死

---

①张学东：《应酬：张学东短篇小说名家点评》，河南文艺出版社2010年版，第89页。
②同上，第13页。

亡、坚韧、美女、爱情等构成一部畅销小说的重要元素。而实木旧家具、棕黄色酱饼、干红辣椒、祖传的发钗则组成了别具朝鲜族风情的酱汤馆。故事就在这个民族空间里展开。毫无疑问，金仁顺这个"魔法师"一旦回归本民族叙事，瞬间就显现出超人的"魔法"，制造了令人陶醉的叙事氛围。"人赚钱是为什么呢？""过上幸福的生活。""可幸福的生活又是什么呢？"①作者开始了对日常生活本质的追问，延续了以往的女性主义书写。如果说《爱情走过夏日的街》是酱汤馆"灰姑娘"的故事，《春香传》则重新建构了朝鲜族历史上"香榭公主"的故事。"魔法"使小说在历史的氤氲中散发出摄人心魄的魅惑之色。《春香传》所呈现的酣畅淋漓的艺术想象来源于作者对世界的发现、思考和追寻。"金仁顺的内心有鲜花，有月光，有各种充满情感的植物，而不只是有欲望，有物质、钻石和名利……所以她的语言、她的文字里有一种高贵的与众不同的气息。"②金仁顺在《春香传》里成功建构了一个女人的心灵秘史。

魏微的《拐弯的夏天》是一部独特的个体心灵成长史，以回忆的、互相诉说的方式平静地讲述了"我"和阿姐在那个夏日近乎疯狂的青春史。"我"和阿姐的人生都是在16岁的夏日里拐了一个弯："她反抗规律，反抗一切按部就班的东西……比如日常生活……她敏感，脆弱，没有平常心——世俗性。她不在日常生活里。"③她的这种性格源于古老的家族和宿命。不同的是阿姐生活在革命年代里的父母反抗的是旧社会，从事的是革命事业；在革命结束的日子里，阿姐反抗的是日常生活，从事的是盗窃、诈骗行当。这种拒绝庸常，从现实中逃离的叛逆意识呈现了人物与现实生活的紧张关系，构成了魏微小说叙述美学的张力来源。呈现这种紧张关系是魏微小说一以贯之的逻辑结构方式，形成了魏微独具特色的艺术风格。

相较于魏微小说中的叛逆式成长，徐则臣的《水边书》向我们讲述了另一

---

① 金仁顺：《爱情走过夏日的街》，新世纪出版社2010年版，第31页。
② 张丽军、刘青等：《令人惊艳的"半开之美"——"70后"作家金仁顺小说研讨》，载《绥化学院学报》，2010年第6期。
③ 魏微：《拐弯的夏天》，中国工人出版社2010年版，第160页。

种回归现实、有着内在忧伤的成长故事。徐则臣在题记中引用了斯文特拉的话："一个作家要为自己写一本成长的书。"而事实上，很多作家的长篇小说都是从讲述自己的成长故事开始的。徐则臣的《水边书》讲述的不仅仅是他一个人的成长史，而是"70后"一代人的精神成长史。到少林寺学武，寻访民间高人，成为行侠仗义的武林侠客，曾是电影《少林寺》在中国大地上映以来众多"70后"的憧憬和梦想。《水边书》的主角陈千帆就是这样一个不仅幻想而且一次次以行动去实践这一梦想的"70后"。在最后一次出走途中，死亡的淤泥气息几乎让他窒息，也因此让他思考侠客的本质意义。"侠客干什么？行走江湖……如此说来，他行走多日，已经是在实践侠客的身份了。"[①]陈千帆领悟到了侠客的意义，但在具体的实践中却没有能够保护郑青蓝，使她不受斧头帮和谣言的伤害，而这只是因为一个少年的羞涩和不成熟。成长是要付出代价的，但是对于小说中的陈千帆和郑青蓝来说，这种代价又是如此沉重。

《年日如草》是刘玉栋的第一部长篇小说，体现了他对乡土题材小说驾轻就熟后重新进入城市写作的一种新突破。《年日如草》塑造了一个逐步适应现代城市生活的二代农民形象，展现了作者对当代中国城市化进程与社会文化伦理、人的心灵结构变迁关系的独特思考。小说主角曹大屯是一个"倒霉蛋"，他进城做了工人，因失误害死了师傅。为赎罪也为爱情，他娶了师傅的女儿。妻子怀的是别人的孩子，孩子父亲出狱后，妻子跟他离婚。离婚时，他把房子等财产拱手相让，重新一无所有。但是，当同学储小青出钱请他惩治"小三"时，他已经有了法律意识，选择拿钱却不办事。当前妻需要他来证明房产来源的时候，他支吾着欲言又止，前妻说："你个狗日的，终于开窍了。"[②] "在《年日如草》里面，我看到的是一个带有某种狡黠而不失善良本性的、已经适应城市生活的农民形象。这是以往文学史上所没有的，具有突破性意义。"[③]《年日如草》呈现的是一种平凡人物的城市生活探索史、被动适应史，是一个

[①] 徐则臣：《水边书》，上海文艺出版社2010年版，第100页。
[②] 刘玉栋：《年日如草》，载《十月》，2010年第3期。
[③] 张丽军、房伟等：《一个农民·一座城市·一部心灵成长史——刘玉栋长篇新作〈年日如草〉研讨》，载《海南师范大学学报》，2011年第3期。

乡土中国中进城青年的心灵成长蜕变史。对于曹大屯而言，要实现真正的城市化，他有着很长的路要走。

张学东的《妙音鸟》通过羊角村人患上了不明原因的黑白颠倒症、活人与死人对话、鬼魂复仇等荒诞情节来重现"文革"那段历史和乡民的愚昧。小说塑造了虎大、牛香、秀明、三炮等鲜明的人物形象，具有较强的探索意味。李骏虎的《母系氏家》讲述了兰英嫁了矮子七星的故事。如同赵树理小说《罗汉钱》里头的"小飞娥"，兰英的婚姻也是不般配的。兰英找书生才子和"土匪"长盛接种，认为这半辈子活得很窝囊，但"还有半辈子是从生娃娃开始算起"。①兰英的生命强力和借来的"好种子"没有改变悲剧的结局：儿子因为小时候患腮腺炎合并睾丸炎丧失了生育能力，女儿一生未嫁。她最终"颗粒无收"。"对于中国土地上千百年来的女性，从潘金莲到小飞娥再到兰英，我觉得李骏虎倒是展示出了无拘无束的生命强力，以及这种强力在中国土地上的悲剧性。"②

"70后"作家在实现"化蝶"的同时，也显示出一些审美的局限和不足。金仁顺的《春香传》倾尽全力编织了一个美轮美奂的香榭世界，可是一旦回到历史事实和生活逻辑，小说就失去了"魔法"效力。小说后半部分叙事动力的不足、虚实之间转换的僵硬、男性人物形象的苍白、叙事上的香艳有余而现实不足等，都是需要作者进一步思考的。刘玉栋的《年日如草》也存在着这种叙事动力不足、人物形象单薄、结构不均衡、缺少深层精神探索的审美局限。人物与现实生活的紧张关系是魏微小说叙述美学的张力来源，但我们不禁会问：这种紧张关系能够持续多久？其本质是一种盲目、宿命的欲望之流还是理性的、灵魂深处的精神之痛？如何从既有的叙述方式和逻辑结构方式中走出来，呈现人物与现实更多元、复杂的精神联系？这无疑是魏微需要迫切审视的问题。徐则臣创作了《午夜之门》等多部长篇，但是就小说结构和人物形象的丰富性、独立性、完整性、创新性而言，很多作品依然是不够的。张学东的《妙

---

① 李骏虎：《母系氏家》，陕西人民出版社2009年版，第5页。
② 张丽军、马兵、赵月斌、盖永爽：《多种可能性的艺术探索与文学人民性传统的回归——关于70后作家李骏虎的作品研讨》，载《绥化学院学报》，2010年第5期。

音鸟》对细节的呈现同样是骇人的，但是其内在逻辑结构缺乏更有效的统一性。李骏虎的《母系氏家》的弊病同样如此，三卷本甚至可以独立为三个中篇故事。可见，当前"70后"作家创作存在着温柔有余而尖锐性不足、身体性有余而精神性不足、人性化有余而历史性不足等审美庸常化、模式化问题。

五、结语

面对创作中的问题，"70后"作家群必须找到不同于现代文学、"十七年文学"和"50后""60后"文学的，属于自己的时代语言和表现主题，必须从这一代人的思想背景、精神气质和情感心理出发，实现与前代人写作真正彻底的审美断裂。"与其后的'80后'作家相比，'70后'小说家温柔敦厚，他们对生活充满着温情，即使面对令人齿冷的黑暗，他们也愿意为那'新坟'添上一个花环，他们对人性与生活永远有着同情的理解。"[①]但是我们必须看到，这种温情的审美意识及其所带来的"温柔敦厚"的审美风格，虽然使其有别于"60后"和"80后"作家的创作，"自有其宝贵的一面"，[②]但同时也使其在无意之中陷入了"新意识形态"所建构的温柔陷阱，其作品不幸成为软化和粉饰现实矛盾冲突的精神麻醉剂。正如施战军所指出的，"'时宜'是写作者最应该怀疑的东西……如今这种路数已被人们熟悉甚至俗化，需要更深入地对其予以确立和展开，尤其是探索艺术方式的多种可能性"。[③]"70后"作家"温柔敦厚"的审美艺术风格，不仅是一种时代审美文化的产物，更源于"70后"成长过程中被规训的"乖孩子"气质和心理背景。在21世纪的第十年，大多数"70后"作家的文学创作已逾十个年头了，其应该从模仿上一代作家的创作中走出来，实现审美的断裂。这种断裂不仅包括与以往文学的断裂，而且还包括与过去的、被传统文化母体所孕育的自我的断裂。唯如此，"70后"作家才能实现精神断乳，从精神上"长大成人"。[④]

[①][②]张莉：《在逃脱处落网——论70后出生小说家的创作》，载《扬子江评论》，2010年第1期。
[③]宗仁发、施战军、李敬泽：《被遮蔽的"70年代人"》，载《南方文坛》，2000年第4期。
[④]宋明炜：《终止焦虑与长大成人——关于七十年代出生作家的笔记》，载《上海文学》，1999年第9期。

"历史在'70年代人'那里全面隐退……历史不在,却是令人不安的寂静。'70年代人'承受了这空虚的重负,他们在小说中义无反顾地成长,哪怕'成长'成为迅猛的苍老。"①没有以历史时空为参照系的人性是虚空的。事实上,历史和现实已经为"70后"一代作家提供了无比丰厚的精神滋养、无比宽阔的现实土壤和艺术想象的阔大空间。在这前无古人的历史大裂变中,"70后"作家有幸亲眼见证了乡土中国的现代化转型,亲身经历了这种愈来愈快的城市化进程,亲身体验了这种传统与现代、历史与现实、物质与精神相分离割裂的痛楚、悲哀、挣扎。因而,"70后"作家有责任、有义务、有使命深入民间、大地、历史去呈现这一代人的喜怒哀乐,创作出属于这一代人的、打通过去和未来的经典文学。

"70后"作家群体的创作已经取得了很大的成绩,但是他们依然"在路上",依然需要不断地去实现审美创新。我们无须为他们的局限和问题讳言,因为"对文学而言,所有的尴尬和劣势必将成为优势,只要它是你的最基本也是最独特的困境。困境即是挑战,也是文学得以拓展和进步的唯一动力"②。"70后"这一称谓就像一个魔咒一样,从一出世就罩在了这群作家的头上,不管其喜不喜欢,也不管合不合适。"但文学史绝对不以年龄和姿态作为价值坐标,因为两者都是暂时的、可疑的甚至是荒唐的刻度,只有作品质量才能衡量一个时代的文学和文化的兴衰浮沉。"③要解除这个魔咒,"脱颖而出的唯一办法就是用作品说话,用作品完成个性的超越"。④而到那时我们才可以说,一个"70后"的文学时代真正开始了。

---

① 李敬泽:《穿越沉默——关于"七十年代人"》,载《当代作家评论》,1998年第4期。
② 徐则臣:《70后的写作及可能性之———在韩国外国语大学的演讲(节录)》,载《山花》,2009年第5期。
③ 黄发有:《激素催生的写作——"七十年代人"小说批判》,载《广播电视大学学报(哲学社会科学版)》,2001年第2期。
④ 宗仁发、施战军、李敬泽:《被遮蔽的"70年代人"》,载《南方文坛》,2000年第4期。

"70后"写作与抒情传统的再造*

谢有顺

20世纪60年代,陈世骧在美国提出了"抒情传统"这一概念。他认为,相比荷马史诗和希腊戏剧,同时期的中国文学里并没有出现像史诗那样醒目的作品,但中国文学的荣耀不在史诗,而是在抒情传统里。这一概念的提出,无疑为中国文学研究开出了新的视界。尤其是在台湾,它在高友工等学者的进一步阐释下,形成了一个互有关联、兼具开放性与差异性的学术话语谱系。[1]王德威后来又把有关抒情传统的论述延伸至中国现当代文学领域,从启蒙、革命、国族、时间(历史)、创作主体等角度,来展开他对抒情传统与中国现代性的研究。但他主要是以启蒙、革命等话语作为参照系来理解抒情传统的现代性再造,对抒情传统的辨识多停留在国族政治领域,而相对忽略了经济或商业意识形态对20世纪中国文人生活与写作的影响。[2]事实上,商业意识形态对现代文学的影响并不亚于政治意识形态。阿多诺、霍克海默等人对现代文化工业的研究表明,这两者之间存在着互相借用的关系。本雅明对机械复制时代文学艺术生产所进行的阐述,波德里亚对景观社会或消费社会生产模式的分析,也告诉我们,在从现代向后现代转变的历史进程中,商业意识形态对文学艺术的影响要远远超过政治意识形态。即便是围绕晚清以来的文学实践展开讨论,也不可

---

* 原载《文学评论》,2013年第5期。
[1]有关抒情传统在台湾的具体发展过程,参见沈一帆:《台湾中国抒情传统研究述评》,载《华文文学》,2011年第1期。
[2]参见王德威:《抒情传统与中国现代性——在北大的八堂课》,生活·读书·新知三联书店2010年版。

能离开商业意识形态这一维度。陈平原在研究清末民初的小说时，就用了不少篇幅来谈论"新小说的商品化倾向"这一问题；有学者在分析20世纪30年代"革命加恋爱"式的左翼文学实践时，也早已注意到这是商业、政治、文人性情等多重因素共同塑造的。[①]20世纪中叶以后，受国家文学管理的具体方式与政策影响，文学写作中的商业因素虽然一度有所降低，但是从20世纪80年代中期以来，尤其是1992年以后，恰好又迎来了一轮压抑后的反弹。彼时商业化的因素极大地影响了民众的生活，也参与塑造了文学的基本面貌。政治意识形态与商业意识形态所构成的那种既共谋又互相冲突的社会境况，给抒情传统提出了更加复杂的挑战。

这一挑战，在新一代作家身上表现得更为复杂。尤其是"70后"作家对抒情传统的呼应和再造，更值得研究。尽管用一个年代来命名一代人的写作，是机械的、不准确的，但是，一代人有一代人的文学，也是一个不争的事实。"70后"作家最早的出场时间是20世纪90年代中期。那时，文学正面临被边缘化的压力，商业主义的思潮也开始进入文学领域，媒体的商业化运作也为作家提供了新的平台。正如20世纪80年代中国作家着迷于把语言变成一种叙事权力一样，90年代以来，如何把个人经验彻底合法化，成了中国当代文学发展的重要动力。于是，经验和故事、身体和欲望就成了这十几年来小说写作中极为重要的两对关键词。"70后"作家一度是经验、欲望和"身体书写"的践行者，在他们面对历史和现实的讲述中，个体是叙事的中心。他们所描述的情感创伤或生存破败感，更多是个人的记忆，而无关国族和社会这些宏大命题。这种新的叙事者的出现，其实也可解读为抒情主体的隐秘变化。他们的情感指向，他们歌唱或诅咒的对象，都和个体有关。无论是颂歌还是哀歌，他们所推崇的，不过是关于"我"的真实表达。因此，要在现代语境中重新辨识抒情传统，围绕"70后"作家的小说写作来展开讨论，未尝不是一个新的角度。

[①] 陈平原：《中国现代小说的起点——清末民初小说研究》，北京大学出版社2005年版。刘剑梅：《革命与情爱——二十世纪中国小说史中的女性身体与主题重述》，上海三联书店2008年版。

一

　　如果借用普实克有关抒情性与史诗性的区分，可以发现，"70后"作家群中较少有像茅盾、莫言这种以注重表现广阔的社会画面为中心的史诗的写作，而更多是一种抒情的写作。史诗的写作，对一个作家的精神体量和叙事方法，都有更高的要求。这也是一些作家以长篇小说写作见长，一些作家却以中短篇小说写作见长的原因。"70后"作家也写长篇小说，但其作品普遍字数都是十多万字，结构上更像是一个大中篇。比如"70后"作家较早发表的几个长篇小说《高跟鞋》（朱文颖）、《上海宝贝》（卫慧）、《拐弯的夏天》（魏微），叙事规模都不大。但这些关于青春记忆的个人书写，却有着鲜明的抒情风格。也许，任何人的青春里都有一种可以被宽恕的狂放。他们的叛逆、破坏、颠覆也理应被理解。菲茨杰拉德说："每个人的青春都是一场梦，一种化学的发疯形式。"而梦和疯狂，是文学创造力的两个核心要素，也是抒情主体不可或缺的情感成因。

　　而我认为，再写实的小说，就其内在的精神旋律而言，都必须要有诗性和抒情性，才能有更为丰富的文学性。中国的小说，一度在极端写实和极端抽象之间摇摆。如"新写实小说"写出了日常生活的事实形态，但缺乏一种精神想象力；先锋小说一度致力于形式探索，把情感和记忆从语言的绵延中剔除出去，因失之抽象而把小说逼向了绝境。小说要写得优雅、从容、饱满，就要有日常性。也就是说，小说的物质外壳必须由来自俗世的经验、细节和情理所构成。此外，小说还要有想象、诗性和抒情性，这样它才能获得一个灵魂飞升的空间。

　　诗性产生抒情性，而抒情性的获得和一个作家的叙事耐心有关。为何在当代小说中难以找到好的、传神的风景描写？其实这就和作家叙事耐心的丧失有很大的关系。20世纪以来，写风景写得极好的作家，一个是鲁迅，一个是沈从文。在鲁迅的小说里，寥寥数笔，一幅惆怅、苍凉的风景画就展现在了我们面前。像《社戏》《故乡》这样的篇章，里面已经看不到鲁迅惯有的悲愤，而是充满了柔情和悲伤。沈从文的小说也注重对风景的刻画。他花的笔墨多，写得也详细。那些景物,都是在别人笔下读不到的。他是用自己的眼睛在看,在发现。像他的《长河》,写了农民的灵魂如何被时代压扁和扭曲,原本是可以写得很沉痛的,但因为沈从文在小说中写了不少"牧歌的谐趣",痛苦中就多了一种凄凉的美。他们的写作不仅是讲故事,而且贯注着作家的写作情怀。所以,他们的小说具有一种不多见的抒情风格。我喜欢鲁迅和沈从文小说中的抒情性,苍凉、优美而感伤。在他们的笔下,一直有一个活跃的感官世界。在他们的作品中,我们能看到田野的颜色,听到鸟的鸣叫,甚至能够闻到气息,尝到味道。当代的小说之所以显得单调,很大的原因是作家对物质世界、现实世界越来越没有感觉。他们忙于讲故事,却忽略了世界的另一种丰富性。缺乏声音、色彩、气味的世界,正是心灵世界日渐贫乏的象征。好的小说,固然要有坚实的物质外壳,要有事实层面的逻辑、情理和论证,但除了对事实的想象力,小说家还需具有价值想象力。价值想象力创造精神奇迹。一个小说家,如果只屈服于事实,只在事实层面描绘和求证生活的真相,他就会成为一个实证主义者(而非现实主义者)。而小说最可贵的品质之一,是呈现事实背后的心灵跋涉。要获得价值想象力,小说家首先必须脱离就事论事的困局,扎根于诗性、梦想,寻找灵魂中还未被充分认知的那些不可思议的力量和可能性。有了这种精神腾跃的空间,小说就不仅是描摹、发现,而且还是创造。小说不单要告诉我们生活是怎样的,还要告诉我们生活可能是怎样的。

呈现生活的无限可能性,是小说最迷人的气质之一。而这种可能性隐藏于小说家的灵魂之中——通过想象,让这个不安的灵魂激动起来,把灵魂的秘密和精神的奇迹写出来。你既可以说这是小说,是虚构,也可说这是一份关于人类梦想和存在的真实报告。有梦想,有秘密,有可能性,有精神奇迹,有价值想象力,这样的小说才堪称是抒情的、诗性的。并不是说,小说只有这样一种神采飞扬的写法,而是面对中国当代小说的现状,当读了太多斤斤计较、油腔滑调或就事论事的小说之后,我不由得开始想象一种有心灵秘密、有梦想和抒情风格的小说了。具有诗性和抒情性的小说家,他们的语言往往有弹性和速度感;他们笔下的青春,即便是梦想的残片,也不乏冷峻,并有一种令人心碎的美;他们面对历史,撬动的是那些深藏不露的隙缝,从而找到和自我相关的地方;他们热爱现实,但在现实面前没有放弃想象的权利,在看到现实残酷性的同时，也学习在情感上如何把隐忍变成一种力量。

"70后"作家很多都有这种叙事自觉，尤其是他们的中短篇小说，不乏出色的篇章。但他们成长于一个长篇小说处于绝对强势的时代，在短篇小说上即便做再多的努力，也不易引起大家的注意。但"70后"作家的写作普遍转向个体记忆，重在写小事、小情感，写精神的碎片，并把小说视为一种精致的艺术——他们更愿意在中短篇小说上用力。说"70后"作家是"抒情的"一代，是因为他们在叙事层面上有着鲜明的抒情风格。有的作家是在历史的感伤中找寻自我的位置；有的作家是在民族的记忆中观察现实；有的作家充满对小人物的同情；有的作家则以温婉而柔韧的情感线条、满带感情而朴实的语言组织故事……他们甚至能在这个热衷于身体和欲望叙事的年代，凭一种简单、美好并略带古典意味的情感段落来打动读者，并由此接续上了一种令人久违的抒情传统。在这方面比较有代表性的"70后"作家是魏微。她的短篇小说《乡村、穷亲戚和爱情》（《花城》2001年第5期）就是很典型的"抒情的"写作。这篇小说在情感上暗藏着一种隐忍的高尚，叙事上既简约又节制，写出了一个城市女孩和一个乡村男人之间那种微妙、细腻的情感起伏。它不是以故事取胜，而是以蕴藏在简单的故事和人物关系背后的那种充沛、温婉的情感驱动叙事。在这里，情感就是精神，它主导了小说的叙事方向。小说写到的"我"，最初也是一个有享乐主义倾向的物质女孩。但就是这样一个人，在将奶奶的骨灰送回乡下的过程中，内心悄然发生了一场爱情：她居然短暂地爱上了乡下的表哥陈平子，表哥也爱她，"一切都昭然若揭了"。可由于这场爱情是如此不切实际，它的命运注定只能是稍纵即逝。让我们意外的是，这个表哥以前经常到"我"家，是少女时期"我"不喜欢的穷亲戚的代表。"在我的少女时代，一看见家里来穷亲戚，我就变得意志消沉。""我确实知道，在我和他们之间，隔着一条很深的河流，也许终生难以跨越。想起来，我们的祖辈曾在同一片土地上生活，我们的血液曾经相互错综，沸腾地流淌。现在，我眼见着它冷却了下来。它断了，就要睡着了。"魏微的抒情才华正是体现在这里：她使一场根本不可能发生的爱情，最终降临在"我"的内心，从而写出了"我"灵魂中的美好品质从沉睡到苏醒的微妙过程。小说写道："我们家族的人，不管是穷人还是富人，骨子里都是尊贵的。这是从血液深处带下来的，没法子改变的。""他们淳朴、平安、弱小，也尊贵。"作者正是借着一系列温婉的细节和情感铺垫，使"我"血液中的尊贵品质苏醒过来，并与表哥产生回响。但如果作者停留于此，小说还是显得过于理想化。魏微巧妙地把这种因内心苏醒而产生的爱情限制在内心的范围，在现实的层面上却一直让它处于暧昧之中。最终，这种不可能实现的爱情就成了一个"瞬间的理想"。"它在那个春日的晌午袭击了我，击垮了我，让我觉得浑身乏力，让我觉得精神振奋。""呵，和贫穷人一起生活，忠诚于贫苦。和他们一起生生不息，最终成为他们中的一分子。这都是我的想象，可是这样的想象能让我狂热。"之后，人物也许又恢复了理性和冷静，但"我"内心的一些方面已经苏醒。它真实，动人，庄严而坚韧。

如何对待贫穷、物质与乡土记忆，是"70后"作家普遍要面对的问题。"80后"作家大多成长于都市，可以直接而大胆地描写奢华或糜废；"60后"作家在成长中历经过不少社会苦难，喜欢回望那些阳光灿烂或暗无天日的日子。与二者不同，"70后"作家更多是在物质和精神之间徘徊，可能是最早正视物质力量的一代作家，但其又无法沉迷于物质，无法放下自己身上的那份自尊。朱文颖的《高跟鞋》（《作家》2001年第6期）是比较早地写到物质与精神相较量这一主题的小说，不仅写出了物质所具有的广阔力量，也进一步发现了这些物质的生长是如何一步步作用于现代人精神的。朱文颖既不像一些高蹈而抽象的理想主义者那样，竭力地贬损物质，把它视为庸俗和罪恶的代名词加以批判，也不像那些紧跟潮流、向往奢华的现实主义者那样，不顾一切地把物质的力量神化，从而向正在到来的物质社会全面投诚。朱文颖似乎在说，在我们这个时代里，物质的力量的确是巨大的，甚至物质本身就成了精神——至少，它的合法地位日益加强，大大地扩展了精神的边界。那种完全漠视物质存在的精神姿态不仅空洞，而且脆弱。但即便这样，也并不等于我们都要以丧失自尊的代价来赢得物质——真正的困难就在这里：我们在生活中往往难以守住自尊的边界，也难以守住那份面对物质时该有的笃定。小说里有这样一段描述："对于她们来说，精神的对面不再是物质，而是贫穷。'贫穷，由贫穷产生的屈辱，由屈辱汇集的阴暗，以及由阴暗组成的对于不明之物的仇恨。'这话说的是老魏。""他最终失败了，并为此卖掉了自己身上的一个器官。但老魏身上有了一股'遍体鳞伤后血肉重聚的力量'，并让安弟觉得，'回想起来，老魏的每一句话，都是一个真理，血淋淋的真理'。或许，这就是一个人要在物质社会生存下去的代价。老魏的经历，似乎让安弟和王小蕊更加坚定了一个观点：有时候，真的让人怀疑，是不是一个人的品质是在童年生活中就确立了。而且很可能，富裕明亮的生活，才是一个人纯净坚韧品质的最好营养，而不是苦难贫穷的生活。"①

这样的看法，有一种只有这一代人才能体会到的透彻。小说中的主人公王小蕊天生是这个时代的尤物。时代现实，她比时代更现实。相比之下，另一个主人公安弟面对这个物质社会，内心要复杂得多，因为她一直没有停止对精神、爱情的向往。"她觉得生活是应该有原则的"，所以，她喜欢外婆生活过的20世纪三四十年代的旧上海，觉得自己在那些历史的暗影里能找到精神的慰藉；她爱过王建军，可当她醒来时发现躺在她身边的是老魏——王建军出卖了她；她后来又喜欢上了看上去既超拔又孤独的大卫，可"大卫对于生活的怀疑和绝望，要远远地高于她原来的猜想"。安弟是单纯的，她的单纯使她要为任何物质追求找到精神的理由。可是，人周旋于物质之间，结果自己仿佛也变成了微不足道的物质本身。世界如同机械，人心如同沙漠。当庞大而缜密的物质化的世界全面降临的时候，温暖而柔情的人性世界就只好退场了。在这种境遇下，也许安弟和王小蕊都还会活下去。但可以想象，在她们还没有找到新的可靠的信念来对抗物质的侵蚀之前，摆在她们面前的，只能是无边无际的广阔的虚无。朱文颖的这部小说在叙事上有一种怅惘、感伤情怀，有着抒情主义、个性主义的显著风格。金仁顺的小说也有相似的面貌。她的短篇小说《盘瑟俚》（《作家》2000年第7期）同样写得冷峻而感伤，篇幅虽短，却表现出了作者成熟的结构能力和叙事节奏，以及简洁、抒情的语言风格。盘瑟俚是朝鲜族特有的一种曲艺形式，它在金仁顺的小说中起着虚拟化的作用，既可以模糊故事发生的年代，使其更具普泛性，又可以将故事置于一个转述的特殊结构中展开。或许，盘瑟俚这种来自民间的曲艺形式最适合叙述民间的苦难和悲情。作者在最后说："我既是一个说故事的人，同时也是故事里的一个人。"这是金仁顺小说中惯有的宿命意味，里面包含着她对存在的基本理解。明明是一个

---

① 朱文颖：《高跟鞋》，载《作家》，2001年第6期。

充满暴力、痛楚和撕裂感的故事，明明是两代女性的被凌辱和被损害，金仁顺的笔触却显得特别舒缓和沉着。这更使命运和死亡多了一份残酷。那个伤害"我"和母亲的人，是"我"的父亲，一个所谓的"贵族的后代"。正是这个"贵族"，成了"我"的耻辱和暴力的来源，我唯一的反抗方式是杀了他。而当"我"即将被定罪的时候，盛大的同情却来自一个叫玉花的老太太，一个盘瑟俚艺人。她说唱的故事，使"我的眼泪像春天的雨，下起来就没有个完。不光是我，全谷场的人都被玉花说哭了，连冷冰冰的府使大人也用袖子遮住了脸孔"。于是，"我"最终被释放，也成了一个盘瑟俚艺人。从整篇小说对传奇的热爱、对宿命的运用、对死亡的冷静处理中，我们可以看出金仁顺的抒情风格中所特有的纤细和单纯。

具体到长篇小说的写作，"70后"作家的叙事视野就要开阔一些。葛亮的长篇小说《朱雀》（作家出版社2010年版）以南京这一城市空间为根据地，聚拢起20世纪中国的历史与创伤，行文中也涉及南京大屠杀、反右、"文革"等重大历史事件，但它们并没有成为表现的中心。葛亮的着力点，主要还是放在了历史中那些卑微的个体身上。所有的历史事件，在小说里都成了人的存在背景，叙事的中心依然是人的情感和人的精神。刘玉栋的长篇小说《年日如草》（作家出版社2010年版）也有意观照20世纪80年代以来中国的城市化进程，涉及改革开放后的诸多事件。然而，整部小说读下来，我们会发现作者主要是想写曹大屯如何融入城市。他要表达的，还是个人的成长史。而魏微的《拐弯的夏天》、徐则臣的《水边书》、盛可以的《道德颂》、路内的《少年巴比伦》、金仁顺的《春香》、鲁敏的《六人晚餐》，或是写个人的成长史，或是写个人的周遭世界和当下的内心生活，大多以精致取胜。而像张楚、阿乙等人，都有不少和小县城有关的作品。在他们的书写中，小县城往往是一个需要逃离的对象。而一旦到了城市里，很多人又只能过一种非常卑微、困苦的生活。这些依然是关于个体命运的讲述，并非"史诗的"，更多是"抒情的"。

及物，注重表现当下的现实，善于在细小的经验里开掘出这个时代的特点，是很多"70后"作家所擅长的。蒋一谈的写作就是一例。他的《China Story》（收入《中国故事》，上海文艺出版社2013年版）讲述的是一个新时代的父与子的故事。那彬毕业后在北京的《China Story》杂志做编辑，身在乡下的老那关心儿子的工作，为能读懂儿子参与编辑的杂志而自学英语，甚至因此而爱上英语。后来他为了给儿子凑钱交房子的首付而卖掉自己的房子，在生病的时刻仍希望能让孩子在城里扎下根来，过上安定的生活。作者在老那这一父亲形象上倾注了很深的感情。蒋一谈的短篇小说集《栖》（新星出版社2012年版）则以城市女性作为主人公，通过一些生活的横截面来讲述她们内心里的绝望和信心，很多细节的雕刻都显露出了女性特有的情感世界。马拉的长篇小说《未完成的肖像》（《作家》2011年第3期）通过书写一个艺术家群落的生活，揭示了现代艺术的进步主义、激进化、媚俗等诸多倾向，对人之内在有深入的追问和细微的展现。他的另一部长篇小说《果儿》（《收获》2012年增刊·春夏卷）则通过一个爱情故事来写现代知识者在理想、爱情等方面所遭遇的困境，带有童话般的唯美气息和抒情气息。而计文君、付秀莹、吴文君等最近几年开始受关注的作家，更是无意成为莫言意义上的"讲故事的人"。她们不再关注宏大的国族叙事，甚至不再像王安忆、铁凝等作家那样，试图从相对中立的视角来书写这个时代的历史与现实，而是更多地以抒情为"志业"，重视写作在存在论层面上的意义。对她们而言，写作往往首先是和"我"有关的，为的是传达"我"心里的感觉、意象与心象。

二

有论者认为，《红楼梦》是中国现代抒情小说的鼻祖，是中国抒情传统的集大成者。事实上，抒情小说的创造，即便是从现代开始，亦已形成自身的"小传统"。鲁迅的《呐喊》《彷徨》，废名的《桥》《桃园》，萧红的《生死场》《呼兰河传》，沈从文的《边城》《长河》，汪曾祺的《大淖记事》《受戒》，阿城的《棋王》《树王》《孩子王》，迟子建的《逝川》《世界上所有的夜晚》，等等，都属此列。而在"70后"作家中，付秀莹的写作可以看作这一抒情"小传统"在当下的延续。这种延续性首先体现在语言上。她的小说语言，"似有孙犁式的韵味，又似有张爱玲式的精细，似有点沈从文式的散淡，或还有点萧红式的凄婉，全然不像当下流行的那种调调。她能于轻巧跳转的叙述中，把人物心理描画得活脱脱跃然纸上，把人物性格点染得神情毕现，把故事讲得如烟似梦，情节和人物命运的转变也严丝合缝，了无痕迹。"[1]付秀莹从传统中国的抒情美学中汲取营养，常常采用散点式的结构手法，其小说节奏舒缓，充满诗意。她的《爱情到处流传》《后院》《花好月圆》等小说，重视书写人的幽微情绪，也重视意境的呈现。她要么写男女爱情，要么写地方风俗和长辈们既充满苦难又不乏诗意的人生，但不管是何种题材，都写得典雅、节制、富有古典艺术的韵味。吴文君的小说所承接的，也是这一写作传统。她早期的作品曾受弗洛伊德心理学和伍尔夫意识流小说的影响。在最近几年的写作中，她则有意回归中国的抒情传统。中国古典文学往往十分重视意象的运用与创造，吴文君对抒情传统的赓续，也由此入手。对个体内心的复杂、幽微进行探究，始终是她写作的重要动力。而为了更好地照见内在的人，吴文君经常为心理活动的过程寻找类似艾略特所说的"客观对应物"。她的《红马》（《小说林》2012年第4期）里面不断地提到的马、红马和木马等意象，就相互指引，使得意象的含义不断生长。这些意象群起到了一种结构性的作用，使得人物的心理不再是抽象的，也不再破碎，而是无比鲜活。通过这种创造意象、经营小说结构的方式，我们也能看出作家的诗心以及他们和抒情传统的关联。

　　"70后"作家中还有另外一些人，他们注重展现在新的社会语境和精神难题面前抒情传统所面临的各种问题。弋舟、东君等人的写作就在赓续抒情传统的同时，也思考在商业、消费等新意识形态的影响下，人的处境发生了哪些变化。他们都一度受西方现代派的影响，经历过"先锋写作"的阶段，注重形式和叙事实验。但是他们最终却发现，写作还是得以自身的文化传统为根基。于是，他们逐渐回归中国古典艺术，在写作中与抒情传统展开对话。他们的叙事语言讲求诗意，文人气息浓厚。弋舟的《嫌疑人》《锦瑟》《李选的踟蹰》《等深》《而黑夜已至》，东君的《苏静安教授晚年谈话录》《听洪素手弹琴》等作品，更是直接以诗人、作家、古典文学教授、国学大师、琴师为主角，通过书写他们在此时此地的生活，来展现中国的文脉在当下所遭遇的困境。

---

[1] 张清华：《说说付秀莹和她的小说》，载《山花》（B版），2009年第7期。

"70后"的写作往往具有很强的当下性，弋舟的写作就是如此。但他不是直接写当下，而是以20世纪80年代作为当下的参照背景。这是一种建立在个人生命基础上的"历史感"。在弋舟看来，80年代是朝气蓬勃并以理想情怀、浪漫情怀为尚的时代，一个充满诗性和激情的时代。也就是说，那是一个适合抒情的时代。进入90年代以后，整个社会为物质主义和实用主义所裹挟，曾经飞扬的理想情怀已经跌入尘埃，与诗性和浪漫有关的"那个时代"早已失去肉身，所留下的不过是剩余的幽灵般的记忆。他的《嫌疑人》《怀雨人》《等深》等作品，都借助对这两个时代参与者人生经历的回顾和"重述"，隐喻式地书写时代变迁，也由此揭开他对商业意识形态的批判。在《李选的踟蹰》（《当代》2012年第5期）里，弋舟越过了80年代，将问题放在一个更有纵深感的时间背景上进行审视。他别有深意地以汉乐府《陌上桑》中的"使君从南来，五马立踟蹰"为题，并在小说中穿插对这首抒情诗的激进阐释。在以往的解读中，大多数人认为《陌上桑》所讲的是采桑女罗敷拒绝官员引诱的故事。在《陌上桑》中，罗敷本是个明艳高贵的女子，身边的男性都爱慕她，为她着迷而不能专心劳动。她也一度引来某位太守上前调戏，罗敷机智地拒绝了。然而，在小说里的女主角李选看来，这更像是一则斗富、炫富的故事。"罗敷并没有义正词严地去驳斥对方，她用一种近乎兴高采烈的劲头，向引诱者夸耀自己的男人，说自己的男人不但官运亨通、家财万贯，而且肤白髯美，还是个漂亮人物。""罗敷用来抵挡诱惑的本钱，是杜撰出比诱惑者更有说服力的家底。不知为什么，李选觉得这个古代女子将自己的男人说得天花乱坠，完全是一种自我虚构。可这种虚张声势又显得俏皮可爱，远远胜过铿锵的道德说教。"李选的这种解读，并非纯粹出于后现代式的解构，而是有感同身受的意味。在她所处的时代，"铿锵的道德说教"早已失效了。她虽然不是罗敷式的少女，而是一位单身母亲，但依然不乏魅力，是其所在公司的顶头上司张立均觊觎的对象。为了获得优渥的待遇和更高的职位，她和张立均一直保持着某种隐秘的关系，但她并没有从中得到精神上的享受。弋舟在小说中围绕《陌上桑》而展开的讨论，不是为了给小说营造一种古典的情调，也不仅仅是出于情节设计上的需要，而是要对《陌上桑》进行一种现代式的重构。作者试图通过这种方式，来为当下的生活找到一个起源或是参照系，借助古与今的对照，来重新确认"抒情"、情感在我们生活和心灵中的位置。他自己也认为:"'那个时代'的罗敷与'这个时代'的李选,古今同慨,又几乎是没有差别的。只不过,这个时代的李选,面临着比那个时代的罗敷更为芜杂的局面:毋宁说,权力与资本在这个时代更具有锐不可当的诱惑力与掠夺性;毋宁说,这个时代的曾铖、张立均比那个时代的使君更加幽暗与叵测,欲望更加曲折透迤;毋宁说,这个时代的李选比那个时代的罗敷更多出了许多的不甘,许多的迎难而上的、果决的动力。"①

这既体现了时代之间的差异,也是对现代社会中情感变迁的写照。东君的写作也有不少类似的探求。在他的《苏静安教授晚年谈话录》(《作家》2010年第5期)中,主人公苏静安是一位国学大师,叙述者"我"则是他的粉丝。二人在一个研究所工作。"我"一度接受所里的委派,在苏静安教授身边工作,从而有机会切近地理解他的生活世界与内心世界。起初接近苏教授时,他留给"我"的,是一个老年知识分子的智者形象,因而他的太太,乃至家中的保姆在"我"眼中都显得不同寻常。然而,相处的时间越长,苏教授生活中破败的一面就越是令人触目惊心。初见苏太太,"我"一度觉得她身上曾经透着某位诗人所形容的"陶罐般的静美"。她也一度对马拉美、波德莱尔等人的诗歌很着迷,如今却着迷于搓麻将和谈论"麻将经"。她和苏教授早已貌合神离,最终因为前夫王致庸教授家产丰厚而回到他身边去。备受刺激的苏教授,也因为这一事件和别的刺激而"碰"了自家的保姆小吴。他甚至一度精神失常,不再把自己看作苏静安,而是以自己的老师朱仙田自居。保姆小吴来自乡下,但不愿过农村生活,"宁愿做苏教授的仆人,也不愿待在乡下做一群家畜的主人"。她对知识一度有崇拜感,甚至崇拜知识的化身,也就是苏教授本人。然而,当苏教授精神失常后,她已不甘于做苏教授的女佣。她因参加过保姆高级培训班和保姆选秀节目而身价大增,更觉得自己可以取代苏太太,成为苏教授的少妻。她们对知识、情感的态度,其实都取决于物质和金钱。在小说的开篇,东君曾引用叶芝的诗句作为题词:"我听那些老人说:'一切美好的东西,都像流水般永逝了。'"这既是叙述者"我"的感受,也是对小说本身的

---

① 弋舟:《我们何以爱得踟蹰》,载《北京文学·中篇小说月报》,2012年第10期。

一种高度概括，还是苏教授有意无意地以朱仙田自居的原因。毕竟，在朱仙田的时代，那"一切美好的东西"还没有"像流水般永逝"。

这种精神溃败，以及中国传统中固有的抒情方式在当今时代所遭遇的困境，在东君的《听洪素手弹琴》（《人民文学》2011年第1期）里，有着更直接的表现。洪素手从小就患有孤僻症，不爱说话，但喜欢弹古琴。她传承了顾樵先生的琴艺，在古琴演奏上有极高的造诣，又有超出顾樵之处：不失人之本心。她把弹琴视为流露个人情绪、寄托心意的方式，仅是弹给自己或自己喜欢的人听，而无法将之当作一门赚钱的手艺。然而，哪怕是有顾樵的护佑，她有时也不得不勉强地为人献艺。有一次她因为不愿为大商人唐老板演奏而失手伤人，引发冲突。离开顾樵的山馆后，她与民工小瞿前往上海，在那里结为夫妇。洪素手以在公司里替人打字为职业，小瞿则成了以在高层建筑上搞清洁为生的"蜘蛛侠"。在故事的结尾，小瞿坠楼而死，怀有身孕的洪素手也不知所终。在叙述中，东君有意将故事情节打乱，并穿插讲述了顾樵、徐三白、唐书记等人的经历。在小说的第一节，徐三白奉命前来看望洪素手时，作者对其居住的地方有一段描述："屋子小，显得有些闷热。洪素手建议徐三白到阳台上吹吹风。他们并肩站着，弹琴似的抚弄着栏杆，沉默了许久。对面是一幢银行大楼，有二十多层，高大的阴影铺得很大，有一种扑过来的气势。在这个炎热的夜晚，小阳台上竟没有一丝风，好像风跟钱一样，也都存进银行大楼里面了。"这里关于银行大楼的描写，比如"高大的阴影有一种扑过来的气势""风跟钱一样也都存进银行大楼里"，与其说是呈现一种实物的景象，不如说是一种隐喻——暗指金钱对文人所造成的压抑。而小说里的唐书记及其儿子唐老板，一个是官，一个是商。前者把古琴看作医疗保健品，后者则把古琴也包括弹琴者洪素手视为玩物。他们粗鄙无文，却可以活得肆无忌惮；他们貌似在欣赏艺术，实则在摧毁艺术。这是东君想要批判的。他写到的古典艺术在当今时代的处境，也可看作对抒情传统在当下面临的困境的一个象喻。

面对强大的商业意识形态以及物质的无往不胜，人类的生存正在变得务实而无趣。现代作家几乎已无情可抒。于是，"70后"作家在这个语境里，转而寻找传统资源。他们在试图激活这些抒情资源的同时，也十分珍视个体在现代社会中还残存的诗性和梦想，继续张扬一种抒情传统。这种写作，可以看作对各种新意识形态的一种反抗。抒情的时代也许过去了，但抒情性作为文学性之一种，却不可能在写作中消失。

三

抒情传统不只是一种文学实践，也是一种生命实践。抒情传统中最核心的部分，就在于不把抒情、情感视为小道或仅仅局限于文本，而是表现为一种对生命意识、生活态度、情感结构的体认。人类之所以有必要借助诗、绘画、古琴等方式来抒情，是因为，文学、艺术、历史和人生必须有情。按照李泽厚的说法，中国文化的主体是一种乐感文化，缺乏对彼岸世界的信仰，着力于肯定此生此世的价值，以身心幸福地在这个世界中生活作为理想和目的。"情本体"又是乐感文化的核心，中国人最终以家国情、亲情、友情、爱情等各种"情"作为人生的最终实在和根本。①只有在"有情"的基础上，生命的意义才得以确立。

而在生命实践这一维度上，抒情传统在今天所面临的困境更加复杂、沉重。如果一个时代粗鄙盛行，价值和情感都必须兑换成物质才有效，那么这时代的运行逻辑本身就构成了对"情"的质疑，甚至是直接的否定。我们已经无从确认到底情为何物，更不知情归何处。正因为这种由政治、经济等混合而成的否定性力量特别强大，在这个时代，对情的书写才会显得无力，甚至抒情本身也被异化成了一种反讽。

有不少"70后"作家是有志于让文学和自己的人生同构，借助有情的书写来构建、传达个人的人生哲学的。以吴文君为例。她的《蚂蚁》《圣山》《在天上》等作品都表现出一种要顺其自然地度过人生的观念。《蚂蚁》（《人民文学》2013年第1期）里的水洁曾在花盆里种下了一个石榴。"水洁埋石榴那天是立了秋的第四天。秋天有杀气，古时候秋后是处决犯人的时候，所谓秋后问斩，不是栽种的日子。她也没期望从那花盆里长出一棵石榴树来。"这石榴种子并没有发芽，而花盆里突然多了很多蚂蚁。蚂蚁的出现，又干扰了水洁的生

---

① 参见李泽厚：《实用理性与乐感文化》，生活·读书·新知三联书店2005年版，第25、55页。

活，让她不胜烦恼。刚开始，她并不想弄死它们，而是希望让它们自己爬走。用了很多办法，蚂蚁却不为所动。最后，她只好用母亲所给的猛药，将蚂蚁杀死。蚂蚁的"大患"是解决了，水洁"心里却像少了什么。是什么，却又说不出来，心里莫名地悲伤"。紧接着，花盆里又多了一棵植物，也就是《诗经》里所说的荼——苦菜，或叫苦苣菜。小说也简略地提到水洁所受到的各种伤害，就像她带给蚂蚁的伤害一样。它们来自她的前夫付义，来自她所生活的世界，但水洁并没有过多地将其放在心上。对于那些伤害过她的人，她也常常能发现他们的好。小说表达了这样一种生命哲学：对于恶，对于种种伤害，我们可以选择谅解和宽容，这样，人生的亮色就能有所保存，暖意也能有所积淀；哪怕是受到致死的伤害也不必有怨气，毕竟生命本身是一种轮回。小说写到的石榴变成蚂蚁，蚂蚁变成苦苣菜，就是一次生命的轮回。而《圣山》（《山花》2011年第7期）里的刘瑞，可以看作另一个水洁。早年时，在面对人生的阴影，比如遭人欺凌时，刘瑞也一度有反抗之心，甚至会觉得自己的父亲过于懦弱。"我看了契诃夫的《一个文官之死》，觉得他就是那种按着钟点上班的胆小的文官。"等到发现更多的不如意悄然逼来时，他反而逐渐学会了忍耐、接受，也开始理解他父亲的性格和行为。从这样一种生命哲学出发，他得以幸存，既没有完全被苦难裹挟，当然也没能从中脱身。他过得既不好也不坏，不在光明或黑暗的任一端，而是在两者之间。但是，这样一种人生态度也有它的局限。我们固然要竭力维系各种"情"，但总以有情之心来对待无情，这本身就是对情的一种瓦解，而不是对情本身的呵护。

　　有时候，外部的种种恶是需要直面的。东君的《听洪素手弹琴》既是在展示一种琴艺，也是通过"琴"来写父女之情、夫妻之情、兄弟之情、师徒之情。"琴者情也。"他对"情"的书写，给读者带来了不少暖意。然而，令人悲哀的是，这里面的各种"情"都是守不住的，在时代的各种蛮力面前，它们往往如苇草一般脆弱。这就是作家要直面的现实。东君并没有刻意回避时代的恶，而是直接指明这恶的存在，让恶与善同在。《听洪素手弹琴》《苏静安教授晚年谈话录》等作品既有浓厚的抒情气息（这是对善与美的肯定与确认），又流露着巨大的反讽精神（这是对恶与丑的揭示）。克尔凯郭尔曾如此解释反讽："根本意义上的反讽的矛头不是指向这个或那个单个的存在物，而是指向某个时代或某种状况下的整个现实。"①这个定义对于理解东君的一部分写作也是有效的。我们不应该把他笔下的抒情与反讽的共生共存仅仅视为修辞学上的融合，而应该将之视为一种时代精神的显现，视为一种精神结构的形式。东君对当今时代种种物欲病的批评意图，也隐含在这两者所构成的张力之中。东君所取的写作路径是：既有抒情，又有反讽；既有肯定，又有否定。

弋舟在写作中也形成了自己独有的情感结构。在面对"情为何物、情归何处"等问题时，他更为焦虑，对自我的卷入和反思也更为彻底。在《李选的踟蹰》《等深》等作品里，时代变迁所造成的"情"的无以落实，是弋舟所关注的问题。在《等深》（《小说选刊》2012年第11期）的叙述者刘晓东看来，正是时代的巨大变化，造成了一代人的溃败，将一代人抛入绝境之中。尤其值得注意的是，在揭发种种时代病症时，刘晓东，也包括弋舟的《而黑夜已至》《怀雨人》等小说中的叙事者，往往也带有非常强烈的自省精神。

就像一些学者所注意到的，自现代以来，很多中国作家都倾向于把文学看作启蒙与救亡的手段，重视文学在建立现代民族国家方面的作用。然而有不少人在对各种社会现实问题进行揭露和批判时，是把自我排斥在外的。作家的潜在主体在小说里所担当的只是审判者、受害者、见证者这种角色。②就好像所有的丑与恶，任何的罪与罚，都跟自己毫无关系似的。一些"70后"作家似乎意识到了这个问题，他们写作时很少站在伦理和道德的制高点上，也很少有天然的精神优越感，而更多的是和自我对话，并试图重构自我与世界的关系。尤其是他们作品中自我批判、自我反省的气质，使他们在重审人与他者、人与历史等诸多关系时，多了一份"耻"和"罪"的意识。这就使得"70后"作家的写作在情感深度上深入了许多。

按照丸尾常喜在《耻辱与恢复——〈呐喊〉与〈野草〉》一书中提出的看法，"耻"是一种包括"耻辱""惭愧""含羞"等不同形态、意义相当宽泛的意识。"'耻'是在自己之中兼具'能够看见的自己'与'看人的自己'的意识。所谓'看人的自己'，是指人给自身设定的典范或征象；而'能够

---

① 〔丹〕克尔凯郭尔：《论反讽概念》，汤晨曦译，中国社会科学出版社2005年版，第218页。
② 具体论述可参见刘再复、林岗：《罪与文学》，中信出版社2011年版，第157页。

看见的自己',则是在这一典范或征象映照之下显出否定性真相的'现在的自己',换言之,这是同典范或征象相背离的意识。人希望弥补这种背离,超越现在的自己,因而在这种深度的背离之前不能不表现出含有紧张的沉默。"①这种"耻"的意识,经常是弋舟小说的着力用笔之处。《等深》里的刘晓东,在发现大家对待性的态度如此随意时,心里便涌起了浓重的"耻"的意识:"我和这个瘦削的男人都在宾馆里与茉莉会面——这个事实让我痛苦的程度,甚于这个男人存在的事实本身。我是一个连说出和别人一样的话都会倍感羞耻的人。"《锦瑟》里那位姓张的剧团老琴师也曾因为自己衰老不堪时还去嫖娼而感到羞耻。在他所疼爱的外孙女成了杀人犯以后,他心里那沉重的耻感便上升为更难消除的罪感。个人情感意识中的罪感,并不单纯源于某人犯了法律方面的罪,还意味着其犯下了良知意义上的罪。他们觉得眼下种种的不公不义,所有黑暗的、负面的一切,都与"我"脱不开关系。"我"必须对此负责。因此,真正的罪感就体现为一种对共同犯罪的意识——弋舟把这称为"罪"的"等深"或"自罪"。剧团的老琴师觉得,正是因为自己的荒唐行为,自己那可爱的外孙女才会去杀人。"这一切都是我造成的,老天给了我最严厉的处罚,他把一头老公羊犯下的错加在了一头无辜的羊身上。"②后来的事实证明,外孙女杀人和这位老琴师并没有直接的联系,但这种"耻"与"罪"的意识,在老琴师身上反而显得更加醒目。也正是通过对这种"耻"和"罪"的书写,小说使个体对自我内心世界的逼视达到了一种极致。这种发生在内心里的自我争执,许多时候也表现为忏悔,是一种很可贵的情感。除了这位老琴师,小说里的另一个人物,那位姓张的博士生导师,古典文学教授,李商隐研究专家,在获悉自己的学生杀人时,也想着替她顶罪。这也是出自一种"罪"的意识。这些耻感和罪感,最终会落实到李泽厚所说的"情"这一层面。哪怕是进入现代以后,"情"在个体的实际生活和文化心理方面,也依然有着极其重要的地位。而这种"情""耻"与"罪"的融合,也构成了对中国

---

① 〔日〕丸尾常喜:《耻辱与恢复——〈呐喊〉与〈野草〉》,秦弓、孙丽华编译,北京大学出版社2009年版,第7页。
② 弋舟:《锦瑟》,《我们的底牌》,作家出版社2011年版,第143页。

抒情传统中具有核心地位的情感结构的改造，呈现出了抒情传统在现代性语境中的另一种复杂面貌。

按照美国社会学家本尼迪克特的看法，西方社会的文化形态和日本的文化形态可分别归结为"罪感文化"和"耻感文化"。其中，"提倡建立道德的绝对标准并且依靠它发展人的良心，这种社会可以定义为'罪感文化'"。①在一些"70后"作家中，我们能看到一种"罪""耻"与"情"深度交融的书写，可以将其理解为中国人越来越深地卷入现代性所导致的情感结构的变化。这是我们讨论抒情传统与中国现代性这个论题时所无法忽略的。

因此，"抒情的"而非"史诗的"，可以指证为"70后"作家的写作特征。但在他们这一代，抒情传统既被有效地赓续，也被重新创造，进而呈现出了不同的面貌。尤其是他们对物质与商业的情感态度，对古典文化的体悟与理解，面对自我时的批判和内省，包括对西方文化的借鉴和转化，极大地扩展了这一代人的情感书写疆域，也为他们的写作建构起了新的抒情风格。阿多诺说，现代抒情诗发达，乃由于神恩已经不能安慰人，个人不得不自己唱歌安慰自己。"70后"作家写作中的抒情性，也多是体现为讲述个人的故事，表达对个体的关怀。但他们的精神背景和情感立场，却不完全是安慰自己，因为他们不仅有"自我"，也开始承认传统的价值，并在一种自省中追寻精神救赎的可能；他们不仅自己唱歌，也试图在作品中开始倾听来自他者、来自彼岸世界的歌声。这种新的抒情传统，既传承情本体的美学源流，也直面物质与商业意识形态对自我的影响，更没有停止对一种存在意义的追索和吁求。这种对固有的抒情传统的再造，表明"70后"作家开始获得更为健全的精神人格，而这一代人的写作也因健全而开始走向成熟。

---

① 〔美〕本尼迪克特：《菊与刀》，吕万和、熊达云、王智新译，商务印书馆2012年版，第201页。

"70后"六作家论*

刘涛

"70后"作家成长于20世纪80年代和90年代,彼时恰是先锋文学的旺盛阶段,故很多"70后"作家在起步阶段皆受到了先锋文学的影响。很多"70后"作家写过具有先锋文学气质的作品,之后部分作家坚持先锋文学之路,而部分作家则与先锋文学苦苦斗争。他们根据时代变化和个人情况调整创作,走出了不同的道路。

受先锋文学影响的"70后"作家走出了不同的道路。其中有六种较为典型:一、坚持先锋文学,秉持先锋文学的理念和创作方法,以先锋文学的形式表达自身处境和对时代的思考,譬如李浩;二、转向现实主义,作品日趋朴素,直面现实问题,譬如张楚;三、转向底层文学,针对20世纪90年代以来的时代问题提出见解,譬如李云雷;四、书写都市,将创作之笔深入摩登的都市,譬如卫慧;五、转向古典,放弃先锋文学做派,开始向中国传统经典文学求取资源,故写作风貌也随之一变,譬如东君;六、转向女性主义,譬如盛可以。本文试对这六种创作倾向的代表性作家的创作做一分析。

一、李浩:先锋文学坚持者

李浩最初写诗,之后转向小说创作。

李浩的诗走先锋诗歌的路。譬如《无题,或者白纸之白》写道:"白纸的白应当落雪/开出一树暗自的桃花/而我/却在上面写黑色的字。/这些字,

---

* 原载《中国现代文学研究丛刊》,2013年第12期。

远比我父亲古老，宛若史前的蛋／将它们敲开，孵出的会是桃花／还是惊蛰中的毒蛇？／面对白纸的白，仿佛一切都未曾命名／无论是流水，石头，还是泪和血。这些黑色的字／它是镜子，放置于侧面，放置于／世界和脸庞的沉默之中——／它有小小的魔法，像磁铁，而心脏充当了另一块磁石／面对白纸的白，我是一个木匠的学徒，小心翼翼。／或者，我是史前巨蛋中的飞鸟，被黑色一点点养大／因此，目力所及的一切都是旧的，它们被传说占据／被秦时的月光占据——／只是，这些黑色的字，落在白纸上的灯盏／只是，在汇入到传说之前／只是，用木头敲钟，给桃花、流水和鼹鼠标记个人的时间／只是……我使用笨拙的魔法／念出点石成金的咒语，却把自己／变成了那只，一觉醒来后的甲虫。"

"我"面对历史，惶惑，犹疑，徘徊，甚至焦躁，折射出"我"学习和证悟的境界。李浩整首诗的氛围和所用的意象秉承了先锋诗歌的品质，怪异的、恐怖的意象极为密集。此诗用典颇多，如"史前的蛋"（典出《百年孤独》）、"毒蛇"（典出《树上的男爵》）、"甲虫"（典出《变形记》）。由此可以看出李浩诗歌的精神资源基本来自西方文学，而且是西方现代派文学。这些意象除能够营造神秘气息外，没有特别的意义。总体而言，《无题，或者白纸之白》显得过于华丽，内外不甚对称，有外重内轻之过。

30岁之后，李浩开始小说创作。《将军的部队》故事之中有故事，套中有套。"我"追忆似水年华，"我"所追忆者是"将军"，而将军也在追忆，因此这个故事可谓追忆的追忆。"我"似乎是引子，以"我"之追忆引出将军的追忆；"我"似乎是客，将军是主，将军在追忆他的军旅生涯。然而，当年之"我"对于将军的追忆只是猜测，今日垂垂老矣之"我"终于懂得了老将军的心境。这个处于宾位的"我"，同时也处于主位。"我"在讲述将军的故事，同时也是在讲述"我"的故事。《将军的部队》有极强的形式感，但形式并不空洞。这是两个老人的回忆，也是一个老人对另外一个老人的理解。

《如归旅店的叙事》将"叙事"二字置于篇名之中，已预示此乃元小说。这是一个老人的回忆，回忆他的父亲、母亲，回忆儿时生活。这篇小说总体氛围压抑，充满了战争、死亡、鲜血、贫困、衰败等意象，令人窒息，像极了20世纪80年代的先锋作品。

李浩写完中篇《如归旅店的叙事》之后，意犹未尽，又将其扩写为长篇《如归旅店》。它可谓李浩体集大成之作。

　　《如归旅店》亦写记忆中的记忆，此模式已用诸《将军的部队》。"我"未变（甚至白内障也未变），只是将军变成了父亲，将军的部队变成了父亲的旅店。《如归旅店》就是对《如归旅店的叙事》和《将军的部队》的改造，但内涵较《如归旅店的叙事》和《将军的部队》更为丰富和深刻。此改写是成功的。李浩的抱负很大，"我"的回忆从很遥远之处（爷爷的爷爷）开始，逐渐过渡到爷爷，再集中于父亲。爷爷的爷爷和爷爷只是父亲的前传，所占篇幅亦不大，父亲依旧是主角。这是目前李浩在小说中所显示出来的最大视野，此前他的记忆一般不出乎"父亲"。

　　《如归旅店》写出了那个时代的阴气。以先锋小说的手法写时代的阴气，效果真是事半功倍。回忆本来就显得模棱两可，似有若无，再加上战争、贫穷、家斗、算计等，更使《如归旅店》全篇乌云密布，不见朗日，读来让人窒息。

　　"旅非常居"，旅途艰辛；"如归旅店"，则有宾至如归之意。若在旅中尚有在家之感，旅之险可以消除。爷爷、父亲在战乱年代尽量维系这个旅店，父亲甚至将生命放了上去。父亲在小说中所发的议论有较深的意义。譬如，"无论来不来，我们都得过日子。我们不能让如归旅店垮掉。"民间社会的超脱由此可见一斑。但这个观点不可轻言，否则容易为卖国主义张目。"旅店"在小说中获得了升华，其代表着民间社会的顽强和超脱。但毕竟"覆巢之下安有完卵"，国破则家亡，战争一起，如归旅店难以为继，父亲死去，儿子们被"逼上梁山"，走上了不同的抗日路。

　　如归旅店有双重功能，既是"我"的家，是私人空间，亦是旅店，是公共空间。李浩于私人空间写家，写了"我们"家与叔叔家的争斗与算计，又写了家庭内部之间，譬如父与子之间的矛盾；又因旅店客流不断，各路人马都在旅店表演，四面八方的消息汇聚于此，公共空间见出了时代的变化。《如归旅店》写了大时代中小家庭的生存状况，李浩巧妙地选择了"旅店"这样的空间，让家与国的消息同时展开。因为故事自始至终围绕着旅店这样的空间展开，作者可以有很好的把控，因此整篇小说气息充足。

李浩极喜欢"侧面的镜子"这样的意象。譬如《无题，或者白纸之白》写道："它是镜子，放置于侧面。"他的一部中短篇小说集名为"侧面的镜子"。"侧面的镜子"由两个关键词构成："侧面的"和"镜子"。李浩有使其创作成为时代之鉴的志向：镜子可正衣冠，亦可照出时代的问题。但为何是"侧面的"？或有二义：其一，镜子在侧面，隐隐约约，似有若无——李浩的历史题材小说可谓是"侧面的"，因为在正面危险，易触及时讳；其二，李浩以小说为"侧面的镜子"，意为小说难免虚构和个人发挥，因此不能保证客观，盖取"侧面的"镜子，含总可能有盲点之意。

二、张楚：转向现实主义

张楚早年颇受先锋文学影响，之后转向现实主义。

张楚早年的作品《献给安达的吻》充满了先锋色彩。两个主要人物"张楚"和安达，若存若亡，不知道是"张楚"制造了安达，还是安达制造了"张楚"；不知道"张楚"就是安达，还是安达就是"张楚"；不知是两个人之间的交往和对话，还是一个人的独白抑或狂想。张楚其名直接进入小说，是典型的先锋文学笔法。《献给安达的吻》首尾几乎一致，亦是先锋文学常用笔法。"张楚"或许已得幻想症，外甥安达只是其幻想出的人物而已。"张楚"这个小公务员四处碰壁，与老婆磕磕碰碰、吵吵闹闹，几乎离婚；他在单位本来春风得意，眼看着要被提拔为副局长，可是空欢喜一场。诸多不如意压抑着"张楚"，他需要一个宣泄的对象，将其苦闷发泄出来。此时，安达出现了，他可以和"张楚"一起喝酒、谈天、宣泄。安达，这个来路不明的小男孩，这个神秘的小男孩，这个"精神病患者"，到底是谁？他实有其人还是只是"张楚"的幻想？小说对此处理得很隐晦，这些可能性都存在。

安达或许就是由"张楚"的记忆和想象塑造而成的。他是这些人，又是这些人的结合体，代表了"张楚"的过去、现在和将来。"吻"可使气息相通，是交流之象，"献给安达的吻"或许就是渴望交流之象。"张楚"极为孤独，在现实中他没人可以交流，正好有这么一个安达，可以将吻献给他。《献给安达的吻》内容其实比较简单，就是写一个小公务员的烦恼、苦闷、委屈、怨恨而已。

安达似乎一直没有离开过张楚，他阴魂不散，不断地变换形象，只是变得更加平实、朴素了，变成了"曲别针"，变成了"七根孔雀羽毛"，变成了"长发"，变成了"蜂房"。这些意象在张楚的小说中都颇典型，亦是理解张楚的一把把钥匙。

《七根孔雀羽毛》（《收获》2011年第1期）是典型的"张楚体"。在此之前，张楚曾写过《地下室》（《山花》2008年第14期）。两篇小说极相似，只是《七根孔雀羽毛》的视角有所变化，情节也与《地下室》不尽相同。张楚自述："可能觉得宗建明这个人没写透，没写活，还有话说，于是两年后有了这篇《七根孔雀羽毛》。"[①]对张楚而言此种创作方式亦有先例。他写完《樱桃记》之后尚有余力，于是接着写了《刹那记》。不过，这两次续写的不同之处是很明显的。《刹那记》之于《樱桃记》是接着写，《刹那记》可谓《樱桃记》之续篇，前后有承接关系，两者可合二为一，构成一篇更长的小说。《七根孔雀羽毛》之于《地下室》尽管也是接着写，写了宗建明离婚之后所发生的事，但很多情节都已经被改写，甚至被重写，人物亦或进或退，不尽相同。除此之外，二者基调亦不同：《地下室》往下走，偏于阴，阴气过重；《七根孔雀羽毛》往上走，阴中有阳，阴阳平衡。《地下室》一派肃杀之气；《七根孔雀羽毛》则举重若轻，虽然寒冷却时时透露出春光。

"地下室"意象天然就与阴沉、阴森、阴暗、阴郁等相关。《地下室》讲的那个故事很沉重，过于阴郁。其主要人物如同地下室一般阴沉、阴暗，唯有身体，没有灵魂。小说充满了纠结与矛盾，矛盾不得化解，人物也郁郁不得舒展。其中几乎没有正常的人，主要人物都被其阴暗面统治着，活在欲望和身体之中。小说结尾一幕极其恐怖：曹书娟被宗建明囚禁在地下室。小说这样写道："她披头散发，嘴里塞团脏兮兮的棉布，双臂反绑，两腿蜷缩，套着棉袜子的脚踝不时抽搐两下。她显然是在熟睡，而且在睡梦中噩梦连连。"

《七根孔雀羽毛》的叙述视角一变，宗建明直接出场，成为叙述者兼主要人物；《地下室》中的叙述者马文退场，仅在开篇一闪，然后迅速消失；另外

[①] 张楚：《一个人杞人忧天》，张楚博客http://blog.sina.com.cn/s/blog_6f374b5f0100oh16.html。

一个人物康捷出场，成为贯穿全文并串联起情节的重要人物。《地下室》写了宗建明与曹书娟离婚之前的故事，《七根孔雀羽毛》则写了他们离婚之后的故事。离婚之后，宗建明不务正业，日夜豪赌，财产荡然无存。在此期间，宗建明几经更换情人，戒赌之后，则开始与李红同居。《七根孔雀羽毛》一如《地下室》，还是充满了纠结与疙瘩，但小说情节更为紧凑，故事的悬疑之色也增添不少。

从《地下室》到《七根孔雀羽毛》，尽管主题几乎未变，但基调有变。小说的主要意象从"地下室"变为"孔雀羽毛"，两部小说相应呈现出极为不同的风貌。"地下室"为《地下室》奠定了基调；"七根孔雀羽毛"为《七根孔雀羽毛》奠定了基调。"七根孔雀羽毛"在小说中出现的次数不多，于情节和故事似乎也无足轻重。但"七根孔雀羽毛"却如同宗建明的命根子，他从大学时期珍藏至今，一直不舍得送给丁丁。看似张楚只是在小说中随口一提，但这"七根孔雀羽毛"却是神来之笔，有无这"七根孔雀羽毛"对于这篇小说的成败至关重要。"七根"云云，可以配上七日来复，事情尽管已经一塌糊涂，但"复"中的转机与生机隐约可见；"孔雀羽毛"是上升之物，"羽毛"与上进、进步、飞翔有关，关乎灵魂，所以庄子以《逍遥游》为始，《逍遥游》以大鹏高飞为始；"地下室"则与肉体有关，没有灵魂的肉体会下降、沉沦、堕落。

借助"七根孔雀羽毛"的意象，张楚就能举重若轻，其之重以轻的方式表达出来。"七根孔雀羽毛"如同一缕阳光，驱散"地下室"的黑暗。小说尽管写了丁盛被谋害，宗建明被捕入狱（监狱也可谓"地下室"这个意象之变体），情况已经坏到了极点，但是小说结尾却大放光明："中午的阳光透过铁栏杆射进来，在肮脏的地板上打着形状不一的亮格子，不计其数的灰尘在光柱里安静地跳舞。那一刻，我谁都没想，我谁都想不起来了。我只知道，阳光躺在眼皮上，太他妈舒服了。"

"七根孔雀羽毛"与"曲别针""U形公路""蜂房""长发"等意象相似，皆举重若轻。这就是张楚。在这些小说当中，主人公都身处困境，皆不幸福，在矛盾中挣扎，被"地下室"主宰，但那些"孔雀羽毛"和"曲别针"却闪烁着光芒和希望，引人上升。

三、李云雷：底层文学的思考者

2000年前后，事情起了变化。有两本书比较有代表性，能看出当时的氛围和转变的端倪：一是李昌平的《我向总理说实话》；二是曹锦清的《黄河边的中国》。这两本书都揭示了当时农村的一些问题：农民生活艰辛，农村很穷，农业很危险。之后，"三农问题"逐渐成为政府工作重点，"三农问题"也逐渐进入公众视野，引起了广泛的关注。

1992年之后，经济发展模式发生变化，农民、农村和农业问题随之暴露出来。率先揭露这些问题并期待引起疗救者并非作家，而是社会学者或基层干部（如曹锦清和李昌平），文学跟进则是后话。李云雷率先在文学领域呼应了这次潮流。孟繁华说："几年来，'底层文学'的出现和伴随的争论，是这个时代唯一能够进入公共视野的文学现象。这一现象的出现不是空穴来风，不是人为制造的文学骚乱。事实上，社会分层业已成为事实，现代性过程中始料不及的问题日益突出并且尖锐。文学当然不能无视这一存在，'底层文学'正是在这样的背景下发生发展的。"[1] 2004年，关于"底层文学"的讨论一时大兴，"底层文学"几乎可以称为文学界年度关键词，李云雷等是主要参与者和推动者。

李云雷以文学批评为主，出版了《如何讲述中国的故事》《重申新文学的理想》。他也写小说，成就斐然。

李云雷的《少年行》（1999年）、《朝圣之旅——少年行之三》（2000年）、《葬礼》（2002年）均有先锋文学的影子和痕迹。这个阶段李云雷处于学徒期，作品亦是习作。《少年行》中有典型的先锋文学的意象和气息，比如梦境、"阴雨天气"、占卜、压抑的气氛、死亡的气息等。《朝圣之旅》有一个副标题"少年行之三"。这篇小说在精神内涵与格调等方面依旧延续了《少年行》的基本思路。该小说较《少年行》在精神内涵上深化了一步，写了父亲所面临的困境：要儿子活下来还是女儿活下来。《葬礼》的调子、风格也不脱先锋小说模式，情节颇荒诞，写梦境。"我"不觉加入丧礼行列，又不觉成为

---

[1] 孟繁华：《新世纪的新青年——李云雷和他的文学批评》，载《南方文坛》，2009年第1期。

死者,在众人的强行要求下被送进墓穴。①

从《假面告白》(2003年)中能看出李云雷思想的转折。此小说明显模仿了鲁迅的《狂人日记》,亦有文言小序和白话正文。文言小序写道:"吾友某君,为北京某校博士,素为吾所钦敬者,未料日前闻其被海淀区公安局以骚扰女青年罪拘留十五日,毋知其详。殆晤面时问及此事,笑曰已半年前事情矣,因遭遇一精神危机云尔,乃出示狱中所书潦草之字纸数页,谓可作一笑话看。吾又询及其学业,答曰论文已顺利通过答辩,将赴某高校任教云……"正文就是"狱中所书潦草之字纸数页"。小序提到"精神危机",正文则全面描述其"精神危机"是什么以及缘何而起。吾友某君的精神危机起因于这个疑问:"我为什么会对书感到厌恶呢?"某君困惑:"从七岁就开始上学,现在我已经二十七岁了,光念书我就念了二十年,可是我念到了什么呢?"某君说:"我感觉自己并没有更好地认识社会,反而觉得与它们之间隔了一层厚厚的障壁,这让我真感到悲哀。我们的祖先说,纸上得来终觉浅,绝知此事要躬行。可对我来说'躬行'就是'宫刑',我从纸上得来的就是他妈的'宫刑'。"于是某君开始废书不观,欲直接了解现实。心中的问题让他不得安宁,每个晚上他都要在街上走来走去,一直走到很晚。在跟踪一个女生时,女生报警,某君于是被扭送公安局。

此前李云雷学现代派,写先锋小说。但《假面告白》之后,他"切问而近思",一方面思索其个人处境,一方面关注底层社会。

转变后,李云雷的小说涉及城市与农村两种题材。李云雷生于1976年,20世纪80年代读小学,90年代读中学和大学。他在文学中塑造了一种新的人物类型:他们通过升学,一步步从农村走到城市,逐渐脱离了农村,定居于城市。从农村涌到城市的"新移民"逐渐增多,网上对其有略带贬义的称呼:"凤凰男(女)"。李云雷以小说的形式写出了这一类人的心路历程,写出了他们如

---

① 李云雷这个时期的作品,鲁太光先生曾经这么评价:"现在回想起来,当时我就很是为他小说中洋溢着的纯粹诗意和纯熟技巧而感叹,但我也常常批评他的小说缺乏现实感,缺乏思辨的力量——那时,我正迷恋陀思妥耶夫斯基的作品,就往往拿陀思妥耶夫斯基说事儿,说他的作品缺乏与冰般互相颉颃而又彼此交融的艺术感觉和能量。"参见鲁太光:《我们的路》,详见http://blog.sina.com.cn/s/blog_4be5e0cd0100tlbv.html。

何一步一步走出了农村，并且遗忘了农村，如何从与城市不和谐而逐渐走向和谐的过程。《花儿与少年》（2002年）、《小城之春》（2003年）、《初雪》（2006年）这三篇小说可谓成长三部曲。小说皆以第一人称"我"叙述，写了"我"读小学、中学和大学的心路历程。《花儿与少年》写儿童如何向往小红花的故事。小学是升迁之始，小说尚未涉及农村与城市的对立，只写出孩子如何从放羊娃转变为小学生的过程。《小城之春》写"我"在中学里的处境。此时城市与农村的对立已经出现，因为"我"已经进入县城。"我"穿梭于农村和县城之间，不得不承受着二者的差别所带来的自卑、尴尬、烦恼和痛苦。小说有一个情节写得很好，老师让同学写一篇作文，题目是"我的家"，为此"我"陷入深深的痛苦之中。当"我"的作文被读之后，我"感到怨恨和委屈"，仿佛受到了莫大的伤害。《初雪》写"我"进入大学后的处境。读中学时"我"只是进入县城，读大学时"我"进入了北京。"我"与北京之间的生活方式差距很大。小说通过"我"与室友、同学之间的交往，写出了"我"与北京的诸多不协调，写出了"我"的自卑与自尊，写出了"我"的艰辛与欢乐。

　　李云雷没有将成长三部曲写成"我的奋斗史"。他不是志得意满，而是一直在反思：为什么"我"会与农村渐行渐远？《花儿与少年》《小城之春》与《初雪》若合为一篇则是《一条路越走越远》。这篇小说写了"我"由小学、中学进入大学所走过的路，并且反思"我"为什么会与农村渐行渐远。小说以去姥姥家为切入点，写"我"从盼望去姥姥家到不太愿意去姥姥家的转变过程，写了"我"与姥姥家的世界完全融合到与之隔膜的过程。这个过程就是"我"一路从小学、中学而进入大学的过程，也是"我"由村子进入县城，再进入北京的过程。"去姥娘家的路"可实可虚，可以理解为"去姥娘家的路"，也可以理解为回农村的路，甚至可以形而上地理解为回乡或回家之路。李云雷说："'一条路越走越远'这句话确实包含了一种矛盾的态度：它既是对'走远'这一事实的客观描述，同时也包含着离去时的眷恋与对前途的迷茫……我想在最根本的意义上，'一条路越走越远'凝聚了我的人生体验。从18岁离开乡村，我一直在北京漂泊。到如今，我无法完全融入城市生活，回到家乡又像一个陌生人。仿佛从最初开始，我就走在一条离家的路上，越走越远。我也不知道要走到哪里去,所以总会有一种漂泊不定的无根感。"①

四、卫慧:当代都市的感应者

1949年之后,上海几起几落。起初,上海因"十里洋场"的不光彩历史,成为被改造的对象,备受压抑。这一点由《霓虹灯下的哨兵》可见一斑。"文革"时期,上海俨然革命中心。1992年,邓小平南方讲话之后,市场经济大局得以确立。浦东开发后,上海再次腾飞,成为市场经济标兵和全国经济中心。

卫慧于1990年考入复旦大学中文系,1995年毕业,之后留居上海。她经历了市场经济发展的前前后后,感受到了上海的新变化、新气象,于是趁着新风,迅速地登上了历史舞台,成为市场经济时代上海的"恶之花"。卫慧是市场经济时代的先知先觉者。她不剑拔弩张地批判,也不犹豫不决地观望,而是以小说家的方式加入了时代的合唱之中。

卫慧的写作资源不外乎成长经历、读书经历、在上海辗转的经历。其文学资源大致来源于现代派文学,其作品有先锋文学特征,有博尔赫斯等人的影子。

卫慧自开始写作以来,经历了两次重大抉择,呈现出三种风貌。

《爱情幻觉》(《小说界》1996年第1期)写社会底层女性的爱情经历,主人公从三角恋爱逐渐走到两人世界。《爱情幻觉》似乎在讲飞扬感只是"爱情幻觉",需要摒弃。写《爱情幻觉》时的卫慧,在坚实与飞扬之间,虽几经犹疑,但选择了坚实。彼时,卫慧还很保守,恪守着传统的道德。《爱情幻觉》尽管无特别出彩之处,但对女性心思描写得很细密,语言也干净,显示出优秀作家的潜力。

卫慧屡引张爱玲"出名要趁早"之言,故她不能走寻常之路。出版《爱情幻觉》之后,卫慧重新抉择,抛弃了坚实,选择了飞扬,反其道而行之,于是卫慧诞生!

---

① 魏冬峰:《为什么一条路越走越远——李云雷访谈录》,载《文学界》(专辑版),2011年第5期。

《纸戒指》(《小说界》1996年第4期)已与《爱情幻觉》截然不同。《纸戒指》也写男女三角情爱,只是故事略复杂了些,是多个三角。女主角苏趣宁愿戴徒有其表的"纸戒指",宁愿为"小三",追求飞扬而非坚实的生活,也不愿嫁作人妇。她以自由之名做爱,以女性主义之名纵欲。

影是保守时代的保守女性,苏趣是新时代的"新女性"。《纸戒指》抛弃了坚实——"旧时代"的旧道德,选择了飞扬——"新时代"的新道德。在《上海宝贝》中,卫慧借小说人物之口道出她的志向与战略:"在复旦大学中文系读书的时候我就立下志向,做一名激动人心的小说家,凶兆、阴谋、溃疡、匕首、情欲、毒药、疯狂、月光都是我精心准备的字眼儿。"卫慧写出了"新时代"的新人物、新事情、新风尚、新动态,确实"激动了人心"。

其实,卫慧的转变并不彻底。她的中短篇小说往往有一个尾巴——这个尾巴可谓《爱情幻觉》的化身。郜元宝奇怪卫慧何以留有一个与正文不相称的尾巴。他说:"在结构上,经常应该完工的地方,她好像还不知道如何爽快地了结,总要拖延一番,留下言不尽意、余音袅袅的一个尾巴,告诉读者她的慈悲、她的幻想、她的不安、她的迟疑,甚至她的忏悔、她的留念。这和她叙述中破浪直前的冲力、锋利无比的陡转是很不相称的。"[1]郜元宝指出了卫慧创作的现象,但未深究原因。卫慧小说的正文确实阴郁、潮湿、残酷,充斥着性爱描写。或许她知道,不如此难以哗众,不如此难以惊世骇俗。但卫慧小说的结尾却颇光明,包含着善意的祝福和对美好的想象,或许这出乎卫慧的本心。正文前卫,结尾保守,或许这正是"两个卫慧"不时交战的产物。卫慧仿佛是一个内心保守的演员,却疯狂地表演着声色犬马,故作前卫之态。卫慧违其本心。这一转变遂使其成为新时代的代言人,一举成名。

卫慧写就《纸戒指》之后,在飞扬的路上高歌猛进。1997年,她发表了《艾夏》(《小说界》第1期);1998年,她发表了《像卫慧那样疯狂》(《钟山》第2期)、《爱人的房间》(《上海文学》第6期)、《水中的处女》(《山花》第7期)、《蝴蝶的尖叫》(《作家》第7期)、《甜蜜蜜》(《人民文学》第8期);1999年,除几个中短篇之外,卫慧出版了《上海宝贝》(春

---

[1] 郜元宝:《卫慧的硬派风格》,载《作家》,1998年第7期。

风文艺出版社2009年版），此书可谓卫慧集大成之作，充分展现了卫慧小说的特征。

卫慧的小说写出了市场经济时代的上海，写出了市场经济时代的新人类。其笔下的新人类颓废、放荡、酗酒、放歌、纵欲，不"发乎情止乎礼"，更不禁欲，而是直奔性主题。卫慧的小说从性的角度区别了新旧时代，写出了新时代合法与不合法的欲望。卫慧笔下的女主角往往是问题青年，她们有着梦魇的童年，故成年后思想也恍恍惚惚，行事也神神道道；她们不事生产，唯出没于酒吧、咖啡馆之中，在上海滩纵横穿梭；她们不愁生计，不知稼穑之难，也无生活之累，会有飞来横财，会有在上海或在异国的父母留给他们的巨额财产或遗产；她们无所事事，唯以谈情说爱、猎艳为事业；她们往往有一个外国情人，这些情人富足、浪漫、性能力很强；她们喜欢谈哲学、文学、艺术，动辄作诗画画，言必称现代派，着奇装异服，望之似乎有物。因是之故，卫慧的小说似乎不是一般意义上的色情读物，似乎有哲学思想在焉。据说这就叫"现代性"、女性主义、酷儿、前卫等。

卫慧走红与《上海宝贝》密切相关。借此小说，卫慧逐渐走进公众视野。《上海宝贝》甫一出版，即售出11万余册，此后增印、被盗版无数。《上海宝贝》有两个关键词："上海"与"宝贝"。上海是故事发生的大背景，宝贝乃主人公。

《上海宝贝》故事的具体场景则为酒吧、咖啡馆、Party、舞会，这些皆是摩登的符号。家是私人空间，酒吧、咖啡馆是公共空间，男女主人公只奔走于家、酒吧、咖啡馆之间。这就是他们生活的全部。

卫慧写了上海的新人类，他们由"真伪艺术家、外国人、无业游民、大小演艺明星、时髦产业的私营业主、真假另类、新青年组成"。（卫慧《上海宝贝》）他们是摩登上海的"新人类"，是摩登精神的承载者、体现者，是"上海"的"宝贝"。"上海宝贝"包括：CoCo，先锋作家；天天，CoCo男友，性无能者，生活不能自理者，并且吸毒，喜谈哲学、艺术、诗歌，衣食无忧，因为有远嫁西班牙的妈妈，最后死于吸毒；马克，德国人，有妇之夫，CoCo的情人，性能力非凡。这些宝贝们奢靡、颓废，只消费，不建设。

《上海宝贝》一出版，作家卫慧诞生了，但也定型了。《我的禅》（上海文艺出版社，2004年）可谓《上海宝贝》的姊妹篇，较《上海宝贝》无甚大的变化。卫慧说的"禅"只是鹦鹉学舌，虚张声势而已，其本人对此也许并无体会。

此后，卫慧渐显技穷。她亦欲求变，于是有了《狗爸爸》（作家出版社，2007年）。《狗爸爸》既写了"我"梦魇般的少年，也写了"上海宝贝"在上海如何兴风作浪，并加入了"西游记"的新元素。用公式可这样表达：《狗爸爸》=《上海宝贝》+《艾夏》+新的元素。简言之，《狗爸爸》就是"上海宝贝西游记"。

"上海宝贝"在上海如鱼得水，在酒吧里、咖啡馆中游刃有余。《狗爸爸》后半场写魏离开上海，一路西行，如同鱼脱了渊，虎离开了山，无所适从，捉襟见肘。西游之路一路尴尬，一路有凶险。"我"无所依凭，只能与狗一同上路。卫慧忽然魔幻、超现实起来。狗竟是魏爸爸的化身，关键时刻可开口说话。"上海宝贝"不坐飞机（好比孙悟空不去一个筋斗翻到西天取得真经，再一个筋斗云回到大唐），而是乘坐大巴，在大狗（好似白龙马）的陪同下，走向了西天取经之路。

"上海宝贝"在路上感受到了贫困、肮脏、混乱，遭遇到了不是由爱情或性爱引起的困难和凶险。西行路上，性感、忧郁、失眠、撒娇等布尔乔亚情绪统统失效，这些情绪不能"降妖伏魔"。西行者所应有的是智慧、勤劳、勇敢、吃苦耐劳等传统品德，其唯有以此调整自己，才能逢凶化吉。卫慧离开上海，往西走，希望她也能走出"上海宝贝"的小圈子。上海不完全是中国，"上海宝贝"也不完全是中国人。希望卫慧能够一步一步地降下来，降到现实的中国大地上。

卫慧写就《狗爸爸》之后，二度抉择，宣布封笔。我对卫慧的第一次抉择，持批评态度；对其第二次抉择，则深表赞同。《狗爸爸》表明，卫慧试图走出《上海宝贝》的格局，欲求变、求新。西行路上风尘仆仆，上海之外的经验纷至沓来，卫慧或应接不暇，一时难以消化。作家的资源一般只是其经历，故容易江郎才尽。才尽之后，若一味硬写，于己会有很大伤害。陈陈相因，也会遭到读者厌弃，不若暂时搁笔，另觅出路。假以时日，若力量积累已经足够，或许格局一变，更上层楼；若不能变，放弃写作，做点其他事也好。

五、东君：古典趣味的营构者

20世纪90年代，中国传统文化日趋复兴。官方话语渐向中国传统文化汲取资源，由"以德治国""和谐社会"等提法可见端倪；知识界则有"文化自觉论"、孔子热等出现；艺术界有"中国非物质文化遗产"热等出现。诸多作家也日益向中国传统文化资源汲取营养。在这方面，东君是典型。他最先沉迷于先锋文学，之后则倾心于中国古典文学世界。

"东君"典出屈原《九歌》，意谓太阳也。我们从此名可知其胸襟与志向。东君经历丰富，起初立志成为画家，未成。之后他想成为武师，在某次比赛中被对手打倒，终于弃武从文，成了作家。

东君经历了较长的先锋文学创作阶段，近年逐渐向中国古典文学寻求资源。由于所取资源不同，东君小说前后呈现出极为不同的风格。中国当代青年作家往往向现代派寻求资源，由此造成两个后果：其一，他们根本不理解西方；其二，他们也不理解中国。东君"西天取经"后回到中国，试图阅读中国古典作品。这条路颇难，但如果走进去一点，作品会有不同。走得再深入，作品还会有更明显的变化。

东君自述读书历程："我喜欢读的书的确有点庞杂，但最喜欢读的还是中国古代的笔记小说、欧洲现代派作品（包括诗、小说、戏剧）。从海明威、卡佛那里我学会了如何使用隐匿材料；从贝克特、加缪、图森那里我学会了如何用一种冷静、低沉的语调说话；从蒲松龄、博尔赫斯、周氏兄弟那里我学会了如何更简洁地调遣文字；从芥川龙之介、川端康成那里我学会了如何尊重本国的传统文化，使之有效发挥作用。早些年，我写作之前要先看看博尔赫斯或卡夫卡，现在呢？我是写完一部作品之后再看看他们。一前一后，感觉是完全不一样的。"[1]解析此书单，可知东君目前状态与所居境界：东君有文人的气息和趣味，故喜说庄子谈禅，喜书法，亦喜古琴。东君目前的气象与从前已然两样：之前他写作之前看博尔赫斯、卡夫卡，彼时在他们面前是小学生；现在东

---

[1] 东君：《入世既深厚，出世愈浓》，载《东莞时报》，2012年7月8日。

君有欲与博尔赫斯、卡夫卡一比高下之意。但是东君的创作还可以再变化，可以抛开博尔赫斯、卡夫卡，再上层楼。其文人气息固不错，但还是应该抛却。若能如此，作品又会两样。

东君的《人·猫·狗》（《大家》2000年第2期）、《昆虫记》（《西湖》2005年第6期）、《荒诞的人》（《上海文学》2007年第11期）、《鼻子考》等是典型的先锋文学。作品所呈现出来的父与子之间紧张的关系、荒谬感，以及变形手法的使用等，透露出加缪、卡夫卡、博尔赫斯等人对东君创作的影响。

《昆虫记》之名借自法国昆虫学家法布尔的同名作。法布尔是记昆虫，东君则是昆虫自记。东君以变形手法写此小说，以跳蚤视角看世界，以跳蚤之言批评世界。跳蚤历经农村和城市两种天地，感受截然不同。这是一只愤怒的跳蚤。它指天画地，批判现实。东君的隐喻之意跃然纸上。

《荒诞的人》较为典型地体现了东君先锋小说的特点，这部小说的主体有二。其一，父子关系紧张，以至于不可调和。这篇小说中父子冲突比比皆是，子不仅不为父隐，反而成了医院的帮凶，参与迫害父亲。为了强化父子冲突，小说甚至在形式上也体现出父子势如水火的关系。父亲和儿子各自讲述个人的故事，他们没有交流。其二，当医生的父亲因质疑医院的摘除心肺手术，被迫害为精神病人后，东君更是让父亲成为隐身人，探测出诸多黑幕。《荒诞的人》不是为先锋而先锋，而是批判现实之作。"没心没肺"、被精神病等直指现实。东君说："正如这部小说的题目，这部小说本身也带有荒诞的色彩。荒诞其实只是一种表现手法，我所着力表现的是一种自我渺小感和存在的荒谬感……事实上，荒诞的事物早已经在生活中以另一种形式出现过了，那不能解释的部分我只能以异化的手段加以表现。我在叙述中把事物扭曲变形是为了更接近生活的本质。"[1]

《鼻子考》以论文笔法写小说。考乃考证，譬如《宋元戏曲考》《伏羲考》等皆是严肃的论著。在《鼻子考》中，东君频频掉书袋，但所征引者大多为西方当代理论，可见彼时其知识结构的西化程度。除此之外，《鼻子考》尚有故事，写了"我"在公司的处境，也写了"我"的情感经历等，缠缠绕绕竟

---

[1] 东君：《生活比小说更荒诞》，载《浙江作家》，2009年第6期。

皆与鼻子有关。

东君将目光转向中国古典作品之后，逐渐扬弃了先锋文学花哨的形式与夸张的手法，其作品呈现出冲淡、平和、宁静、典雅的气质。东君这一类作品颇受欢迎。孟繁华以为这是"清的美学"，[①]对其给予了较高的评价。

《东瓯小史之侠隐记》《东瓯小史之风月谈》《听洪素手弹琴》《苏蕙园先生年谱》《苏静安教授晚年谈话录》《子虚先生在乌有乡》等皆体现了东君走古典之路的努力。

《东瓯小史之侠隐记》有熠熠生辉的内容，可证明他读《庄子》确有心得。侠与墨家有关，但因会以武犯禁，故在平时遭禁。非常时期侠可起到除暴安良、维护社会稳定之效。东君所写乃"隐侠"，隐中更有隐者，高手之外更有高手。谁曾料到，名震江湖的剑圣竟会是病病歪歪卖茶叶蛋的糟老头子，盗圣竟是猥琐的、以扑苍蝇为业的吕大嘴。剑圣捕蝉，盗圣在后。剑圣是大隐隐于市，盗圣是"隐于己"，忘记自己是盗。相形之下，剑圣还是小隐，盗圣乃大隐。东君能体此境，故可将之写于小说之中。《东瓯小史之侠隐记》或有庄子"圣人不死，大盗不止"之意。剑圣死后，盗贼之乡安靖"是年春，莺飞草长，盗贼不生"。读罢此小说，可追问谁是《东瓯小史之侠隐记》中的"隐侠"：剑圣欤？盗圣欤？《东瓯小史之风月谈》乃"儒林外史"：儒林酸腐之象跃然纸上，士林不肖者丑态百出，令人作呕。先锋文学时期的东君喜欢动物，走"变形记"一路，借猫、狗、跳蚤等之口批判现实；转向之后的东君喜欢借古讽今。《东瓯小史之风月谈》所写乃古代世界，但不知今日诗坛、士林可改观否？《苏静安教授晚年谈话录》可与《东瓯小史之风月谈》对读。这篇小说写当代学林，题头东君引叶芝的诗："我听那些老人说：一切美好的东西，都像流水般地永逝了。"由此可见其意。光鲜明亮的国学大师，背后却有见不得人的勾当，缠缚于名、利、美女，不得解脱。《苏静安教授晚年谈话录》是当代"儒林外史"，是《东瓯小史之风月谈》之当代篇。

《听洪素手弹琴》写出了东君心目中的高手洪素手，她行为高洁，没有现实功利心，不为钱而弹，不为情面而弹。洪素手可谓清人也，一如其名——

[①] 孟繁华：《"清"的美学和批判》，载《文艺报》，2010年11月30日。

素。清固然值得称赞，但清、素未必可以通向得道之路。《苏薏园先生年谱》叙事形式别开生面，以年谱述苏薏园先生一生。编纂年谱须避轻就重，要见出传主性情、成长历程，更为重要的是应见出其人在时代中的行止、应对与抉择。苏先生虽不享高寿，但大致做到了"终其天年而不中道夭"。不过，他是否"知之盛也"，吾则不知。《苏薏园先生年谱》除写苏薏园经历之外，亦写及历史，由此可见70年历史之变迁。《子虚先生在乌有乡》并非"子虚乌有"，其所叙之事在神州大地到处发生。小说写资本家的圈地运动，其中似乎颇有禅机；小说中的法师、头陀煞有介事，不知其真懂佛抑或假懂。由《子虚先生在乌有乡》可知东君在阅读《五灯会元》。但此书实在能量太强，他一时或难有深入理解。况且禅宗固强调阅读，但更强调身体力行。譬如，《子虚先生在乌有乡》用到丹霞烧木佛之典。《五灯会元》中丹霞天然禅师此举有深意在里面，然小说中郑头陀烧木佛之臂时完全懵懂，徒学丹霞禅师其表而已。以小说写禅机者亦有人矣，譬如废名，但也差强人意。或因写小说者难体此境，但已体此境者则未必写小说。小说这一体裁实在水分太多。

六、盛可以：女性主义的践行者

盛可以从打工妹成长为著名作家，其间颇多艰辛。她早年深受先锋文学影响，之后才慢慢从先锋文学中走出来。其小说以女性主义为主题。

《中间手》是非常典型的先锋文学作品。这是一篇"变形记"，写变形前后"我"的遭遇。"我"在城市中失业，坐吃山空，却于睡梦中忽然生出第三只手，由此噩梦开始。"我"性能力减退，与女友小影产生误会而分手。而且"我"与世人的关系也不断恶化，最后竟至跑到动物园与母猴为伴，与之相知、相爱。《中间手》又不完全是"变形记"。这篇小说颇得中国传统小说之意。最后"我"醒来，噩梦全部消解。从《中间手》或能看出盛可以早年打工时期的经历与心态。其中亦颇有不平之气。不平则鸣，故他借"变形"对社会进行批判。

《鱼刺》是隐性的"变形记"，通篇充满着荒诞感。张立新是某小公司办公室主任（很像《变形记》中的格里高利）。他兢兢业业，四面讨好。在一次宴会上，他一不小心，喉咙中卡入鱼刺，由此导致系列连锁反应。先是他与妻子逐渐不和，之后引起领导不满，自己也心烦意乱，最终落得去职、离婚的下场。鱼刺是小说的核心意象，类似《中间手》中的"中间手"，也类似《变形记》中的甲虫。鱼刺如同一块石头，投入水中，一下子就打破了看似平静的生活，将生活中的矛盾全部显示出来，全部激化。"变形"前后的生活迥然不同，此前平静如水，之后则一切都乱了。

《二姐在春天》写农家少女二姐在镇子里打工的故事。盛可以未描写二姐之艰辛，而将主要精力放在了描写二姐的爱与性上。她写了少女情感之懵懂，但故事却颇为悲惨。二姐在恋爱中身体与精神均受到了伤害。春天万物复苏，阳气渐腾，也是少女怀春之际，多少美好的、不美好的爱情会在此时发生啊！《二姐在春天》的写作手法总体较为平实。但盛可以毕竟忍不住，在这部小说中也加入了一些先锋文学的元素。譬如，小说描写了一位算命老奶奶。她处在黑暗中，预测人的命运，其屋子中的气息或腐烂，或清新。

《干掉中午的声音》运用了娴熟的先锋文学叙事技巧，所写的内容则是她熟悉的题材：单身女青年的情感世界和性生活。《干掉中午的声音》是盛可以在突破旧我之路上的作品，既有此前作品的特色，也带着新鲜的经验。单身文学女青年独居省城，深受中午来自楼上做爱呻吟之声的困扰。"干掉中午的声音"之念可见其烦躁不安的情绪。她与老师有着颇为暧昧的关系，老师求爱不成，之后离婚，最后竟至于自杀。女青年逐渐恢复了平静，神秘的声音也随之消失了。中午声音不知有无。是单身女青年的狂想？抑或实有？小说对此叙述得模模糊糊。但中午似有若无的声音确是开启单身女青年内心情感的钥匙。

《北妹》是盛可以的代表作，该书也为她博得令誉。《北妹》发表之初名为"活下去"，之后才改为此题。"北妹"之名乃神来之笔。这个题目极其好——有了这个题目，这部小说已经成功了一半。中国的市场经济发端于广东。广东是改革开放的前沿阵地，引领了近30年的经济发展潮流。于是，不可胜数的南下广东打工者、淘宝者，皆加入了此潮流之中。这其中有能量，盛可以因其打工经历，无意中碰到了这股能量。"北妹"是广东当地人称呼南下女性的专名，非盛可以独创。恰因其不是独创，反而更具有生命力。南下广东的女性在广东经历了什么，遭遇了什么，感受到了什么，都颇引人注目。深言之，由"北妹"或可以看出广东部分的民风、民俗、民情，由深圳或能够看出近30年中国的问题。《北妹》在国外颇为流行，或与此联想有关。国外读者未必关心中国的女性主义者如何奋斗，如何自强不息，却希望通过这部小说了解深圳与中国。

《北妹》题目虽意味深长，但内容较弱。小说写了一个打工妹钱小红的经历与遭遇。钱小红出生于富裕之家，但少时失怙，疏于教养。她从小即与姐夫有染，之后在宾馆等处打工，再后来赴广东，经历了诸般磨难。一个没有学历亦无一技之长的打工妹，唯靠其姿色。钱小红姿色中等，却有一对吸引人的大乳房。《北妹》高扬的是女性主体意识的觉醒，尤其是性意识的觉醒。女性可以在性爱中主动，可以说"我想要"。钱小红与男人发生性关系，完全任其自然，没有他图，不为钱，也不是性贿。盛可以在《北妹》中所要突出者即此，但这是女性主义的老套路。

《北妹》大部分皆是写实，但结尾处却忽然又先锋起来：钱小红的乳房忽然变大，她最终被乳房压垮。乳房体现着女性重要的性别特征。盛可以最后的超现实手法或许表明了她更为决绝的女性主义立场：女性唯有去掉女性生理的、心理的特征才能实现完全的独立。

《道德颂》则是写几对男女之间的多角关系。这是一个小圈子，圈子中的人是城市白领或中产者，衣食无忧，但亦无精神追求。于是，爱就成了这一群人的信仰，因为爱情可以给人以崇高的幻觉。盛可以在《道德颂》中虽没有以第一人称进行叙述，但对人物的态度却颇为暧昧，似乎认同多于批判。旨邑是一个赝品古玩小店主，她与有妇之夫、教授水荆秋在西藏相恋，陷入异地的热恋之中。旨邑与水荆秋相恋、相爱，前途却吉凶未卜。同时，旨邑还与其他三名男子保持了暧昧的关系。《道德颂》写了几对男女之间的关系，有坐实者，有暧昧者，有候补者。

《北妹》写打工妹，《道德颂》写小资，两篇小说中女主人公的处境完全不同，但二者的精神内核大致一样。在《道德颂》中，盛可以也不仅仅描写男女之间的情感，还是如同在《北妹》中一样，她让女性自己生出力量，自己走出困境，自己消弭爱恨。旨邑也是一个女性主义者，最终她走出了情感的、生活的困境——对水荆秋已无所谓爱恋与痛恨。《道德颂》内容平平，却标以

"道德颂"三字，又是题目极好。"道德颂"三字似乎一下子使得这部小说具有了形而上的意义——似乎这部小说不是写几对男女，而是要讨论道德问题。

"70后"的身份之谜与文学处境*

孟繁华 张清华

当我们决心要把一群"70后"作家作为一个整体谈论的时候,发现这是一件难事,因为对这些人的创作确乎很难从总体上做出概括与评价。除了年龄相近,他们在文学上几乎再没有更多共同之处。

这恐怕与这代人的历史与文化记忆有关。比较而言,"50后"与"60后"作家之间总体上在创作方面没有太明显的界限或差异,因为他们都有着相近的历史经验与公共记忆。至于"80后"作家,他们几乎可以说没有什么"集体记忆"。他们出生时社会已经开始剧变,走向差异与破碎了。而"70后"这一代,刚好处在历史的夹缝中:对于历史,他们的印象是若隐若无、似是而非的;而20世纪80年代以来疾风暴雨式的文学革命与他们也几乎没有什么关系——当他们登上文坛的时候,80年代的文学革命已经落幕了;同时,"80后"又横空出世,且正逢网络文学大行其道,没有历史负担的这代人几乎可以为所欲为、无所不能。"70后"就夹在这两代人中间,他们只能另辟蹊径展现他们的文学才能。因此,这一代作家的小说可以说一直游移于历史与现实之间,游移于个体的叙事与公共的记忆之间。

当然,这样的分析或许只是一孔之见。事实上,"70后"作家仍然用他们的方式创作了许多新鲜而独特的各式小说。因此,用"代际"概念来表达创作的差异性也许本身就是一个错误。但文学批评就是这样,虽然是临时性的概

---

* 原载《文艺争鸣》,2014年第8期。
本文为孟繁华、张清华为其主编的《身份共同体——70后作家大系》所撰写的序言。

念,但要试图对一个时代的作家进行有效阐释时又不得不用之,而它的通约性确实也为我们提供了讨论问题的方便和可能。

或许这样表达不同时代作家的文化记忆或类型是合适的:"50后""60后"可以看作一个"历史共同体"。他们有共同的历史记忆,以及大体相似的对于历史的认知方式和情感方式,在大体相似的历史经历中,完成了一代人的文化塑形。"80后"是一个以相近的话语方式与关注对象形成的"情感共同体",特殊的情感认同形成这一代人的文化性格特征。如前所述,"70后"隐约或模糊的历史记忆使其难以形成明确的"历史共同体",同时他们又不像"80后"那样没有任何历史负担。因此,他们只形成了一个时代的"身份共同体"。这个共同体并不具有天然性,而是在文学实践过程中逐渐"建构"起来的。"70后"作家曹寇说:"在早已成名的'60后'和'80后'作家之间,确实存在一个灰色的写作群体。说白了,他们就是'70后'。虽然写作者大多讨厌将自己纳入某个时代或某个类别中去,但'70后'作为'60后'和'80后'之间的那一代亦为客观事实。而且考虑到每代作家的成长环境、知识结构对他们写作的影响,剔除清高和矫情而接受'中间代'这一说法也未为不可。此外,'70后'与上下两代人的差异也是有目共睹的。迄今没有一位'70后'作家能像'60后'作家那样获得广泛的文学认可。在'60后'文学已被誉为经典之际,'70后'作家仍然被视为没有让人信服的'力作'的一群。"[①]更重要的问题是,无论是"50后""60后"的"历史共同体"、"70后"的"身份共同体",还是"80后"的"情感共同体",都是被想象的共同体。一方面,这一划分方式有一定的合理性;另一方面,这个合理性并没有被充分证实。王安忆曾经说:"我们这一代的人有人已经进了天国,可是还没有来得及建立一个传统。所以,千万不要再说'读你们的书长大'的话——我们的书并不足以使你们长大。再有30年过去,回头看,我们和你们其实是一代人。文学的时间和现实的时间不同,它的容量是取决于思想的浓度,思想的浓度也许又取决于历史的剧烈程度。总之,它除去自然的流逝,还要依凭价值。我们还没有向时间攫取更高的价值来提供你们继承。所以,还是和我们共同努力,共同进步,

---

[①]《曹寇谈70后作家:适逢其时的"中间代"》,载《南方都市报》,2012年3月30日。

让二十年、三十年以后的青年能真正读我们的书长大。"①如果是这样的话，"70后"的身份之谜就完全是被杜撰出来的，现在的时代划分过二三十年后也将沦为子虚乌有。那时回头看现在，你会发现，原来这只是一场毫无意义的瞎忙活。

然而另一方面，"70后"作家个体的独立或分散状态，也就是今日中国文学状态的缩影和写照。文学革命终结之后，统一的文学方向已不复存在。但是，"70后"作家还要特殊一些，那就是他们很难找到自己的历史定位。2009年诺贝尔文学奖获得者穆勒说，她的写作是为了"拒绝遗忘"。类似的话还有许多作家说过。但是，这样正确的话对中国"70后"作家来说或许并不适用。评论界普遍的看法是，"70后"是没有集体记忆的一代，是试图反叛但又没有反叛对象的一代。事实的确如此。当这一代人进入社会的时候，社会的大变动——疾风暴雨式的社会与文学变革都已经成为过去，"文革"的终结、启蒙主义的终结，使中国社会生活以另一种方式展开，经济生活成为社会生活的主体。日常生活合法性的确立，使每个人都抛却了意义，又深陷"关于意义的困惑"之中；同时，自20世纪80年代开始的"反叛"又日甚一日地遍及所有的角落。90年代后，"反叛"的神话在疲惫和焦虑中无处告别，自行落幕。不知道这是幸还是不幸。不论"反叛"的执行者是谁，可以肯定的是，这一切都与"70后"无关或关系不大。这的确是一种宿命。于是，"70后"便成了在"夹缝"中生长的一代。这种尴尬的位置给他们的创作造成了困难。或者说，没有精神与历史依傍的创作是非常困难的。但是，任何事物都有例外。在我们看来，对这代作家很难做出整体性的概括，正说明他们确乎没有形成一代人文学的"同质化"倾向。换言之，他们生成了一种难得的丰富性——他们之间是如此不同，除了一个"身份的共同体"以外，几乎很难找到他们之中任何两个人的相似性。正是这种不同，使他们在历史缝隙中的突围成为可能。于是，我们在世纪之交或者21世纪以来，便看到了由魏微、戴来、朱文颖、金仁顺、乔叶、李师江、徐则臣、鲁敏、盛可以、计文君、付秀莹、冯唐、路内、曹寇、慕容雪村、梁鸿、李修文、安妮宝贝、哲贵、阿乙、张楚、李浩、东君、黄咏

---

① 王安忆：《在同一时代之中》，中国作家网，2013年9月24日。

梅、娜彧、朱三坡等这样一群人构成的"70后"小说家的主力群体。

关于"70后"作家的特征，宗仁发、施战军、李敬泽三位评论家很早发表过的对话《被遮蔽的"70年代人"》即有描述。十几年前他们就发现了这一代人"被遮蔽"的现象。比如，他们完全在"商业炒作"的视野之外，还有部分作家负载着"白领"意识形态对大众的蛊惑诱导功能，等等。但现在看来，之所以会有这些看法，一个很重要的原因就是，"50后"作家形成的"隐形意识形态"对"70后"作家造成了压抑和遮蔽。"'70年代人'中的一些女作家对现代都市中带有病态特征生活的书写，不能不说具有真实的依托。问题不在于她们所写内容的真实程度如何，而在于她们对此所持的态度。应该说1998年前后她们的作品是有精神指向的，或者说是有某种批判立场的，并不是简单地认同或沉迷于所写的生活。"[①]这些看法确乎是有远见的。上一代作家在文坛建构起的统治地位和主流形象，作为一只"看不见的手"持续压抑和遮蔽了后来者。他们被早已形成的经典化秩序规定了身份与姿态："你是一个年轻的、生于70年代的作家，你就是'新新人类'，否则你就什么都不是。"[②]这一描述道出了"70后"的身份之谜和精神困窘。

但是，许多年过去之后，"70后"以他们的创作实绩，显示了他们不可忽略的文学地位。假如要让我们举出例证，那么例证是不胜枚举的。

魏微的中短篇小说因其所达到的思想深度和艺术的独特性，已经成为这个时代中国高端艺术创作的一部分。魏微取得的成就与她的小说天分有关，更与她的艺术自觉有关——她很少重复自己的写作，对自己艺术的变化总是怀有高远的期待。盛可以一出现就显示了不同凡响的语言姿态，她语言的锋芒和奇崛，如列兵临阵，刀戈毕现。她的长篇小说《火宅》《北妹》《水乳》以及短篇小说《手术》等，都不是以触目惊心的故事见长，甚至也没有刻意设置的跌宕起伏的情节或悬念。可以说，其最大的魅力就在于她锐利如刀削般的语言。在她那里，"怎么写"永远大于"写什么"。李师江几乎颠覆了现代小说建立的"大叙事"传统，个人生活、私密生活和文人趣味等被他重新镶嵌于小说之中。他似乎也不关心小说的"西化"或"本土化"问题，但当他信笔由缰、

[①②] 宗仁发、施战军、李敬泽《被遮蔽的"70年代人"》，载《南方文坛》，2004年第4期。

自如挥洒的时候，他确实获得了一种自由的快感。于是，他的小说与现代生活和精神处境密切相关。他的小说也是传统的，那里流淌着一种中国式的文人气息。鲁敏的小说既写过去也写现在，既有虚构也有写实。关于"东坝"的叙述已经成为她小说创作的重要部分。这个虚构所在，在今天已是只能想象而无从验证的了——就像当年的鲁镇、乌镇或其他类似的地方。现代化的进程决绝地剿灭了这些力不从心或没有抵抗能力的脆弱区域。中国的小镇是一个奇异的存在，它在城乡交界处，是城乡的纽带，是过去中国的"市民社会"与乡绅文化存在的特殊空间。在那里，我们总会看到一些奇异的人物或故事——这些人物或故事是带着都市和乡村的某些差异来到我们面前的。张楚小说的魅力在于其难以一眼望穿的模糊性。张楚是一个有巨大野心的小说家。他的作品难以用谱系的方式找到来路。他的小说有诸多元素：深受西方18、19世纪文学，现代派文学和后现代文学的影响，也受到中国现代小说的影响，甚至受到《水浒传》以及其他明清白话小说的影响。经过杂糅吸收和重新铺排，这个奇异的张楚诞生了。看来他是真的理解了小说。他的每篇作品，在生活的层面上几乎都无可挑剔，生活的细节及其质感和真实性几乎达到了"非虚构"的程度。但是整体来看，其虚构性甚至诗性又是非常显明的。在亦真亦幻、真假难辨之间，张楚的小说像幽灵一样在我们眼前飘过。哲贵，这个擅长集中书写富人存在及其精神状况的作家也是一个特例。他所描写的这类人在中国是如此特殊——他们属于"成功者"阶层，一个被普通人羡慕乃至仰望的群体。但这个群体无所皈依、空虚空洞的内心世界，在哲贵的讲述中可谓令人无比震惊。东君的小说写的似乎都是与当下没有多大关系的故事，或者说是无关宏旨、漫不经心的故事。但是，就在这些看似不经意的、暧昧模糊的故事中，他表达了对世俗世界无边欲望的批判。他的批判不是审判，而是在不急不躁的讲述中，将人物外部面相和内心世界逐一托出，在对比中显现其清浊与善恶。计文君的小说仿佛出自深宅大院：典雅、端庄，举手投足仪态万方。一方面，计文君是一位带有中国古典文化气息和气质的作家；另一方面，她的小说诡异、繁复、俏丽，修辞叙事云卷云舒。计文君的小说有西方20世纪以来小说的诸多技法和元素，但是她却既不是传统的也不是西方的——她是现代的。付秀莹作为一位后来居上的新秀，起初很长一段时间内只以孙犁式简约而又清丽的笔触书写她记忆中的乡村。乡村的锦绣年华、风花雪月曾让她迷恋不已。但近年来,她的创作视野也逐渐转移到了城市。她仍然写得温婉而跳脱、节制而耐心。娜彧的小说创作在某种程度上接续了20世纪80年代现代主义的文学传统,接受了存在主义哲学的精神馈赠。作为潮流的现代主义虽然已成为过去,但是,现代主义文学曾经揭示和呈现的关于人的惶惑、迷惘甚至反抗的精神状态和内心要求不仅依然存在,甚至在某些方面比80年代更加普遍和激烈。娜彧显然发现或感受到了这一精神现象的存在。因此,以极端化的方式表达这一精神现象,显然是娜彧刻意为之的。

……

就在我们梳理"70后"创作成绩的时候,另外一种批评的声音也随之而来。青年批评家张莉认为"70后"小说家的创作是"在逃脱处落网"。她认为:"'70后'作家创作遇到的困境,也是新时期文学30年发展的一个瓶颈:从先锋写作、新历史主义,到新写实主义、晚生代(新生代)写作,中国文学已经被剥除了文学的'社会功能'和'思想特质',逐渐面临沦为'自己的园地'的危险。'70后'作家参与建构了中国当代文学近十年来的创作景观——如果我们了解,90年代以来,中国文学一直在强调'祛魅',即解除文化的神圣感、庄严感,使之世俗化、现实化、个人化,那么'70后'作家整体创作倾向于对日常生活的描摹、对美好人性的礼赞以及越来越喜欢讨论个人书写趣味则应该被视作一个文学时代到来的必然结果。"[①]这一提醒并非没有依据。整体来看,在"70后"作家的创作中,历史全面隐退已经是不争的事实。这虽然契合了这代人的身份,但也从另一个方面暴露了他们难以与历史建构关系的真实困境。

显然,如果从一般性的常识来看,"70后"作家的创作呈现出多样性是一个非常大的优点,但问题在于迄今他们的作品经典化程度严重不尽如人意。到了应该挑大梁的年代,到了应该登堂入室的年纪,到了应该有代表性作品的时候,一切却几乎还在镜子里,是一个愿景。在中国文学中占据主要地位的仍然是"50后"和"60后"的一帮中年作家。究其原因,在我们看来,当然有各种

[①] 张莉:《在逃脱处落网——论70后小说家的写作》,载《扬子江评论》,2010年第1期。

难言的外在因素。但如果从内部讲，恐怕问题就出在个人经验书写与共同经验、集体记忆的接洽上。在现阶段，否认个人经验或者经验的个人性当然都是幼稚的，但一代作家要想成为一代人的代言者、一代人生命的记录者，如果不自觉地将个体记忆与一个时代所具有的整体性历史氛围与逻辑有内在的呼应与"神合"，恐怕是很难得到广泛认可的。

能否做到这一点或许与作家的抱负有关。也许他们会说，去你们的狗屁"抱负"吧！那只不过是一些历史的幻想狂或自大狂的想象，我们就是要写局部、碎片、个人情境。那么谁也没办法。但是我们想提及的一点就是，任何人想进入历史都得有代价。这个代价就如同当代法国的社会学家真里斯·哈布瓦赫所说的，个人记忆是必须有"社会框架"的，否则就会产生奇怪的失忆症。或许这代人过于无序的经验书写，也是某种社会与历史失忆症的表现吧。

另一方面，20世纪90年代以后的中国文学，带着西方文学的影响和记忆开始了整体性的"后退"。这个"后退"就是向传统文学和文化寻找资源，开始又一轮的探索。值得注意的是，这个探索是在整体性瓦解之后的探索，因此它有更多的个人性。这也是"70后"作家整体风貌的一部分。"70后"隐约的历史记忆使他们不得不更多地面对个人的心理现实，因为他们无家可归。但是，他们在矛盾、迷蒙和犹疑不决之间，却无意间形成了关于"70后"的文学与心路轨迹。无论如何，这代作家的成就和难题都是我们当下中国最典型的文学经验的一部分。因此，我们注视这代人的文学实践，事实上也就是在关注当下的中国文学。

2013年12月26日 于北京

大众文化影响的焦虑*
——"70后"作家创作的通俗化倾向探讨

翟文铖

在当下中国，大众文化已然施展无坚不摧的霸权力量。它借助现代媒体撒播于社会的角角落落，控制着文化领域的经济资本，控制着此起彼伏的时尚，控制着民众的休闲光阴，甚至他们的无意识领域。而它之所以具备如此魔力，主要归功于其强大的娱乐制造功能。作为大众文化的一翼，通俗文学也攻城拔寨，抢占了文学市场的巨大份额。面对如此排山倒海的力量，雅文学作家们不可能无动于衷。错愕踟蹰之后，部分作家开始尝试以各种方式接纳通俗文学，强化作品的娱乐性。本文以"70后"作家的小说创作为例，试图真切地把握这股尚在探索之中的通俗化潮流，直观地呈现出它的一个横断面。

"70后"作家的小说创作深受通俗小说或者说类型小说的影响。众多作家曾经创作过通俗小说，而通俗小说的体式在这里应有尽有，社会小说、言情小说、历史小说、冒险小说、犯罪小说、侦探小说、恐怖小说、官场小说、科幻小说、武侠小说等都能找到样本。有的作家对各种通俗小说做了广泛尝试：女作家映川的笔下就有侦探小说（《干花》）、哥特言情小说（《爱情侏罗纪》）、冒险小说（《我记仇》）、传奇小说（《宋响的玫瑰》）等；于晓威的通俗小说品类丰富，《在深圳大街上行走》属于都市言情小说，《L形拐弯》《隐秘角度》可归于犯罪小说，而《陶琼小姐的1944年夏》《抗联壮士考》类似于革命传奇小说。尽管广泛地征用通俗文学资源，但实际情形是，并

---
* 原载《文学评论》，2015年第4期。

没有多少"70后"作家愿意真正充当通俗小说写手。他们的基本姿态是立足雅文学，与通俗文学做出调和：或者借用通俗文学的类型模式注入丰富的思想内涵，或者建基于雅文学吸纳各种通俗文学元素。也正因如此，他们创作的通俗小说和市场上的流行读物在品质上是大不相同的。我们不妨称这类作品为"类通俗小说"。但无论如何，以娱乐性为核心的通俗文学观念已经赫然陈列于雅文学作家的审美武库之中，并由此展开了沟通"雅"与"俗"的一场广泛的文学实验。这场实验既给当代小说创作注入了活力，赋予其崭新的美学特质，又带来了负面影响，让大众文化固有的弱点暴露无遗。但是我们应该充分意识到，这场带有后现代色彩的创作实验是新一轮文学转型的开始，在某种程度上预示着当代小说创作的一个重要动向。

一、"快感"的审美哗变

现代性导致了整个世界的世俗化。人们开始切断同各种元话语的关联，人生获得永恒价值的源头遂似乎渐趋于枯竭，尘世成了人类生存意义的落脚点。于是，快感的重要性日渐凸显，因为在很多人眼中，"快感正是意义的当下化与此在化，社会幸福只有落实在具体的快乐感受上，才有真正的意义。"[①]在此文化背景下，以"快感"生产为目标的大众文化坐着工业化生产的快车乘虚而入。"70后"作家显然不愿在这场制造"快感"的盛宴中袖手旁观，他们创作中的通俗化倾向就是参与制造快感的表征。

从类型上看，"70后"作家的类通俗小说可划分为情绪文本、情节文本和非虚构文本。情绪文本的典型作品是言情小说。卫慧的《上海宝贝》、棉棉的《糖》、木子美的《遗情书》等作品，在汤哲声主编的《中国当代通俗小说史论》中被列为言情小说，归于"情欲小说"题下。[②]无论这种划分是否完全合理，不容忽视的是，这些作品确实有直白袒露的情色描写。其实，类似的作品还有李师江的《逍遥游》、冯唐的"万物生长三部曲"等。这类作品向来深受

---

① 姜奇平：《新文明论概略》（上卷），商务印书馆2012年版，第160页。
② 汤哲声：《中国当代通俗小说史论》，北京大学出版社2007年版，第145-166页。

市场青睐，因为文明社会的伦理规范严格限制两性关系，而情色描写直指人的潜意识，能让读者受到压抑的本能获得白日梦式的补偿。正统的批评家一般认为这些作品带有低级趣味，给读者带来的只是一种虚假的满足。关于情色叙事，巴特曾作过评论："据说阿拉伯学者谈及文学之际，用了这般叫人叹美的表述：某种身体（corps）。"这是一种什么样的身体？"一种醉的身体，纯粹由性欲关系构成。"他更直白地说此类文本就是身体的象征和重排，"是我们的可引动情欲之身体的某种象征、重排"。[1]阅读这样的作品，读者感受到的不是崇高或优美，不是情感的净化，而是情绪的累积：沉浸于欲望惺忪的情色状态，体验感官刺激，获得生理快感。美国学者约翰·费斯克发挥了巴特的观点，从中挖掘出了大众文化的积极因素。他认为："狂喜"（即巴特的"醉"）是一种具有建设性的快感；"狂喜"是"身体的快感，发生在'文化'崩溃成'自然状态'的时刻。它是自我的丧失，也是控制与治理着自我主体性的丧失——自我是社会性建构起来的，并因此受到控制，它是主体性的场所，并因此是意识形态生产与再生产的场所。所以，自我的丧失即是对意识形态的躲避"。[2]他还以妇女阅读言情小说为例，对"狂喜"的建设意义加以阐释：在这种极端情绪状态之中，女性读者走出了社会性的自我，躲避开了父权制意识形态的束缚，在纸上创造的浪漫空间中领悟到男性应该给予女性充分的爱情、尊重和独立，从而确立起了女性价值观。由此，她们获得了关于女性解放的动机、权力和力量，并通过"微观政治"渗透到日常生活，逐步改善自身的地位和处境。[3]由此看来，言情小说所创造的快感也具有某种文化批判功效。

  与情绪文本依靠调动欲望情绪获得快感的方式不同，情节文本依靠故事情节的曲折紧张制造快感。"70后"作家的情节文本包括侦探小说、犯罪小说、传奇故事等诸种类型，其中侦探小说的表现最为抢眼。映川的《干花》，田耳的《风的琴》《重叠影像》《一个人张灯结彩》《风蚀地带》，堪称代表。

---

[1]〔法〕罗兰·巴特：《文之悦》，屠友祥译，上海人民出版社2002年版，第26页。
[2]〔美〕约翰·费斯克：《理解大众文化》，王晓珏、宋伟杰译，中央编译出版社2006年版，第52页。
[3]同上，第57—59页。

另一些作品虽未直接套用侦探小说的叙事模式，但明显吸收了其中的若干叙事元素，如于晓威的《隐秘角度》，映川的《最后的朋友》《不能回头》，弋舟的《等深》等，都是如此。田耳的《重叠影像》悬念迭起，充满玄机。故事设定了两条线索：在地质公园涂鸦案中，张大进被抓；在系列猥亵女孩案中，龙焕被抓。但不久警方发现他们都不过是真正案犯的影子。尽管缺乏证据，但重重排查之后，警察二陈凭直觉把怀疑对象指向李慕新。最后，他依据罪犯的性格逻辑，在天坑中找到男尸，由此情节突转，罪犯被抓到。不断排除，不断质疑，不断判断，不断推理，谁是凶手的悬念直到结尾才破解，读者获得了极大的快感。我们不妨来分析一下情节文本产生快感的心理机制。情节的吸引力首先来自悬念。"小说里令人觉得惊奇或者让人感到不可思议的这种因素——有时人们空泛地称之为推理因素——在情节里极为重要。这种因素凭借时间顺序的暂时中止，悬而未决，来发挥其作用。一个谜团等于时间上的一个空穴。"[1]悬念为读者提供了阅读期待；而要他们保持阅读兴趣，悬念需要不断更新，情节需要不断运动。情节最基本的运动方式是发现和突转：借助某种未知情形的发现，情节得以推进；借助突转，情节从一种状态转化到它的对立面；发现和突转推进了情节，也造就了新的悬念。发现和突转都是偶然性因素，然而正是这些偶然因素"打破读者的阅读惯性，使故事的发展始终处于一个'耗散结构'之中：不断建立起的平衡被外界的新冲击不断打破，从而使读者的阅读兴趣有增无减，一直抵达那个故事的运行终点"。[2]故事在张力中不断建立、不断消解，构成情节快感的来源。在人性的知、情、意三个维度中，如果加以"纯化"，可知情节关乎人的知，作用于智力，不关乎情和意。因此，情节刺激带来的快感只是情绪的亢奋，而不是情感和道德的升华。人类学研究表明，人类天生就有探究冲动，智力满足源于生命的深层需要。因此，情节产生快感的程度不可低估。但情绪激荡的是身体，而不是灵魂，因此过后什么也留不下。当然，这种"纯化"只是一种假设，对情节的把握实则离不开内容，其中自然也掺杂着情感，伴随着美感体验。但是，由于通俗文学"读者心

---

[1] 〔英〕E.M.福斯特：《小说面面观》，朱乃长译，中国对外翻译出版公司2002年版，第234-235页。
[2] 徐岱：《小说叙事学》，商务印书馆2010年版，第251页。

理中的格式塔结构的主要成分是情节模式，因而他只能在平面上追逐文本而无法向纵深处开掘，无法探究文本的意蕴"。①因此，其所体验到的美感非常有限。在总体上，通俗文学读者所体验到的主要是消费式快感。

费斯克曾对快感进行分类，他说："我发现将大众的快感划分成两种类型，是不无裨益的。一种是躲避式的快感。它们围绕着身体，而且在社会的意义上，倾向于引发冒犯与中伤。另一种是生产诸种意义时所带来的快感，它们围绕的是社会认同与社会关系，并通过对霸权力量进行符号学意义上的抵抗，而在社会的意义上运作。"②如上分析，无论是情绪文本还是情节文本，其引发的主要是人的情绪，是围绕着身体展开的，因此这种快感属于"躲避式的快感"。包括通俗文学在内的大众文化在接受方式上还有不同于一般艺术欣赏的独特性，那就是具有与现实的直接"相关性"——这就涉及通俗文学的另一种形态：非虚构文本。正是非虚构文本的这种"相关性"赋予了通俗文学第二种快感。现代艺术在社会专业分工和对抗商业化的过程中，逐渐分化出来，形成艺术自律，维护着艺术创造的自由；而艺术欣赏也和现实保持"审美距离"，以便欣赏者不受干扰地从艺术中确认人与自然的力量。但是，作为大众文化一部分的通俗文学，非虚构文本显然并不遵守这样的自律性，而是强调与社会的相关性。"大众文化在资本主义与日常生活提供的文化资源的交接处形成。这就决定了相关性是核心的批判标准。如果一种文化资源不能提供切入点，使日常生活的体验得以与之共鸣，那么，它就不会是大众的。"③那些关注社会的"问题小说"或者纪实类作品，此种特性表现明显。

从中国近现代通俗小说史看，社会写实曾经是通俗小说的特长。四大"谴责小说"的史料价值历来受到很高的评价；此后的《负曝闲谈》等作品及李涵秋的"通俗社会小说"延续了这一传统；1916年《小说月报》开始引进国外的"问题小说"；而20世纪20年代出现了以姚鹓雏、严独鹤为代表的社会小说作家群和以包天笑、张恨水为代表的"都市乡土小说"作家群；20世纪三四十年

---

① 李勇：《通俗文学理论》，知识出版社2004年版，第253页。
② 〔美〕约翰·费斯克：《理解大众文化》，王晓珏、宋伟杰译，中央编译出版社2006年版，第52页。
③ 同上，第136页。

代,以秦瘦鹃、王小逸等为代表的上海社会小说作家群又崭露头角。这些作家如此关注社会,以至于范伯群先生认为,"通俗文学作品最顽强的生命力是在于'存真'"[1]。在此方面,"70后"作家偏弱了一些,但也有所尝试。他们的"底层写作"基本上承继了"问题小说"的传统,对社会弊病予以思考。《九月的玉米地》(于晓威)、《坚硬的夏麦》(张学东)、《绝境》(了一容)、《在丰镇的大街上嚎啕痛哭》(张锐强)等都是此类作品。这些作品比较复杂,主要表现了社会不公。他们写到的"三农"问题等又是主流社会深感忧虑并竭力改善的问题。费斯克指出:"大众的快感出现在被宰制的大众所形成的社会效忠从属关系中。这些快感是自下而上的,因而一定存在于与权力(社会的、道德的、文本的、美学的权力等)相对抗之处,并抵制着企图规训并控制这些快感的那一权力。不过也存在着与这一权力相关联的快感,而且这些快感并不只是为统治阶级成员所拥有。"[2]最近还出现了所谓的"非虚构"小说,如乔叶的《拆楼记》《盖楼记》。它们抓住了社会普遍关注的拆迁问题,内涵更为复杂。无论是盖房的,还是拆房的,都善恶掺杂。这些作品因写出了普通民众的真实生活而获得了广泛共鸣。"大众审美关心的是认同快感,而快感是个人的事情。在布尔迪厄看来,大众审美深深根植在共通感之中,根植在日常生活中普通民众接近大众形式的方式之中。"[3]

从"70后"作家的创作状况看,他们普遍关注制造快感。在情绪文本中,他们试图赋予文本一种制造"狂喜"或"醉"的潜能;在情节文本中,他们试图通过调动读者的智力,激发他们的情绪。这两种不同的快感都作用于人的身体,属于费斯克所谓的"躲避式的快感"。而在那些关注社会生活的非虚构文本中,快感不是由文本内容自身提供的,而是在由此引发的对社会现实的关注中形成的。"快乐是在社会的意义上生产出来的,其根源是在宰制性意识形态

---

[1] 范伯群:《中国现代通俗文学史》,北京大学出版社2007年版,第581页。
[2] 〔美〕约翰·费斯克:《理解大众文化》,王晓珏、宋伟杰译,中央编译出版社2006年版,第51页。
[3] 〔澳〕洪美恩:《〈豪门恩怨〉与大众文化意识形态》,陆扬、王毅选编:《大众文化研究》,上海三联书店2001年版,第196页。

的内部，它关注的是社会认同与承认。"①这种快感属于"现实共通感"。

接下来的问题是：这样的快感是美感吗？"美感的态度不带意志，所以不带占有欲"，②情绪文本引发的"狂喜"或"醉"类似于情色体验，不仅带有意志，而且带有占有欲，因此不属于美感。情节文本的快感来源于人性中的"知"之维，属于智性，激发出的主要是人的情绪。"审美活动是人借助人化对象而与别人交流情感的活动，它在其现实性上就是美感。"③不属于情感的东西谈不上美感，情绪尽管是情感的基础，但还未上升为情感。因此，情节赋予人的快感也不是美感。关注社会的问题小说或"非虚构小说"所引发的快感指向社会现实，"围绕的是社会认同与社会关系"，来源于对意识形态和权力的反抗或顺应，诉诸的是伦理评价、功利权衡和现实打算，激发的是"日常情感"而不是"艺术情感"。"美感与实用活动无关，而快感则起于实际要求的满足。"④因此，这样带有强烈实用色彩的"日常情感"也似乎称不上美感。

尽管上述快感不属于传统美学意义上的美感，但是它不仅是"70后"作家共同追求的目标之一，也是当代众多作家普遍倚重的写作要素。因此，我们不妨把它作为一个文化意义上的"泛美学"范畴加以审视。在文学史上，很多经典作家似乎也不放弃对快感的追求。比如，陀思妥耶夫斯基"这样公认的世界文学经典作家，也要在很多方面归功于冒险小说，归功于其趣味横生而引人入胜的叙事与错综复杂而扣人心弦的情节"。⑤更何况"70后"作家绝不单纯沉迷于快感追求而忘记了文学的其他使命——他们一刻也没有忘记文学的超越性，一刻也没有忘记对意义世界的营构和探索。

---

① 〔美〕约翰·费斯克：《理解大众文化》，王晓珏、宋伟杰译，中央编译出版社2006年版，第56页。
②④ 朱光潜：《希腊女神的雕像和血色鲜丽的英国姑娘——美感与快感》，《谈美》，生活·读书·新知三联书店2012年版，第145页。
③ 邓晓芒、易中天：《黄与蓝的交响：中西美学比较论》，人民文学出版社1999年版，第471页。
⑤ 〔俄〕瓦·叶·哈利泽夫：《文学学导论》，周启超等译，北京大学出版社2006年版，第179、180页。

二、对"深度"的顽强坚守

　　参照布尔迪厄的场域理论来审视,当代中国社会主要存在两个大的文化场域:一个是以制度化为核心的文化场域;另一个是以市场化为核心的文化场域。前者由文化部门、职位、职称、政府奖项、待遇等要素构成,以社会资本的累积为中轴;后者由声名效应、发行量、民间奖项、收入排行榜等要素构成,以经济资本的累积为核心。两个文化场域多有叠合之处,资本形式也处于相互转化之中,但重心不同。"70后"作家就在这两个文化场域之间徘徊:在前一场域中的位置关乎社会地位,需要雅文学作后盾;在后一场域中的地位关乎生存基础,需要通俗文学作支撑。每位"70后"作家几乎都面临着双重创作需求。而且,随着社会转型的深入,文化市场对作家生活和创作的影响力越来越大。面对文化场域对他们施加的双重压力,他们有时会体验到无所适从的撕裂感。但更多的时候他们体验到的应该是左右逢源的悠游和自信,因为他们恰恰具备应对双重压力的知识储备和文学素养。经历了20世纪80年代的中国"70后"作家,自小就同时摄取两种文学资源。一种是雅文学。从卡夫卡、萨特、川端康成到博尔赫斯、谷崎润一郎、村上春树等著名作家的作品,都列于他们的阅读书目之中。沈从文、张爱玲以及20世纪五六十年代出生的作家更给了他们直接的影响。这一脉文学资源铸造了这代作家根深蒂固的"纯文学"梦想。另一种则是通俗文化。在他们的中学时代,中国的流行文化已经蔚成风气,金庸、琼瑶以及各种时尚读本大行其道。此外,对于部分作家而言,各色影视作品的影响也不容低估。张楚就一度沉迷于各种影片。[1]他小说中的那种悲怆的调子和幽暗的画面同这些电影有着某种内在关联。有人曾专门撰文分析戴来的《茄子》与马克·罗曼尼克导演的电影《一分钟快照》在构思上的相似之处,以及《我们都是有病的人》与彼得·威尔导演的电影《楚门的世界》在内容上的呼应。[2]通俗文化资源造就了他们对娱乐性的宽容,使他们娴熟地掌握通俗

---

[1] 张楚:《生活比小说更残酷也更温暖》,载《青春》,2009年第8期。
[2] 周冰心:《仿写时代:文本与影像的互文现象》,载《文艺争鸣》,2004年第3期。

叙事技巧。双重文化资源的获取为他们日后在雅俗两界纵横捭阖准备了条件。

一般地讲，以制造快感为宗旨的通俗文学在思想观念上传统而流俗。"文本的主要功能在于传达出一个曲折有趣的故事，而探讨生活的意义和价值这项工作是次要的。主题往往是读者早已熟悉的生活观念，读者可以不假思索就会赞同。"①因此，其普遍缺乏思想锋芒和深度。正是在此意义上，卡林内斯库认为它"总是隐含着美学不充分的概念"，②读者从中获得的美感有限。"70后"作家创作"类通俗小说"，追求文本的娱乐性。但若认为他们只会迎合市场，那真是冤枉他们了——他们每个人心中几乎都有一个"纯文学"梦想。他们涉足通俗叙事，吸收通俗文学元素，或者出于与文化市场进行调和的生存策略，或者出于对新的创作资源和叙事方式的自觉涉猎，但通俗文学绝非他们创作的终极目标，而仅仅是辅助手段。他们的思路几乎都是一致的，那就是试图以嫁接的方式，在通俗文学的母枝上结出雅文学的果实，在追求快感的同时创造美感，在编织曲折故事的同时寻求思想深度，在借鉴通俗元素的同时广泛吸收现实主义、现代主义乃至先锋文学的营养成分。一言以蔽之，他们就是要创作出雅俗共赏的雅文学。

歌德曾说："艺术要通过一种完整体向世界说话。"③韦勒克则表述得更为具体，认为"伟大的小说家都有一个自己的世界"，而且这个世界必须带有整体性：或者包罗万象，涵盖我们经验世界中"所有普遍性范围内的必要因素"；或者虽不宏阔，"所选的内容却是有深度的和主要的"。这样，无论在规模上还是在层次上，作品都带有足够的容量。④通俗文学里没有这样的完整世界。它们或者仅仅是情感和欲望的铺排，或者仅仅勾勒单薄的线性故事。情节往往把人物挤压得干瘪乏味，更无从展示广阔的社会生活。"70后"作家要借助通俗文学叙事元素建造自己的艺术王国，就必须"以迂为直，以

---

① 李勇：《通俗文学理论》，知识出版社2004年版，第205页。
② 〔美〕马泰·卡林内斯库：《现代性的五幅面孔》，顾爱彬、李瑞华译，商务印书馆2002年版，第254页。
③ 〔德〕爱克曼辑录：《歌德谈话录》，朱光潜译，人民文学出版社1978年版，第137页。
④ 〔美〕勒内·韦勒克、奥斯汀·沃伦：《文学理论》，刘象愚、邢培明等译，江苏教育出版社2005年版，第249、250页。

患为利"（孙武《孙子兵法·军争篇》）。通俗文学多有固定模式。模式有时是对创造的限制，但有时也是创造的依托。中国现当代作家多愿创作史诗，因为历史可以构成依凭。历史叙事是相对固定的，实则构成了模式。有了模式，就如同有了一个竹片或木条支撑好的泥胎，只要在上面塑形、勾勒、点染，塑像就成型了。田耳悟性极高，他明白模式的重要性，其长篇小说《风蚀地带》就套用了古典式侦探小说模式。此种侦探小说的情节大致为"六部曲"，即介绍侦探、展示犯罪和线索、调查案情、公布调查结果、解释案情发生的原因和经过、罪犯的服输和认罪。[1]在《风蚀地带》中六个要素虽然分散，但基本都能找得到。案情本身又套用古代通俗小说惯用的"红颜祸水"模式，围绕江薇薇写了魏成功与她的乱伦、石红卫与她的偷情、余天对她的占有，以及由此引发的系列命案。田耳除了为我们展示案情，还描摹了涉案人员的生存环境、性格、经历、爱好和行踪，穿插了老石、夏谦、小李、杨亦秋等人的日常生活，而且还信手涂抹闲笔。这已经不是一个典型的侦探小说了，其利用模式又不为模式所局限，虽然牺牲部分情节的紧张程度，却创造了一个相对完整的世界。田耳此后创作的长篇小说《夏天糖》进一步缩减了通俗元素的戏份。江标与铃兰的故事无疑像一个犯罪小说，但仅构成作品多重线索中的一条。作家还借助"我"、母亲、涤青等人的踪迹，把笔触延伸到了都市深处。游离与参与、传统伦理和现代伦理、现代文明与乡土文明等矛盾由此展开，尽显了中国都市化过程中的多重价值冲突。意义世界由此变得丰盈而深厚。在这些作品中，通俗文学的故事模式都充当了故事核。但故事核仅仅是一个花篮。把何种花插在里面，又以何种方式搭配，才更显小说家的思想深度和艺术才情。总之，这些作品能够在有效借鉴通俗文学叙事模式的基础上，充分继承现实主义文学传统，展示深邃广阔的社会生活。

构建一个完整的生活世界，还只关涉"文化-历史"层面的主题。"70后"作家当然不会满足于此，他们还从人类学、超验性等多个层面深入掘进，不断开拓自己的思想疆域。"70后"作家对犯罪小说多有借鉴，我们不妨以此为例考察这一问题。犯罪小说一般把罪犯脸谱化和恶魔化，往往一味写罪犯作恶，

---

[1] 黄禄善：《美国通俗小说史》，译林出版社2003年版，第195页。

至于他们内心如何则付诸阙如。"70后"作家却站在对人性深切理解的基础上，竭力表现罪犯人性的多面性。《L形拐弯》（于晓威）中的特警杜坚本是战功赫赫的狙击手，在情人的丈夫被罪犯劫持之时，却以一念之差故意射偏，借绑匪之手杀死人质而从中渔利，由此展示了人的自由意志的复杂性。《疼》（张楚）中的马可为讹诈而绑架了杨玉英，却为她的死亡潸然泪下，体现出物欲和良知的激烈交锋。还有一些作品则走得更远，不仅触及人性的深邃之处，而且勾勒出了人性内部运动的轨迹。《曲别针》（张楚）中的李志国几乎对所有的人都冷酷无比，对女儿的殷殷牵挂成了他黑暗人性中的唯一光辉。女儿送他的饰物被奉若珍宝，妓女碰了它就招来杀身之祸，些许的善瞬间就会转化为惊人的恶——这或许就是恶人的人性运动路线。《三公里》（映川）中的庄禾为救薛红阳而杀了人，行善化为作恶。为报恩，薛红阳欲借手术之机为庄禾除掉无赖丈夫，行善化为作恶……善的选择即是恶的选择——这俨然是极端处境中好人的人性运动轨迹……这些作品虽然借用了犯罪小说的通俗外衣，探索的脚步却迈得坚实，踏进了人类灵魂的深处，善与恶的交织与转化、灵魂的震颤与冲突，都得到了极致化展示。

由此可见，"70后"作家笔下的"类通俗小说"虽然借用了通俗小说的叙事模式，或者吸纳了通俗性的叙事元素，以增强作品的快感，但是又保持了雅文学的"深度模式"，在精神探索的某些维度上还达到了相当的高度。事实上，那些优秀之作，无论在情感的微妙和细致、社会经验的稠密质地、心理的深度和密度上，还是在展现人性的丰富和复杂、叩问存在的意义以及形而上维度的玄思等方面，都有较为深入的探索。试图在思想贫瘠的通俗文学疆域建立起意义醇厚的艺术王国，就是部分"70后"作家近年来的创作实验之路。

三、通俗化实验的得失

高度评价"70后"作家的"通俗化"创作探索，不是因为他们创造了多少经典作品，也不是因为他们的创作"趋时"，带有抹平雅俗界限的后现代倾向，而是因为他们的艺术实验为中国当代文学的发展提供了多种新的可能性。

"通俗化"创作探索意味着雅文学的创作资源进一步拓展，作家们开始向中西通俗文化特别是西方现代通俗文学领域掘进。近现代以来,世界文学特别是西方文学对中国文学的发展影响巨大,在总体上我们借鉴的对象主要是现实主义和现代主义两大潮流。20世纪二三十年代就开始的"大众化"讨论虽然表明知识精英已经开始关注新文学的"通俗化"问题,但在其创作上普遍以"高雅"为主;20世纪40年代至70年代,文学创作对通俗文学有了比较自觉的吸收和借鉴,但多局限于本土资源;至于西方的通俗文学,只在晚清民初时期曾在中国一度流行,鲁迅还翻译过《月界旅行》之类的作品,此后则一直为主流文化所排斥。"70后"作家的通俗化创作借鉴的主要是西方现代通俗文学及影视作品。这意味着中国雅文学创作再次把西方通俗文学纳入吸收借鉴的视域,从而拓展了自身的营养源。借鉴西方通俗文学并不意味着一定会降低文学的品位,西方现代通俗文学是在不断吸收雅文学畅销元素并累积固化的基础上逐步独立出来的,和雅文学本是同根同源。

"雅"和"俗"的互动历来是文学发展最基本的内在动力之一。就叙事文学而言,雅文学主要是通过对"故事性"的不断舍弃而建立起自己的话语壁垒。布尔迪厄曾这样描述法国文学从现实主义走向现代主义的历程:"巴尔扎克以后的法国小说历史旨在排除'故事性'。福楼拜怀着创作一部'关于微不足道的书'的梦想,龚古尔兄弟怀有创作一部'没有高潮,没有情节,没有粗俗消遣的小说'的志向,对他们自己阐述的'扼杀传奇性'的纲领做出了贡献。这个纲领从乔伊斯延续到克洛德·西蒙,中间经过了福克纳,并伴随着一部一切线状叙事都从其中消失的小说的创造。这部小说本身以虚构而显现。"[1]西方背弃情节的现代文学探索依靠天才作家的创造确立了一批经典,但随后陷入了曲高和寡的迷惘;而更多平庸的作家鱼目混珠,在"高雅"名义下制造出了大批完全丧失艺术准则的作品。中国新时期以来的文学和西方现代文学的运动轨迹比较相像:从现实主义回归,到先锋文学兴起,"纯化"的过程伴随着对"故事性"的不断背离。虽然成就卓著,但故弄玄虚和脱离读者的弊端也日渐暴露。"故事性"本是叙事文学最基本的绳墨,亚里士多德在《诗

---

[1] 〔法〕皮埃尔·布尔迪厄:《实践理性:关于行为理论》,谭立德译,生活·读书·新知三联书店2007年版,第58页。

学》中甚至认为它比人物更重要。"故事性"的丧失难免会导致美学上的混乱。针对这样一种世界性的创作困局，博尔赫斯提出批评意见："我们的文学在趋向取消人物、取消情节，一切都变得含糊不清。在我们这个混乱不堪的年代里，还有某些东西仍然默默地保持着经典著作的美德，那就是侦探小说，因为找不到一篇侦探小说是没头没脑、缺乏主要内容、没有结尾的。"[1]通俗文学对"故事性"的强调实际上是继承了叙事文学的原始基因，博尔赫斯意在用通俗文学的这一基因给衰老的雅文学输血，让迷失的文学重新遵循最基本的艺术规则。西方文学史印证了博尔赫斯的观点，雅文学在现代主义的高雅艺术道路上逐渐走向空中楼阁。"20世纪下半期，现代主义已经完全走进了死胡同，严肃小说和通俗小说又从相互分离逐渐走向融合，加入了莱斯利·菲德勒、弗雷德里克·詹姆逊等人描述的后现代主义文学大合唱。"[2]如果从这样一个文学史视野来审视"70后"作家的通俗化探索，其中隐藏着的巨大建设性意义就显现出来了。我们甚至可以大胆推测，他们的探索路径代表着中国当代文学未来发展的基本方向之一。

　　对通俗文学的广泛借鉴，在某种程度上助长了中国当代文学的想象力。中国主流文化是一种世俗文化。因此，中国文学表现的空间也多局限于尘世生活，与之相对应，其创作方法多惯性化地遵循现实主义原则。"作家的思维空间被缩小到只能与现实社会对话，而审视社会人生只能用世俗视角（不能用超越视角）。这样，作家的想象空间和文学内涵就剩下'国家、社会、历史'之维，文学变成单维文学。"[3]严重缺乏想象力一直是中国文学创作的症结。通俗文学类型丰富，科幻小说、历险小说、武侠小说、玄幻小说等绝不为现实世界所囿，人物常穿梭于天堂、地狱、太空、外星、飞地等多重世外空间，恍兮惚兮。弗莱曾以西方传奇文学为例，分析了多重空间和想象力之间的内在联

---

[1]〔阿〕博尔赫斯：《侦探小说》，《博尔赫斯谈艺录》，王永年等译，浙江文艺出版社2005年版，第203页。

[2]黄禄善：《美国通俗小说史》，译林出版社2003年版，第18页。

[3]刘再复、林岗：《罪与文学》，中信出版社2011年版，第244页。

系。他认为西方传奇文学中叠加着天堂、伊甸园、普通的体验世界和地狱四重空间，由此衍生出上升模式和堕落模式，人物可以在不同空间栖居穿行，因此作家才能精骛八极，心游万仞。[①] "70后"作家已经通过对通俗文学空间意识的借鉴，极大地拓展了艺术想象力。张楚的《夏天的望远镜》是一篇反思国民性的作品。作者借助科幻小说的模式，增加了外星空间，把主人公和外星恋人感应能力的消失作为自由人格萎缩的表征，手法奇特。空间的增多意味着生活样态增多，人物之间的关系增多，人物转换的场所增多，因果链条的跨度增大，想象的空间自然开阔了。这个问题不难理解。莫言的《生死疲劳》之所以赢得世界声誉，在某种程度上得益于作家创造了人间、牲畜和地狱三界，从而为作家思接千载、视通万里创造了条件。通俗文学的某些叙事程式本身就是想象力的产物，比如西方传奇作品惯用的幻化手法。所谓幻化，"通常是通过把人或者人性化的人物与某种动植物联系或者等同起来"。[②]映川多次挪用这种手法，拓宽了想象的空间。在《非典型生活》中，丈夫瞒着妻子带小护士外出旅游，致使妻子留下的豆瓣绿枯死。与此同时，在国外留学的妻子竟然高烧不止，险些丧生。人与花俨然一体，普通人已经幻化为通灵之人。《我困了我醒了》中的张钉具有某些动物的特性，一遇困难就休眠，表现出孱弱的逃避性格。弋舟亦借用过这种方法。《年轻人》的主人公虞搏最后变成蝙蝠飞走，以示对现实的彻底叛逆。幻化表面看来仅仅是一种技术，却赋予了普通人在人世和动植物世界之间穿行、感应的能力，让想象力获得了飞翔的翅膀，给读者带来了奇异感和神秘感。在这个日益物化的世界中，功利主义、工具理性把人们的视野局限于"在场者"，弄得生命干枯。为了获取某种补偿，当代读者更注重从文学中获得"不在场者"，"不但注重同类事物所包含的无穷多不同的可能的具象，而且注重超出已概括的普遍性的界限之外，达到尚未概括到的可能

[①]〔加〕诺思洛普·弗莱：《世俗的经典：传奇故事结构研究》，孟祥春译，上海人民出版社2010年版，第105—177页。
[②]〔加〕诺思洛普·弗莱：《世俗的经典：传奇故事结构研究》，孟祥春译，上海人民出版社2010年版，第115页。

性，甚至达到实际世界中认为不可能的可能性"。①而只有想象力才能帮助我们抵达这些"不在场者"。

卡林内斯库曾论及媚俗艺术和先锋艺术互相渗透的问题——这里的媚俗艺术大致相当于大众文本概念。他专门讨论了吸收媚俗艺术叙事元素进行先锋实验的一种方式，那就是："出于反讽式的破坏的目的，反叛的先锋派已运用了大量直接借用于媚俗艺术的技巧和要素。"②这种情形在"70后"作家那里偶有呈现。例如，映川的《易容术》通篇是对武侠小说的反仿，讽刺了女性"为悦己者容"的自卑心理。从"70后"作家的创作状况来看，卡林内斯库的观点过于保守，通俗文学通向先锋文学的探索之路实在更为宽广。"70后"作家采用更多的方式是把通俗文学元素充分"陌生化"，变为形式试验和思想探索的手段，从而达到先锋效果。《我们》（肖江虹）的故事核是哥哥绑架黑心老板为弟弟复仇而被击毙，情节借鉴了社会小说和犯罪小说。但作者的兴趣不在于此，而在于讲述的方式：作品采用多个叙事者——母亲、老大、司机、老二的舍友、与司机相好的女人、赵老板的女儿、狙击手、村部看电话机的女人，这些人物全以第一人称叙事。多重视角组接、交叉、冲突，故事由此衍生，意蕴也由此衍生。小说形式探索的味道十足。映川的小说更为奇特，读起来先锋味道浓重，但仔细辨析却发现其充满了通俗叙事元素。映川对多种类型的通俗小说都有深入研究，对各种叙事技法也都了然于心，因此创作起来常能综合运用。如《不能掉头》就运用了梦境、失忆、悬念、冒险等多种通俗叙事元素。一般读者只对一两种通俗小说感兴趣，而对其他类型知之甚少，对它们各自独具的艺术技法更是无从了解。映川却将各种技法灵活勾兑，交叉组合，读者读起来自然会产生滞涩感。审美距离拉开了，先锋的味道就出来了。当然，先锋文学不仅要有形式上的破坏与创新，更重要的是要有思想的先知性和叛逆性。在此方面李浩的探索走得更远。他的《夏刚的发明》借鉴了科幻小说"造人"的情节，对人的本质进行了深入探讨，思想的严肃性和前沿性自不待言。当

---

① 张世英：《哲学导论》，北京大学出版社2002年版，第45页。
② 〔美〕马泰·卡林内斯库：《现代性的五幅面孔》，顾爱彬、李瑞华译，商务印书馆2002年版，第247页。

然，在总体上，"70后"作家化用通俗文学元素创造先锋文本的探索才刚刚起步。其意义在于，这种探索让我们认识到，尽管通俗文本本身可能"低俗"，但其作为营养基，完全可以培植出高雅乃至先锋的艺术之花。运用之妙，存乎一心，关键取决于作家自身的思想深度和艺术创造力。

通俗文学给"70后"作家的创作带来了更曲折的故事、更充裕的文学资源、更丰富的想象力甚至先锋探索的更多路径，但也带来了一些负面干扰。通俗文学毕竟属于大众文化，有着大众文化先天具有的各种弊病，而这些对"70后"作家创作的影响也日渐显明。杰姆逊认为，晚期资本主义的殖民化、资本化已经深刻改变了这个世界的文化状况："在后现代主义中，由于广告，由于形象文化、无意识以及美学领域完全渗透了资本和资本的逻辑，商品化的形式在文化、艺术、无意识等领域无处不在，正是在这一意义上我们处在一个新的历史阶段，而且文化也就有了不同的含义。"[1]虽然我们的社会状况与美国有所差异，但也存在若干共性。当前大众文化的影响正在不断扩大，悄然地改变着我们的伦理观念、生活方式、审美观念乃至无意识。通俗文学在某种程度上是大众文化施展魔法的一个侧翼。潜移默化之中，"70后"作家的文学创作难免受其影响。

按照伯明翰现当代文化研究中心的观点，"通俗文化"是"人民自己的表述"，反映了劳工阶级的生活、欲望和精神诉求。[2]这个观点恐怕有失偏颇。实际上，大众文化本身是一个多层次、多次元的混生文化，难以简单化地对其性质做出总体判断。就中国大众文化来看，享乐主义、传统文化、神秘文化、红色文化、小资文化、中产阶级趣味乃至精英意识，还有包括青年文化在内的各种亚文化形态，都在不同的文本中有所表现。不同层次的文化已经渗透到"70后"作家的创作之中，造成了丰富而斑驳的混杂状态。在这方面，海飞的长篇小说《向延安》堪称典型。该作品以20世纪30年代上海一群准备奔赴延安的大学生的不同命运为题材，属于比较典型的"新红色叙事"。整个作品带有

---

[1]〔美〕杰姆逊：《后现代主义与文化理论》，唐小兵译，北京大学出版社2005年版，第145页。
[2]〔美〕乔纳斯·卡勒：《当代学术入门：文学理论》，李平译，辽宁教育出版社1998年版，第47、48页。

"怀旧"色彩，能满足老年读者缅怀历史的文化诉求。主要人物是刚刚步入社会的大学生，不仅带有青春色彩，而且与精英阶层相关。因为是写我地下党智取日军情报的故事，在民族主义情绪高涨的当下社会，自然能满足读者宣泄的需求。这些文化符码还只是表层的。从主导情节上看，这部作品属于"谍战小说"。它依靠强烈的传奇性和类型化故事吸引读者，带有文化消费主义的特征。可以说，《向延安》把美学的"折中主义"演绎得淋漓尽致。这样的文本自然带有文化上的丰富性和复杂性，但同时也面临如何融合以及如何避免美学上的不充分性问题。费斯克曾经批评过那些充满叙事缝隙的通俗作品，认为它们缺乏深度："文本意义所赖以存在的复杂密集的关系网，是社会的而不是文本的，是由读者而不是文本作者创造出来的。当读者的社会体验与文本的话语结构遭遇时，读者的创造行为便得以发生。"[1]而真正的美学文本不仅要创造一个完整的生活世界，而且要创造一个完整的价值世界，在意义生成上具有很强的自足性。

其实，当前更为直接的问题是创作中的中产阶级趣味问题。在发达资本主义国家里，中产阶级处于中坚地位，因此他们的生活方式、价值观念广泛渗透到社会空间，左右着广大民众的思想认识方向。中产阶级当然不是有原罪的，作为社会学概念它还是公民社会的基础。但作为文化概念，中产阶级的消费观念与艺术趣味历来是西方知识界警惕和抨击的对象。在"文化工业"不断延伸的时代，中国大众文化通过市场与西方大众文化直接链接，自然难免染上中产阶级气息。在当下中国，大量"知识分子"的生活已经开始中产化，也难免产生中产阶级趣味。在他们那里，文学作品无论是俗还是雅，主要的功能都是消闲和消费，无所谓艺术的探索精神和批判锋芒。因此有的学者认为中产阶级趣味"是我们时代的文化与艺术所表现出的一种新的审美观，它所代表的是一种删除了精英知识分子启蒙批评立场，同时也隔绝了底层社会的利益代言角色、与今天的商业文化达成了利益默契、充满消费性与商业动机、附庸风雅或者假装反对高雅的艺术复制行为"。[2]若干"70后"作家的作品已经表现出明显的

---

[1]〔美〕约翰·费斯克：《理解大众文化》，王晓珏、宋伟杰译，中央编译出版社2006年版，第130页。
[2]张清华：《我们时代的中产阶级趣味》，载《南方文坛》，2006年第2期。

中产阶级趣味。

通俗文学和雅文学如何融合的问题是文学史上的一桩公案。中国现当代文学史研究中长期存在"高雅-通俗"的二元对立思维模式。这种思维固然过于绝对化，但也不是无源之水。我们不能不承认，从审美特点而言，两者确实存在巨大的差距。洪子诚认为雅文学与通俗文学走的是两套不同的创作道路，属于两个美学系统，评价起来应该用各自的审美标准。"如果不承认相互独立（当然又相互渗透）的两种不同的小说创作的路线，其结果很可能是将各自的思想艺术特征作某种程度的削平，互相妥协、折中，而损害了各自拥有的特色。在20世纪50到70年代这一时期，这种'混淆'所产生的矛盾和在小说发展上所造成的缺失，是个值得研究的现象。"①在"70后"作家的通俗化实验中，"雅"与"俗"难以完全对接的困惑依然存在，从他们创作的一些瓶颈中似乎可以找到原因：思想性在总体上的不足问题，恐怕与娱乐性对深刻性的颠覆有关；文学语言探索上缺乏进展的问题，恐怕也与通俗文学直白浅露的诉求有关……种种根本性冲突所带来的问题，也不能不引起我们的反省。

在每次文化范式发生转换的历史关节点上，几乎都会有文学的转型。而每次转型都意味着文学要回到原点上接受拷问：文学为谁而存在？文学的本质是什么？理想化的文学形态是什么？当大众文化的影响日渐强大的时候，雅文学的通俗化倾向也许不可避免。杰姆逊结合美国的文学状况，提出这样的观点："到了后现代主义阶段，文化已经完全大众化了，高雅文化与通俗文化，纯文学与通俗文学的距离正在消失。"②但是，一个试图在文学世界登堂入室的创作者，应该首先确立起自己牢固的文学理想。吴炫有个观点很有道理：真正优秀的作家不应该满足于拥有自己的个性和风格，也不应该迎合即时性的时代要求，而应该处于"与所有流行的世界观和文学观念构成一种'本体性否定'的状态"，进而致力于建立一个"个体化世界"。③如果从这个维度来俯视"雅"与"俗"的问题，也许会有更开阔的视野。

---

① 洪子诚：《二十世纪中国小说理论资料》（第五卷），北京大学出版社1997年版，第7页。
② 〔美〕杰姆逊：《后现代主义与文化理论》，唐小兵译，北京大学出版社2005年版，第146页。
③ 吴弦：《文学的穿越性》，载《上海文学》，2001年第5期。

"70后"作家的五副面孔[*]
——"身体写作"、颓废、城镇叙事、先锋派、中间代

马 兵

任何以时代命名的作家群研究其实都不免有大而化之和削足适履之嫌,并容易造成时代内部对某种异质性美学向度的遮蔽。此外,它也容易放大不同时代之间价值与审美的歧异而忽视其间潜隐的关联和承继。比如,对于同属20世纪70年代出生的作家,试图在卫慧、徐则臣、鲁敏、曹寇、阿乙、李浩、张楚、艾玛、冯唐、东君、盛可以、安妮宝贝、李骏虎、刘玉栋、路内、瓦当、付秀莹、滕肖澜等人的小说中提炼归纳出某种具有共性或一致的文学观念,显然比比较他们小说主张的不同要困难得多。事实也正是如此。在绝大多数关于"70后"作家群的研究中,对于"70后"这一概念的整体性讨论基本体现为对这代作家时代境遇、成长背景、历史记忆、知识结构等的描述:他们身处渐次被文学史经典化的"50后""60后"作家和新媒体写作浪潮下来势汹汹的"80后""90后"作家夹缝之中的尴尬处境,他们被"文革"后的文化语境所预设了的对意识形态和宏大历史的淡漠态度,他们渴望找到能与其成长经验相匹配的独特语言方式和叙事能力而又深感无力的焦虑等。但这种描述相对粗放,对其缺乏动态的观照,细部的比较也语焉不详。本文无意再试图就"70后"作家群给出整体性的概括,而是借鉴马泰·卡林内斯库著名的《现代性的五副面孔》之名,从五个角度来分别探讨"70后"作家群的不明确性,以期能呈现这一代作家彼此间并不一致,甚至相互矛盾的复杂状貌。

---

[*] 原载《小说评论》,2015年第4期。

"身体写作"

虽然连有的当事者本人也在日后表示不接受"美女作家"这一称谓，但必须承认，使得"70后"作家浮出文坛，并在相当长的一段时间内表征了"70后"写作特别属性的，正是由《作家》杂志在1998年第7期上策划的"70年代出生的女作家小说专号"，以及由此衍生的"美女作家"之说。

作为"70后"作家的第一遭亮相，卫慧、棉棉、周洁茹、魏微等七位女作家分享了"美女"之谓。《作家》杂志也刊登了大幅的女作家照片作为招徕读者的手段。这不由得让人想起鲍德里亚在《消费社会》中定义的"功用性色情"："美丽的命令，是通过自恋式重新投入的转向对身体进行赋值的命令，它包含了作为性赋值的色情。"[1]当然，在唯灵论的训诫中打捞身体并不是"70后"美女作家的专属，其早已经在20世纪90年代的私人写作浪潮和新生代的文学实践中被不断地尝试。不论"70后"的前辈们态度如何决绝，他们身体的愈益激进正呈露出其对灵的不能释怀。就像陈染在《写作与逃避》中写的那样，"那个附着在我的身体内部又与我的身体无关的庞大的精神系统是一个断梗飘蓬"，但它却幽灵般压榨出书写者的禁忌感。真正让身体卸脱精神属性的附着进而解构灵肉二元论、确立身体本位的确实是这批当时走红的"美女作家"。她们的"身体叙事"既不再具备对抗僵化的意识形态的美学意义，也与女权主义关联不大，尽管身体写作这一概念更多借鉴自颇有影响的埃莱纳·西苏的女权主义名作《美杜莎的笑声》。在她们那里，"身体之所以被重新占有，依据的并不是主体的自主目标，而是一种娱乐及享乐主义效益的标准化原则、一种直接与一个生产及指导性消费的社会编码规则及标准相联系的工具约束"。[2]她们借由解放的身体创造出一个关于身体关系的新伦理，预告了全面的消费意识形态掌控时代的来临，并强化了她们想象自我与世界的方式。

在十余年后的今天，重读《上海宝贝》《糖》《蝴蝶的尖叫》《啦啦啦》

---

[1]〔法〕让·鲍德里亚：《消费社会》，南京大学出版社2008年版，第125页。
[2]同上，第123页。

等小说,你会感到其对情欲和身体的坦荡以至耽溺依然让人为之瞠目。不过更有意味的还是后来,以卫慧、棉棉为代表的"美女作家"的身体写作在遭遇褒贬不一的评判和沸沸扬扬的禁书事件之后,在21世纪里很快便淡出了公众的视野。卫慧陆续出版了《我的禅》《狗爸爸》,棉棉出版了《熊猫》《白色在白色之上》等,但均已风头不再。正像当事者之一的魏微所说的那样,'70后'女作家就这样被人遗忘了。它像一阵风,到宝贝事件为止,渐趋式微。"[1] "70后"作家的第一副面孔如此仓促地收束,固然与部分出版机构在追新逐异动机下的揠苗助长、男性读者的欲望解读与美女作家们消费诉求的合拍等因素有关,更重要的原因恐怕还是来自其对身体过度祛魅所造成的表达困境。美国的社会学者约翰·奥尼尔在他的《身体形态:现代社会的五种身体》中曾提到,当"交往身体"被降格为"性的身体",连带的必然是对"那曾经统摄着自然、社会和人类身体的性别化的"文化体系的歪曲。[2]卫慧们似乎也在印证着这一点。她们完成了身体的社会脱位,即等于交出了作品的底线。于是,我们看到,那解脱灵的束缚的肉身既是小说里无法提供抚慰的"生命之轻",又在现实中迅速窒息了自己。回头来看,在"美女作家"上升又陨落的轨迹中,身体写作就像一枚钉子,先是把几位其实面目不尽相同的女作家钉在一张标签之下,又迅速被批评界拔掉,留下一个深而圆的孔,提醒人们,"70后"作家的最初登场有那么一个确凿又空洞的证明。这么说并不意味着对"美女作家"的否定,因为她们毕竟完成了一次对同龄人的塑形,而且以类似献祭的方式拓宽了社会对"身体叙事"的接受度,为后来者的跟进做了充分的舆论预热。

21世纪涌现的"70后"作家中并不乏"身体写作"的践行者,代表者有盛可以、映川、冯唐、尹丽川等。不过为避免重蹈卫慧等人的覆辙,他们在大张旗鼓的"身体叙写"中也注意在"生理身体"和"交往身体"间再建意义的关联,重新赋予身体或道德、或历史、或批判、或反思的意义。我们以盛可以为例来分析。在21世纪初,盛可以亦曾被列为"美女作家"的一员遭受陪绑的批判。她对身体的描绘,凌厉铺陈处比卫慧等人有过之而无不及,但她强调解剖

---

[1] 魏微:《关于70年代》,载《青年文学》,2002年第1期。
[2] 〔美〕约翰·奥尼尔:《身体形态:现代社会的五种身体》,张绪春译,春风文艺出版社1999年版,第6页。

身体、解剖心灵、解剖生活三管齐下，所书写的各种身体意象无不关联人性的隐疾和生活的疼痛。比如中篇小说《手术》即巧妙地借女主人公唐晓南的一次乳腺手术，在回溯性的结构里把手术刀指向了都市情感病变的肌理。显然，唐晓南的疼痛之源并不是她病了的左乳，而是她被悬置的情感。她从欲望里挣脱，向爱情靠拢，又从爱情里跃出，试图往婚姻里奔突，却发现最终跌进了她自造的悖论里。身体之病在肌肤，情感之病在骨髓。前者有针石可疗治，后者却只能任其隐痛。于是在小说的结尾，她身体的病变处被手术刀割下，情感的创面却愈溃愈大，无药可救。而在《北妹》的结尾，打工妹钱小红的双乳畸形地膨胀，让她不堪重负，栽倒在地。一个底层女子双重的挫败感在这一幕中被凝定。借由乳房的残缺与膨胀，盛可以再一次让女性的身体具有了强烈的文化意义。

让我们用李师江的一段话来为"70后"作家的这副面孔作结吧："这一代对文学的最大贡献就是'身体写作'。这个非常重要——让身体觉醒。当然后来概念被丑化，但是21世纪文学最大的革命，就是恢复了对感官的一种写作。"[1]需要补充的一点是，尤其当这觉醒的身体不仅仅建构自我，也形成对时代的阐释时，其意义更为重大。

颓 废

卡林内斯库在《现代性的五副面孔》中探讨了进步与颓废二者间的辩证复杂性，结论是悖论式的，即进步并非颓废的"绝对对立面"，而是"进步即颓废，颓废即进步"。尤其20世纪以来，"高度的技术发展同一种深刻的颓废感显得极其融洽，进步的事实没有被否认，但越来越多的人怀着一种痛苦的失落和异化感来体验进步的后果"。卡式进而对颓废这一概念在近代以来的美学建构进行了知识考古学式的梳理，其中引述的尼采对于颓废风格的文学定义颇有启发性。在《论瓦格纳》中，尼采说："每一种文学颓废的标志是什么？生活不再作为整体而存在。"[2] "70后"恰恰是在一个"坚固的东西都烟消云散"

---

[1] 姜妍：《丁天、冯唐、李师江大话70后作家的文学生活》，载《新京报》，2007年10月31日。
[2] 〔美〕马泰·卡林内斯库：《现代性的五副面孔》，顾爱彬、李瑞华译，商务印书馆2002年版，第166、167、201页。

的去整体化、去中心化的时代里成长起来的一代,因此,对颓废的文学理解自然也会构成"70后"作家审美的重要方面。

和"身体写作"一样,颓废在新时期的文学发展中历来受到眷顾,并非"70后"作家专有。不少研究者都曾勾勒出从北岛到刘索拉、徐星,到王朔,再到韩东、朱文这样一条颓废文学的线索。"70后"作家群中以"无聊现实主义"著称的曹寇在多次访谈中均提到这个线索。他说过韩东对他影响巨大,说过朱文发起的"断裂"事件对他影响甚巨,[①]还说过"王朔是活着的语言大师",认为他的写作"改变了这个时代的语言,甚至语境"。但是他又说:"我个人不太喜欢他小说里的一些东西,比如矫情。"[②]曹寇的这些表述透露出两点意思:第一,他的写作可以视为对新时期以来颓废文学线索的自觉接续;第二,以戏谑来调侃矫情的王朔在后辈看来居然也脱不了矫情。

作为一个素来具有道德堕落含义的词汇,颓废长久地被作贬义理解,直到波德莱尔开始在颓废和现代性之间建立起一种美学关联,它不但与先锋主义成为近邻,还代表着对腐朽僵化的文化意识的反动。比如阿多诺在《否定的辩证法》中这样说道:"在暴力和受压迫生活的世界中,由于颓废拒绝顺从于这种生活及其文化,拒绝顺从于它的粗暴与傲慢,因而成为更好的潜在可能性的庇护所。"在正统的马克思主义文艺观的理解中,颓废是一个应该被声讨的资产阶级的恶的情调,其意味着物欲的沉迷和末世的放荡。而王朔的作品正可以在上述两种对颓废的理解里获得积极的意义:他常常让无所事事的城市青年用庄严的毛语体把自己无聊的生活状态洋洋洒洒地倾泻而出,在"一点正经没有"和"千万别把我当人"的语言快感里,借助前一种颓废的否定力量完成对后一种批判之声的拆解。

到了韩东和朱文这些新生代作家的笔下,王朔式颓废中那种激越的颠覆力开始消退,顽主们英雄末路的情结也被廉价的庸俗生活逻辑取代。朱文在《我爱美元》中干脆让主人公宣称:"我就是一个廉价的人,在火热的大甩卖的年代里,属于那种清仓处理的货色。"曹寇的风格与朱文看起来很像,但他不像

[①] 陈祥蕉:《曹寇:只写自己熟悉的人和事》,载《南方日报》,2012年4月8日。
[②] 苏娅:《"中间代"的成长逻辑》,载《第一财经日报》,2012年3月3日。

朱文那样刻意设置典型的亵渎情境，也没有朱文那种夸张的解构和媚俗冲动。他的颓废是属于弱势群体的颓废。从王朔的《我是你爸爸》到朱文的《我爱美元》，读者可以清楚地看到儿子的"反道德"如何引导父亲的"伪道德"，以及"父为子纲"的训诫土崩瓦解的过程。曹寇也有不少涉及父子关系的小说，比如《鞭炮齐鸣》《所有的日子都会到头》等，可小说里的父子只是各自平庸，各自无聊，并没有什么不可化解的冲突。曹寇也无意以此反衬家庭温情的虚伪，他只是诚实地呈现中国无数父子关系中的一个真实切片，如此而已。

迄今为止，除了《我在塘村的革命工作》和《鸡狗之间》等具有明显讽刺意义的几篇小说外，曹寇绝大多数的小说都"纠结于生活的鸡零狗碎"和猥琐卑微的市井欲望。弱势群体在他笔下成为这个国度里沉默大多数的重要镜像，他们既是道德底线沦陷、伦理颓败、价值裸奔这些怪现状的受害者，又是带菌者。那些叫王奎、张亮、李芫、高敏的小人物并不妄想拆解什么神圣的道德，只是从众随俗地逃避着价值判断，在一个"生活不再作为整体而存在"的时代里与自己的尴尬和无奈厮守——这些就是作为弱势群体的颓废。

曹寇的写作并不孤单。与他有呼应的"70后"同辈作家李红旗、程迎兵等都是写颓废无聊的好手。另外，尹丽川、李师江、瓦当、丁天、路内、魏新的部分作品也有着类似的面孔。他们无意对生活抒情，反而常在别的作者狠命煽情的地方报以几声冷笑；他们的荒诞感不是形而上的，而总是基于最日常的现实；他们止于对生活的即景描绘，擅长在一种看似不经意间目击的情景里揭示出足以让有着同样经验的读者震颤的生活隐痛。

城镇叙事

1970年出生的导演贾樟柯在与林旭东的对谈中曾提到故乡汾阳农业社会的背景给他的巨大影响。他说："我这里指的并不是农业本身，而说的是一种生存方式和与之相关的对事物的理解方式。譬如说，在北京这个城市里，究竟有多少人可以说他自己跟农村没有一点儿联系？……而这样一种联系肯定会多多少少地影响到他作为一个人的存在方式：他的人际关系，他的价值取向，他对事物的各种判断……但他又确确实实地生活在一个现代化的大都市里。问题的关键是怎么样去正确地面对自己的这种背景，怎么样在这样一个背景上去实实在在地感受中国人的当下情感，去体察其中人际关系的变化……我觉得，如果没有这样一种正视，这样一种态度，中国的现代艺术就会失去和土地的联系——就像现在有的青年艺术家做的东西，变成一种非常局部的、狭隘的私人话语。"①

作为在社会政治、经济、文化等方面相对独立，呈稳定状态的基本政治和社会单元，县城在城乡对峙的区划格局中成为一个巨大而又暧昧的缓冲地带。一方面，它响应现代化的召唤，有着向都市看齐的欲望；另一方面，受制于规模和人口的制约以及文化传统的遗留，它又有着脱不开的乡土意识。近20年来，随着城市化进程的加快，乡镇日益县城化，县城日益都市化，费孝通在《乡土中国》中所定义的乡土本色几乎已不复存在。游荡在城市里的庞大的乡民使得乡土文明的承续越来越失去固定空间的限制。乡土文明很难再被整合为成体系的文化传统。城镇也随之而变，其人际交往方式虽然还有着熟人社会的印记，但社会价值观念的遽然变化又会让人们彼此感到陌生无比。正是通过对城镇中国的发现和追忆，贾樟柯激活了有着类似生活经历的文化共同体对于时代之变的共同感受。贾樟柯的这种艺术实践在与他同辈的"70后"作家那里同样获得了充分的表现。比如以写作桃源县著称的张楚在解释自己为何致力于书写小城故事时，便这样说过："在小城镇生活的好处在于，这里像是一个蜘蛛网，密密麻麻、经纬交错。在大街上走一段路会碰上很多熟人，这让我觉得安全、可靠。这种安全感对我来说很重要。生活在城镇就像生活在水面之下，你身边不断游过一些浮游生物，你跟它们碰撞、接触、纠缠，然后各奔东西。你可以发现，这些所谓的普通人都有自己的内心世界，他们都有对这个世界的完整认识和行事准则、说话方式。每个人都是一个世界，每个人都是一个宇宙……中国现在大部分城市都是小县城，小县城的变化非常快……在市政建设上，这些小县城已经越来越接近大城市，甚至有些县城看起来和二三线城市已没有什么区别。但是你如果生活在这里就会发现，县城里的人们精神上的贫瘠

---

① 贾樟柯：《贾想1996–2008》，北京大学出版社2009年版，第45页。

还是没有改变，城市发展跟人的精神需求是不合拍的。"①

确实如此。相比于高密东北乡、商州、耙耧山脉、香椿树街这些属于"50后""60后"作家的光彩夺目甚至咄咄逼人的文学地标，张楚的桃源县，当然还包括鲁敏的东坝、徐则臣的花街、曹寇的塘村、瓦当的临河、刘玉栋的齐周雾、艾玛的涔水镇、魏微的微湖闸等"70后"作家的纸上故地更低调平实，也更能体现城镇叙事的特点。他们借助这些地理空间，或追怀随乡土式微而日近黄昏的"无邪的道德"，或借由个人的成长检阅小城百姓的哀伤喜乐，或惊诧于城镇百姓精神异变的乱象，细腻而多角度地完成了对近30年中国小城镇变迁的文学记录。和贾樟柯屡被称为"平民史诗"的电影一样，"70后"作家的城镇叙事也不是完整、有条理、目的明确的，而恰恰是碎片化、细节化和充满迷茫的。正如有学者在评价《站台》时指出的，让人印象最深刻的不是大的事件本身，"而是历史事件之间的过渡时刻，那些不仅经常被历史也被电影所忽略的日常事件"。通过对转变中的历史和生活的描绘，"70后"的这些敏感的艺术家"复原了这种日常时刻和体验，探索了个体在历史变化的阵痛中所面对的困境"。②

城镇生活的记忆和经历在某种程度上也决定了他们迁移到大城市生活之后的思考和写作的重心，即对寄居在大都市里的外来者命运的关注和对人与城关系的探求。比如徐则臣，除"花街"之外，"京漂族"构成他创作的另一重心。与充塞于21世纪里那些习见的底层写作不同，徐则臣无意竟写"京漂族"物质的困窘。这不是说他对"京漂族"的苦难视而不见，而是他致力于写出这一特定群体栖身京城背后的精神隐秘。相对于罗织苦难的惯常笔墨，他更在意去洞察人物幽微难言的内心。因此，他笔下那些卖盗版碟、卖发票、卖假证的道德上有瑕疵的小人物总会因为他们内心的某种坚持与善念而得到我们的谅解和宽恕。在《如果大雪封门》里，从南方来的"京漂"小伙林慧聪千万里北上寻梦，为了一个与从未见过的雪花的密约，他在北京清冷的冬日仔细地侍弄着一群信鸽。在小说结尾，北京真的大雪封门了，虽然不像林慧聪期待的那

---

① 行超：《张楚：写作是一种自我的修行》，载《文艺报》，2013年4月7日。
② 〔美〕白睿文：《乡关何处》，广西师范大学出版社2010年版，第88页。

样如童话世界一般"清洁、安宁、饱满、祥和",但自有"一种黑白分明的肃穆",让小林无比满足。只是,作者在结尾处又看似轻描淡写地提到另一个期待看雪的"京漂"小伙宝来,而在小说开头作者告诉我们,他已经因为脑子被打坏而被送回了故乡。这个没有展开的故事分明为我们呈示了林慧聪的另一镜像。这让故事貌似温暖的结尾有一个清寒的回声:安托灵魂之地到底属于远方还是故土呢?在《看不见的城市》中,徐则臣借由小小口角引发的农民工之间的一桩谋杀案,迫使每一个穴居在城市中的人正视这些城市的建造者与城市的关系。看得见的城市脆弱的精神生态和变异的社会生态催生了戾气、暴力和死亡,看不见的城市却关联着梦想、远方和希望,其间的辩证关系真是匪夷所思。

另一位长于乡情乡土风俗描绘的"70后"作家刘玉栋,曾把一组自己讲述童年记忆和故乡齐周雾庄的小说组接成一个小长篇,将其命名为"天黑前回家"。在出版时他在书前引用了波兰女诗人希姆博尔斯卡《乌托邦》中的一句诗:"似乎这里只有离去的人们,他们义无反顾地走向深处。"究竟是天黑前回家还是义无反顾地离去?面对业已式微的乡土和失信的城市,这确乎是个艰难的选择。

先锋派

对于"70后"作家的文学创作而言,"先锋"是一个充满诱惑又意味着危险的词。诱惑在于,他们这一代的文学创作颇多受惠于"85新潮小说",以至几乎所有的"70后"作家都曾有过学步先锋文学的阶段。危险在于,先锋之于他们不仅仅意味着巨大的"影响的焦虑",还意味着一种严重的时代错位感。在"先锋文学的终结"甚至已经被写入文学史的时候,再度先锋无疑需要十足的勇气和对文学的虔敬之心。而在"70后"作家中,颇有几位具备这种勇气和虔敬之心的先锋文学的传承者,比如李浩、阿乙、阿丁、东紫、东君、朱山坡。这些先锋的信徒孤单又野心勃勃地与"简单化的白蚁"①作着持续的斗争。

　　李浩之于新世纪先锋文学的意义毋庸多说。自出道以来，这个卡尔维诺的私淑弟子立志"给文学找回'精英意识'"的先锋立场从来就没有改变过。他的小说有时"像鼹鼠那样专注于人类存在之谜、人类存在的可能和人性隐秘的发掘"，有时则"像飞鸟，呈现飞翔的轻质，提升人类对世界、对过去和未来的想象"。②他是马原、格非等人之后小说家里少见的技术主义者，既尝试过《封在果壳里的国王》《国王的冰山》《一个国王和他的疆土》这样的卡尔维诺式的童话寓言，也有过《等待莫根斯坦恩的遗产》和《告密者札记》这样拟仿的翻译体之作。而且他极少重复。当一种叙事实践颇为可观之际，他会决绝地放弃，继续拓展新的陌生的叙事疆界。然而，他又并非一个唯技术论者。在他最炫技的那些小说里，也不难看出其背后对于终极性问题的隐喻或者设问。他多次向人表示他获鲁迅文学奖的小说《将军的部队》不是一篇好的小说。笔者认为，他这样说的部分原因是这篇小说因获得官方的奖项而被广泛阅读，其军旅题材易被纳入一种常规的解读套路之中，李浩真正想要表达的记忆和遗忘的辩证反而会被遮蔽。这等于缩减了小说的阔度和纵深。同样的，他的那些所谓"文革"题材、父辈故事也不宜从主题学的角度做过多阐释。它们对于李浩而言更多意味着一种承载玄想和思辨的容器、一种勘探人性和存在隐秘的装置。可以说，在某种程度上，李浩的存在即是对"'70后'创作缺乏深度叙述、流于表象叙事"这一观点的一个反证！

　　暴力美学是20世纪80年代先锋文学的重要遗产，也在21世纪崛起的后辈先锋作家那里得到延续。在这一向度上用功最勤的当属阿乙。和早年的余华很相像，阿乙的小说里遍布死亡。他说："我时刻不忘提醒人会死这一现实。"这句话让人想起海德格尔的名言："何时死亡的不确定性与死亡的确定可知结伴而行。"③死亡的悬临与人性的盲动构成阿乙小说的两个支点，而暴力决定了后者对前者的倾覆。他的小长篇《下面，我该干些什么》取材于一桩缺乏

---

① 李浩：《与"简单化的白蚁"作斗争》，载《北京日报》，2007年9月3日。
② 同上。
③〔德〕海德格尔：《存在与时间》，陈嘉映、王庆译，三联书店1999年版，第296页。

犯罪动机的少年杀戮事件。阿乙在出版前言中着意强调了其写作态度的"非正义性",即:"遵循加缪的原则,像冰块一样,忠实、诚恳地去反映上天的光芒,无论光芒来自上帝还是魔鬼。"①换言之,阿乙对罪与暴力的关注并不是伦理学上的,而是存在主义的。小说中杀人者把杀人的动机描述成渴望"充实"内心的冲动。这个缺乏明确犯罪指向的理由深深困扰了法官。在这一点上,阿乙确实很接近20世纪80年代的余华。如果与余华创作于21世纪的《兄弟》和《第七天》对比一下,这一点会更清楚。在《兄弟》和《第七天》中,余华重新开始对暴力的讲述。与早期作品相比,这两部小说中暴力的生产被明确地指向现实体制,也鲜明地体现了余华严正的社会批判立场。及物的暴力书写使余华找到了面对现实经验时的发声方式,但也因此"越来越疏远精神的本质"。而后者恰恰是余华在《虚伪的作品》中对"被日常生活围困的经验"不满的原因。当前辈余华选择做一个"正义的作者"的时候,阿乙选择只做一个拒绝评判的作者的姿态显现出其对先锋精神的恪守。此外,阿乙的先锋性还体现在其小说叙事和语言的考究上。他也是个叙事技艺的迷恋者。小说集《鸟,看见我了》中的每一篇小说都有一种特别的讲述方式以及冷漠精准的语言,让这些小说有着纤敏犀利的先锋的芒刺。

  山东作家东紫的作品不多,但每一篇都很耐读。她的先锋性体现于一种"佯谬"式的表现主义风格中。她擅长构筑情景,以导引出平时被掩蔽起来的人性,或将人们临事时的情绪反应作放大的观照,或压榨出人之本我的欲念。让我以《珍珠树上的安全套》为例来分析。挂在树上的用过的安全套引起了全楼的骚动,可随着叮当爷爷的调查,落在树上的安全套不但没减少反而日渐多了起来。整栋楼的每一扇窗户背后是各怀心思的住户,安全套变成了一把打开他们心门的钥匙:大学同窗兼同事如何为了职务升迁而反目,望子成龙的父母为了风化择邻而居,离异大夫与落魄青年潜藏着伤害和欲望……每个人隐秘、卑微、自私的念头都借助这个情景被放大化地呈现出来,那些招摇在树上的安全套也借此完成了对人性厚黑的指控。在这个意义上,纠缠于小说真实与否是

---

①阿乙:《下面,我该干些什么》,浙江文艺出版社2012年版,第6页。

对小说最大的误读。东紫要的就是悖谬，她那些貌似现实主义的笔墨实则都是关乎人性的预言及寓言。

此外，阿丁小说中对"记忆、逃离与存在"的表达，东君小说尤其是前期作品《荒诞的人》《恍兮惚兮》里对自我生存的渺小感和荒诞感的表达，朱山坡对轻逸叙事的实验，走走的心灵呓语等，也都构成"70后"先锋文学的重要收获。另一位不无先锋色彩的"70后"作家于晓威在《先锋小说完蛋的11个理由》中对先锋文学坚守者的努力给予了一种同情的调侃。在陈述了先锋小说不合时宜的处境之后，他说："哪怕它会完蛋！然而在一片没有任何障碍或失去目标的地平线上，先锋的身影不管怎么说，还是温暖和激励了我们的双眸。他们孤独行进的勇气和堂吉诃德式的周旋，为文学扯出了一面风一样的大纛。"也许这就足够了。

中间代

由铁葫芦图书策划出版的《中间代代表作》和《新女性代表作》，以及由这些作家的单本小说组成的"中间代"系列图书赋予了"70后"作家又一张面孔。出版方给出的"中间代"定义是："在体制和商业助推文学时，他们被广泛遮蔽，但这同时也使他们保持住与文学的亲密关系，而非急于和市场、评委等外在条件拥抱。"并且出版方强调编选图书的"唯一标准是作品"，[1]希望借此在纯文学的场域展示出"70后"创作的实绩。出版方的命名方式和编选意图，隐含了要超越年代命名方式的审美判断，以及发掘游离于传统期刊、网络类型写作、市场偶像写作和官方作协体系之外的文学精英的企望。当然，标榜入选作家与文学关系的纯粹性显然更多是一种商业的宣传操作。

实际上，"中间代"并非一个新鲜的概念。在中国诗歌界，以安琪、黄礼孩、臧棣等为代表的"中间代"诗人早已深入人心，而且成为诗人自我命名的一个样本。诗歌界"中间代"群体的浮出同样与其置身在第三代诗人和"70

---

[1] 薛忆沩、冯唐等：《中间代代表作》，北京联合出版公司2012年版，编选说明。

后"诗人夹缝中的状态有关。他们不甘于被笼统的代际界分所遮蔽,而是试图"为沉潜在两代人阴影下的一代人作证"。但他们也无意卷入无休止的诗学论争。因此,这些诗人自我命名为"中间代"。既指他们介于两代诗人之间的一种现实境遇,更意味着一种与对峙分裂的诗坛保持疏离的站位。他们坚持允执厥中的诗歌立场,面对时代坚定地发出属于他们的不可被代言、被化约的声音。更为重要的是,"中间代"诗人并不试图以共性来压制个性,而是鼓励群内诗人不同诗歌理想与实践之间良性的碰撞、冲突与融合,以期形成一种切磋砥砺、共同进步的氛围,免于圈子化和让命名成为另一层遮蔽。

笔者认为,诗歌的"中间代"命名给小说的"中间代"命名提供了相当重要的经验。小说的"中间代"由民营的出版机构来命名,显现出"阐释文学的权力"进一步由文学的内场域转向传播的外场域,不像诗歌的"中间代"命名,完全是诗坛内部的行为。入选的小说家均表示了对这一概念及其背后商业平台的认可。比如阿乙就指认"中间代"是一个人道主义概念。他说:"我们除开要关注这些前一代作家在写作方面弄出的新意之外(比如格非、余华、马原尝试大长篇的写作),也要关注真正的新人。而这一批生于70年代的作家像是宝贵的棋子,散落于江湖,并没有得到很好的聚拢,也没有一个可供他们持久集体亮相的合适平台。铁葫芦公司努力做好的就是这个平台……江山代有人才出。我们今天的文学尊重鲁迅,但文坛并不永远只属于鲁迅。"[1]曹寇虽认为这个概念在本质上与写作者毫无关系,但依旧认为它的出现"适逢其时"。这体现出这批本来更多处于民间散兵游勇状态的小说家对抱团取暖的某种渴望。毕竟,集束出击的力量要胜于单兵作战,而"中间代"图书在市场上的成功也真正给了这批作家走近读者的机会。接下来他们需要做的就是像诗歌"中间代"的同道一样,持久地发出他们不可替代的声音。

值得一提的是,和诗歌的情况类似,入选"中间代"的作家也无一致的美学纲领。让我们以男作家的那一卷自选集为例来说明。选入其中的除却薛忆沩、苗炜两位是"60后"作家,其他则既包括像冯唐、李师江、路内这样的已

---

[1] 凤凰读书:《凤凰读书独家采访文坛"中间代"——阿乙》,http://book.ifeng.com/yeneizixun/special/wentanlaonanhai/detail_2012_08/12/16745180_1.shtml。

经积累了足够多的象征资本的"70后"代表作家,也有阿乙、阿丁、瓦当、曹寇这样咄咄逼人的新锐,还有在摄影、文学和电影间自由跨界的柴春芽。每位入选者不同的生活阅历、知识结构、思想历程、文学师承和叙事偏好决定了"中间代"审美风貌的驳杂。如果做充分的文本细读,我们甚至可以再罗列出"中间代"的"五副面孔"。从这个意义上来讲,"中间代"的写作就是作为一个群体的"70后"写作的缩影。

在夹缝中生存固然是"中间代"不可逃脱的现实境遇,但过于强调这个宿命其实是其不自信的示弱表现。而站位的姿态和立场决定着抗压的强度和韧劲,"中间代"标榜的"直立行走"其实也是"70后"作家在21世纪里普遍采取的一种站位。另外,在"70后"作家集结的力量内部,对异质性文学元素承载力的大小,以及是否有足够多元包容的审美空间也在某种程度上左右着"中间"是否可以成为"中坚",左右着"70后"文学的走向。可喜的是,"中间代"的小说家有着坚定的文学抱负和自期:"70年代人的艰辛和寂寞,很可能使他们成为一群真正意义上的文学写作者。他们有可能会跳出政治抒情、西方大师代言、青春期写作、写作寿命短等中国作家的宿命。他们置身暗地的沉思品质本身已显示出某种难以估量的力量和可能。不过这需要努力和时日。"[1]

北岛在一篇散文中写道:"人总是自以为经历的风暴是唯一的,且自诩为风暴,想把下一代也吹得东摇西晃。这成了我们的文化传统。比如,忆苦思甜,这自幼让我们痛恨的故事,现在又轮到我们讲了。"[2]这段话提醒我们,批评界对于"70后"作家写作缺乏历史感的惯常指责是否也出于前一代人"自诩为风暴"的专断?是否有一种认为只有具备宏大叙事品格的文学创作才是文学唯一正途的陈旧审美惯性?还有,在我所阅读到的关于"70后"和"中间代"的批评文章中,有相当一部分认为他们的写作不但历史感不够,而且对现实的表现也是皮相的,没能写出一种本质性的现实来。这些批评的逻辑十分有趣:一方面鼓吹一时代有一时代之文学,宣称"70后"作家是没有历史记忆的

---

[1] 曹寇:《说说"'70后'全盘覆没"》,曹寇博客http://blog.sina.com.cn/s/blog_477fa42a01007uzl.html。
[2] 北岛:《蓝房子》,江苏文艺出版社2009年版。

一代,另一方面又要他们写出具有历史感的作品;一方面指认表现本质的真实是一种陈旧的现实主义的美学观念,另一方面又认为与这种观念自动疏远的姿态是一种对现实生活的逃避。这说明,尽管"70后"作家的写作已有近20年的历史,但是批评界对其成长境遇和美学实践的阐释依旧是浮泛而缺乏同情之理解的。"70后"作家的创作任重道远,关于"70后"作家的批评也任重道远。

"第三代"以后历史如何延续[*]

——对"70后"诗歌的粗略扫描

张清华 孟繁华

地质史上发生了无数次的造山运动，有时十分剧烈，伴随着巨大的地震和火山爆发，释放出难以想象的破坏力，有时会导致物种的大面积灭绝——比如恐龙的灭绝，一说就与此类活动有关。但有的崛起是渐变的、比较平缓的。比如最晚近的喜马拉雅造山运动，其结果就是造成了青藏高原的持续隆起。在这个过程中并没有发生十分剧烈的火山灾难。

回顾现代以来世界范围内的诗歌运动，颇有点像这种造山的过程。有时这个运动过于激烈，对于既存的传统与秩序造成了剧烈的冲击，说其是"美学的地震"也不过分。现代主义初期的"达达"和"未来主义"者们，甚至还曾高呼"捣烂、砸毁一切博物馆、图书馆和学院"，声称"诅咒一切传统文化，扫荡从古罗马以来的一切文化遗产"。当初白话新诗的诞生，也曾让多少人感到愤怒和恐慌，章士钊在《甲寅》周刊撰文怒斥："近年士习日非，文词鄙俚，国家未灭，文字先亡。"20世纪七八十年代之交"朦胧诗"的出现，也引起了几代人之间激烈而持久的论争，以至于有的老诗人说，这是资产阶级的艺术向着无产阶级"扔出了决斗的白手套"。

最晚近的例子是在1986年徐敬亚策划的"中国现代主义诗歌大展"上，其中的多个流派都喊出了新一轮颠覆与崛起的狂言，例如："捣乱、破坏以求炸毁封闭式假开放的文化心理结构"（莽汉主义）；"它所有的魅力就在于它的

---

[*] 原载《文艺争鸣》，2016年第5期。

粗暴、肤浅和胡说八道,它所反击的是:博学和高深"(大学生诗派);"我们否定旧传统和现代'辫子军'强加给我们的一切,反对把艺术情感导向任何宗教与伦理",我们会"与探险者、偏执狂、醉酒汉、臆想病人和现代寓言制造家共命运"(新传统主义);等等

回望这些,是想给我们将要描述的一代新人——"70后"诗人——找到他们的起点。相比前人,这确乎是温文尔雅不事张扬的一代,是心气平和甚至低声下气的一代。相比他们前人的张狂、粗暴、躁乱与峻急,他们属于"和平崛起"的一代,没有通过"战争"和"暴力"夺权,甚至也没有通过运动,而是几乎静悄悄地蔓延成长起来。这当然足够好,只是代价也大。他们不得不承受更久的压抑,只能更迟一些登堂入室,面孔更加模糊,更加难以得到理论上的名号和说法,经典化的过程更加缓慢和漫长……甚至,他们都没有得到一个明确的标签或头衔,只是被笼统地称呼为"70后"诗人。他们的前人是堂而皇之、当仁不让地将自己唤作"第三代"——与革命时代的颂歌诗人、以"朦胧"标立反叛的"第二代"可以相提并论的"第三代"。而之后的"70后"诗人,只能按照含糊其辞的"年代共同体",被给出一个语焉不详的称呼。

可见以平和的方式,小心翼翼"挤进"诗歌谱系,在某种程度上也可能是一个悲剧。靠美学"暴乱"获得权力的"第三代"不仅在1986年一举成名,而且持续地塑造了20世纪90年代的诗歌美学。迄今手握判定经典权力的,仍是这群由"蒙面强盗"转身而华丽加冕的家伙,一如其领袖级人物周伦佑的名作——《第三代诗人》中所自诩和自嘲的:

　　一群斯文的暴徒　在词语的专政之下
　　孤立得太久　终于在这一年揭竿而起
　　……
　　使分行排列的中国
　　陷入持久的混乱　这便是"第三代"诗人
　　自吹自擂的一代　把自己宣布为一次革命
　　自下而上的暴动　在词语的界限之内
　　砸碎旧世界　捏造出许多稀有的名词和动词

往自己脸上抹黑或贴金　都没有人鼓掌
"第三代"自我感觉良好　觉得自己金光很大
长期在江湖上　写一流的诗　读二流的书
玩三流的女人　作为黑道人物而扬名立万
……

　　这是一代人的自画像，带了骄傲的自嘲和自我戏谑，把这一代人的历史处境、自我意识及写作与"文学行动"的方式，都惟妙惟肖地描画出来，甚至将其集合的理由和解散的前缘，也都言近意远地暗示了出来。

　　与地质史上的造山运动结束之后大地依旧壮丽地存在一样，"第三代"并未终结历史。尽行毁弃诗意之美，反而是有力地深化和续接了由朦胧诗再度开辟的现代性传统。因为很显然，朦胧诗在面对历史张开自身抱负的时候，还单纯得如同一个美学上的儿童，光明洁净而未谙世事，故其诗意也是单薄的。只有到了"第三代"，才开启了一种渐入成年的、看似平庸而实则复杂的诗学。朦胧诗固然富有道义上的力量，但也有"经得住压力而经不起放逐"的缺陷。对此，当年的朱大可曾有一个绝妙的比喻："从绞架到秋千"。他说当初的社会压力刚好成就了朦胧诗，使那一代人获得了近乎英雄和"密谋者"的身份。北岛从最初的"纵使你脚下有一千个挑战者，就把我算作第一千零一名"，到稍后"在一个没有英雄的时代，我只想做一个人"的转变，就是这种时代变化的微妙反映。但这还不是本雅明所说的作为文化形象的"密谋者"，直到在周伦佑的笔下，他们身上"现代性的暧昧"似乎才得以确认。从社会的"绞架"，到民间在野者的"秋千"，这是一个戏剧性的、也非常幸运的变化。当代诗歌至此才算是回归了本位。

　　就这样，"第三代"塑造了自己，也趁着社会历史的重大变迁建立了自己的美学功业，在20世纪90年代写下了成熟而更加复杂的文本，并最终又在1999年的"盘峰诗会"上完成了必要的分蘖——将写作的两个基本向度，再度进行了标立。尽管"知识分子"和"民间"这两个关于立场的说法显得言过其实又言不及义，但却象征性地给这一代张开了文化与美学的两种"极值"。至此，他们作为写作的一代，可谓已几近功德圆满。当代诗歌由此建立了相对成熟和复杂的意义内质，以及多向而完善的弹性诗学。

"第三代"以后历史如何延续？这是"70后"诗人必须回答的命题。这一代诗人是何时登上历史舞台的？种种迹象表明，这个时间节点大约是2001年。虽然他们最早的汇聚，据说是在1998年深圳的诗歌民刊《外遇》上，但那时其影响基本上还是地域或"圈子性"的，其诗歌观念尚未形成。但2001年就不同了：他们的出现几乎使人想起了一个久违的词——崛起。这一年的民刊突然成了"70后"一代诗人的天下，这些民刊有《诗参考》《诗江湖》《诗文本》《下半身》《扬子鳄》《漆》《葵》《诗歌与人》等等。其中多数都是由"70后"诗人创办的——即便不是，主要的作者群也是"70后"诗人。这一年他们可谓是蜂拥而至，突然占据了大片的诗歌版图。其咄咄逼人的情势，不禁令人依稀记起了20世纪80年代曾有过的场景。

但是，与前人相比，"70后"诗人并没有以"弑兄篡位"的方式抢班夺权，而是以人多势众的"和平逼挤"显示了其存在。而且，他们还相当诚实地袒露了自己得以出道的机缘。沈浩波就说："'盘峰论争'使一代人被吓破的胆开始恢复愈合，使一代人的视野立即变得宏阔，使一代人真正开始思考诗歌的一些更为本质的问题……""可以说，'盘峰论争'真正成就了'70后'。"[①]现在看，"70后"诗人的和平演变，或许正是缘于"第三代"的内讧。居于外省的"民间派"对于在国际化和经典化过程中获益偏多的"知识分子"群体的讨伐，以及由此引起的纷争，恰好使"70后"诗人得到了一个跟随其后登场的机会。

关于"70后"诗人的"内部图景"，仍可以引用其内部人士的分法。朵渔将这一人群划成了四个不同的"板块"，大致是客观的：

> 起点很高的口语诗人：他们大都受过高等教育，是"70后"诗歌写作者的主流。
>
> 几近天才式的诗人：他们一般没有大学背景，他们一下手就是优

[①] 沈浩波：《诗歌的"70后"与我》，载《诗江湖》，2001年创刊号。

秀的诗篇，很本质，娘胎里带来的。这种人很少。

新一代"知识分子写作者"。

有"中学生诗人"背景者：重视发表，追求官方刊物，过分看重一种虚妄的诗意化的东西，大多没有受过正规的高等教育。①

显然，"70后"诗人一出道，就天然地遗传了"第三代"诗人的格局。最后一类肯定是无足轻重的；第二类是极个别的特例；那么剩下的一、三两类，无疑分别是"民间派"和"知识分子写作"的信徒或追随者。他们的区别已很明显，但与前人相比，在他们之间或许只是写作立场与观念的分歧，并不带有那类意气恩怨与利益纠葛。从朵渔的言谈中，我们似乎不难看出他的谨慎小心。虽然其文章的修辞有刻意的耸人听闻之处，但在事关他们内部观念分野的评价上，还是看不出明显的厚此薄彼或非此即彼。

概括"70后"诗人写作的特点，或许又是我们力所难逮的，因为经验上的隔阂犹如鸿沟横亘。所以，这里只能给出一个大致的描述。首先，一个最为鲜明的特点，是写作内容与对象的日常化，审美趣味的个人化与细节化——这似乎也是这一代人在小说领域中的共同特点。虽然"第三代"诗人业已在写作中强调了日常与琐细、粗鄙与放浪，但那更多的是姿态性的文化反抗，有大量的潜意识与潜台词在其中。而对"70后"诗人来说，这毋宁说是他们的常态、本色和本心。他们在道德与价值上所表现出的现世化、游戏化和"底线化"并不带有强烈的反讽性质，而是一种对现实更为真实和丰富的体认和接受。仍借用朵渔的若干"关键词"来说："背景——生在红旗下，长在物欲中；风格——雅皮士面孔、嬉皮士精神；性爱——有经历，无感受；立场——以享乐为原则，以个性为准绳……"②这些概括，大致涵盖了"70后诗学"最重要的文化与美学特征。

其次，"70后"诗歌所涉及的另一个比较核心的范畴，便是评价不一的"下半身美学"。这听起来这有点耸人听闻，但其实巴赫金在其小说理论中讨论拉伯雷和中世纪民间文化时，对此早已反复提及。这种刻意粗鄙化的美学，

---

①②朵渔：《我们为所欲为的时候到了》，载《诗文本》，2001年第4期。

其主要的表现是语言及行为的"狂欢化"。在中世纪，人们借民间节日的形式打破社会的伦理禁忌，以粗鄙与戏谑的仪式，来短暂地取消权威与等级制度带来的压抑。巴赫金用这种解释赋予《巨人传》中的大量粗鄙场景与器官语言以合法性。固然我们不能对此机械搬用，借以给沈浩波等人的《下半身》及其写作策略以简单化的合法解释，但无疑，我们也不能完全道德化地去予以比对。沈浩波们所强调的"贴肉"状态，以及所谓的消除"知识、文化、传统、诗意、抒情、哲理、思考、承担、使命、大师、经典……这些属于上半身的词汇"①这一说法，其实都是一种极端化和"行为化"的表达。正如德里达所说，现代以来的艺术，常常只是"一种危机经验之中"的"文学行动"，是"对所谓'文学的末日'十分敏感的文本"。②为了显示其拯救"文学危机"的自觉性，他们才刻意夸大了其立场，试图用一种极端的修辞或者表现形式，来体现对于精神性的写作困境的反拨，或者修正。

显然，对于在诗学和美学上尚显稚嫩与含混的"70后"诗人来说，"下半身美学"或许暂时充当了一块有力的敲门砖，误打误撞地帮助这一代挤开了一道进入谱系与历史的缝隙，但也不可避免地使某些成员背上了坏名声。稍后，它便因为先天的缺陷而被弃若敝屣了。不过，"下半身写作"的终结却并未影响狂欢的氛围，因为历史还给了这代人另一个机遇，那就是世纪之交网络新媒体的迅速蔓延。从这一角度看，粗鄙的"下半身"或许只是个牺牲了的"替身"，"网络新美学"才是不可阻挡的新的写作现实。从根本上说，这是一次人类历史上罕见的文化变异，正如历史上每一次书写与传播介质的改变，都带来了文学的巨变一样。网络世界的巨大、自由和"拟隐身化生存"，给每一个写作者都带来了前所未有的机遇，几乎从根本上动摇了之前的文化权力、写作秩序与制度，给写作者带来了庇护与宽容。"70后"幸运地赶上了这一机遇，他们对个性、自由、本色和真实的追求，获得了一个更大的空间。

上述都是从宏观上给出的一些解释。在最后，我们或许更应该从风格与修辞的角度，来谈一谈选定这10位诗人的理由。事实上，"70后"诗人在写作上

---

① 沈浩波：《香臭自知——沈浩波访谈录》，载《诗文本》，2001年第4期。
② 〔美〕雅克·德里达：《文学行动》，赵兴国等译，中国社会科学出版社1998年版，第8、9页。

的丰富性，曾使我们在对其代表的选定上犹疑不决。可能最终我们更多还是考虑了几个大的取向。比如姜涛和胡续冬，便是"北大系"或者"知识分子写作"脉系可能的后来者。但是，此二人不同却又相似的自由和机警、诙谐和洒脱，又分明标记着他们的逃离与变异。相似的只是他们作为学院中人在理论与诗学上的超强自觉与自我阐释能力。与他们略近的是孙磊，他亦就职于高校，有置身书斋、画室生活的底气，但写作方面则比较强调"感觉的悬浮"。早期他曾偏重形而上的自述抒写，《谈话》和《演奏》诸篇均有非常系统和哲学性的个人建构；晚近则以生活的小景与片段入诗，常刻意给读者一种邈远苍茫、无从求解的含混，一种个体存在的虚渺体验与感叹。另一位是轩辕轼轲，即朵渔所说的没有大学背景的"几近天才"的诗人。最初出现于文坛中的他几乎可以与20世纪90年代初的伊沙相提并论。他的《太精彩了》《你能杀了我吗》《是××，总会××的》等诗，都以极俏皮和谐谑的语言，来"挠痒痒"式地触及当代文化心理或价值的敏感与隐秘部位，产生出奇妙的解构与反讽意味。可以说，伊沙之后真正领悟了解构主义写作秘诀的，正是轩辕轼轲。

　　同样没有大学背景，却写得让人过目难忘的还有江非。他简练而又准确的叙事风格，将20世纪90年代发育起来的"叙事诗学"又发挥到了极致。在有关故乡平墩湖的回忆中，他用了精细的微观修辞，以克制但又恰到好处的悲悯情致，将那些卑微的生命和原始自然的风物讲述得摇曳多姿，动人心弦。没有学院背景的还有黄礼孩。他的诗歌写作同他对"诗歌运动"所做的贡献相比，或许要略逊一筹，但他对日常生活细节的精细描摹，也总能产生出言近意远的、绵延的艺术效果，给人留下深刻印象。当然，将他列入，也确有褒奖其不遗余力且总有惊人之笔的"诗歌行动"之意。

　　早期曾是"民间写作"举旗者的朵渔，目下正表现出渐成大器的迹象。他早期追求反诘和颠覆的机智，晚近反而更多地体现了对知识分子精神的传承。他关怀现实、追问历史、咏怀史籍人物的系列作品，都体现出独有的犀利和到位，弦外之音居高声远。同时，他刻意跳脱琐细、间隔顿挫的修辞，也显得陌生感十足，成为"70后式修辞"的标志性模式。另外，在修辞方式上值得一说的还有阿翔。或许先天听力方面的缺陷让他对这世界多了几分疑虑，所以他的语言常带有失聪者的幻感，有一种"遇见鬼了"的狐疑。这种对世界的认知方式，使他的诗先天地带上了浓厚的无意识色彩与超现实意味，使他笔下的个体处境更具有了令人诧异的诗意。

需要提到的还有两位女性：巫昂和宇向。或许从诗歌成就看，"70后"之中与她们可以比肩的诗人很多。但从体现一种"代际新美学"的角度看，她们两位所体现出的陌生与新鲜感却无可替代。其实，应该入选的还有尹丽川。只不过从文本数量及眼下的状态而论，尹丽川已不再是诗歌中人，或者即便是，其作品数量也难以成册。这是个矛盾。巫昂出身于学院，曾就读中国社会科学院研究生。但自参与"下半身"群体的写作开始，她便体现出一种独有的"意义出走"的倾向。其不见痕迹的俏皮与在无意义处找见意趣的抒情天赋，都令人吃惊。另一位诗人宇向从未上过大学，但她一出手就显现出异样的奇崛与近乎妖娆的机警。她的写作不再像前辈中经典的"女性写作"那样常带有"女巫"的气质，她所显现的，是另一种"女妖"的属性。她的《我几乎看见滚滚红尘》《一阵风》等作品，几乎都在读者中刮起了一股小小的旋风。诗意的无意识深度、语言的跳脱诡异，使她的作品都成为人们想象中的"70后新美学"的典范文本。

说了这么多，最后还要向更多的诗人致歉——因为名额有限，致使更多应该入选的诗人被遗漏，像于微观书写中见奇迹的徐俊国、在诗学建构上贡献颇多的刘春与冷霜、在同传统书写的接洽中多有独到之处的泉子、由"下半身写作"的领衔者到实现"蝴蝶蜕变"的沈浩波……我们没法不对他们说抱歉。等有机会再展示这一群体之时，再行补充吧。总之，列入的10位诗人，只能部分地显示了"70后"这一代诗人的写作格局，以及大致的风格样貌。而其真正的写作成就，还是靠每一位出色的诗人本身来展示。

作为虚长年齿的研究者，我们对这年轻一代的写作所存在的问题无法不保留看法，比如他们对日常性经验意义的过于相信、过于琐细的修辞、对生命中无法回避的许多责任与担当的游戏性处置等等。但是我们又相信，任何一代写作者的经验美学和语言，都是结构性的存在。所谓优势亦即劣势，长处也即短处，很难貌似公允地对其予以区分和评判。作为读者，我们只能期待他们有更坚韧的追求和更卓越的创造。我们期待着。

"70后"作家创作与当代中国文学*

张艳梅等

张炜：尊敬的各位朋友，大家好！山东理工大学开这个研讨会，是山东文学界的一个盛事。我参加了很多文学聚会，但每一次到山东理工大学来，都会感动，因为这里很真诚地对待文学研究，做事非常用心。他们的热情发自内心。而且，这里有唯一的一所山东作家研究所。理工大聘我们来任驻校作家，这让我们觉得非常荣幸。我们来参与讨论，参与文学活动，对写作是极有益的一件事情。作家在学校里不仅是给学生讲个人的创作经验，更重要的是体会文学的力量、学术的深度。

今天是"70后"作家研讨会。"70后"作家和"50后"作家不同。后者行将老去——实际上我们这一代多少有点儿写不动了。"70后"作家上承"60后"作家，下连"80后"作家、"90后"作家，很好地把握住了这个时代。他们在数字化时代写作，是一批重要的创作力量。但他们个人吸收的时代因素还不同于其他时代的作家。正是他们独特的文学经历，使他们的创作更有分量。他们既有20世纪40年代、50年代出生作家强烈的忧患意识、社会责任感和道德感，又能够在众声喧哗、内外激荡的环境里有不同于以往的思考和表达，所以有特殊的意味和深度：对前有启发，对后有引导。"70后"作家有坚实的文学质地，扎实的文学功底。探讨他们，有利于深化当代文学研究。

在座的都是朋友，有的即便见面不多，纸上交流也频繁。这个会议能够把这么多作家和评论家请来，令人特别高兴。有了这样的努力，这个会议一定会

---

* 原载《百家评论》，2016年第4期。

很成功,而且为以后铺开了道路。任何一个有志向的理科大学,都应注意把文学这条腿迈得更健。从这个角度讲,山东理工大学做得好,有眼光也有气魄。

赵德发:我于2014年被聘为山东理工大学驻校作家,感到十分荣幸。我多次来这里参加学术活动,真切地感受到山东理工大学浓厚的学术氛围,同时也有了一个坚定的认知:山东理工大学已经成为当代文学研究的重镇。

今天参加这个学术活动,对我来说是一个很好的学习机会。来之前,我打开中国知网,以"×0后作家"为主题搜索,结果是:"30后作家",17条结果,但这个词组没有出现,可以视为无结果;"40后作家",7条,这个词组也未出现;"50后作家",64条,有词组;"60后作家",83条;"70后作家",328条;"80后作家",891条;"90后作家",166条;"00后作家",4条,有两个题目中出现词组。这个结果耐人寻味。就是从"70后"开始,作家才有真正有了这种代群命名。像在座的朱文颖等受到的是第一次冲击波,一波一波直到今天。有了这个称谓,才顺便叫起了"50后""60后"。

"70后作家"条目突然增多,意味着"70后"作家研究已成为显学。这是为什么?有三种可能性:第一,"70后"作家创作成果丰硕,引起评论家的广泛关注;第二,"70后"作家创作成果没得到应有的关注,评论家对其格外垂青;第三,"70后"作家创作成绩欠佳,评论家为其把脉鼓劲。

第一种可能性是有的。看看这个群体,优秀作家如林,创作呈井喷之状,好作品令人目不暇接。我看过"70后"作家的一些作品及访谈。他们的文学观念非常新潮,他们的事业抱负高迈远大。对这个创作群体,文学界必然给予重视。

第二种可能性是有的。"50后"作家、"60后"作家领风骚已久,得到关注太多,"70后"作家一度被晾到一边。评论家不好意思了,感到欠账了,于是纷纷将这些作家纳入法眼。

第三种可能性也是有的。"70后"作家,目前年龄为37岁至46岁,创作年龄大概是10年到20年,他们进入了成熟期、爆发期。就个人而言,他们应该是出代表作的年龄;就文学史而言,他们应该是贡献经典作品的时候。但从目前来看,情况并不太理想。除了以徐则臣为代表的几位作家已呈大家气象,屡有扛鼎之作外，其他人的格局与境界有待提升。其中原因，十分复杂。所以，我就读到了很多为他们把脉鼓劲的文章。这些文章讲得中肯到位，我从中也学到了好多东西。

山东理工大学文学院召开这次专题研讨会，可谓用心良苦。大家的发言都很精彩。相信这次研讨能对"70后"作家群体起到表彰、鞭策作用，使他们在中国文坛真正成为光辉灿烂的中坚力量。

李掖平： 在这个以理工科见长的高校里，文学活动竟然开展得如此生机勃勃，真是让人高兴。这些年来，我对在座的以及没有参会的诸位"70后"作家的作品，有较多的阅读和关注。

正如张炜主席和赵德发主席所说，"70后"作家在中国当代文坛上具有重要的位置。他们创作了大量融会中西古典文学艺术精神和现代主义艺术精神的比较成熟的文学作品。相对于"80后"作家那种彻底的放松，"70后"作家的创作是有收敛、有规范、有计划的。他们靠着对责任的担当、对人生的忧患、对个人命运的那种细腻抚摸，以及对于生命无法真正放松更无法放纵的意识，力求在作品中传达出自己对社会、人生的思考，并完成自我艺术个性的建构。所以，即使是在用文字勾画生命的飞翔姿态，这种飞翔也是被扎进土地里的那根线牵系着的，属于沉重的飞翔。而相对于"60后"作家那种多少有点拘谨、多少有点对传统的倚重、在打开和放飞自己的思路时有所顾忌、不敢彻底建构自我的写作状态，"70后"作家又显得相对自由和开放。对于"60后"作家群的创作，我们是可以轻而易举地用一些主题词分门别类地将其打上标签的，比如说乡土作家、都市作家等；而对"70后"作家，如果想用一个主题词来对其笼廓或定义，你会发现非常困难，因为他们往往都把乡土经验书写和都市人生观察融合在一起，以城市眼光和乡村眼光的交织并进作为一个切入点，在古典和现代之间、自我和社会之间、宏大和细微之间来回穿梭。

从整体上看，"70后"作家是中国文坛上一支不可小觑的力量。他们的多元和包容，他们的放松和收紧，他们想象力的灵动飞扬，及其不肯违背生活基本规律及文学逻辑的那种内敛，都让我们为之惊喜。他们正在以属于自己的方式和经验，去承担社会责任和文学使命。在表达个人经验和普遍人生经验的时候，他们不夸张、不伪饰。"80后""90后"作家为了表现自己的姿态，常常是夸饰的。无论是反抗还是克制，其都容易落入一种虚无的层面。相反，"70后"作家最宝贵的就是，他们内心对于人性和生命的这种探求，始终有着一种敬意，或者说虔诚之意。即使对现代生活进行夸张变形，他们也不会把这种夸张蔓延到让人觉得近于卡通。

所以，我比较喜欢读"70后"作家的作品，因为我从里面能够读到，或者说能够体验到他们那种对人生和社会多元性的包容和关怀。"70后"作家近几年来显示出了创作的丰富性和独特性。他们坚守道德，以悲悯又乐观的态度去看待社会生活，去考量人性的无奈和复杂，这就使他们的文本更多了一些从骨子里透出的慈悲。在此我向山东理工大学在举办此次研讨会中所表现出的人文精神致敬。

韩春燕：一个理工类院校，能够签约作家并召开这样的文学会议，十分令人钦佩。山东是一个文学大省也是文学强省，其文脉深厚，在文学创作上既有高原又有高峰。我们《当代作家评论》关注的重点是作家，走的是当代文学经典化的路子。山东很多作家是我们关注的对象。比如张炜主席，《当代作家评论》就刊载过很多评论他作品的文章。现在，我们对很多"50后"作家和"60后"作家的作品阐释的力度还不够，还有很大的阐释空间。也就是说，像张炜主席和赵德发主席这样的作家及他们的作品我们还要进行阐释，并将其推向国际。在"50后""60后"作家之后，"70后"作家需要一个代际上的跟进。我们也需要继续甄别、推进这样一个作家群体的创作。我们也需要寻找"70后"作家的作品来做经典化研究。这是对文学史负责。我们拿出的作家要对得起文学史，让一些好的作品广为人知。

"70后"作家这个概念的提出，是出于学术上的无奈。我们为了方便言说需要给他们一个命名。但是这样一个命名很不科学，因为以出生年代划分一个作家群体本身就会遮蔽很多东西。不过这个群体里面也有很多共性的东西，比如共同的成长背景、共同的写作资源和生命体验等等。有些共性，其他学者已经说到了一些。我觉得，"70后"作家是一个很抱屈的群体。他们常常被整体提起，但个体面貌模糊。他们觉得挺受压迫："50后""60后"作家仍占据文坛，"70后"作家好像还未真正登上写作舞台，"80后"作家就已经被命名了，到处出风头，被关注。虽然我们会不断地讨论"70后"作家，他们的创作也很稳健，但对"70后"作家创作的关注和研究还是显得不足。毕竟"60后"也50岁左右了，"70后"要成长起来，要承担起发展当代中国文学这个责任。我们也收到了一些关于"70后"作家的评论稿件和学术成果，以后我们也会做单个作家的一些研究，让好的作品不被埋没，让好的作家载入文学史，被承认。

关于"70后"作家创作的局限，我认为有些作家主要是在一个小的空间里，写人与人之间的关系、人与自然的关系，而对人的生命中更广泛、更内在的东西，可能表达得还是不够，对现实的思考能力还需要加强。也就是说，在一些作家的作品中总是上演室内剧，缺乏更大的格局。当然，也有一些优秀的"70后"作家已经达到很高的高度了。"60后"作家是一个理想主义的群体，很早就开始写比较宏大的东西；可能由于"70后"作家成长的环境不一样，他们更注重对小空间的写作，去表现一些个人的东西，写得很精致。我们共同面对的这样一个时代，既要有低吟浅唱，也要有黄钟大吕。这才是一个时代好的文学的合唱。我希望作家在写作的时候，在格局、气象上再扩大一些。当然，在座有些作家已经做得很好了。在这里我只是期望"70后"作家能做得更好一些。"70后"作家将来一定会成为文学的主力军，希望以后我们能够有更多的互动。希望大家向我们提供他们更多的创作信息，让我们更了解这个群体的创作，更加关注他们。

李国平：这个研讨会可以说是一个精英聚会。山东理工大学具有前瞻性，集结了如此多的"70后"作家，设计了如此好的话题，让我十分钦佩。

"70后"作家的创作经过20多年的积累，已是今非昔比。可以说，"70后"作家是当今最活跃、最有实力的创作群体之一。在座的徐则臣、李浩等，都称得上是中国目前最前沿的创作力量之一。对于"70后"作家的创作研究，过去有忽视说、遮蔽说、夹缝说，现在这些说法可以终结了。"70后"作家创作有着自己的独特性，但将之与"60后"作家的创作有意识地剥离，是不是放大了这一种差异性？对此我不太清楚。我觉得当今对"70后"作家的研究，需要打开一个新的视野,需要重读他们的作品。

今天,我们看这些"70后"作家,他们有着共同的思想背景和文学背景。《小说评论》曾经做过关于李浩、徐则臣、朱文颖的专题。去年我们做了一年的"70后"小说作家的专栏,由于主观和客观的原因,我们没有做下去。"70后"作家的创作已经相当活跃,可以说他们已经是中国当今文坛的主力之一。但是,在学院体系中,关于"70后"作家的研究还是比较薄弱的。这是文学研究的一种迟钝。很多研究者只关注文学的经典化,忽视了最鲜活的文学现象,而经典化依靠的是当代文学一点一点的积累。像我们这种定位的刊物,应该是具有现场感和前沿性的,应该追随最前沿的文学现象和文学信息。我希望今后能有更多对"70后"作家的创作研究,以增加我们刊物的文学生命力。

黄发有:今天的议题,我觉得非常有价值,应该说是正当其时。艳梅教授这几年一直在关注"70后"作家,得到了山东理工大学校方的大力支持。驻校作家制度确实是一个创举。我们对"70后"作家展开研讨,会对全国范围内"70后"作家创作的经典化研究起到推动作用。刚才李国平老师提到,对于"70后"作家的研究,在学院系统里得到的重视还不够。文学评论是关注创作现实的,文学史研究则是对历史上已经有定论的作家和作品进行深入研究,考察其文学史影响。随着时间的推移,"70后"作家进入文学史是一件迟早的事情。在某种意义上,文学评论是文学史的草稿,是为文学史研究做基础性工作的。

我个人关注"70后"作家比较早。记得1998年我在《文汇报》发表《激素催生的写作》,对卫慧等人迎合潮流的欲望化写作提出尖锐的批评。那时年轻气盛,有一些老成的批评家问我是不是太冲动了,后来还有一位"70后"的男作家开玩笑说我"辣手摧花"。我认为"70后"作家的出现跟媒体的推动有很大的关系。20世纪90年代最后的那几年,可以说是文学在市场化潮流冲击下逐渐转型的阶段,也是文学期刊最艰难的一个阶段。1998年有四家文学杂志(《小说》《昆仑》《峨眉》《漓江》)停刊。很多期刊在"狼来了"的呼声中,意识到要开始培养新的增长点,才能走出困境,所以设置了一些新的栏目,而这些栏目的一个重要方向就是推出"70后"作家。当时最早做这方面栏目的是上海的《小说界》，后来《作家》《山花》等杂志跟进，包括《人民文学》也在推举新人的栏目中重点介绍"70后"作家的创作。"70后"作家迅速登上文坛，跟这些媒体是有很大关系的。就拿卫慧来说，我觉得她的一些中短篇小说在艺术方面还是有可取之处的，但在浮躁的氛围下，她的创作变得越来越急功近利，确实走了一些弯路。现在来看，她当时社会影响越大的作品，文学性往往越低。

近几年，"70后"作家已经呈现出另外一种面貌。"70后"作家经过多年的沉潜和反思，现在已经开始变得成熟起来，正重新出发。一开始，"70后"作家是被打包的，作为个体，其面貌很模糊。我觉得这跟媒体的传播策略有关。随着时间的推移，"70后"作家中的优秀作家都有了自己的独特发现，"70后"作家的优秀作品也让我们看到其对中西优秀文学传统的重新发掘。在徐则臣的《耶路撒冷》中，我就读出了索尔·贝娄《赫索格》《洪堡的礼物》的味道。当然则臣进行了独立的转化。他在作品中对知识分子追寻、同化与逃离等问题的思考，让我们感受到了一种精神传统的绵延与新变。我觉得这些努力都是非常值得尊敬的。昨天在高铁上，我和朱文颖聊天，朱文颖也说她现在正在尝试变化。她说她要走出自己以前的创作空间，要突破自我，关注更广大的世界。

"70后"作家清醒的自信、对自我的反思，都让我们对这个群体中的优秀作家产生强烈的期待。到现在为止，这些优秀的作家，像在座的徐则臣、李浩、朱文颖、海飞、刘玉栋、弋舟等，都已经拿出了非常有分量的作品。他们正处于四十几岁的年龄段，也是向更高的高度冲刺的关键阶段。正因如此，我特别关注他们新作品中的新元素。受成长环境的影响，不少"80后"作家在起步阶段的创作就有浓厚的商业元素和强烈的娱乐性，网络媒体的迅速崛起对他们的写作也有突出影响。这使得他们的写作方式和之前的文学传统相比有了不容忽视的变化。在某种意义上，"70后"作家群体处于一个转折的文学发展期，说他们是处于夹缝中的一代，其言不谬。考察"70后"作家与相邻时代作家的异同，应该是蛮有意思的一个课题。

这几年我的学术重心放在文学传媒与文学史料研究上。我研究过不少文学期刊，譬如《青年文学》。它是"60后"话题的始作俑者，后来它也关注"70

后"以及更年轻的作家群体。总体而言,学界对"70后"作家的研究相对滞后。"70后"作家刚刚出现的时候,争议非常明显。当时媒体关注他们,并不是因为这些作家写出了不得了的好作品,而是因为这些人年轻是一种新生力量。所以,当时的研究是没有深度的。随后,打包式的思维开始流行起来,就是把"70后"作家看作一个整体,重视共性忽略个性,偏重归纳缺少分析。近几年,我觉得对"70后"作家的研究出现了非常可喜的转变,一些学者在做非常有深度的个案研究。我觉得这是非常有价值的。以前那种研究是怠惰的,个体的差异性、丰富性都被遮蔽掉了,容易产生误导作用,研究的价值是要打折扣的。我觉得研究的正途是先有生动的个案分析,然后再有综合的整体考察。文学史从某种意义上来说是大师的历史。并不是说其他作家的努力不值得尊重,但他们和文学大师在文学史上的影响力是不一样的。对"70后"文学的研究还有一个非常重要的特点,即很多研究者像艳梅教授那样,作为与"70后"作家同时代出生的人,他们在研究时有一种自我生命体验的投入。这能够推动"70后"文学研究的深入。在这个方面,我也是充满了期待的。

张菁:《青年文学》一直致力于寻找优秀作家的优秀作品,发掘青年作者充满生命力的扎实作品,并且最大限度地发挥自身平台优势,把好作品、好作者推介给更多读者。《青年文学》从2014年开始开设了新栏目"少作·自珍",就是面向"70后"作家的。这一栏目邀请作家们选取自己写作之初的一部作品,以此回望自己的写作路径,感受自己写作的初心。在座的很多作家都曾出现在我们这个栏目中。

我们进行写作梳理时发现,"70后"作家们最初进入文学场域基本都是从经验型写作开始,即书写自己的经历、情绪,到如今,他们已经形成各自不同的风格。

在这之中,我们首先感受到了他们与时代的关系。"70后"作家们准备登上文学舞台时,有个特殊的节点——网络文学兴起。痞子蔡的《第一次亲密接触》让大家突然之间发现:文学还能这样写!如果说王小波的创作是剑走偏锋,那么网络文学的出现,意味着文学开始进入想怎么写就怎么写的阶段。文学创作一方面紧贴生活,同时进一步远离创作规律,形成有故事无小说、有文字无文学、有语言无文学的创作现象。

在这波大潮渐渐回落之后，我们与时代到底应该建立什么关系？是紧贴生活还是高高在上地描摹生活？处在这不前不后的尴尬位置上，我们该如何选择？这一切，都促使我们反思。

这样的时代特性，反倒促使我们的"70后"作家沉下心来，厚积薄发。如今，他们比"60后"作家更加活跃，比"80后"作家更加深厚，已然成为中国当代文学的创作主体。他们不再过多地将一切归咎于时代，而是更多地、有意识地认清自我，同时他们有着一定的家国观念。他们是少有扶持的一代人。在时代的发展进程中，如同有一只巨手推动着"50后""60后"作家往前走。有什么样的社会思潮，就会有相应的文学作品。伤痕文学、知青文学、改革文学、寻根文学、先锋文学，都是如此。作家被时代推动着，"70后"作家半推半就，"80后""90后"作家则是自己往前走，重视市场和读者的需求。在这一过程中，"70后"作家用各种各样的方式来描绘生活。不同于"60后"作家单一的选择，"70后"作家经历着一个由单一路径到多元选择的过程。他们规矩、老实、温和，在写作中更加注重书写生活的细微之处，更加注意到个体的生存；同时他们也有着强烈的家国情怀，不沉溺于小情小绪之中，而是更有意识地思考与审视，审视在时代超速变化中人的选择和变化。

从2015年开始，我们又开设了"气象"栏目，也是着重于推介"70后"作家。如果说"少作·自珍"是回望，那么"气象"就是展望，展望的是我们新的大家，展示的是"70后"作家现在生机勃发的状态。由此让读者感受到他们与生活的关系，以及他们所形成的鲜明风格。

我们身处在一个宏大的时代背景中，一个社会转型的阶段。"70后"作家处于从传统到现代的转折中，"50后""60后"作家具有权威性，"80后"作家早早占据了市场；在作品的背景方面，"50后""60后"作品中有很强烈的时代背景，"80后"作品的时代背景在逐步消失和减弱，文学开始步入向内转的时代，"70后"作品处于两者之间。在其作品出版之初，我们同样能感受到这样的尴尬，推出一位作家显得十分艰难。于是，他们开始以自己的方式走向文学舞台，作家的语言和故事都具有很高的个人辨识度。

故事谁都可以写，但是作家们力求在叙事中寻求故事内核的独特性，以及语言的独特性。路内写他独特的人生经历；曹寇有他独特的匪气；阿乙写小镇青年和小镇故事……独特性成为作家的写作标识。在我有限的阅读中，我认为徐则臣的写作丰富、复杂又活色生香。他有着良好的技术水准，同时又不乏思想力。弋舟的文字里充满了诗性之美。他善于捕捉黏滞生活中的微妙人性，并用放大的方式将它呈现出来。更重要的是，他对时代精神的命名总是真切、敏锐的。李浩注重思考，具有强烈的先锋意识，是中国少有的以思想的敏锐度取胜的作家。同时他又愿意不断拓展，其文字中不乏强烈的游戏性。朱文颖的作品常常让人觉得作者是一个具有小巫气息的精灵。她的书写细腻而灵透，直率又忐忑，是能够把女性和城市、女性和生活的关联方式叙述得入木三分的作家。海飞的小说既有江南的灵性又有江南作家普遍缺少硬朗和雄浑的通病。他重视结构，故事制作绵密，环环相扣，时时风生水起，波澜起伏。还有我们的艾玛、刘玉栋、宗利华，也有着非常独特的写作路径，取得了不俗的文学成绩。在接近"70后"作家的过程中，我们能感受到他们创作中的先锋精神。如果说"50后""60后"作家写的是乡村，"80后"作家写的是城市，那么，"70后"作家更多写的是在路上。

作为文学期刊编辑，我们的工作就是寻找和抵达。我们寻求有温度、有质感、追寻那抹光亮的作品，我们寻求作品之外作者对文字的真诚、对生活的真诚。《青年文学》力求呈现文字背后创作者对生活纯粹的尊重与挚爱，记录其对时代清醒的审视与思考。我希望以后和大家有更多的交流与沟通。

郝永勃："70后"这一代作家处在一个转折和过渡的历史时代，经历了中国重大的历史变革。我认为处于这个时代的作家，以后一定能够出现大家。一个作家的童年记忆往往能够影响他的文学创作。从1995年到2015年，20年来，"70后"作家写出了大量优秀作品。在这个时代，信息量的加大会对作家的创作产生一定的影响。鲁迅先生和张炜先生在36岁到47岁之间曾写出很多有名的作品，我认为对于处在这一年龄阶段的"70后"作家来说，这一时期正是能够写出好作品的最佳时期。作为读者，我们都非常期待。衷心地祝愿他们多出经典作品。

海飞：其实我的身份挺特殊的。我杂志也编，小说也写，剧本也写，但是我都只知道一点皮毛。所以说，我说话的时候总是躲来躲去的，怕说得不正确。今天我就在这里瞎扯一些。我有一位小说家朋友。他送给我一个扇子，上面写着两个字："瞎扯"。我不知道他是在说我写小说瞎扯呢，还是写剧本瞎扯，估计是写剧本。剧本里雷剧比较多。

刚才郝老师一直在说年龄的问题。我在想，"70后"作家的年龄实在是不算小的。民国年间，一般40多岁的人都自称"老夫"。我们单位办公室主任还告诉我，按照我的工龄，后年如果我提出退休的话是可以退休的。"70后"已经到了可以退休的年龄了。我眼睁睁地看着一名年轻的同事退休了。我就问他："你怎么可以退休？"他说他已经退休了。他回家去练书法去了。我跟小说之间有些若即若离，我在旁边一直观察。其实"50后""60后"的小说家都已经很有名望了，但"70后"作家面对着"80后"和"90后"作家的夹击。"80后"作家开始写作时就会写长篇，很少有"80后"作家在写中短篇。还有一些"90后"作家已经出来了。我们单位有一个少年文学分会——少年作协。少年作协里的文学少年的作品写得都已经非常好了。我对一位作者说："你的小说已经很好了，继续写吧。"他说他不想写，还反问我说为什么要写。这很奇怪的：他竟然不想写！他在干什么我也不知道。我想，他在其他艺术门类中也许会玩得很好。我觉得这里有一个问题，就是无论在哪个作家群里都有一些很优秀的小说家不停地逃离。为什么？他们在玩。玩什么？玩别的。别的他玩得也很好。所以我觉得，剩下来的这些还在写作小说的作家们，已经到了为文学而坚守的时候了。这是一个现实。

因为我的小说和剧本是同时做的，所以我和小说家和剧作家都有接触，于是就发现了一个奇特的现象，那就是小说家看不上写剧本的，当然可能对写电影剧本的会好一些。但电视剧编剧也看不起小说家。我私下以为，小说其实征服的是小说编辑。但在剧本创作中，编剧和编剧之间是要飚故事桥段的。有时候你会大吃一惊：他怎么能这么想？但当他告诉你怎样编出这个故事的时候，你很快就会信服。有个小说家想写剧本，我把他推荐到一个影视公司——那个公司有个编剧团队。分到团队里一个月之后，他被淘汰出局了。我问他："服了吗？"他说："服了。""为什么服了？"他说："我编不过人家。"当然我们还有一种理由来安慰自己，就是小说不是剧本，小说属于艺术——那是另外一个话题。我想说的是，其实我们"70后"小说家有很多不妥的地方，就是写得特规矩。正因为规矩，所以才存在着纠结和自恋，才使得我们无法突破自己。我认为好的小说是不会被忽视的，还有好多小说是被大众接受的，不是被小众接受的。我们仔细盘点一下我们好的小说，会发现它的发行量是巨大的，但它仍然是纯文学。我觉得现在的文艺跟读者是严重隔离的。我跟出版界有一些交集。在现在的形势下，出版商问我："既然网络阅读已经远远超越了纸质阅读，那么纸质书为什么还要出版？"出纸质书很容易亏本——这就是现实。我们仍然说这是文学，是高雅的艺术，是必须出版的。"70后"作家不停地发表，不停地出版，但这个规矩他破不了。

在剧本创作上有一个词，叫"新鲜"。我不知道这个词对小说是否适用。但是，我们在小说中很难看到新鲜，或者说叫人眼睛一亮的东西。读者需要眼睛一亮的感觉。作家经过长期的训练，一般在语言和叙事上都不太会有问题。但是我们在创作过程中，表现得中规中矩，想要突破这个规矩是很难的。所以我们只是在形式上面突破一些规矩。比如，《亮剑》曾经很火的。为什么很火呢？它很没规矩，可以让你眼前一亮。主人公一下子就打破了八路军的形象：军官可以是这样的，简直就是一个流氓！这很真实。这种新鲜，这种所谓使人眼睛一亮的效果，其实是很难达到的。所以对于写作的朋友，包括我自己，这些都是应该注意的。

舒晋瑜： 梳理"70后"作家，会发现其作为个体的特点和优点十分清晰，但作为一代人整体出现的时候，其呈现出的创作面貌曾令人担忧。经常被提及的一些问题有："70后"作家是在夹缝中生存的尴尬一代，他们的写作思想力不足，视野狭窄，重复自我，把握不住时代的脉搏，缺乏大作品，等等。我觉得这些问题在"70后"作家近几年的创作中已经得到了很大的改善。在这里，我想如果建立一个坐标系，从纵向和横向分别比较的话，可能会对"70后"作家有一个清楚明晰的呈现。

先看纵向。我想先从"70后"作家李凤群的小说创作说起。她最初以网络小说起家，主要围绕自己的经历，基本上是以自我的原始面貌为素材进行创作。之后小说《大江边》的叙事跨度和人物的繁复度、对人性复杂程度的呈现都达到了她个人写作的最大值。她最近的一部长篇《大风歌》，有一种流动感和漂泊感，不只是呈现乡村和城市的对立、男权和女权的争斗。我们能够从中看到国，看到家，看到世道人心。我觉得她之所以有这样的一个变化，一方面是跟她的经历有关，另一方面跟她学识的不断积累有关系。这些方面的积累使她的创作达到了前所未有的高度。

再看横向。"70后"作家也呈现了这样的一个特点，即具有强烈的担当意识。这一特点在虚构和非虚构作家身上都有体现。像非虚构作家梁鸿的《在梁庄》和慕容雪村的《中国，少了一味药》，都能使读者从中感受到作家内在的宽广。他们的作品不仅关注个人，更有对国家的思考。在虚构作家当中，李浩的书写从一开始就自觉地拉开了与"自我"的距离。他甚至对"自我"有些许厌恶。或者也可以说，他将"自我"转嫁到"父亲"身上。他的作品中父亲一次次地出现。父亲自然不止是个称呼，还象征着历史，象征着政治、权威、力量、责任、经验。他对于生活，对于自我和人生更多是审视和俯视性的。徐则臣的写作则体现出一种渐变，从中短篇小说《这些年我们一直在路上》和《跑步穿过中关村》等，到长篇小说《耶路撒冷》，他的写作和过去有了明显的区别。在《耶路撒冷》中，他开始大规模地、全景式地梳理和表达一代人的经验。再比如，海飞的《回家》没有描写主战场的战争，而是巧妙地以回家为主线，反思战争，反观人性的善恶。再比如，朱文颖的《莉莉姨妈的细小南方》，以家族三代人为主线，从个人的心灵入笔，从私人场景书写一代人精神的成长史。

这些例子表明，无论是虚构作家还是非虚构作家，无论专业作家还是非专业作家，"70后"基本完成了对自我精神的当代探索，从关注自我转向关注社会，完成了自我审视。同时，他们的技巧也得到了很大的提升，越来越成熟。从他们的创作中可以看出，"70后"作家已经逐渐成为中国文坛的主力——我们再也不能说他们是被遮蔽的或者是被忽视的一代。我们也不用担心这个时代缺乏大作家、大作品，其必将出现在"70后"作家或者是更年轻的作家之中。

徐则臣：关于"70后"作家的尴尬，有很多说法。可以先从刊物的角度看一看。如果把当下《人民文学》发表的所有"70后"作家的作品拿掉,刊物很可能办不下去。事实上,中国任何一个文学刊物,其在当下的主体、主力都是"70后"作家。排除掉他们,我们的文学刊物差不多会集体瘫痪。这说明"70后"作家确实是创作力最强、创作最旺盛的。但同时也有一个问题,就是我们的刊物基本上以中短篇小说为主,也就是说中短篇小说有绝大多数来自"70后"作家。"70后"作家在文坛上的地位主要来自其创作的中短篇小说。

以中短篇小说论,以我对现在世界文坛的认识,20世纪70年代出生的作家最著名的有这样几位:英国的扎迪·史密斯,出生于1975年,是从牙买加移民到英国的,写过《白牙》《签名收藏家》《关于美》《西北》;德国的尤迪特·海尔曼,写过《夏屋,以后》;德国的另一个作家,写过《丈量世界》《名声》的丹尼尔·凯尔曼;印度的基兰·德赛,写过《失落的遗产》;华裔作家李翊云。这些作家里只有尤迪特·海尔曼和李翊云是主攻中短篇小说的,其他的都以长篇小说名世。就我的阅读而言,扎迪·史密斯的中短篇小说极少,我只看到了两三篇。国外同龄的作家基本上都以长篇小说立身,而我们的作家靠的主要是中短篇小说。这跟中国作家的成长机制有关。我们走的是依靠刊物推出作家这一条路。中国有这么多的优秀刊物,培养了一茬茬扎实的作家。刊物居功至伟。但如果从其对作家的影响来看,刊物可能又害了作家:它推迟了作家的成名时间。我们有大量的中短篇小说的版面需要填充,年轻作家最适宜顶上来。一个年轻作家上来就写长篇,在市场上通常是没出路的。很多人被迫转到中短篇小说的创作上来。我们把过多的精力放到中短篇创作上,很多非常优秀的"70后"作家到现在一部长篇都没写过。和国际上获得过欧·亨利奖、奥康纳奖的"70后"作家相比,本土最优秀的"70后"作家的中短篇未必就输给他们,甚至可能更好。但我们还是习惯性地认为,外来的和尚会念经,月亮是外国的圆。

那我们为什么要比长篇小说呢?因为,在中国乃至世界文坛上,长篇小说都被认为是一个作家的立身之本。我们都知道汪曾祺老先生的短篇写得好,大家都很喜欢。你问一百个人,一百个人都会说汪曾祺是一个很好的作家。但是你让他选择当代中国最伟大的十个作家,我怀疑不会有几个人把汪曾祺放进去。如果列举当代中国最伟大的十部作品,可能除了鲁迅的,其他的全是长篇小说。而对"70后"作家来说，长篇小说是弱项，不是因为我们没能力写好，而是因为很长时间我们把精力放在中短篇写作上。我们具备的是比较完善的中短篇小说的思维。当转到长篇小说创作时，我们需要重新准备、积累，连长篇小说文体意识的获得都需要时间。所以，拿长篇小说去评价"70后"作家，失望也是正常的。不过，我想说的是，不要着急，再过5年或10年，等这些作家具备了非常自觉的长篇小说文体的意识后，等他们真正开始长篇小说写作实践后，等他们出了一批长篇作品后，我们再来看这些作家到底怎么样。到那时候，如果这些作家的长篇小说还是失败的，那我觉得这些作家就是真的失败了。如果我们在他们的长篇小说里发现了新的东西，他们的长篇小说也足以让作家立身，足以进入中国当代文学史，那时最终的结论是他们是有能力的。

对这代作家来说，还有一个问题需要关注。置身当今时代，我们对文学的认识是否有一些区别于前代作家的新东西？很多作家，包括在座的，其实通过作品正在寻找或是已经呈现出了一些新东西，比如史诗性。可能很多人所理解的史诗都是过去那样的，即非常宏大的，波澜壮阔的，有一百多号人在里面跑来跑去的，有一个风云际会的大背景，跨度有五十年、几百年、上千年。如果书写没有大的动荡、相对安稳和平的当代生活，是否能够成就史诗？或者说，针对当下的生活是否还有书写史诗的可能？如果有，它可能会是什么样子？假如真有，这个史诗的概念肯定跟过去不一样。我老是向人推荐美国作家乔纳森·弗兰岑的《纠正》和《自由》。这两部小说其实写的是美国平常的、自足的中产阶级生活，看起来很平静，全是日常生活的小碎步，但其依然会带给你史诗的感觉。而这种史诗并非我们常规意义上的那种史诗。换句话说，如果我们把史诗的概念固化，就会发现，在以稳定的中产阶级为社会主体的欧美是不太可能找到史诗的。但它肯定在。那么，这就需要我们重新理解史诗，进而重新理解文学、理解小说、理解故事。

因此，对年轻作家来说，必须尝试引入一些新东西。我们正在这样做。这不仅是一个题材创新的问题，还是在拓宽我们对小说的理解。往大的方面说，这就是在拓宽我们当代文学小说文体的边界。批评界是否能及时关注到这些新的东西？或者说，批评界是否有足够的理论和批评工具，把这些充分地发掘阐释出来？我们习惯于把"70后"作家打包讨论。为什么打包？固然是因为"70

后"作家创作个体的面貌确实相对模糊,打包更能说明问题。但是否也存在另外一种可能——我们对这些作家个体的创作,实际上也没能看清楚?我们当然希望,前辈作家和批评家能够充分关注我们作品中从传统中继承下来的那些东西,同时也希望他们能关注和发现我们作品中出现的新质,寻找我们作品里具有的某些可能性。

李浩:关于"70后"作家的有关话题,大家刚才说的已经很多了。我觉得我们作为同一时代的作家,面对的是这个时代一些共同的问题。而这个时代所拥有的长度,完全不能用时代来划分。前面一些专家给予我们这一代很多的鲜花和掌声,让我感到有些羞愧,因为我觉得我做得还不够。

在这里,我更愿意做出更多的反思,从对我们"70后"作家现在所存在问题的一些反思来进行谈论。李敬泽先生曾经对我说:"你以为你自己是野兽,其实你已经是家畜了。"弋舟在最近的一篇文章中,也对我提出批评——他表达的是基本相同的意思。我承认,我必须承认,对于一个作家来说,我对读者的考虑比较少,对其他因素的考虑也比较少。我更多的是愿意自我完成。我希望自己能够写出好作品,所以成为一只"野兽"一直是我写作的梦想之一。然而悲哀的是,我已经是一只"家畜"了。而且我一遍遍地、非常不自觉地在我的抵抗当中向"家畜"靠近。这种下滑让我非常不甘心。我还希望自己是"野兽",并致力于向"野兽"靠近。

我想这个警告可能也同样普遍适用于其他的"70后"作家。我们锐气普遍不足,我们的冒险意识也普遍不足。我们普遍与生活过分和解,也不愿意推搡前辈。但是,我们都希望能写出不一样的小说来。海飞和徐则臣也都强调了这一点。

我还想说一下世界性。把这个世界当作一个整体来打量,获得世界性眼光,在"70后"作家中相对普遍一些,因为他们在知识结构上,更容易从多重渠道、从世界其他大作家身上得到更多的滋养。但是我认为,与"50后""60后"作家相比,我们的世界眼光、我们对世界性的理解,似乎并不比他们更有深度和宽度,甚至还因为与生活的过分和解,或者出于某种谄媚而有所退缩。"50后""60后"作家在20世纪80年代反思和争论的那些问题,在"70后"作家的创作当中似乎鲜有回响。我们现代的小说家还有谁能更多地关注我们写作之外的知识和智慧？在这一点上，我们普遍比"50后""60后"作家还要弱。尽管我们能够在文学作品和文艺理论中获得丰厚的滋养，但我们需要对自己知识的过窄有所警惕，对自我视野的不够宽阔有所警惕。在这点上，我们确实需要"耶路撒冷"。

时下我们有时也会写知识分子的挣扎，但那些挣扎不过是在俗事俗务中的挣扎，与那种属于知识分子的困顿相去甚远。我们许多人在写底层或者所谓的都市故事，但这些故事往往没有我们的体温。如果我们对它们不熟悉、不了解，也不珍视，那它们也仅是故事而已。这种书写很可能和真正的理解体恤、真正的文学相去甚远。韩春燕老师前面讲，我们"70后"作家创作的更多是"室内剧"，我被这一貌似温和的批评震了一下——我十分看重这份有见地的警告。这其实是批评我们写作中存在自我狭窄和自我割裂，仅注重一己的悲欢。而这悲欢往往又具体到身体和物质。所以一方面我们的写作越来越精致、规范、完善，另一方面我们也越来越狭窄，越来越走上一条不冒险的旅程。

刚才徐则臣谈到关于文学评论的话题。我也想就当代"70后"作家的被遮蔽的问题谈点个人偏见。相对于被遮蔽的问题，我更想说的是，当下一些青年学者、青年评论家，都或多或少有着对文学自身价值的漠视。他们更愿意从哲学、政治学、社会学的角度，把小说或者是文学简单地变成内容分析，然后再对内容加以阐释，这样就算完成了文学审判。他们常常以"不是文学青年"自居。他们没有兴趣去理解小说内部的结构和内部的完成，也不认为作家们会掌握写作上的相对真理。说实话，这类文学批评家与作品的隔膜越来越大，他们像是闯进瓷器店的公牛。这类的批评家往往又有一种真理在握的自信，他们对作家、文学所做出的成绩是漠视的——他们漠视作家在作品中的自我完成。所以，在这点上，我极其认可苏珊·桑塔格所说的，"相对于文学的阐释学，我们更需要一门关于文学的'色情学'"。它需要你对文学的艺术技艺和艺术效果（文学之色）有精准体悟，同时也需要你能够有情感投入，理解并能体认它的情感情绪（文学之情）处理之妙。这一课，我们的批评家更为需要。

弋舟："70后"作家这一称谓，最初恐怕含有某种"新生的力量、变动的迹象"之意。如今，这个称谓已经被喊了20年。那些最初的所指，可能已经不复存在了吧。但是，今天我们坐在一起，依旧在讨论这样的一个话题。这说明，这样的一个命名，已经超越了它当初那种"阶段性的、姑且称之"的意义。它不再仅仅是一个时间性的、对一代写作者生理年龄的简单概括，而是更接近一个文学事实与文学现象了。于是，"70后"作家，可能也与其后按照十年一代划分的年代称谓有所不同，它可能更接近"五四时期作家"等这样的称谓了——我不是自诩能和前贤们比肩，是说一种文学现象在文学史中的特殊性。

"70后"作家这个称呼已经成为一代写作者的集体称谓，就像我们都是汉语作家一样，被集体打包，已是不争的事实。我想这也不会抹杀个体的差异。现在看，这种命名还是有道理的。这代作家，的确更接近一个"文学事件"。我们被以"70后"作家为名说了20多年，我想，可能还会再被说上20多年。那样，我们就肯定会成为一个文学史现象了。

昨天我给张炜老师介绍《青年文学》的主编张菁老师，他就有些惊讶：一个这么重要的文学刊物，却有一个这么年轻的主编！在上一代的文学观念中，这多多少少有点不可思议。这说明我们的文学观念、文学制度，已发生了很多的变化。而这些变化，正是自"70后"开始的。我们这一代作家，既承续了上一代的文学范式，也承续了上一代的文学心理，还有可能是一种"文学习气"的最后继承者。其后，事情真的就发生了变化。

如果说，我们是最后一批积极汲取前辈们文学价值的作家，是最后一批文学传统的珍视者，我也希望，我们有可能成为某些不良"文学习气"的终结者。但是，遗憾的是，有时候，"80后""90后"的同行依然表现出那种我们尚未终结了的、糟糕的文学习气。这实在是挺让人唏嘘的。

究竟"70后"这一代作家的文学质量会有多高？现在当然尚未到盖棺论定的时候。我们还放不开，我们规矩多，做得还不够——刚才几位"70后"作家都如是在检讨，我想能够发出这种腔调的，还是"70后"作家最多。我们依然是整个中国文坛自我检讨最积极、最踊跃的一代人。前辈们已经很少自我否定了，后辈们正意气风发。可能文学史的梳子还未梳理到我们，所以我们就有了不断菲薄自己的特权。

评论界对"70后"作家创作的持续关注和深入研究，对成长中的"70后"作家创作当然很有意义。艳梅老师长期致力于这个方向的研究，功莫大焉。不出意外的话，这个方向的研究，有一天会成为显学。那时候，像她这样的学者，就是当之无愧的权威了。

朱文颖：首先，非常感谢艳梅给我这个跟山东文坛这么多作家见面的机会！我相信多年的文学训练至少给我一种能力，即能够根据气味判断这个人是否是我的同类。野兽能嗅出野兽的气味，家禽能嗅出家禽的气味。这是一种无法言说的直觉，也是作家一种非常重要的感性能力。非常庆幸，今天，在这里，我遇到了许多同类。

今天出席这样一个"70后"作家的讨论会，我是作为最早的在场者、一个活化石一样的身份来到这里的。1998年，"70后"女作家作品专题发表在《作家》杂志上。在当时这不仅仅是文学现象，同时也是作为一个社会学现象被提出。到现在这十多年间，从作家个人命运来讲，有很多已经发生了巨大的变化，当然大背景是整个社会以及文学写作环境的巨大变化。我们无法简单地判断这一切的好坏与走向，但这些转变本身是非常有意思的，是值得被探讨与研究的。

无论是评论界还是读者，都一直在说"70后"作家个体面貌不清晰。"70后"作家被评论界打包讨论。其实我们有没有想过这样一个问题：如果一样东西形状特别清晰，模样非常明确，是不是反而会影响到它最后成长的体积？那些不清晰的东西，可能看起来模糊，但是更复杂、更多元、更宽厚，到了一定的程度，真正的体积呈现时可能是一个庞然大物。现在有些文学作品过于清晰，无论是形式还是目的。我可能会带有偏见，但是有时候我确实不太相信太清晰的东西。我觉得这种不清晰也是一个潜在的可能性。

另一方面，正是因为它边缘不那么清晰，我们才可以不断发现一些新的东西。有一次与国外评论家交流，我问他们为什么对我们国内这些"70后"作家感兴趣，并做研究。他们回答说因为国内对我们的定义是"新新人类"，而国外的汉学家们希望从这些作家身上看到中国年轻人新的生活方式，及其背后的中国大背景。于是我在想：那后来为什么他们又失去了持续研究的兴趣，而转向了新的兴奋点？到底是评论家的问题，还是作家的问题？评论家是不是不断地要在作家身上看到新的东西，然后他觉得这才是一个关注点？那对于作家来说，是不是也要不断地在他的写作中发现新的兴趣而使关注点延续下去？就是说，评论和写作的关系或者说二者的张力是怎么产生的？这是非常有意思的问题。我没有得到答案。

另一个事情是，我最近在接受一个访谈时，被问到非常常规的一个问题。问题是这样的："距你上一部作品《莉莉姨妈的细小南方》的出版已经有四五年了，按照你之前的出版频率，现在已经到了新作快诞生的时候了，你有什么新动向吗？"于是我回答说："谢谢你注意到了我的出版频率。"我想我已经过了为出版频率而焦虑的时期了。现在仍然还是会焦虑，但肯定不是为这个。我记得我在出版频率最高的时候，有一次，一位艺术家朋友看了我的出版访谈，非常诚恳地对我说："你现在回答访谈很老练，看起来也蛮华丽，但那种对于生命的锐度反而是低了。"就像刚才李浩说的，有些作家觉得自己还是"野兽"，但在局外人看来，你虽然不断地在出版，但是这些都是没有意义的。我这些年写得不是很多，新作可能很快会出版，也可能还需要一段时间，但这些都不是那么重要。对于我的写作来说，这些年比较重要的是我悟出了一些道理。比如说，作家对生活认知到什么层次，表达也必然在这个层次之内。作家不可能表达自己看不到的东西。也就是说，我在触摸或者被迫触摸一些陌生的东西。这种异物感可能不华美，但它可能有力，表现出一种可能性……就像在我很喜欢的那部电影《少年派的奇幻漂流》中，我看到了船上的那只"老虎"，我已经看到了。这或许才是真正的"新动向"。

刘玉栋：从1997年李敬泽、宗仁发、施战军三位老师关于"70年代人"的那场谈话开始，距今将近20年了，围绕着"70后"作家的话题层出不穷。似乎没有哪一代作家，像"70后"作家一样，被文学界、评论界、学术界和媒体这么长期、热情而持续地关注着。我觉得这是中国文学界最令人感动的事情之一。我知道，大家对"70后"作家创作的关注，实际上是对整个中国文学现状和未来的关注。人们无论站在何种立场、从哪个角度去说，批评也好，褒扬也罢，对于"70后"作家来说，无疑都是好事。

从当时到现在，作为一个"70后"写作者，我始终是一个在场者。从一开始，我就很关注整个"70后"一代人的写作。到现在，好多朋友写出了这么多优秀的作品，我真的替他们高兴。同时我又对自己进行了一些反思，觉得自己做得非常不够。

在这里，我想谈一下自己关于"70后"作家现实处境的一些思考。刚才已经有几位老师说"70后"作家是在夹缝中的一代，也有很多老师提到这一现状已经结束了。这一点确实可能和前几年不太一样了。

我自己的感受是，这一代作家前面是老一辈作家辉煌的业绩和名气，后面是"80后"作家在图书出版销售和影视剧创作方面的成功。总之，他们中的一部分是被社会认可的，具有一定的社会影响力。而"70后"作家从总体上讲，缺少一定的社会知名度和影响力。现实的确如此。但仔细想想，这种说法还是有些牵强的。当然，在多种条件下，都会形成"夹缝"，历史的、文化的、政治的、社会的"夹缝"，不管是什么样的"夹缝"，"夹"在里面，未免尴尬。但从"70后"作家的创作现状看，情况似乎并非如此。

什么样的时代造就什么样的文学。像"50后""60后"作家，是时代给予了他们自信和勇气，培育和发掘了他们的才能。他们那一代作家有着坚定的文学理想和信仰，所以他们能够成为文坛上的庞然大物。我想这是必然的。还有就是先锋文学，当时先锋文学的风起云涌造就了一批优秀的作家。他们气度不凡，写作姿态十分鲜明。我觉得他们是以反叛者的姿态出现在文坛上的，所以很快就被文学界和批评界所关注。他们依靠自己的才华和非凡的探索勇气，取得了应有的成绩。然而"70后"作家，像李浩这样能够不断探索的作家变得越来越少。

比起前辈作家，时代并没有赋予"70后"作家太多的苦难。在生活体验方面，他们似乎也有一种先天性的营养不良。但是，前辈作家确实给了他们潜移默化的影响，比如在文学态度上他们对文学价值和意义的认可等。这一代作家普遍认同文学自身的价值，认为文学创作是一件非常严肃的事情。并且他们觉得文学创作是一种个人行为。我觉得这一代作家，能够坚持写下来的，都是对文学特别热爱和自觉的人。"70后"这一代作家有着和前辈一样的文学态度，他们写他们自己内心的需要。时代在变化，对于文学来说也是很正常的。无论什么样的时代,能够坚持的只有少部分人。当下,人们可选择的东西太多了,单单一个手机,就能让人飘飘欲仙、欲罢不能,又有多少人在关注文学呢?并不是你大喊几声,人家就会回头看你的。文学回到了自身应该有的位置。难道你能说这是文学的尴尬吗?难道文学不应该就是这样吗?所以我说,这不是一个特殊的年代,这是一个正常的年代。回到唐朝去,有几个老百姓会关心诗歌呢?"70后"作家遇到了这样一个时代,又有什么可尴尬的呢?

在如今的期刊上,大约有80%的作品都是"70后"作家的。前几年有一些声音,说"70后"作家中短篇小说写得还不错,长篇小说的数量很少。但是近两年,像徐则臣的《耶路撒冷》、李浩的《镜子里的父亲》、艾玛的《四季录》、弋舟的《我们的踟蹰》等一系列作品,足以说明"70后"作家长篇小说创作数量少也是暂时的。再过上5年或10年,如果回头来看的话,这种情况还会有所改变。这是我自己的一些乐观的看法。

我们"70后"作家从自信到自觉这一方面,是没有任何问题的。还有一点,这代人特别关注对日常生活的书写。刚才则臣提到,日常生活照样也能写出史诗一样的作品,一点不错。我觉得把日常的东西上升为一个普遍的形态,用开阔的视野,对这个世界,对这个时代有一个新的关注,是非常重要的。

艾玛:今天,我抱着学习的心理参加这个研讨会。"70后"作家谈到写作现状,很多人觉得会有一种挤压感——他们感觉被夹在两代作家之间。但是我对这种被挤压的感觉较少。这可能跟我的创作起步较晚有关,也有可能是因为我在青岛写作,偏安一隅,自娱自乐。我在写完最近一部长篇小说后的感受是,我在写作上遇到的一些基本问题都没有得到解决。最近一期的《纽约客》介绍了一位刚出道的美国作家——亚当·萨克斯。《纽约客》发了他的一篇创作谈——《作家的自我申辩》。我读过后很感慨:他在"写什么"这个问题上是极其自由的,所以他谈得最多的是怎么写。他最大的担忧就是出版社的满意程度,读者的接受程度,以及在同一或不同语境里文字还有多少多样性和可能性。也许对于美国作家来说,他们在写作过程中没有我们遇到的那些问题。《巴黎评论》有一个栏目,叫"作家访谈"。我发现了它的一个规律,就是访谈中的许多提问都很日常,如:"你用什么写啊?""每天写吗?"写作对一个作家来说应该是很日常的，他们应充分地享受写作的自由所带来的一些快感。而我在写长篇的时候，感到非常放不开，我没有享受到充分的写作自由，因为我有很多的禁忌，我给自己设置了很多的禁忌，甚至我还考虑要做到两全其美。这个时候你要放弃很多的自我。在这种情况下，我唯一可以想的就是怎么写。

张炜主席30岁左右就能写出《古船》，而我30岁的时候还是一个读者，还没有开始写作。我想，写作的技巧可以后天学习，可是一个作家的气质却是先天养成的。一个作家的气质是一种天赋。比如说，在座"70后"作家徐则臣的《耶路撒冷》，它的那种结构，以及李浩《镜子里的父亲》中那种没有限制的视角，其中有些东西是别人很难拥有的。这体现的就是作家的独特气质。对于我现在的写作来说，不管写什么，不管怎么写，有些问题是我能够解决的，有些是我不能解决的。我能做的就是，尽我所能。

宗利华：我简单地谈一下自己的几点思考。一是关于"70后"作家这个提法。我个人更倾向于认为，它属于评论家的话语体系，最好不要进入作家思维。从我个人的写作经历或写作心态讲，我其实没有很强的年代归属感。我觉得，一个作家最好不要主动去认领这个提法，或者在面对这个提法的时候，要有自己的主观判断，应该对其保持一定的警惕。当"70后"作家这个提法更响亮、更喧哗的时候，会不会让某些共性思维影响和伤害到作家的个性思维？这是个问题。对于作家来说，主动去"抱团取暖"，我认为也是不可取的。因为，写作本身是一种极度个人化的带有强烈孤独感的行为。

二是"70后"作家对历史的思考和认知问题。我觉得我个人对历史和当下，还缺乏一种很深入的认知，对历史和当下关系的认识还比较模糊。看似生活在当下，写着当下，但缺乏一种真正内在的介入感。比如我近期在写"香树街"系列中篇，貌似切入现实，实际上还没有真正介入。也就是说，我对这个时代还是把握不准。从我个人来说，接受文化信息的来源和渠道相对还比较单一。这也可能是"70后"作家这个群体普遍面临的一个共性问题。我们既没有"50后""60后"作家那种身处其中的经历，也缺乏"80后""90后"作家的灵活多变。整体上看，"70后"作家身上是缺少野性的。"70后"作家像是素食主义者;"60后"作家更像肉食动物,一出场就是奔着肉来的;"80后""90后"作家更杂食一些,有更广泛的吸纳和接受能力。"70后"作家接受的价值体系大多来自教科书,到我这个年龄才突然发现,有些观念、观点或者事件,原来并不是这样的。因此,可能"70后"作家会相对晚熟。比如,张炜老师在不到30岁时就写出了《古船》,而我们到了这个年龄,大多数人还在苦苦寻找着那艘船。

三是我不太认可"70后"作家是"在夹缝中生存"、是"尴尬的一代"等观点。接上一个话题,我觉得"60后"作家的野性里带有强盗性质。他们先下海,把目光瞄向拉丁美洲等地,返回后开始在大陆上形成声势浩大的"先锋派"。其实,"70后"作家在先锋派的喧哗中,也发出过自己的声音,比如卫慧、棉棉、朱文颖等人的作品,当然也有刘玉栋的《我们分到了土地》这类作品。而最近几年,"70后"作家已经稳扎稳打,逐渐发出稳健、浑厚的声音,比如徐则臣的《耶路撒冷》、李浩的《镜子里的父亲》、盛可以的《死亡赋格》等等。我之所以不认可那些说法,是因为这些对比是建立在不同的价值体系或者坐标系上的。把"70后"作家跟"60后"作家比的时候,衡量文学的标准是所谓纯文学的探索能力与文本影响力;等到将其跟"80后"作家相比的时候,标准却是市场占有能力。因此,得出的"70后"作家处于"夹缝中"的观点是偏颇的。你不可能拿《耶路撒冷》跟《三重门》去比印数,也不可能把《镜子里的父亲》跟《小时代》相提并论。其根本不在一个频道上。

张丽军: 我先谈一下中国"70后"作家的创作现状。一个时代有一个时代的文学。百年来中国文学风雷激荡,狂飙突进,历经一个又一个文学创作浪潮,出现了一代又一代优秀作家和众多经典文学作品,各领风骚数十年。新时期以来,挣脱政治牢笼的文学焕发了新的青春。伤痕文学、反思文学、朦胧诗、改革文学、寻根文学、先锋文学、新写实文学、新历史主义文学层出不穷。但是,进入21世纪以来,我们惊讶地发现,文学思潮与文学语言形式实验运动已经掀不起波澜了。21世纪中国文学在创作极为繁荣、获奖数不断攀升的景观之下,那种新意层出不穷、风格流派纷争的创作活力与生机已经是难得一见了。当下创作精力最充沛、深具创作实力的新生代"70后"作家,也显得疲软、柔顺，难得有独领风骚、独霸一方、标新立异的磅礴大气；即使当下最具锐气与活力的"80后"作家，也难掩昔日犀利刀锋与耀眼光芒不再的黯然。苛刻一点说，当代中国青年写作总体上依然是不让人满意的，依然有很大的提升空间。

中国"70后"作家，前有"50后""60后"作家的巨大光环遮蔽，后有"80后"作家的横空出世，是处于"历史夹缝中的"、"被遮蔽的"一代。从作家的出场顺序来看，"70后"作家的创作可分为三个阶段。第一阶段是20世纪90年代，以"美女作家"的出场为标志，经历了一番喧嚣之后，一部分作家逐渐沉寂，一部分如魏微、金仁顺、朱文颖等依然显现出很好的创作实绩。第二阶段是20世纪90年代后期，一批新作家加入了文坛，从对先锋作家的模仿到左冲右突的创作突围，呈现出很好的创作状态，如刘玉栋、李骏虎、滕肖澜、乔叶、李浩、鲁敏、常芳、东紫等。第三阶段以铁葫芦丛书推出了一批"中间代""新女性"作家和具有"后先锋"气质的作家为标志。这些作家有薛忆沩、阿乙、路内、瓦当、苗炜、曹寇、任晓雯等，呈现出新的创作品质，在延续以往的先锋写作的精神气质中，有了新的追求和"后先锋"的创作理念。如果我们从中短篇小说来看，"70后"作家已经呈现出较高的艺术品质，在叙述技巧、叙述能力等方面已经超越"50后""60后"作家，形成多元化的艺术风格。一些"70后"作家创作了较有影响力的长篇小说，但是在表现现实生活和重大时代主题的能力方面依然存在着局限与不足。徐则臣的《耶路撒冷》、乔叶的《认罪书》、刘玉栋的《年日如草》、魏微的《一个人的微湖闸》、盛可以的《拐弯的夏天》、李骏虎的《母系氏家》、金仁顺的《春香传》等作品呈现出"70后"作家在长篇小说创作方面的成绩。

其次，我们看看"70后"作家创作存在的问题与缺失。从总体上看，"70后"作家已经取得了很大成绩，涌现出了一批在当代文坛有较大名气和影响力的作家，但是其依然没有挣脱被作为一个群体命名的困境，没有创造出具有个人精神坐标意义的文学作品来。这主要体现在以下几个方面。其一，"70后"作家的先锋性品质流失，在语言形式实验方面畏缩不前，呈现出一种温吞吞的气质，缺少尖锐性、先锋性品格。"温情叙事"是很多"70后"作家的叙事方式和创作理念。这或许源于中国"70后"对世界的独特认知和审美思维方式，体现出其独立人格、自由精神的深层缺失,或不完整的一面。其二,民族地域文化书写缺少人类性、全球性和文明转换的大视域,仅仅为故事性、传奇性、地域性而写。当代作家如莫言、张炜、贾平凹,都有对中国历史思考的力作,就是"60后"作家余华、苏童、毕飞宇等也都有深刻反思历史的优秀作品。特别是迟子建的《额尔古纳河右岸》,其对已经消失的鄂温克民族的独特游牧文化的发现与书写,可为今天加速发展的人类重新寻找重点突破的方向。其三,"70后"作家缺少对当代正在发生的重大现实生活、时代中心问题的呈现能力、表达能力。一个时代有一个时代的文学。当代人的痛苦、当下人正在承受的煎熬,谁感受最深?谁来呈现?当然是正生活在其中、处于生活漩涡之中的中国"70后"一代人。中国"70后"作家需要呈现正在发生的、活生生的、日新月异的当下现实。其四,"70后"作家思想原创力、引领时代的能力欠缺,文学创作的精神维度不足。20世纪80年代文学对当代社会的那种巨大影响力、思想引领力已经难得一见。相较于故事而言,文学更需要于深处增强精神理念的创新,以及对思想原创力的追求。只有这样,中国"70后"文学才能站得稳,才能立在时代之潮头,引领时代思潮的发展。

再次,我们看看"70后"作家未来突破的可能性与途径。"70后"这一代作家如何实现审美的断裂?"70后"作家依然需要文学语言、文学形式的先锋性实验。在"纪念先锋文学30年论坛"上,李敬泽认为先锋文学依然是当代作家可以凭借的精神资源。这种观点无疑是振聋发聩的真知灼见,也从一个侧面指出了当下中国"70后"作家创作的症候。事实上,"70后"作家已经呈现出较好的后先锋品质,在这一点上他们不同于以往的先锋作家。早期的金仁顺、李浩、范玮等作家继续在各自领域进行持续不断的先锋性写作,值得肯定和期待。"70后"作家需要增强作品的民族文化和历史气息。汪曾祺、刘绍棠、孙犁、贾平凹等人作品中的民族文化气息非常强烈和清晰。文化让作品具有更强的生命力。中国是一个具有很强历史感的国度,要增强作品的深度,作家需要进行深入的历史挖掘。"70后"作家需要增强深入生活内部的能力。例如柳青,他在生活中写作,而不是仅仅在想象中写作。生活质感、生活细节、生命体验对于作品来说是至关重要的。"70后"作家要表现出这一代人的疼与痛,要勇于迎难而上,书写时代重大问题、现实问题,思索人类文明和历史未来的大问题。

　　这是一个前所未有的大时代，我们正迎来一个人类文明的大变革。作家是最敏锐的思索者，应该对人类向何处去、乡土中国向何处去等重大问题进行思索。梁鸿的《中国在梁庄》《出梁庄记》在这方面有非常好的探索。事实上，历史和现实已经为"70后"一代作家提供了无比丰厚的精神滋养、无比深厚的现实土壤，以及进行艺术想象的阔大空间。在这前所未有的历史大裂变中，"70后"作家有幸亲眼见证了乡土中国的现代化转型，亲身经历了这种愈来愈快的加速度城市化进程，亲身体验到这种传统与现代、历史与现实、物质与精神割裂的痛楚、悲哀和挣扎。因而，"70后"作家有责任、有使命去深入民间、大地、历史，去呈现这一代人的喜怒哀乐，创作出属于这一代人的、打通过去和未来的、较好表现正在深刻变革中的乡土中国、呈现重大时代主题的经典文学。

　　（本文整理自2016年5月20日于山东理工大学举办的"'70后'作家创作与当代中国文学研讨会"会议记录）

生命困境与精神暗疾的隐喻*
——论"70后"文学的疾病叙事

曹霞

在文学创作中,疾病是一个重要的题材。作为偏离正常轨道却又无时不潜伏在身体内的存在,疾病总是能够强烈地激发起人们的担忧、恐惧和绝望等情绪,因此多被作家当作探察人性的工具和手段,或是重要的叙事引爆点,以拓展文本的内在深度和叙事空间。《乡村医生》《魔山》《茶花女》《鼠疫》《霍乱时期的爱情》等都为疾病与人生、人性之间的关系做出了经典而深刻的阐释。

在中国现代文学史上,"疾病"作为与时代史、国族史、意识形态史等宏大主题相关的题材,曾经反复地被描摹和渲染。在丁玲的《莎菲女士的日记》《在医院中》,巴金的《灭亡》《第四病室》《寒夜》等作品中,主人公的疾病并非只是生理问题,而是被赋予重要的社会意义和民族精神价值。有研究者指出:"每当中国社会明白自己在做什么,'中国人病了'的讲述就处处出现……每当中国社会不明白自己在做什么,中国人就没有病了,中国文学也就不写疾病。"[1]"中国人病了"的讲述指向的是国族意识的觉醒。在当下写作中,拖曳着历史与社会身影的疾病也是作家着力书写的主题。贾平凹的《病相报告》《秦腔》,苏童的《黄雀记》,阎连科的《日光流年》等作品以人物的病残之身为叙事驱动力,在丰沛的想象与魔幻狂怪的书写中展开了一段段关于

---

* 原载《艺术广角》,2017年第1期。
[1] 赵毅衡:《讲述疾病·序》,《症状的症状·序》,谭光辉:《症状的症状:疾病隐喻与中国现代小说》,中国社会科学出版社2007年版,第2页。

政治、国家、村庄的历史。作家借此为社会和时代会诊，期待在"病相"中探寻民族心理的成因。如苏珊·桑塔格所说，疾病被加工成了道德、心理、政治等方面的隐喻。

在"70后"作家笔下，疾病叙事同样也是涵纳广泛的。不过，这一代作家并没有赋予疾病以宏大的叙事意愿，也没有像史铁生那样将其上升到生死哲学的高度。对疾病的讲述是这一代人在历史与政治真空中发出的微弱吁求，是面对和承担精神压力时的生理与心理反馈。他们通过林林总总的疾病叙述，彰显自我的存在感，在"正常"的生活中完成对"非正常"人生状态的叙事探索。

双重"遗弃"下的存在表述

"70后"作家向来被视为"被遮蔽的一代"。这不仅是因为他们成名甚迟，与前后代作家相比呈现出明显的晚熟，也因其成长于政治与经济的"真空"地带而与若干宏伟叙事擦肩而过。这一代人遭遇的是双重"遗弃"——既是政治意识形态的弃儿，也是20世纪90年代以后勃兴经济的抛弃物，他们面对着一片精神的空白或者说空地。可以说，无论是去依赖还是去反叛，"70后"作家都无所依凭。但写作又要求作家必须找到叙事的原点。这使"70后"作家主要转向个人体验和日常生活，"立足于鲜活而又平凡的'小我'，展示庸常的个体面对纷繁的现实秩序所感受到的种种人生况味"。[①]个人化、在地化、日常化是这一代作家被普遍认定的写作特征。

陷落于"无物之阵"，且被前后代作家"成功"的焦虑所笼罩，"70后"作家亟须找到彰显存在感和特殊性的题材，疾病无疑是一个重要的写作来源。如果说日常生活叙事是"70后"作家别无选择的选择的话，那么，疾病则牵连着精神的丝缕、情绪的波澜、无意识王国中令人惊颤的心灵维度，从而赋予整齐划一、百无聊赖的日常生活秩序以"陌生感"和"异质性"。

在"70后"作家笔下，疾病叙事有相当的普泛性与涵括力，主要表现为以下三个方面：

---

①洪治纲：《中国新时期作家代际差别研究》，人民出版社2014年版，第188页。

第一，"70后"中为数不少的作家都书写过疾病，如盛可以、戴来、张楚、阿乙、弋舟、李修文、东君、哲贵、肖江虹、黄咏梅、鬼金、艾玛、东紫等，甚至有一些作家以疾病作为叙事主体。有研究者统计，鲁敏从2001年到2012年创作的小说中，共出现了88位病人，约100多种疾病。[①]这个数字是惊人的。它固然与作家自己的成长经验与生命痛感相关，但也从一个侧面说明，对这一代作家来说，在日常经验写作中，疾病是表达其对命运和人生思考的有效方式。同时，疾病叙事内在地决定了叙事模式。故事在病（死）与生之间不断地往复，两者之间的纠结和颉颃给文本带来了丰沛的叙事张力，激烈的戏剧性从这里展开。"70后"作家偏爱这类题材，也有着叙事效果的考量。

第二，"70后"作家笔下的疾病大多是先天病残或精神隐疾，即使有些是脏器之病，也多由精神问题而引起，如抑郁症、精神病、肝炎、"非典"、胃病、失眠症、心脏病、不孕不育、内分泌失调、性功能障碍、神经性皮炎、阿尔茨海默症等。盛可以笔下的女性多患有妇科病和生育病症；弋舟的"刘晓东"系列以叙写抑郁症为主；阿乙近期的作品中多出现分泌性疾病；东紫小说中的人物有恋物癖和精神性幻想症……恶性肿瘤之类的病症也是由长年的精神压抑和痛苦而造成的。此外，作家们还书写了一些无法命名的怪病或者因陷入某种极端化状态而呈现出来的"病"。在黄咏梅的《将爱传出去》中，小时是一个克隆人，没有经历过子宫的滋养，因此一生下来就严重缺乏免疫力，任何细菌都能轻易地打败她。在乔叶的《叶小灵病史》中，主人公一心想当城里人，她自费订报纸杂志，坚持说普通话，大太阳下打伞，想嫁到城市里，她的做派、说话方式、生活方式都与庄户人截然不同，被人们视为"有病"。当村庄变为城市的一部分时，她的病就好了。这些怪病，以及由极端状态引发的"病"主宰和左右了主人公的生活甚至命运。作家用它们来丈量内在的人性漩流和心灵景深。

第三，"70后"作家对于疾病叙事有着相当自觉的意识。在李修文的《滴泪痣》和《捆绑上天堂》中，患病是作家有意设置的使人重新认知世界的方

[①]朱昱熹：《论鲁敏小说中的疾病叙事》，南京大学硕士研究生毕业论文，2014年。

式。当主人公在疾病中重新认识生命时，其在时间的有限性中迸发出的对爱的无限渴望形成了巨大的叙事冲击力。鬼金小说中的人物有不少都困顿于身体与精神之疾。作家这样解释他小说的主题："我们都是有病的人。""我在病着，世界在病着。我小说里的人物在病着。"[1]在作家笔下，疾病是在生活的枝蔓剥落后裸露出的生命本质，它比健康、正常的生活更值得书写。

疾病带来了身体和心灵的"变异"，提示着人们命运无常，一切都是不确定的，都有可能向着深渊坠落。它所激发的叙事动力为小说打开了新的探索空间。对疾病的集中关注为"70后"作家的写作掘开了通往更广阔的生命与心灵秘境的通道。

社会与生命困境的隐喻

在"70后"作家笔下，疾病也与社会问题相关。不过，除了像徐则臣的《王城如海》这样承担着对国家历史事件思考的极少数作品外，大部分"70后"作品中的社会问题主要与个体生存和生活密切相关。主人公的疼痛、焦虑、厌世、恐惧等情绪是对社会和生命困境的重要反馈。

有些疾病是生理上的，它们带来了身体的残缺和变异，让人不得不正视这副"臭皮囊"加之于人的桎梏。东君从小患有哮喘病，无法根治，他以多年与疾病搏斗的丰富经验告诉人们："在疾病面前，我们说到底不过是一名可怜兮兮的仆役。"[2]世界著名作家卡夫卡、普鲁斯特、陀思妥耶夫斯基、伊丽莎白·毕肖普、本雅明等也是在与疾病的形影不离中煎熬度日。人必须正视疾病，认识到它与身体、生命之间的关系。苏珊·桑塔格认为现代的疾病隐喻与传统不同，"传统的疾病隐喻主要是一种表达愤怒的方式"，"现代的隐喻却显示出个体与社会之间一种深刻的失调，而社会被看作个体的对立面。疾病隐喻被用来指责社会的压抑，而不是社会的失衡"。[3]在黄咏梅的《把梦想喂

---

[1] 鬼金：《致敬灵魂》，载《西湖》，2012年第9期。
[2] 东君：《咳嗽、灵魂病、药及其他》，载《天涯》，2015年第5期。
[3] 〔美〕苏珊·桑塔格：《疾病的隐喻》，程巍译，上海译文出版社2003年版，第21、65、66页。

肥》中,"我妈"瘸了一条腿,可这并不妨碍她成为梅花州三轮车队的"大家姐"。作家用诙谐幽默的笔调将病残的母亲描写得坚强而有力量。可是,当她怀揣着"瘦小"的梦想去广州时,却被骗走了辛苦攒下的钱,因绝望而跳进臭水沟自杀。病腿、瘸腿成就了她,也膨胀了她的梦想,导致了她的死亡。在《负一层》中,黄咏梅塑造了脑筋有问题的老姑娘阿甘。阿甘本在地下一层看管车库,生活得自在又快乐。她由于总是记不住谁是总经理而丢了工作;她因对爱情的幻想破灭而最后和偶像张国荣一样跳楼自杀。直到她死去,都没有人知道她叫杨甘香,人们口口相传的是"迷张国荣跳楼"的那个阿甘。而阿甘这个名字本身也与美国电影《阿甘正传》形成了精神上的对应。作家并不认为瘸腿的母亲、有脑筋问题的阿甘有多么卑下和不体面。相反,温暖的匮乏、人情的凉薄、冷酷无情的阶层分化、对生命最基本尊重的缺失,都是杀死"我妈"和阿甘的真正凶手。

关于病患个体与社会之间的关系,黄咏梅偏向于通过人与人之间的联结和社会问题去阐述;盛可以则着重从性别角度去揭示。盛可以的作品以女性题材为主。她小说中的女主人公往往经历着生存与爱欲的挣扎,丧失了乳房和子宫(生育能力),丧失了爱和所爱之人,最终丧失了亲情、生活希望甚至生命。"感情之殇"和"身体之痛"一再证明着女性永恒的悲剧。《手术》中的唐晓南失去的不仅仅是乳房,还有李喊的爱情。《北妹》中的李思江怀孕被抛弃后遇到了相爱的人,又被结扎,失去了生育能力,再次被抛弃。《时间少女》和《火宅》里的女主人公未婚先孕,被男方母亲带去流产,从此不能再做母亲。《道德颂》中的旨邑也有着相同的悲剧性结局。或许是源于盛可以自身的经历,她对女性的生存之艰难有着冷峻深刻的认知。与男性相比,女性更多了一重性别的创伤性体验。

这种对疾病与生命困境之间关系的关注与书写,在阿乙的近期作品中表现得格外清晰。他早期以书写谋杀、黑暗、绝望等题材而声名鹊起。2013年,他身患分泌性疾病,长期服用激素类药物,身体和心理遭受了双重打击。"疾病削弱病人,限制他,使他失去活动能力,减少他和周围世界正常的交往,使他日暮途穷而不得不依靠他人。疾病导致病人产生软弱、畏葸、厌恶、异化和悲世的情绪,导致精神和肉体的衰败并把病人隔绝在一个无望的世界里。"①自身经历的绝望使阿乙将分泌性疾病作为重要的叙事题材。《情史失踪者》的男主人公向丁洁妮母女讲述药物和激素治疗的情形:"吃激素就是这样,满月脸,还有水牛背、向心性肥胖","引流管走肋下某处插进身体,不时有污血或脓水从胸腔内流出"。这种讲述翔实冷静得如同噩梦。《永生之城》中的李伟患上了"罕见的慢性、进行性自身免疫性疾病",工作和婚姻均因此破败。《对人世的怀念》中的主人公回到家乡时,人人都惊诧于他的虚肿肥胖,他不得不一遍遍地解释:发胖是因为每天都要吃激素药,因为得了一种免疫系统的怪病。而这种病直到2010年,国际权威医学杂志才宣布了它的诞生。在小说中,主人公的病症与故乡暗黑的童年相并列。小说结尾还有逝去之人的幽灵重现。幽灵热心地询问"我"的生活和病情,什么都知道,却不知道自己已经死了。这个聊斋式的结尾给小说带来了令人惶恐和窒息的艺术效果。在阿乙的随笔集《阳光猛烈,万物显形》中,有一篇名为"病人"的极短随笔:"每隔一阵子,病人就去领取一点活下去的时间。队伍排得闷而焦躁。慢慢蠕动、不安的怪兽。医生只是代办人。"阿乙的这些作品,包括他对北岛和其他人疾病的感喟,如"沉重的疾病使人脆弱"②等,都传达出作家"向死而生"的灰茫与痛苦心境。

在对疾病与社会、生命三维关系的表达中,"70后"作家也不乏温暖的笔调。张楚的《野象小姐》,哲贵的《金属心》《陪床》,都将疾病当作探测和改善人际关系的重要工具。病人与护工、清洁工之间,病人与爱人之间,因病结缘,因病而导致关系发生逆转。《野象小姐》讲述的是发生在乳腺癌病房的故事。在绝境中挣扎的女性病人,最后在医院清洁工野象小姐充满艰辛坎坷却保持着丰沛能量的生活选择中获得了新的生命启示。如果说《野象小姐》是女版病室故事的话,那么哲贵的《陪床》则是男版的病室故事。小说通过一个个陡峭的叙事转折,向我们展现了病人在生命末端可敬可佩的选择和勇气。吴瑞

---

① 〔德〕维拉·波兰特:《文学与疾病——比较文学研究的一个方面》,方维贵译,载《文艺研究》,1986年第1期。
② 阿乙:《阳光猛烈,万物显形》,北京十月文艺出版社2015年版,第11、17页。

安将妻子赶出病房,提出离婚,为的是不连累她。王飞云被吴妻误解,被诟骂为小三,却不做争辩——其实她只是吴瑞安请来的按摩师。她用精湛的技术为病人缓解病痛,为他们提供了抵御冷酷死亡的微薄暖意,使他们在生命的困境中感到一丝光亮,柔化了黑暗中的坚硬。

精神的暗疾与隐喻

如果说"50后""60后"作家病相报告的隐喻是向外延展,更关注社会和意识形态功能的话,那么,"70后"作家的疾病隐喻则是向内的,是对个体生命和精神的追问。它如同探测器,深入人的潜意识和心灵世界,勘测出人性的每一丝波动。

在"70后"作家笔下,出现了此前较少作为文学表现对象的"现代病"——抑郁症。这是当下极具典型性和隐喻性的疾病。虽然从病理学上看,我们知道它是人的身体机能问题,但它又常常被当作心理和精神问题来看待。关于抑郁症,李兰妮的《旷野无人———一个抑郁症患者的精神档案》是最真实和痛切的表述。主人公按时服用药物,接受新的治疗方法,既将与疾病的博弈视为自救的途径,也将它看作观察生理与心理双重病象的方式。在弋舟的《而黑夜已至》中,刘晓东因一些特殊原因对生活感到悲观、焦虑、厌倦和无力,他在百度类似病症后发现自己患上了抑郁症。在城市人群中这个病的发病率是16%。不仅仅是他,还有那个财大气粗的横田实业集团董事长宋朗也患上了抑郁症。刘晓东和宋朗患病的起因都是精神问题。当然,作家细致的观察和书写并非为了疗救病症,而是探索都市人精神上的空虚与无助。刘晓东式的病症是时代给予那些尚有良知和思考力的人的一味苦药。饶有意味的是,弋舟自己也是抑郁症患者。他对此从不讳言,甚至当着朋友的面坦然服药,自述病情。因此,对抑郁症的书写也不妨视作他对自己精神牢笼的敞开与对灵魂光亮的打捞。"艺术家在创作过程中将自己的痛苦与病痛的一般经验加以描述。在他把这些经验用艺术介体表达出来的时候,就已经超越了主观经验,并使之客体化。这一客体化过程扩大了文学作品的意义,并将其上升为一种有普遍性的认识介体。"①在从主观到客观的转化中,疾病得到了艺术性的升华。

有一些心理上的疾病,如恋物癖、精神性幻想症、梦游症、偷窥癖、自虐症、失眠症、强迫性神经症、恋母情结、进食障碍症、神经性皮炎、心理性阳痿等等,它们逸出了日常生活和正常人的视野,却是作家钟爱的,是其探索人性和现代人精神图景的入口。在东君的《某年某月某日》中,东先生患上了幻听症,可是他又无法分辨声音来自外部还是内部。这让他十分忧虑。他去山谷里静心,与一个同样患有幻听症的女人邂逅。这本可成就一段艳遇,女人却不告而别。或许在作家看来,现代人患上奇奇怪怪病症的原因,是他们在精神上的自我隔绝与相互之间的难以交流。在艾玛的《有什么事在我身边发生》中,木菌在丈夫去世后,患上了奇怪的病——"无法自控地寻找东西"。作家以病为缘起,一层层抽丝剥茧般让真相暴露出来。原来,木菌通过对丈夫遗物的寻找、观察,找到了丈夫生前藏起来的种种东西,才发现自己对这个男人如此陌生。每一次意外的收获都将她往"寻找"的路上不断推进,以至于她最后看到任何东西都想把它拆开来寻找一番。通过木菌的病症,作家引领我们无比恐惧地接近人性隐秘、曲折、暗黑的内核。在东紫的《白杨树村的老四》中,老四是一个白痴,也是一个恋物癖或者说易装癖患者,喜欢女人的衣服。他生活在农村,传统保守的环境与人物的异化之间形成了强烈对比。对于有精神隐患的老四,作家并没有探讨他与环境之间的冲突,而是将笔力着重放在他的精神世界上。这个对外界一无所感的病人也有着自己的快乐与哀愁。东紫的《大圆》和《我被大鸟绑架》中的主人公心智不健全,作家对他们的描写有着温暖和宽容的一面。在这种写作中,作家着力探讨的是病人是否能够拥有正常健康的情感与人性。这是一种反疾病式的书写,传达出作家在对残酷病象的展示中所持有的稳定的暖意。这或许与东紫的医护人员身份相关。在我们看来"非正常"的人和事,在她那里是常见的、普通的。

类似这样以隐疾为叙事导向、对现代人精神问题进行探索的题材,在鲁敏笔下相对集中。她的《第九种忧伤》写到了形形色色的病态人格者:痴迷地图

---

① 〔德〕维拉·波兰特:《文学与疾病——比较文学研究的一个方面》,方维贵译,载《文艺研究》,1986年第1期。

者、拒食者、多疑者、神经质者……用李敬泽的话来说，"九种忧伤"就是"九种百感交集"。在《暗疾》中，梅小梅的父亲一紧张就呕吐；母亲有记账癖；梅小梅的姨婆长期患有便秘症，一谈到大便问题就津津有味，兴头十足。她自己的病更为"隐晦"：她喜欢去高档商场买东西，很快又退掉，由此享受"上帝"的优越感，患上了"退货强迫症"。"暗疾"一词完全可以视为对现代人精神世界的常态性描述。在鲁敏的作品里，暗疾有《白天不懂夜的黑》中的失眠症、《不食》中的拒食症和怪口味、《惹尘埃》中的不信任症、《百恼汇》中的偷窥症和阳痿、《死迷藏》中的偏执狂、《此情无法投递》中的性功能障碍。鲁敏将这些暗疾放大、强化，将它们作为探讨人性之谜的重要入口。对于这一类作品，鲁敏认为她的创作是基于"人性"的："主要就是写人性中比较幽暗的那一块，主要包括人在现世的内心状态、人与人之间的隐秘关联、人与人最大限度接近的可能性，以及人在日常中的病态等等。"①深渊般的人性触目惊心又令人着迷，隐疾在黑暗的水面上拉开了一道口子。

　　在鲁敏的作品中，还有相当多的篇幅写的是具体的生理疾病：心脏病，癌症，痴呆症，中风等等。她将这些病症视为患者精神上的问题。这些病症也是他们自我压抑和自我放弃的原因。在《逝者的恩泽》中，红嫂患有乳腺癌，是因为丈夫忽略了她的身体，她自己对身体也严格管控。《取景器》里的男主人公得了绝症，虽然小说没有直接提到原因，但从他临终前展开的关于旧日摄影师情人的回忆中，读者可以看到，与甜蜜激昂的片断交织在一起的是他与妻子之间乏味寡淡的生活。压抑导致的疾病在《青丝》中的校长身上、《白围脖》中的父亲身上都有所体现。他们因为生活和感情不如意，长期生活在苦闷之中，又囿于自己的身份和所受到的教育，无法任性妄为，不得不压抑内心的情绪，久而久之便生了绝症。这也印证了苏珊·桑塔格对疾病隐喻的考察："依据有关癌症的神话，通常是对情感的持续不断的压抑才导致了癌症。"②鲁敏通过隐疾和生理疾病建立起了双重的隐喻性谱系。病症如冰山一角，牵连着病人黑暗莫测、浩瀚无边的内心世界。而这些病人，又何尝不是你和我，不是我

---

① 鲁敏、姜广平：《我所求的恰恰就是"不像"》，载《西湖》，2009年第3期。
② 〔美〕苏珊·桑塔格：《疾病的隐喻》，程巍译，上海译文出版社2003年版，第21、65、66页。

们现实生活中的每一个人呢？戴来有一部小说集名为"我们都是有病的人"，便准确地道出了现代人的"病态"人生。

如果说在东紫、鲁敏笔下，疾病拖曳着主人公往深渊坠落的话，那么，在鬼金的小说里，它则是通往灵魂的天梯。他的不少作品都写到人的疾病：《灵魂拍手作歌》中朱河的父亲半身不遂；《目光之远》中的朱河是一个小儿麻痹症患者；在《追随天梯的旅程》中，朱河在参加天车比武大赛时，从20多米的高空摔下来成了植物人；《卡尔里海的女人》中的女人因为患传染病遭到隔离和驱赶。但是，鬼金却让患病之人迸发出精神的力量，让他们在烂漫天真的想象中完成了对自己和他者灵魂的修补与完善。在鬼金的创作观里，"灵魂"是一个关键词，他所有的写作都围绕着这一形而上之物展开。"我写下的每一篇小说，就像我献给灵魂的挽歌。"[①]在他看来，病并非表相，而更接近真实，接近灵魂。基于这一认知，他的小说通常重复着这样的结构：虽为患病或残疾之身，却有向着灵魂起舞的无限激情。这无疑为"70后"作家的疾病叙事增添了一抹精神的亮色。

苏珊·桑塔格提出了以"疾病作为隐喻"，维拉·波兰特则提出了以"艺术作为疾病的表征"。两种说法相互印证，相映成趣。这说明理论家也相当重视作为艺术题材的"疾病"，并且在那里发现了更为辽阔的精神范畴。"疾病"和"异化"传达出来的不同寻常的经验、折射出的人类生存状态、精神和灵魂的恐惧与战栗，都比"正常"状态更加丰富多元，更有力地直指我们的内心。"70后"作家通过对"疾病"的思考和体验，真实地写下了对人世和人性的观察，与其他作家的疾病叙事一道，共同提供了当代文学史的"病之风景"。

[①] 鬼金：《致敬灵魂》，载《西湖》，2012年第9期。